밀
주

이정연 역사 스릴러

밀주

꼬끼닉이엔티 GGZIKNOCK ENT

밀 주 密主

초판 3쇄 발행 2018년 4월 16일

지은이 이정연
펴낸이 배선아
펴낸곳 (주)고즈넉이엔티

출판등록 2017년 3월 13일 제2017-000022호
주소 서울시 강서구 공항대로 649 제성빌딩 303호
대표전화 02-6269-8166 **팩스** 02-6166-9199
이메일 gozknock@naver.com

ⓒ 이정연, 2018

ISBN 978-89-6885-072-1   03810

1755년 9월 8일

영조는 금주령을 단행했다

조선에서 가장 길었던 금주령의 시작이었다

1

소년은 맞은편 언덕을 빤히 쳐다보았다.

지금 서 있는 언덕과 맞은편 언덕 사이, 움푹 내려앉은 평지엔 마을만이 낮게 자리 잡고 있어 시야를 가리는 게 없었다. 그런데도 소년은 건너편 언덕을 제대로 보지 못했다. 졸음 때문이었다.

선 채로 꾸벅꾸벅 졸던 소년은 도저히 안 되겠는지 뺨을 가볍게 툭툭 몇 차례 치고는 손등으로 연신 눈을 비볐다. 칠월의 열기를 머금은 끈적끈적한 공기까지 눈썹에 달라붙어 눈꺼풀은 더욱 무겁게 내려앉았다.

맞은편 언덕은 이제 짙은 회색 그림자가 되어 가물거렸다.

소년이 눈에 힘을 주고 언덕 쪽을 쳐다보려 했지만, 그럴수록 잿빛 그림자는 점점 더 흐려질 뿐이었다.

이러다간 자신도 모르는 사이 잠이 들지도 모른다는 생각에 심호흡을 하며 기지개를 크게 켰다. 그리고는 몸통을 좌우로 흔들며 팔과 다리를 덜덜 떨었다. 그래도 잠은 좀처럼 깨지 않았다. 몸을 분주하게 움직이는 그 순간에도 눈꺼풀은 쉼 없이 내려앉았다.

지금 그의 머릿속은 온통 잠을 자고 싶다는 생각뿐이었다.

하지만 소년은 잠을 잘 수 없었다. 그에겐 할 일이 있었다.

그때, 시야에 낮은 돌담이 들어왔다. 돌의 서늘한 기운이 잠을 좀 쫓아주지 않을까 생각한 소년은 이내 허리를 숙여 돌담에 눈두덩을 가져다 댔다.

나무 그늘 아래 돌담은 기대보다 시원했다. 졸음으로 흐릿해졌던 머릿속도 점점 또렷해졌다. 다행이었다.

그러나 이번엔 또래보다 머리 하나는 더 달린 듯 훌쩍 큰 소년의 키가 문제였다. 낮은 돌담에 눈두덩을 가져다 대느라 허리를 구부리고 섰더니 뻐근한 통증이 척추를 타고 온몸에 퍼진 것이다.

소년은 얕은 한숨과 함께 제가 아는 몇 가지 욕설을 내뱉은 후 천천히 허리를 일으켜 세웠다.

어느새 맞은편 언덕의 짙은 녹음이 서서히 눈에 들어왔다. 자신의 일을 처리하기엔 충분할 만큼 잠을 깬 것이다.

그러나 쉽사리 돌담 곁에서 발길을 돌리지 못했다. 돌담의 서늘함이 못내 아쉬웠던 탓이다.

건너편 언덕을 쳐다보며 잠시 망설이던 소년은 마음을 결정했는지 아예 돌담에 올라타 앉았다. 얼기설기 제 맘대로 쌓아놓은 담이 순간 흔들렸지만, 용케도 균형을 잡고 버텼다.

　소년은 재빨리 배를 담에 붙이며 몸을 앞으로 숙였다. 그러자 눈두덩이 저절로 담에 닿았고, 기분 좋은 서늘함이 눈에 금세 전해졌다. 그리고 그 서늘함은 돌담을 부여잡은 양손에 전해지고, 짓눌린 가슴과 배로 전해지더니 금세 아랫도리가 뻐근해졌다. 시나브로 소년의 머릿속에서는 끈적거리는 감정들이 정신없이 맴돌더니 이내 아랫도리가 봉긋해졌다.

　그러나 이도 오래 가진 않았다. 또다시 잠이 몰려온 것이다. 지금 일어나지 않으면 이대로 깊이 잠들 거란 걸 소년은 잘 알고 있었다. 하지만 이미 몸이 늘어질 대로 늘어져 쉽사리 움직이지 못하고 조금만 더, 조금만 더 하며 시간을 미뤘다.

　그러는 사이 문득 소년의 입가가 축 처졌고, 내려앉은 눈꺼풀은 더 이상 움직이지 않았다.

2

　돌담에 납작 엎드려 붙은 모습이 마치 도롱뇽 같다고 사내는 생각했다.

　아까부터 담벼락에 붙어 수상한 기척을 하던 소년을 사내는 오두막집 한편에 서서 바라보고 있었다.

열대여섯 살 정도 되어 보이는 키가 크고 삐쩍 마른 소년은 돌담에 올라타고는 좀처럼 움직이지 않았다. 대체 뭘 하고 있는 거지?

사내는 주변을 살폈다. 이 요상한 소년을 지켜보는 이가 자신밖에 없다는 걸 깨닫자 뭘 하고 있는지 확인하기 위해 재빨리 다가갔다. 그에게선 발소리가 나지 않았지만, 주변에 사람도 없어 들킬 염려는 없었다.

가까이 가보니 소년의 등이 숨결에 따라 들썩였다. 어이없게도 그는 잠을 자고 있었다.

물론 이해 못할 일은 아니었다. 요 근래엔 밤이 되어서도 낮의 열기가 좀처럼 식지 않았다. 아궁이를 절절 끓인 듯 뜨거웠고, 어디라도 등짝을 대고 누우면 이내 끈적끈적하게 땀이 배어나와 옷을 축축하게 적셨다.

밤조차 이러니 낮 더위는 말할 것도 없었다. 그러니 여러 날 잠을 설쳤을 소년이 시원한 돌에 뜨거워질 대로 뜨거워진 몸을 식히며 잠을 청한 것은 이상한 일이 아니라 사내는 생각했다.

이때 오두막 안에서 사람들의 기척이 들렸다.

사내는 오두막 안쪽을 돌아봤다. 아직 사람들 모습은 보이지 않았지만, 말소리가 점점 커졌다.

그러나 어느새 사람들 말소리보다 소년의 입에서 새어나오는 민망한 신음 소리가 더 커졌다.

사내는 어이없어 그만 헛웃음이 터졌다. 무슨 꿈을 꾸고 있을지 뻔했기 때문이었다.

소년은 누군가 자신을 지켜보는지도 모르고, 아주 신이 나서 점점 호흡이 거칠어지며 신음 소리를 높였다.

생각보다 소리가 크게 나자 오히려 사내가 당황해 소년의 어깨를 잡고 흔들었다. 그대로 뒀다간 소년에게 뺨이 화끈거릴 정도로 민망한 일이 생길 것이 분명했기 때문이었다.

그러나 다음 순간 뺨이 화끈거린 건 도리어 사내였다. 놀라 일어난 소년이 손에 작은 돌멩이를 쥔 채 팔을 아무렇게나 휘두르다 사내의 뺨을 때린 것이다.

돌에 맞은 그의 뺨에서 피가 주르륵 흘러내렸다.

돌담에 올라 탄 소년은 딱딱하게 굳은 채 사내를 쳐다보다 뒤늦게 상황을 알아차리고 후다닥 담에서 내려왔다. 그 바람에 잔돌들이 우수수 떨어졌다.

"죄송합니다."

소년은 허리를 연신 굽히며 사과했다.

사내는 흐르는 피를 닦다 말고, 시선을 휙 돌렸다. 소년의 아랫도리가 아직 봉긋하게 서 있는 것이 눈에 들어온 것이다.

소년도 이를 눈치 챘는지 재빨리 돌아섰다. 꿈에서 자신이 한 짓을 사내가 알고 있는 것 같아 뺨이 화끈 달아오른 것이다.

"물을 것이 있으니 돌아서라."

사내의 말에 소년은 아예 고개를 푹 숙이고, 꼼짝하지 않았다.

그의 민망함을 이해한 사내는 돌담을 지나 소년 앞에 섰다.

소년은 등불을 밝히고 있었다.

"그게 무엇이냐?"

"신홉니다."

"신호?"

소년을 쳐다보는 사내의 눈동자가 동요했다.

그러나 소년은 등불을 바라보고 있느라 이를 눈치 채지 못했다.

"예, 신홉니다. 등불이 셋이면 술집 문을 열었다는 뜻이고, 등불이 둘이면 술이 절반 정도 남았다는 뜻이고, 등불이 하나면 술이 거의 다 팔렸다는 뜻입니다."

소년은 천천히 등불을 세 개 다 밝힌 후 고개를 들었다.

그러나 사내는 그곳에 없었다.

"어라? 가는 발소리를 듣지 못했는데."

까치발을 들어 주변을 살펴봤지만, 사내가 어디로 갔는지 그 흔적을 찾을 수 없었다.

갸웃거리던 소년은 천천히 고개를 돌려 등 뒤 술집의 상황을 살폈다. 다행히 자신을 보는 사람은 아무도 없었다. 소년은 맞은편 언덕을 정면으로 응시하고 서서, 돌담 위에 등불을 차례차례 옆으로 옮겨놓았다.

등불은 이제 마을 쪽에서 살짝 오른쪽으로 돌아앉았다. 이렇게 되면 마을에서는 돌담 앞의 커다란 나무가 등불을 가려 제대로 볼 수 없게 된다. 물론 소년이 이를 모를 리 없었다.

그러나 이 등불은 애초에 술을 사러 오는 사람들을 위한 신호가 아니라 맞은편 언덕으로 보내는 신호였기에 개의치 않았다.

소년은 맞은편 언덕을 쳐다봤다. 잠이 깨 또렷해진 시야에 맞은편 언덕, 주막이 들어왔다.

소년은 만족한 듯 입꼬리를 살짝 올리며 웃었다.

3

언덕 중턱에 자리 잡아 언덕주막이라 불리는 곳으로 붕익은 바삐 걸어갔다.

문제가 생겼으니 서둘러 오라는 종사관 수판의 기별을 받은지라 걸음을 서둘러야 했지만, 맞은편에서 오는 자들을 살피느라 걸음이 점점 늦어졌다.

주막으로 가는 길에 사람이 이리 많은 건 좀처럼 없는 일이었다. 아니 정확히 말하자면 금주령이 내려진 이후 처음 있는 일이었다.

술을 파는 건 물론이고 마시는 것도 어명으로 금해졌으니 주막으로 가는 발길이 뚝 끊긴 지 오래였다.

물론 주막에서 술만 파는 것은 아니었다. 국밥도 팔고 있으니 이른 저녁 국밥으로 요기를 한 자들이라 짐작할 수 있었다. 그러나 지금은 칠월 중순이었다. 지는 해에도 암소 뿔이 녹아내린다는 칠월에 펄펄 끓는 국밥을 먹으러 굳이 이 언덕까지 올라왔다는 건 쉽게 이해할 수 없었다.

게다 더욱 이해할 수 없는 건 붕익을 본 사람들의 반응이었다.

그들은 하나같이 바짝 긴장해 경계하는 기색이 역력했다. 포청의 군사를 이리 경계한다는 건 좋은 징조가 아니었다. 분명 문제가 있는 것이다.

그리고 그들 중 붕익의 시선을 단박에 끄는 자가 있었는데, 그는 붕익의 맞은편 길 끝에서 천천히 걸어오는 사내였다. 그는 흙먼지를 일으키지 않고 걷고 있었다.

오랜 가뭄에 바짝 메마른 땅 위를 걷다보면 느긋하게 걸어도 발길 따라 뿌옇게 흙먼지가 일어나기 십상이었다. 그래서 멀리서 보면 발이 흙먼지에 가려 흡사 사람들이 희부연 구름을 타고 나는 것처럼 보였다.

그런데 저 사내가 걷는 땅만 물에 젖은 듯 흙먼지가 일어나지 않았다.

체구가 작은 탓도 있겠지만, 그만큼 발놀림이 가볍다는 뜻이었다. 평범한 사람이라면 저럴 수 없다. 붕익은 그가 칼을 쓰는 자라 확신했다. 그것도 전문적으로 무술을 연마한 내공이 깊은 자.

사내를 보고 있자니 붕익은 긴장되어 뒷목이 다 뻣뻣하게 굳었다.

우포청 관할인 붕익이 구역 내에서 모르는 전문적인 검사(劍士)는 없었다. 그러나 자신을 향해 천천히 걸어오는 사내는 모르는 자였다. 붕익은 저도 모르게 허리춤에 찬 육모방망이에 손을 쓰윽 가져갔다. 그리고 힘을 꽉 주어 손잡이를 그러쥐었다.

붕익의 팽팽한 긴장을 감지했는지 걸어오던 사내의 걸음이 느려졌다. 그리고 더 이상 움직이지 않았다. 이제 붕익과의 거리는 고작 열 걸음쯤.

붕익은 섣불리 움직일 수 없었다. 자신보다 사내의 몸놀림이 더 빠를 것이 분명하니 그럴 수 없는 노릇이었다. 마주 선 둘 사이에 기분 나쁜 긴장감이 휘몰아쳤다.

그때 수판이 사내의 등 뒤에서 나타났다.

"장포졸!"

붕익이 시선을 들어 수판을 볼지, 아니면 수상한 사내에게 달려들어 그를 잡을 것인지 갈등하는 순간, 수판이 다급하게 붕익의 어깨를 잡았다.

"그냥 보내주시구려. 이럴 시간 없소."

수판의 말이 떨어지자마자 사내는 붕익의 곁을 스쳐 지나갔다. 옆에서 보니 뺨에 아직 피가 덜 마른 생채기가 보였다.

"발소리를 숨기는 수상한 자였소."

붕익이 사내의 뒤통수를 노려보며 따라가려 하자, 또다시 수판이 잡고 늘어졌다.

"수상한 자가 아니라 얼빠진 자요."

수판의 뜬금없는 대답에 붕익이 빤히 쳐다봤다. 그러자 이번에는 사내의 뒤통수를 노려보며 혀를 끌끌 찼다.

"얼빠진 녀석들. 이 가뭄에 밀주 따위나 찾아다니다니, 쯧쯧쯧."

"밀주?"

"바침술집이 맞은편 언덕에 생겼소. 거기 가려다 날 보고 도망가는 거요, 저치. 다른 이들과 다를 바 없는 자요."

붕익은 그제야 사람들이 자신을 보고 경계한 이유를 알고 고개를 끄덕거렸다.

바침술집은 병에 밀주를 담아 검계들이 직접 파는 술집이었다.

병술은 사가기만 하면 엄한 금주령 단속을 피해 어디서든 몰래 마실 수 있는지라 생긴 지 얼마 되지 않았지만 한양 곳곳으로 빠르게 퍼져나갔다.

그러나 지나간 사내는 왠지 탐탁지 않았다. 붕익이 눈을 가늘게 뜨고 사내가 사라진 쪽을 쳐다보자 수판이 그의 시선을 막아서며 말을 꺼냈다.

"그나저나 기별 보낸 지가 언젠데 이제 오슈?"

수판은 턱을 치켜 올리며 못마땅한 속내를 드러냈다.

"무슨 일인데 그리 서두르시는 게요?"

"언덕주막 말이오. 어제 금란방 군사들한테 밀주 단속을 당했대요. 아예 가게 문 닫으라고 협박하면서 주막을 죄다 부순 모양이오."

금란방 놈들!

붕익은 그 이름을 곱씹으며 으드득 소리 나도록 이를 갈았다.

어명으로 내려진 금주령을 이행하기 위해 특별 조직된 수사대, 금란방.

그들은 누구보다 세상물정에 밝은 자들이었다. 금주령을 어긴 자들 중 누구를 봐주고, 누구를 체포해야 자신의 주머니가 풍족해지는지 잘 알았다.

금란방 군사들이 이렇게 푼돈이나 뜯어내는 정도였다면 백성들이 그들을 '군복 입은 검계'란 별칭으로 부르지도 않았을 것이다. 그들은 사정이 여의치 못해 뒷돈을 내놓지 못하는 사람들에게까지 기필코 돈을 뜯어냈는데, 방법은 간단했다. 돈이 나올 때까지 때리는 것이다.

포도종사관 김성팔이 그랬다. 김성팔은 몰래 술을 팔아온 술집 주인을 수사한다는 명목으로 구타를 하다 결국 죽이기까지 했지만, 고작 과잉단속이라는 죄목으로 가벼운 처벌을 받았다.

금란방 군사들의 위세는 갈수록 등등해졌고, 백성들은 검계보다 금란방 군사들을 더 두려워했다. 어처구니없는 일이었다.

헌데 요 근래 금란방의 단속이 눈에 띄게 달라졌다. 이제야 본연의 업무에 충실하겠다는 듯 사납게 날뛰며 술집들 문을 닫게 만들었다. 그런데 요상하게도 그렇게 술집이 문을 닫고 나면 정해진 수순처럼 근방에 바침술집이 어김없이 새로 생겨났다.

결국 금란방 군사들이 검계와 모종의 결탁을 맺고 술집들 문을 닫게 한 것이다.

붕익이 소속된 우포청에서 금란방의 행적을 주시하고 있는 것도 이 사실을 뒤늦게 깨달았기 때문이다.

"새로 생긴 바침술집 때문에 저 언덕주막을 노리는 것 같소. 제기랄!"

생각만으로도 화가 끓어오르는지 수판이 발로 땅바닥을 힘껏 차올렸다. 바싹 마른 땅에서 금세 뿌연 흙먼지가 피어올랐다.

"언제 그놈들이 들이닥칠지 모르니 종사관 나리는 군사들을 데리고 주막에 먼저 가보슈. 난 바침술집에 가서 좀 살펴보겠소."

붕익이 서둘러 발걸음을 떼었다.

수판이 붕익의 어깨를 잡았다.

"아니, 아재는 주막으로 가시오. 바침술집엔 이미 군사를 보내놨소."

"대장의 지시요?"

"아니, 대장은 아직 모르고 있소."

"대장이 아직 모른다?"

붕익이 천천히 되묻자 수판이 말없이 고개를 끄덕였다.

뜻밖이었다. 수판은 포도대장 이장우의 명령 없인 움직이지 않는 충직한 수하였다. 붕익의 일거수일투족은 물론 우포청에서 일어나는 사소한 일까지 장우에게 빠트리지 않고 보고해 군사들의 원성을 살 정도였다. 그러니 수판이 장우도 모르게 단독으로 판단하고, 단독으로 군사를 움직였다는 건 일반적인 상황이 아니란 얘기였다.

"혹 대장과 관련된 일이오?"

그렇다면 수판이 바침술집에 군사 보낸 것을 대장이 몰라야 하는 상황이 아닐까 생각해 물었다.

"이번 일은 대장과 관계없소."

수판이 단호하게 말했다.

붕익이 얌전히 고개를 끄덕였다. 장우에게 이상한 낌새가 있었다면 자신이 모를 리 없다는 걸 인정한 것이다.

사실 수판은 장우가 내린 모든 명령과 그의 일거수일투족을 붕익에게도 알리고 있었다.

결국 수판은 붕익과 장우 두 사람 모두에게 서로를 보고하고 있었는데, 이는 그 나름의 중재법이었다.

포도대장 이장우와 부장포졸 장붕익의 관계는 특별한 구석이 있었다. 붕익은 무슨 일을 하든 장우에게 보고하지 않고 단독으로 움직였고, 장우는 이를 문제 삼지 않았다. 또한 장우도 어떤 명령을 내리든 붕익을 늘 제외시켰다.

이를 두고 사람들은 장우가 계급을 초월하여 우정을 나눠온 노쇠한 동료이자 수하인 붕익을 그만큼 인정하고 배려하는 거라 생각했다. 적어도 사람들에게 알려진 붕익과 장우의 관계는 그러했다.

그러나 수판이 아는 한 붕익과 장우는 그런 평범한 관계가 아니었다. 언제라도 서로의 턱 밑에 칼날을 쑤셔 넣어도 이상하지 않을 만큼 뒤틀려 있었다.

수판은 그 이유를 둘에게 묻지 않았다. 어차피 답을 들을 수 없을 테니까. 대신 서로에게 서로를 보고하기 시작했다. 둘 사이에 더 이상의 오해가 생기지 않도록 중재하기 위해서였다.

"시간이 없어요. 장포졸은 당장 언덕주막으로 가요. 난 따로 알아볼 것이 있어 포청에 좀 다녀오리다."

알겠다고 대답은 했지만, 붕익은 아무래도 수판이 수상했다. 지나치게 긴장한 것도 그렇고, 아까 그 사내를 그냥 보낸 것도 그렇고.

"저기…… 아니오. 내 금방 다녀오리다."

붕익이 의심스런 눈빛으로 쳐다본다는 걸 깨닫자 수판은 입을 열려다 이내 고개를 저었다. 그리고는 정면으로 붕익을 응시한 채 천천히 말했다.

"다녀와서 얘기합시다, 아재."

분명 수판은 오늘 이상했다.

붕익이 뭐라 말을 꺼내기도 전에 그는 재빨리 몸을 돌려 서둘러 길을 따라갔다.

불현듯 붕익의 머리에 떠오르는 생각이 있었다. 수판이 가는 방향으로 바로 앞서간 자는 그 수상한 사내였다.

붕익은 턱을 치켜 올리며 지긋이 수판의 뒷모습을 쳐다봤다.

그는 어느새 지고 있는 노을 속으로 점점 더 깊이 들어가고 있었다. 피같이 빨간 노을이었다.

4

다급한 일이라니 우선 하라는 대로 움직이지만, 붕익은 의심을 떨칠 수 없었다.

주막으로 가는 언덕에 올라서면서 붕익은 방금 전 수판의 행동이 수상했던 이유를 찾기 시작했다.

가장 먼저 떠오른 생각은 수판이 검계의 뒷돈을 받았을지도 모른다는 것이다. 그래서 얼마 전 문을 열었다는 바침술집을 비호하려고 저를 막은 게 아닐까 하는 추측이었다.

그러나 이내 피식, 헛웃음이 새어나왔다. 말도 안 되는 생각이었다. 청나라와 인삼 교역을 하는 수판의 부친이 한 해 수입을 내밀며 상단으로 돌아오라 회유했을 때도 거절하고 포청에 남은 수판이다. 돈에 움직일 자였다면 애초 포청에 남지도 않았을 터였다.

다음으로는, 수판이 부인했지만, 장우의 밀명을 수행하고 있는 게 아닐까 싶었다. 밀명이 아니라면 적어도 장우와 관련된 사건이 터진 건지도 몰랐다. 장우에게 보고도 없이 군사를 움직였다는 것도 그렇고, 수상한 사내를 굳이 감싼 것도 그렇고.

붕익은 그 사내가 밀주나 마시려 어슬렁거리는 한심한 한량이 아니란 걸 알고 있었다. 물론 수판도 알았겠지만, 그는 거짓말을 했다. 붕익이 모른 척 넘어가주길 바란 것이다.

수판이 붕익에게 거짓말을 하고 침묵했다면, 그 이유는 단 하나. 분명 장우와 관련된 일일 것이다.

이장우라……

붕익은 한숨을 섞어 그의 이름을 내뱉었다.

장우는 서로의 목숨을 맡기고 전쟁터를 함께 누볐던 오랜 그리고 유일한 동료였다. 물론 이인좌가 일으킨 난을 진압하기 위해 함께 출전해 그 광경을 목도하기 전까지의 일이지만.

그러나 붕익의 생각은 여기서 멈췄다. 그의 시선에 언덕주막이 들어왔는데, 하루 만에 흉가가 다 되어 있었다.

작년 가을 새롭게 주막 지붕을 덮어주었던 이엉은 온데간데없이 사라지고, 썩어가는 짚단이 고스란히 드러나 있었다.

지붕을 인 흙벽은 성난 멧돼지 떼들이 작심하고 들이받은 것처럼 움푹움푹 패여 있어 당장 무너져 내린다 해도 이상할 것 같지 않았다.

마당의 상황은 이보다 더 끔찍했다.

언제나 국밥이 부글부글 끓던 가마솥이 주막 마당까지 나와 뒹굴었고, 그 주변엔 취객이 게워낸 토사물처럼 음식물이 널려 파리와 쥐들이 득실거렸다. 마당 어느 구석에서 토막 난 시체가 나온다 해도 가히 놀랄 정경이 아니었다.

붕익은 혹시 모를 상황을 위해 육모방망이를 꺼내 손에 틀어쥐고는 발소리를 죽이며 마당 안으로 들어섰다.

다리가 부러지고, 허리가 분질러져 반 토막 나 있는 평상들. 누군가 도끼로 자른 흔적이 역력했다.

그렇게 잘린 평상들이 거대한 벽처럼 쌓여 있었다. 그곳은 주막 할멈이 살고 있는 방문 바로 앞이었다. 금란방 놈들의 등쌀을 피하려 할멈이 방으로 도망가자 그대로 가둬두고 협박한 게 분명해 보였다.

그때 방 안에서 가느다란 울음소리가 들렸다.

붕익이 평상들을 밀쳤다.

"안에 누구 있소? 할멈이오?"

붕익은 장애물을 이리저리 밀어보았지만, 쉽게 움직이지 않았다. 아무리 반 토막이 났다 해도 장정 서너 명이 앉고도 남을 만큼 큰 평상들이었다. 쉽게 움직일 리 없었다.

붕익은 평상들 사이로 난 틈에 입을 가져다대고 소리를 질렀다.

"할멈, 나요. 우포청 장포졸. 손금부장! 방에 있소?"

붕익은 신경을 곤두세운 채 안에서 들려오는 소리에 귀 기울였지만 선명한 기척이 없었다. 그러다 희미한 소리가 들리는 것 같았는데, 알아들을 수 없을 정도로 작은 소리였다.

붕익은 숨소리를 죽인 채 온 신경을 귀에 집중시켰다.

다시 소리가 들렸다. 여인의 울음소리였다.

붕익은 평상에서 잘려 나간 다리를 하나 주워왔다. 그리고 켜켜이 쌓인 평상들 틈에 집어넣고 몸을 실어 그것을 눌렀다. 다리를 지렛대로 사용한 것이다.

다행히 장애물들이 움직였다. 얼마 지나지 않아 방문 앞에 거대한 벽처럼 쌓여 있던 장애물들이 하나둘씩 떨어져 나갔다. 그것들이 떨어지면서 내는 소리에 할멈이 놀랄까 봐 붕익은 지렛대를 넣고 누를 때마다 소리를 질렀다.

"이제 곧 나무가 떨어지면서 큰 소리가 날 것이니 놀라지 마시오."

그렇지 않아도 더운 날씨에 얼굴이 벌겋게 달아오르도록 몇 차례 힘을 쓰자 옷이 땀으로 흠뻑 젖었다. 머리칼도 흐르는 땀에 젖어 볼품없이 얼굴에 짝 달라붙었다. 그러나 붕익은 개의치 않고 장애물들을 치워 나갔다.

드디어 방문을 가로막고 있던 장애물이 붕익의 키와 비슷한 높이만 남게 되었다. 붕익은 단숨에 장애물을 넘어 방문 앞에 섰다.

손잡이를 잡아 문을 열려 했지만, 방문 앞에 바짝 장애물들이 놓여 있어 쉽사리 열리지 않았다. 다행히 안에서 방문을 걸어 잠그지는 않은 모양이었다.

붕익은 손가락에 침을 묻혀 창호지를 뚫은 후 구멍을 냈다. 안쪽을 들여다보니 구석에 할멈이 쓰러져 있었다.

"할멈, 이제 나 들어가요. 조금만 기다려요."

붕익의 목소리가 다급해져 말소리 끝이 갈라졌다.

붕익은 방문 손잡이를 잡고 문을 잡아당겼다. 문을 여는 동시에 이를 악물고 장애물들을 등으로 힘껏 밀어붙였다. 무너질 듯 아슬아슬하게 흔들리던 장애물들이 조금씩 뒤로 밀려났다. 그렇게 문이 조금씩 열리기 시작했다.

그러나 바로 그때, 열린 문틈으로 할멈의 가느다란 팔이 쑥 뻗어나왔다. 기다리다 지친 할멈이 필사적으로 밖으로 기어 나오려 한 것이다.

예상치 못한 붕익은 놀라 몸을 뒤로 뺏고, 그 바람에 등으로 장애물을 툭 건들고 말았다.

그러자 힘없이 그것들이 무너지기 시작했다. 붕익은 비명 한마디 못 지르고 장애물 아래 깔렸다. 그리고 그 후의 일들에 대해선 아무것도 기억할 수 없었다.

5

얼마나 시간이 흘렀는지 몰랐다.

가까스로 눈을 뜬 붕익이 제일 먼저 본 건 놀랍게도 발소리를 숨길 줄 아는 바로 그 수상한 사내였다.

"괜찮습니까?"

사내가 걱정스러운 눈빛으로 물어왔다.

붕익은 찰나 머리를 심하게 다친 게 아닐까 의심했다. 자신을 저리 걱정해주는 자라면 분명 아는 사람일 텐데, 붕익은 그를 몰랐다. 모를 뿐 아니라 붕익의 기억에 그 낯선 사내는 전문적으로 칼을 쓰는 수상하고, 위험한 자였다. 사내의 뺨에 상처가 있는 걸 보고 붕익은 자신의 기억이 맞다는 걸 확인했다.

"저, 기억나십니까?"

순간 붕익의 가슴이 철렁 내려앉았다. 사내를 안다고 해야 자신이 안전할지, 모른다고 잡아떼야 안전할지 알 수 없는 일이었다. 붕익의 입매가 딱딱하게 굳어졌다.

그러자 사내가 붕익의 눈빛에서 염려와 불안을 먼저 읽고 입을 열었다.

"방에 갇혀 있던 주막 할멈은 사람을 시켜 마을 의원으로 옮겼습니다. 그리고 포졸 나리는 머리를 부딪쳐 정신을 잃긴 했어도 크게 다치진 않으셨습니다. 여기저기 긁히거나 나무에 맞아 상처가 있지만, 뼈를 상하지도 않으셨고요. 다행입니다."

다행? 그렇다면 적어도 저 사내는 자신의 적은 아닐 거라 붕익은 생각했다. 아니 아니길 바랐다.

"당신, 누구요?"

"알려드릴 이름이 없는 사람입니다."

전문적으로 무술을 연마한 자, 우포청 관할에서 돌아다니지만 붕익이 모르는 자 그리고 이름이 없는 자. 그건 간자에 대한 설명이었다.

"혹 간자요?"

사내가 고개를 끄덕였다.

"소속은?"

"그저 돈을 받고 일하는 떠돌입니다."

"그럼 종사관 나리가 바침술집을 알아보기 위해 개인적으로 간자를 썼단 말이오?"

이번엔 사내가 고개를 저었다.

"종사관 나리에게 고용된 건 맞는데, 알아본 건 바침술집이 아닙니다."

"그럼?"

"일어설 수 있습니까?"

붕익이 손가락과 발가락을 꼼지락거렸다. 따끔 하는 통증이 느껴질 뿐 움직이는 데는 지장이 없었다.

붕익이 고개를 끄덕이자 사내가 붕익의 양쪽 겨드랑이에 손을 집어넣고 일어날 수 있도록 도와주었다. 잠시 맥이 빠져 주춤하긴 했으나, 붕익은 이내 다리에 힘을 주고 일어섰다.

사내가 손가락으로 언덕 맞은편을 가리켰다.

"저 맞은편 언덕 보이십니까?"

붕익의 시선이 사내의 손가락 끝을 따라 갔다.

그곳은 새로 생긴 바침술집이었다.

술집엔 등불이 켜져 있었다. 모두 세 개였다. 등불이라고 해봤자 낮은 담장 위에 오른 자초(갈대를 베로 묶어 표면에 납을 바른 원시적인 양초)인지라 연기와 그을음에 가려져 둔탁하기 짝이 없는 빛이었다. 때마침 달이 없어 희미하나마 보이지, 달이라도 뜨면 가려질 빛이었다.

"저 등불은 신호입니다. 우포청에서 보낸 간자의 신호."

"우포청에서 보낸 간자?"

"예, 제가 받은 지시는 그 간자가 누군지 확인하는 일이었습니다."

수판이 사적으로 간자를 보내 그 정체를 알아봤다니, 알다가도 모를 일이었다.

포도대장 이장우가 은밀하게 바침술집에 간자를 보내 상황을 살피는 일은 종종 있었다. 붕익이 알기론 그때마다 보내지는 건 정포졸이었다.

"정포졸이 아니었소?"

사내는 고개를 저었다.

"저 신호를 보내고 있는 자는 소년이었습니다."

"소……년?"

순간 붕익의 가슴이 덜컹 내려앉았다.

우포청에 오십여 명의 군사들이 있지만, 그 가운데 소년이라 부를 수 있는 사람은 단 하나, 원구뿐이었다.

"혹 그 아이의 나이가 어찌 돼 보였소?"

"열대여섯 살 정도였습니다."

"열대여섯 살? 혹 그 아이, 키가 크고……."

붕익이 말을 중간에 끊고, 혀를 내밀어 긴장으로 마른 입술을 적셨다.

사내가 고개를 끄덕였다.

"키가 크고 몸이 마른 소년이었습니다."

분명 원구였다.

붕익은 고개를 돌려 맞은편 언덕을 쳐다보았다.

때마침 바람에 흔들려 언덕에 걸린 등불이 희미해졌다. 붕익이 눈에 힘을 주고 쳐다보자 축 처진 눈꺼풀이 파르르 떨렸다.

바침술집에 간자로 간 원구는 어린 시절 검계에게 부모를 잃고, 붕익의 손에 이끌려 포청으로 들어와 심부름을 하며 지내는 아이였다.

다행히 순하고 밝은 성격이라 아이는 포청 생활에 잘 적응하는 듯 보였다. 눈치도 빨라 누가 시키지 않아도 포청 사람들의 잔심부름을 자청했다. 그마저도 없을 때면 제 키보다 더 큰 빗자루를 들고 포청 마당을 쓸고 다녔다. 굳이 그럴 필요 없었지만, 아이는 온종일 제할 일을 찾아다녔다.

포청 사람들이 식사를 다 마치면 그제야 부엌에 서서 먹다 남은 찬반으로 끼니를 때웠는데, 아무리 밥상으로 불러들여도 원구는 두 손을 내저으며 사양했다.

간혹 별식으로 나온 고기나 생선을 챙겨줄 때도 아이는 손도 대지 않았다. 그때마다 그저 괜찮다는 말을 입에 달고 살았다.

붕익은 아이가 괜찮지 않다는 걸 빤히 알고 있었다.

아이는 하루가 다르게 말라비틀어진 북어포처럼 여위어갔다. 남은 잔반이라도 제대로 먹는 경우가 드물었으니 그럴 만도 했다. 사실은 볼이 미어터지게 생쌀을 우겨넣고는 뽀드득뽀드득 이가 갈리는 소리가 날 때까지 씹어 먹는 거 외엔 도통 뭘 먹지 않았다.

포청 군사들도 이런 사정을 잘 알았지만, 이유를 묻지는 않았다. 눈앞에서 부모의 목이 댕강 잘려 나가는 걸 목도했으니 목구멍이 꺼끌꺼끌해 음식을 넘기지 못하는 것이라 여기기도 했지만, 아는 척 말라는 붕익의 특별한 청이 있었기 때문이다.

"시묘살이란 그리하는 게 아니다."

부모님이 돌아가시면 3년간 시묘살이를 사는데 그때 화식을 금하고 생쌀을 먹는다는 걸 아이는 어디선가 들은 적이 있는 모양이었다.

제 손으로 부모님 묘를 마련할 재간도 없고, 의탁할 곳 없는 저를 거둬준 포청 사람들에게 제사상을 마련해 달라 부탁할 염치도 없었던 아이는 그렇게 알아서 시묘살이를 하는 중이었는데, 붕익이 그 의중을 읽은 것이다.

아무 말 없이 고개를 떨구는 아이를 붕익은 집으로 데리고 갔다.

방 안엔 작은 제사상이 마련돼 있었다. 제사상 주인이 누군지는 묻지 않아도 될 일이었다.

붕익의 도움으로 제사상에 술을 올리고, 차분하게 삼배를 올리던 아이는 마지막 절을 마치고는 끝끝내 일어나지 못하고 머리를 처박은 채 울기 시작했다.

붕익은 네 부모를 죽인 검계를 잡아 꼭 단죄할 것이니 그날의 참상을 부디 잊으라고 다독여주고 싶었지만, 꾹 참았다.

"묘가 없으니 이 제사상에 초를 밝히는 것으로 시묘살이를 대신해라. 탈상하기 전에 네가 먼저 쓰러지면 그만한 불효가 없을 것이야."

그렇게라도 살아 버려주길 바랄 뿐이었다.

그날 이후, 아이는 제대로 음식을 먹기 시작했다. 붕익의 바람대로 아이가 살아야 할 이유를 찾은 듯했다.

그러나 그 이유가 또 예상 밖이었다. 아이는 치기로 복수를 꿈꾸기 시작했다. 턱 밑에 거뭇거뭇 수염이 자랄 때쯤 탈상을 마친 아이는 어디선가 구해온 단도 한 자루를 허리춤에 차고, 부모를 죽인 검계를 찾아내 복수할 거라 입버릇처럼 말하고 다녔다.

말에 그친 게 아니었다. 얼마 전에는 포도대장 집무실에 몰래 들어가 검계 용모도를 뒤지기까지 했다. 장우에게 발각되면 목숨을 부지할 수 없는 일이었지만 아이는 두려워하지 않았다.

이런 아이의 행보를 말리느라 붕익은 진땀을 흘렸다. 수차례 전쟁에 참여했고, 수십 번 병법서를 읽어 전술에 능한 그도 이제 막 사내 냄새를 풍기기 시작한 소년의 들뛰는 마음을 잡을 방법이 없어 전전 긍긍했다. 저러다 일을 내지 싶어 안 그래도 예의주시하고 있었는데, 기여 저 모르게 일을 친 것이다.

아니, 자신도 모르게 아이의 마음을 이용해 누군가 일을 계획한 게 틀림없었다.

바침술집에 일꾼으로 들어가는 건 원구 혼자 힘으로 할 수 없는 일이었다. 분명 누군가 작정하고 뒤에서 도운 것이다. 붕익의 눈치를 살피지 않고, 이런 대담하고 뻔뻔한 계획을 세울 자는 우포청에서 단 한 명, 이장우뿐이었다.

때마침 주막 마당으로 수판이 숨을 헐떡이며 뛰어 들어왔다.

"원구 얘기 들었소, 종사관 나리?"

붕익이 어이없는 표정으로 수판을 쳐다봤다.

수판이 고개를 끄덕였다.

"포도대장이 틀림없소. 원구를 간자로 보낸 건 틀림없이 그자요."

자신의 짐작이 사실이라 확신하는 듯 붕익의 눈에선 벌써 불이 일었다.

수판은 서둘러 고개를 저었다.

"아니요, 지금 대장에게 확인하고 오는 길인데, 그도 모르고 있었소. 다만 등불로 신호를 보낼 것이니 언덕주막에서 기다리란 말을 남겼다는 거요."

"그 말은 누가 전했소?"

"정포졸! 그자가 대장에게 그리 말을 전했다고 했소."

정포졸이라…….

붕익은 눈을 가늘게 떠 수판을 노려보았다.

붕익의 의심은 여전했지만, 수판이 말한 내용의 진위를 가리려면 정포졸을 찾아야 했다.

그러나 정포졸은 간자였다. 그것도 우포청에서 가장 능력이 뛰어난 간자. 잠복한 그를 찾아낸다는 건 천하의 붕익이라도 불가능한 일이었다.

수판도 이를 모를 리 없었다. 아니, 너무나 잘 알고 있기에 지금 정포졸 핑계를 대는 것이다. 여전히 수판에겐 숨긴 패가 있다는 반증이라고 붕익은 짐작했다.

붕익의 복잡한 생각을 읽은 듯 수판은 다급하게 입을 열었다.

"지금 그게 중요한 게 아니오. 노래가 이미 파다하게 퍼졌소."

"노래?"

"간자가 스며들었다는 것을 검계 윗대가리에게 알리기 위해 부르는 노래."

수판은 거기까지 말하고 침을 꿀꺽 삼켰다.

"그 노래가 지금 시전에 파다하게 퍼졌단 말이오."

붕익은 천천히 고개를 돌려 바침술집을 쳐다봤다. 이내 시야가 흐릿하게 가려졌다.

붕익이 서 있는 언덕과 원구가 있을 언덕 사이에는 마을만이 낮게 자리 잡고 있어 시야를 가릴 것이 없는데도 그의 눈앞은 점점 더 흐릿해져만 갔다.

6

한양 도성 안쪽에서 흐르던 청계천은 동대문 밖으로 흘러나와 양주 땅에서 흘러 내려오는 중랑천과 만나 하나가 된다. 그리고 다시 한강 본류와 합쳐지는데, 그 물줄기 어느 지점, 유달리 유력이 약한 곳에 모래와 자갈들이 쌓여 섬이 되었다.

그 모래와 자갈들은 한양 북동쪽의 북한산과 도봉산 그리고 수락산과 불암산에서 흘러온 것들이었다.

그렇게 산과 강이 만들어낸 섬 저자도는 갈대가 아름답기로 유명해 가을이면 풍광을 즐기려는 자들로 인산인해를 이루는 곳이었다.

그런데 오늘, 가을 풍랑객보다 더 많은 일꾼들이 모여 채 자라지 않은 갈대들을 꺾고 있었다. 빙고에 가져갈 것들이었다.

매년 7월, 나라에선 빙고에 보관된 얼음이 더 이상 녹지 않도록 재정비에 나섰다. 천장을 수리하고, 대들보와 서까래가 썩은 것이 있나 살펴 새로운 것으로 바꾸고, 외곽에 쌓아둔 담을 조사해 바깥의 더운 공기가 빙고 안으로 새어 들어가지 못하도록 조치했다.

이렇게 빙고가 재정비되면 마지막으로 저자도에서 가져간 갈대로 빙고 외곽의 위, 아래, 양쪽을 둘러싸고, 빙고 안 바닥과 쌓아둔 얼음 위쪽에도 두껍게 덮어둔다. 갈대가 얼음이 녹는 걸 막아주기 때문이다.

"이제 갈대를 수레에 옮겨라. 일몰 시간에 맞춰 빙고에 도착하려면 부지런히 서둘러야 할 것이다."

아무리 가벼운 갈대라지만, 손가락 하나만 까닥거려도 땀이 줄줄 흐르는 날씨다 보니 너나 할 것 없이 다들 긴 혀를 빼고 헉헉거렸다. 인부들은 자신이 내뱉은 열기에 데여 얼굴이 벌겋게 달아올랐고, 갈증으로 목젖까지 바짝 말라 목구멍에 들러붙을 지경이었다.

그런데도 일을 관리하는 고원(雇員, 나라에서 돈을 주고 부리는 임시 직원) 공필은 점심으로 국수 한 그릇 말아 먹는 시간을 빼고는 쉬는 시간을 주지 않았다.

그것도 모자라 한시도 입을 다물지 않고 내내 격앙된 목소리로 서두르라 재촉했다. 그러자 인부들 사이에 불만이 터져 나왔다. 며칠 전만 해도 마을에서 인심을 잃지 않았던 목수가 고원이 되고 나니 못쓰게 변했다면서 혀를 끌끌 찼다. 노골적으로 노려보기도 했다.

그러나 공필은 모두 못 본 척했다. 그는 지금 사람들의 투정을 받아줄 여력이 없었다. 자신을 지켜보는 은밀한 시선 때문이었다.

그 시선은 지금 강 건너편에서 낚싯대를 드리운 사내의 것으로, 그 사내는 공필이 되도록 일을 빨리 끝내길 원했다.

공필은 시선을 슬쩍 돌려 강 건너 낚시하는 사내를 쳐다봤다.

작은 패랭이를 쓰고, 물들이지 않은 면포 옷을 입어 평범한 양민인 듯 보였지만, 눈에 띄도록 하얀 피부를 가진 자였다. 은밀한 시간에, 은밀한 곳에서, 은밀한 일을 하는 자다 보니 햇볕에 얼굴이 그을 릴 틈이 없었을 거라 공필은 짐작했다. 그는 검계 이진기였다.

진기가 공필에게 접근해온 건 그가 고원으로 발탁된 직후였다.

공필이 포청으로 들어가 빙고 수리하는 일정과 필요한 인력 그리고 물품까지 확인하고 나온 것은 다 늦은 저녁때였다. 갑작스럽게 밀려오는 허기를 달래려 걸음을 서두르는데, 진기가 기척도 없이 그 옆에 슬쩍 달라붙었다.

"이번에 빙고 수리를 맡은 고원이시오?"

"맞소."

"그럼 날 좀 도와주시오."

일거리를 찾는 자라 여긴 공필은 진기의 아래위를 훑어보았다.

살집 없는 날렵한 몸이었으나, 기골이 장대한 것이 힘 좀 쓰겠다 싶었다. 허나 책방 서생 같은 하얀 피부가 걸렸다. 험한 일은 해본 적이 없는 것처럼 손가락도 매끈했다.

"보아 하니 책이나 읽는 분 같은데, 빙고 수리하는 게 별것 없어 보여도 이쪽으로 이골이 난 자들이 아니면 어려운 일이오. 그러니 그만 가보슈."

공필은 진기의 어깨를 툭 치고 갈 길을 걸어갔다.

그러나 몇 걸음도 채 더 가기 전, 진기는 그를 불러 세웠다.

"강공필!"

낯선 사내가 제 이름을 부르자 공필은 놀라 휙 돌아섰다.

"날 아슈?"

진기는 천천히 다가오며 입을 떼었다.

"단월이."

"단, 단월이?"

공필의 눈이 순식간에 커졌다.

"당신이 내 딸을 어떻게 알아?"

"질문이 틀렸소. 어떻게 아느냐가 아니라, 어디에 있느냐고 물어야지."

순식간에 공필의 코앞까지 다가선 진기는 그의 발등에 발을 올려놓고 힘껏 짓이겼다.

공필의 입에서 고통스런 신음이 터져 나왔다.

진기는 손가락을 그의 입에 가져다 댔다.

"쉿! 그렇게 떠들면 거래를 할 수 없잖아, 안 그래?"

공필은 겁에 질려 고개를 끄덕였다.

"단, 단월이 있는 데를 정말 아십니까?"

"당신이 부탁한다면, 딸 데리고 야반도주한 당신 마누라도 머리채를 잡아끌고 올 수 있지."

공필은 진기에게 바싹 다가서 그의 옷소매를 꽉 잡았다. 그의 손끝이 파르르 떨렸다.

"단월이를 얼마나 찾아 다녔는지 모릅니다. 뉘신지 모르겠으나, 정말 고맙습니다. 정말 고맙습니다."

"그리 고마워할 건 없소. 거래를 위한 미끼니까."

상대의 목소리가 너무 작아 공필은 자신이 잘못 들은 줄 알았다.

"미끼?"

"그렇소, 거래를 성사시키기 위한 미끼."

"혹 빙고 일로 나와 거래를 원하는 거요?"

진기는 말없이 고개를 끄덕였다.

공필이 고개를 흔들며 한숨을 내쉬었다.

"전에 있던 빙고 고원이 뒤로 돈을 빼돌리다 결국 쫓겨난 거 모르오?"

"걱정 마시오, 내가 원하는 건 돈이 아니니."

"그럼 뭐요?"

"침묵."

"무엇에 대한?"

"당신이 앞으로 보게 될 모든 것. 당신 딸은 그 침묵을 지키기 위한 미끼요."

진기는 일부러 잠시 시간을 두고 다음 말을 이었다.

"침묵이 깨지면 미끼는 죽는 거지."

진기의 목소리는 낮고 작았지만, 공필은 고막이 찢어질 듯 울리는 천둥소리라도 들은 것처럼 놀라 사지를 벌벌 떨었다.

"대체 누구십니까? 누구신데 그런 겁박을 하시는 겁니까?"

"이미 말했잖소. 당신 도움이 필요한 사람이라고."

"내 도움이 필요하다는 사람이 어찌 내 딸의 목숨을 위협하는 거요?"

"고원 나리, 딸의 생사여탈권은 내가 아니라 당신이 쥐고 있다는 거 모르겠소?"

두려움에 눈물을 뚝뚝 흘리던 공필이 진기를 쳐다보며 연신 고개를 끄덕였다.

"시키는 대로 다 하겠습니다. 뭐든 다 할 것이니 우리 단월이……

살려주십시오."

"그럼 살려달라고 할 게 아니라, 딸을 데려다 달라 부탁해야지. 그래야 거래가 성립되는 거요."

"네? 아, 네네. 부탁드립니다. 딸을 데려다 주십시오. 제발 부탁드립니다."

공필의 입에서 기다리던 말이 떨어지자 진기는 그제야 설핏 웃었다. 기분 나쁠 정도로 차가운 웃음이었다.

"그리 부탁을 해오시니 당신 딸은 일이 끝나는 대로 데려다 주겠소. 그럼 이것으로 우린 거래를 튼 거요."

진기는 품에서 주머니를 꺼내 공필의 손에 쥐어주었다. 제법 묵직했다.

"이건 당신이 할 일에 대한 선금."

"이런 건 필요 없습니다."

공필이 콧구멍을 벌렁거리며 돈주머니를 사양했지만, 진기는 강제로 그에게 돈주머니를 다시 안겼다.

"내가 원하는 건 딱 두 가지요. 빙고 안의 일은 혼자 할 것 그리고 그 안에서 본 건 절대 발설하지 말 것."

"대체 빙고 안에 무엇이 있는 거요?"

"보면 알 것이오."

짧게 대답한 진기는 그대로 등을 돌려 걸어갔다.

진기의 뒷모습이 다 사라지도록 꼼짝 못하고 서 있던 공필은 기여
뚝 눈물을 떨어뜨리며, 제 손에 쥐어진 주머니를 쳐다봤다.

묵직한 무게만큼 심장을 짓누르는 듯해 꼴도 보기 싫었다. 그래서
공필은 아무렇게나 허리춤에 매려고 하다 문득 자신이 주머니에서
뭔가를 본 것 같아 다시 꺼내들었다.

잘못 본 게 아니었다. 공필이 본 건 정갈하게 수놓아진 푸른색 창
포잎이었다. 그건 검계의 표식이었다.

며칠 뒤 공필은 자신이 이날 만난 얼굴 하얀 사내가 검계 조직의
장자방이자 이인자인 이진기라는 걸 알게 되었다. 그리고 그 순간
빙고 안에서 자신이 볼 그 무언가가 심상치 않을 것이라 짐작했다.

7

공필이 갈대를 실은 수레를 끌고 둔지산 동남쪽 끝자락에 위치한
서빙고에 도착한 것은 술시(저녁 8시)가 훌쩍 지난 시간이었다.

예상보다 늦게 도착한 탓에 공필은 도착하자마자 서둘러 빙고의
외벽부터 점검했다.

서빙고는 여덟 채의 움막집 형태로 지어진 창고였다. 동빙고의 열

두 배가 넘는 규모에다 목조건물이라 원래도 여기저기 손볼 데가 많은 건물이었다. 게다가 이전의 고원이 재료비를 착복해 쫓겨났다니 빙고의 상태가 썩 좋지 않을 거라 공필은 예상했다.

과연 어두운 횃불 아래 드러난 빙고는 예상을 뛰어 넘어 뭐라 형언할 수 없을 정도로 형편없는 상태였다.

공필이 외부를 빙 돌아 빙고 문 앞에 도착하자 빙고지기인 서원(書員)이 그를 보고 말없이 고개를 끄덕였다. 아는 척을 하는 것이다. 처음 보는 자였지만, 그가 왜 공필에게 아는 척을 했는지 짐작이 갔다. 서원도 빙고 안에 무엇이 들었는지 아는 게 틀림없었다.

서원은 다시 한 번 공필에게 고개를 끄덕여 보이더니, 빙고 문에서 두어 걸음쯤 떨어져 섰다. 그리고 주변을 둘러보았다. 빙고에 다가오는 이를 경계하려는 것이었다.

공필은 서원이 알아채지 않도록 얕은 한숨을 몰아쉬고, 빙고의 문고리를 잡아 힘을 주었다. 그러자 삐이걱 소리와 함께 빙고 문이 무겁게 열리며 허연 냉기가 흘러 나왔다.

8

빙고로부터 거리가 좀 떨어진 정자에서 진기는 공필의 움직임을 주시했다. 딸의 목숨이 달린 일이니 섣불리 탈선하지 않을 거라 여겼지만, 쉽게 예단할 일은 아니었다.

수하 한 명이 조심스럽게 그의 곁으로 다가왔다.

"찾았나?"

진기는 빙고에서 시선을 떼지 않은 채 태연하게 물었다.

"예, 찾긴 했는데, 문제가 좀 생겼습니다."

"문제?"

진기는 그제야 빙고에 걸어 두었던 시선을 돌려 수하를 쳐다보았다.

"수성, 그자가 죽어 있었습니다."

진기는 있는 대로 이맛살을 찌푸렸다.

수성은 공필이 오기 전까지 빙고의 수리를 맡았던 고원으로, 진기에게 입안의 혀처럼 굴던 자였다. 문제는 수성이 진기의 비위를 잘 맞추는 것만큼 일을 잘하지 못하는 데 있었다.

수성이 빙고 수리를 맡고부터 가을이 오기도 전에 얼음이 자꾸 녹아버려 낭패였는데, 알고 보니 빙고 수리 기술이 부족한 데다, 재료 비마저 빼돌려 제 주머니 채우는 일에만 혈안이 돼 있었다. 얼마나 주도면밀하게 돈을 빼돌렸는지 일이 터지기 전까지 진기도 까맣게 몰랐다.

결국 고원 자리에서 쫓겨난 수성은 그 밤으로 도망쳤고, 진기는 그의 행적을 뒤쫓고 있었다. 헌데 그가 죽은 상태로 발견된 것이다.

"저기 그런데…… 그자의 얼굴에 검계의 표식이 있었습니다."

"표식?"

검계에선 조직을 배신한 자들을 처벌하면 얼굴에 칼로 표식을 남겼다. 이는 배신의 대가가 무엇인지 보여주기 위한 일종의 경고였다.

그러나 검계 조직에서 수성을 뒤쫓고 있는 건 진기뿐이었다. 적어도 그가 아는 한은 그랬다.

골똘하게 생각하던 진기가 짚이는 것이 있는지 눈을 가늘게 떴다.

"표식 다시 한 번 확인해봐. 누가 우리 흉내를 낸 걸 수도 있으니. 그리고……."

수하는 진기가 채 하지 못한 말을 마저 들으려 고개를 들고 빤히 쳐다봤다.

진기는 거기서 입을 다물었다. 나머지 말은 차마 할 수가 없었다. 그건 조직에서 진기 몰래 움직인 자가 있는지 알아보란 말이었다. 만약 수성에게 원한을 품은 자가 죽인 것이라면 다행이지만, 누군가 진기도 모르는 조직의 명령으로 은밀하게 움직여 수성을 죽였다면 얘기가 달라졌다. 그건 조직의 수장이 진기에게 내린 경고일 것이었다. 그러니 섣불리 입 밖으로 내놓을 말이 아니었다.

진기는 아무렇지도 않은 듯 말을 돌렸다.

"빙고 안에 술이 얼마나 들어 있지?"

"술항아리가 들어 있는 움막은 여덟 곳 중 세 곳이고, 움막 한 곳엔 술동이 스물여섯 개와 주발 서른 개쯤 숨겨져 있습니다."

새로 고원이 된 공필이 보고도 못 본 척해야 하는 건, 바로 이 술항아리들이었다.

사실 검계 조직에서는 빙고에 밀주를 보관했다.

해마다 점점 기세를 더해가는 여름 더위 때문에 술이 쉽게 상했다. 그렇다고 여름 장사를 포기하자니 조직의 손해가 이만저만 아니었기에 해결책이 필요했다. 그때 진기가 빙고를 생각해낸 것이다.

한양엔 내빙고, 동빙고, 서빙고 이렇게 세 곳의 빙고가 있었다. 내빙고는 궁 안에 있고, 두모포에 있는 동빙고는 나라의 제향에 쓰일 얼음을 저장하는 곳이라 진기는 애초 규모가 가장 크고, 관리들에게 나눠주는 얼음을 보관하는 서빙고를 염두에 두고 일을 진행시켰다.

궁에 사는 쥐새끼들까지도 검계가 주는 밥을 먹는다는 우스갯소리가 있을 정도니 서빙고를 관리하는 관료를 매수하는 건 어렵지 않았다.

그 다음엔 사람들이 가지고 있는 패빙(牌氷, 얼음을 가져갈 수 있는 권한을 알려주는 호패)을 은밀히 사 모았다.

기본적으로 궁궐의 시녀, 내관, 각 부서의 벼슬아치, 활인서 등에 얼음 일정량이 지급됐는데, 패빙 하나에 얼음 10정이었다.

그렇게 수집한 패빙만큼 얼음을 빼내 빙고 안의 공간을 확보하자 이번엔 술을 운반하는 일이 걸렸다.

필시 사람들 눈에 띄지 않게 운반해야 했지만, 그 많은 술동이를 소리 소문 없이 옮기는 건 불가능해 보였다. 그러나 검계 조직에서 진기가 그간 처리해온 일은 모두 처음엔 불가능한 일들이었다. 그것들을 가능하게 만드는 게 진기의 일이었다. 그러니 이번에도 그는 해결책을 찾아야 했다.

몇날 며칠을 고심하던 진기는 군사들의 시선을 다른 곳으로 끌어 그 사이 술을 운반하면 어떨까 생각했다. 그때 불현듯이 떠오른 게 바로 검계 습진(習陣, 군사 훈련)이었다.

검계 습진은 이따금 포청에 검계 조직의 세력을 위시하려 새벽에 기습적으로 활보하는 일이었다. 검계들의 습진이 시작되면 한양 거리는 애초 사람이 살지 않는 것처럼 텅 비었다. 사람들은 검계를 피하려 집 밖으로 나오지 않았고, 포청 군사들은 죄다 습진하는 길목마다 대기해 혹시 모를 돌발 상황에 대비해야 했다. 그러니 그 사이 술을 옮기면 될 일이었다. 진기의 계획은 성공적이었다.

그리고 지금껏 빙고 안에 술을 보관해둔 것을 들키기는커녕 의심조차 사본 적이 없었다. 고원 공필도 진기와의 약속을 잘 지킬 것이니 당분간은 안전할 것이라 그는 믿었다.

9

드디어 빙고 안에서 공필이 나왔다.

그는 분주하게 고개를 돌려 누군가를 찾고 있었다. 뜻하지 않은 일이 생겨 아마도 자신을 찾고 있는 거라 진기는 생각했다.

진기가 공필 곁으로 다가갔을 때 그는 마치 귀신이라도 본 양 덜덜 떨고 있었다.

공필은 애서 태연한 척 노력했지만, 뜻대로 되지 않는 듯했다.

"무슨 일이오?"

"그거……."

그 순간 하얗게 질렸던 공필의 얼굴빛이 급작스럽게 새까맣게 타들어갔다. 그리곤 좀처럼 진정이 되지 않는지 거친 숨을 몇 차례 내뱉고는 겨우 말을 꺼냈다.

"빙, 빙고에 들어 있는 그것! 어떻게 하시겠습니까?"

"그대로 둘 생각이오. 당신이 입만 열지 않는다면."

공필은 놀라 고개를 절레절레 흔들었다. 그리고는 다시 숨이 차는지 심호흡을 몇 차례 하는데, 숨결마저 벌벌 떨리는 게 느껴졌다. 그런데 왜?

아무래도 공필의 반응이 이상했다. 물론 얼음으로 가득 차 있을 줄 알았던 빙고 안에 술동이가 그득 들었으니 놀랐겠으나, 이리 벌벌 떨 정도로 두려운 일은 아니었다. 이유를 모를 일이었다.

"그냥…… 그러니까 저것을 그냥 두시겠다고요?"

진기는 빤히 공필을 쳐다보며 고개를 끄덕였다.

그러자 공필이 힘없이 말꼬리를 내렸다.

"아무리 빙고라지만 그래도 조금 지나면 역한 냄새를 숨기지 못할 것인데……."

"역한 냄새?"

순간 진기는 공필이 본 것이 술동이가 아님을 직감했다.

"대체 안에서 뭘 보신 게요?"

그때였다. 공필의 눈이 커지며 불안한 듯 눈동자가 이리저리 움직였다.

덜덜 떨리는 손을 마주 잡고 마음을 진정시키려 애를 쓰던 공필이 드디어 입을 떼었다.

"빙고의 비밀은 천장에 있습니다. 천장은 네다섯 곳 정도 움푹 들어간 곳이 연달아 위치하도록 만들어야 합니다. 원래 더운 공기는 위로 뜨는 법이니 빙고 안의 더운 공기는 자연스럽게 빙고 냉기에 밀려나 위로 치솟게 되죠. 그렇게 위쪽으로 올라간 공기는 천장의 움푹 패인 곳에 고이게 됩니다. 그리고 위쪽에 고여 있던 더운 공기들은 환기구를 통해 밖으로 빠져 나가게 되고요."

"그게 무슨 소리요?"

"그러니까 냄새요, 냄새."

"냄새?"

"빙고 안엔 얼음밖에 없으니 원래는 냄새가 나지 않아야 합니다. 헌데 제가 환기구를 살피는데 더운 공기에 뭔가 큼큼한 냄새가 섞여 있지 뭡니까. 그래서 뭔가 잘못됐나 싶어 바닥 쪽을 살피다…… 그걸 봤습니다."

"그거?"

"네, 그거."

공필은 놀란 듯 주변을 살피고 진기에게 몸을 기울이고는 말소리를 낮췄다.

"그거. 죽은 사람 말입니다."

두 사람은 말없이 서로를 응시했다.

10

한양 종로의 서린동은 선전(繕廛, 비단을 파는 상점), 면포전(綿布廛, 무명을 파는 상점), 면주전(綿紬廛, 명주를 팔던 상점), 지전(紙廛, 종이를 파는 상점), 저포전(苧布廛, 모시를 파는 상점), 내외어물전(內外魚物廛, 어물을 파는 상점) 등 육전이 모인 규모가 큰 시전이다. 그러니 물건을 사러 온 사람들과 물건을 팔려는 사람들이 한데 어우러져 서린동은 언제나 소란스러웠다.

허나 지금은 밤이다. 서린동에 빽빽하게 들어찬 점포와 점포 사이를 거미줄처럼 연결한 좁은 골목들 그리고 그곳의 중앙을 가로지르고 있는 대로는 잠들어 있어야 하는 시간이었다. 흥분하여 제멋대로 떠들고 고함지르던 사람들이 떠난 시간이니 응당 그래야만 했다.

그러나 어디선가 어린 계집의 노랫소리가 들려오기 시작하면서 침묵은 깨졌다.

"소리개가 떴다, 병아리는 숨어라."

때마침 구름을 벗어난 달빛 아래 노래 부르는 어린 계집의 모습이 천천히 드러났다.

아이는 제 집 마당 한가운데 서서 노래를 부르고 있었다. 그러나 아이의 낯빛은 허옇게 질려 있고, 온몸은 **빳빳**하게 굳은 게 뭔가 이상해 보였다.

순간 아이의 목소리가 듣기 싫게 갈라졌다. 너무 긴장한 탓이었다.

아이는 겁에 질려 금방이라도 울 듯한 표정으로 슬금슬금 평상 쪽을 쳐다봤다. 시선을 따라가 보니 그곳에 누군가 있었다.

그는 환한 불빛 뒤쪽의 어둠 속에 앉아 있었고, 하여 제대로 보이는 건 그의 팔뿐이었다.

"계속해."

낮고 강한 말소리가 들리자, 아이는 울먹거리다 다시 노래를 이어갔다.

저녁 무렵 정체 모를 이 사내는 아이를 찾아왔다. 이유는 간단했다. 어린 계집이 저자거리에서 지금 유행하는 노래를 가장 먼저 불렀기 때문이다. 그리고 그 노래는 낯선 이가 아이에게 엿가락을 물려주고 알려준 노래였다.

아이는 모르고 있지만, 사실 그건 검계 조직의 간자들이 사용하는 암호 노래였다. 소리개는 군졸을, 병아리는 검계를 뜻한다. 즉 포청의 간자가 술집에 스며들었으니 주의하라는 뜻이었다.

시전에 아이들의 노래가 파다하게 퍼지자, 검계에선 이를 정확하게 확인하고자 아이를 찾아온 것이다. 보통은 정찰검계 조직을 운영하는 진기가 확인할 것이었으나, 무슨 영문인지 이번엔 검계의 수장, 철주가 수하 두 명만을 데리고 직접 나섰다. 전에 없는 일이었다.

"어디 어디 숨었나, 장독 속에 숨었지."

몇 번이고 계속됐던 아이의 노래가 끝이 났다. 그래도 뭔가 미심쩍은지 철주는 끙 앓는 소리를 내더니 잠시 침묵했다.

"정말 그리만 알려주더냐? 장독 속에 숨었다고?"

검계에서 정한 암호는 세 가지였다.

만일 검계가 운영하는 바침술집에 간자가 숨었을 땐 술병 속에 숨었다, 조직 안에 간자가 숨어 있을 땐 집구석에 숨었다, 마지막으로 간자가 있다는 정황만 알지 어디에 스며들었는지 모를 땐 뒤통수에 숨었다고 했다.

방금 아이가 부른 노래처럼 장독 속에 숨었다는 암호는 검계의 암호가 아니었다. 필시 아이가 잘못 기억하거나, 잘못 들은 것이 틀림없었다.

아이는 고개를 힘없이 저었다. 그리고는 겨우 입을 달싹여 말을 꺼냈다.

"노래, 그만하면 안 돼요?"

"한 번 더."

아이가 제대로 된 암호를 기억해낼 때까지 철주는 노래를 계속 시킬 참이었다.

그러나 철주의 말이 떨어지자 결국 아이는 참았던 울음을 왕 하고 터뜨렸다. 옆에 서 있던 계집의 아비도 더는 못 참고 아이를 와락 껴안으며 철주 앞에 무릎을 꿇었다.

"아이가 겁을 먹었습니다. 차라리 제가 부르겠습니다. 저, 저도 그 노래 다 알고 있습니다. 네?"

"노래 부르게 해, 계속."

"제발, 두령님!"

계집의 아비는 겁에 질려 우는 아이를 꼭 껴안고는 다짜고짜 노래
를 불렀다. 지금 자신 앞의 사내가 철주라는 걸 알기에 공연한 일에
자식이 휘말릴까 염려돼 용기를 낸 것이다.

"소, 소, 소리개가 떴다."

계집의 아비가 부르는 노래는 음조도 엉망이고, 덜덜 떠느라 발음
도 불분명했다. 게다 불빛에 드러난 철주의 손과 팔을 살피느라 가
사마저도 자꾸 틀렸다.

"소리개야 숨어라, 병아리가 떴다."

그 순간, 철주의 주먹에 힘이 들어가더니 휙 하는 바람소리와 함
께 촛불이 꺼졌다.

살얼음판 위를 걷듯 철주의 기색만을 살피던 계집의 아비는 기여
올 것이 왔구나 싶어 아이를 가슴에 꼭 안고는 흐느꼈다.

"살려주십시오, 두령님. 제발 살려주…… 흡!"

누군가 계집의 아비 입을 급히 막았다.

"쉿!"

철주였다.

아이의 애비를 못마땅하게 노려보던 철주는 어느 순간, 이 집으로
걸어오는 분주한 발소리를 들었다. 서린동을 오가는 장사치의 발소
리라기엔 너무 날래고 가벼웠다. 분명 검을 쓰는 자였다. 그러니 주

인 사내를 만나러 오는 이가 아니라 철주를 찾아오는 사람인 게 분명했다.

다만 이쯤이면 검계의 암호 노래가 퍼졌다는 걸 포청에서도 파악했을 터. 철주에게 오는 이가 포졸일지, 그의 수하일지는 모를 일이었다.

발소리가 점점 커졌다. 발소리의 주인은 무슨 연유인지 몰라도 분주하게 움직였다.

철주는 어찌 돌아갈지 모르는 상황에 대비하고자 아이는 마당 한가운데 세워두고, 사내만 끌고 수하들과 함께 부엌 뒤쪽에 몸을 숨겼다. 여차하면 사내를 인질 삼아 빠져나갈 심산이었다.

사내의 입을 막고, 그 목에 단검을 들이대며 아이에게 다시 노래하라 명령했다. 발소리의 주인도 분명 저 노랫소리를 따라온 것이라 그는 확신했다.

"소리개가 떴다, 병아리는 숨어라. 어디 어디 숨었나, 장독 속에 숨었지."

가늘게 떨리는 아이의 노랫소리가 서린동에 다시 퍼져 나갔다.

철주가 몸을 숨기느라 분주한 사이 발소리의 주인은 어느새 집 앞에 다가왔다. 그리고 의심 없이 아이의 노래를 따라 마당으로 들어섰다.

그 순간, 철주는 계집의 아비를 발소리의 주인에게 밀쳐 자신의 방패로 이용하곤 날카로운 단검을 쥔 팔을 힘껏 뻗었다.

모습을 드러낸 자는 자신의 수하, 진기였다. 진기가 날쌔게 몸을 피했기에 망정이지, 낭패를 볼 수 있는 상황이었다.

칼은 진기의 눈동자 바로 앞에서 가까스로 멈춰 섰다.

그럼에도 철주는 칼을 쥔 손에서 한참 동안 힘을 빼지 않았다. 오히려 자신도 모르게 손에 힘을 주어 칼날이 파르르 떨었다.

그리고 잠시의 침묵.

"넌 줄 몰랐다."

철주는 칼을 품에 집어넣으며, 나지막하게 말을 내뱉었다.

그제야 부엌에 숨어 기습을 준비하던 수하들도 나와 진기에게 고개 숙여 인사했다.

묵묵히 서 있던 진기는 서빙고에서 있었던 일을 짤막하게 보고하고는 죽은 자가 우포청의 정포졸이란 설명을 덧붙였다.

"그자가 빙고에 들어갔다 얼음 사이에 발이 끼어 그대로 죽은 듯합니다."

"죽은 지 얼마나 됐나?"

"동사(凍死)라 정확하진 않지만, 족히 닷새는 된 듯합니다."

"포청 동향은?"

"아직 움직임이 없습니다."

"그래? 그럼 간자의 행방을 아직 모르고 있단 말이지. 헌데……."

철주가 생각에 잠겨 턱을 북북 긁어대다 진기를 빤히 쳐다보며 다음 말을 이었다.

"우포청 포도대장이 이장우지?"

진기가 고개를 끄덕였다.

"그자라면 곧 알아낼 것인데……. 아니면 이미 알고 있을 수도 있고."

철주의 말이 끝나길 기다렸다 진기가 조용히 입을 열었다.

"우포청에 사람을 몇 심어 두고, 한 시진(時辰, 2시간)마다 보고를 받고 있습니다."

고개를 끄덕이던 철주가 다시 입을 열었다.

"허면 빙고의 술은 어찌할 것이냐?

"다시 도가로 옮겨야겠습니다."

"아무래도 그게 안전하겠지."

"예."

"아, 그리고……."

철주가 눈을 지그시 뜨고 진기를 쳐다보다 천천히 입을 열었다.

"난 언덕주막 맞은편에 있는 바침술집에 잠시 다녀와야겠다."

철주의 말이 떨어지자 진기는 망설임 없이 다음 말을 꺼냈다.

"그곳에 든 간자는 제가 미리 움직여 처리해야 했는데, 빙고 일이 다급해 그리 못했습니다. 죄송합니다."

그 순간 철주는 천천히 턱을 치켜 올렸다.

"……그렇지, 간, 자."

사실 철주는 서린동에 오기 전 전갈을 받았다. 언덕주막 맞은편 바침술집에서 여름에도 술이 상하지 않게 보관할 수 있는 방법을 찾았다는 것이다. 그래서 여기 일이 끝나는 대로 바침술집에 가려 한 것이지만, 차마 진기에게 이를 사실대로 말할 수 없었다. 뜻밖에도 그의 입에서 간자라는 말이 흘러나왔기 때문이다. 철주는 지금껏 모르고 있던 간자의 위치를 진기는 이미 알고 있다는 걸 인정할 수 없었다.

게다가 진기가 지금 자신이 간자의 위치를 몰라 고심하고 있는 걸 알고 언질을 주는 것인지, 모르고 한 말인지 좀처럼 그의 속마음을 읽을 수 없다는 사실이 철주의 신경을 사납게 긁어댔다.

"알고 있었구나, 너도."

"그럼 다녀오십시오. 전 빙고로 가 준비하겠습니다."

진기는 빠르게 대답하고, 등을 돌렸다.

그때였다.

철주의 눈에 알 수 없는 감정들이 휘몰아치더니, 진기의 등에 대고 담담한 목소리로 말을 꺼냈다.

"아참, 내가 죽었다."

멈칫하던 진기는 천천히 몸을 돌려 세워 철주를 빤히 쳐다봤다.

"수성 그자, 내가 죽었다고."

또다시 침묵.

"……예."

진기가 동요하지 않고 나지막하게 대답하자, 철주가 넌지시 물었다.

"이미 알고 있었던 거냐?"

마치 대답을 준비하고 있었던 것처럼 진기는 망설이지 않고 대답했다.

"아닙니다. 그자를 계속 찾고 있었습니다."

철주는 눈을 가늘게 뜨고 진기를 찬찬히 살폈다. 그의 표정에선 여전히 생각을 읽을 수 없었다.

"그랬군."

"예."

철주는 알았다는 듯 손을 들어 진기의 뺨을 두어 번 툭툭 치면서 일부러 과장된 미소를 지었다.

진기 또한 옅은 미소로 화답했다.

그러나 이들은 오늘밤 두 개의 거짓말이 서로 오갔음을 알아채고 있었다.

11

이제 막 임금과 독대를 마치고 내전에서 나온 우의정 오순항이 숙장문(肅章門)을 나서자, 문 앞에서 기다리던 내관 한 명이 불을 들어 길을 밝혔다.

이미 통행금지 시간이 지난 시각이었지만, 순항은 순라군(巡邏軍, 밤에 순찰을 도는 군사)에 구애를 받지 않았다. 임금이 시간을 가리지 않고 그를 찾는 일이 잦다보니 순라군들도 알아보곤 발걸음을 옮겼다.

이제 순항은 창덕궁의 중문인 진선문(進善門)을 막 나서 바로 금천교(錦川橋)로 들어섰다.

창덕궁이 북악산의 한 줄기인 응봉의 산자락에 위치한 까닭에 응봉에서 흘러내린 물줄기가 궁 안으로 이어졌는데, 그 위에 놓인 다리가 바로 금천교였다. 이 금천교는 임금이 계시는 궁의 출입구인 진선문과 맞닿아 있어 백성과 임금을 연결한다는 상징적인 의미를 가지고 있기도 했다.

그래서 궁으로 외부의 흉살(凶殺, 불길한 운수나 흉악한 귀신)이 흘러들어오는 걸 막기 위해 거북이나 해치, 귀면(鬼面) 등을 다리 곳곳에 배치해두었다. 그것들 중 가장 눈에 띄는 것은 다리 아래 양각된 귀면이었다.

이 귀면은 잠자리 두 눈 사이의 모습과 유사하다고 하여 청정무사(蜻蜓武砂)로도 불렸는데, 맑고 바르지 못한 마음으로 궁을 오가는 자들은 청정무사의 부리부리한 두 눈에 걸려 금천교 위에 옴짝달싹할 수 없게 달라붙게 된다는 풍문이 떠돌았다.

순항도 언젠가 그 풍문을 들은 적 있지만, 귀면을 제대로 본 적은 없었다. 언제나 금천교를 건너 궁으로 들어갈 때면 진선문 너머로 보이는 숙장문의 큰 솟을대문만 뚫어지게 쳐다봤고, 궁에서 나와 집으로 갈 때면 언제나 생각에 잠겨 주변의 것들을 눈여겨본 적이 없었다.

그런데 오늘, 그는 갑자기 귀면이 궁금해졌다.

"잠깐 서라. 불을 다리 아래다 비춰보거라."

내관은 엉뚱하다 싶은 명령에 어리둥절해하며 그를 빤히 쳐다보았다.

순항이 재촉하듯 고개를 끄덕이자 내관은 다리 난간에 바짝 다가서 불을 든 팔을 다리 아래로 내렸다.

그러나 순항은 웬일인지 난간으로 다가오지 않았다.

그런 순항을 보고 내관이 조용히 입을 열었다.

"무슨 일이라도 있으십니까, 대감?"

잠시 생각하던 순항이 이내 고개를 저었다.

"아니다. 가자."

순항은 짧게 내뱉고 내관을 앞질러 갔다.

그리고 자신도 모르게 걸음이 점점 빨라져 뒤따르던 내관이 종종걸음 쳤지만, 궁의 정문인 돈화문(敦化文)을 지나 자신을 기다리는 가마에 오를 때까지도 이를 알아채지 못했다. 다만 가마꾼들을 재촉해 돈화문이 채 닫히기도 전 멀찍하게 떠나와서야 옷이 축축하게 젖도록 식은땀을 흘리고 있음을 알아챘다.

순항은 이를 그저 밤까지 이어진 여름 더위 탓이라 생각하고, 소매에 넣어둔 부채를 쫙 펼쳐 바람을 만들었다. 그러나 땀이 좀처럼 식지 않아 부채질은 점점 더 거칠어졌다.

순항이 부채질에 몰두하는 사이 어느덧 가마는 집에 이르는 골목 어귀에 도착했다. 그는 마음속 깊은 곳에서 공연한 반가움이 울컥 치미는 걸 느꼈다.

"서둘러 가자."

한시라도 빨리 집에 들고 싶은 마음에 다시 가마꾼들을 재촉했다.

그러나 집 앞에 거의 다 이르렀을 때 그는 못 볼 것을 본 것처럼 눈을 질끔 감고 말았다. 대문에 서 있는 한 사내를 발견한 것이다.

어두워 정확히 알아볼 순 없었지만, 그 사내가 우포청 포도대장 이장우일 거라 확신했다. 그가 자신을 찾아오기 시작한 건 두어 달 전부터였다.

순항은 조용히 손을 들어 가마를 멈춰 세웠다.

인기척을 느낀 장우가 돌아보았다. 순항을 발견한 장우가 그에게로 달려왔다.

"밤이 너무 늦었네. 다음에 얘기하세."

순항은 장우가 채 입을 열기도 전에 말문을 닫았다. 그러나 그도 물러서지 않았다.

"오늘로 딱 두 달입니다. 금주령을 석 달 동안만 풀어 검계들이 술 장사를 독점하는 걸 막아달라, 그러면 그 기간 동안 검계를 완벽하게 소탕하겠다 상소를 올리고, 대감을 찾아뵙고 이리 청을 드린 것이 오늘로 딱 두 달이 되었습니다. 헌데 상소는 중간에 사라져 전하께 보고되지 않고, 대감은 저를 피하기만 하셨습니다."

"피하는 것이 아니라 들려줄 답이 없을 뿐이네. 좀 더 기다려보게."

"대감, 전 이젠 무엇이 틀린 것인지 잘 모르겠습니다."

"무슨 말이냐?"

순항이 눈을 가늘게 뜨고 장우를 쳐다봤다.

"검계를 소탕할 수 있다는 제 생각이 틀린 것인지, 아니면!"

"아니면?"

"검계의 뇌물을 받고, 그들에게 힘을 빌려주는 자들과 대감은 다르다 생각한 제 믿음이 틀린 것인지 모르겠습니다."

장우의 두 눈에 섬뜩한 불이 일었다.

"대감, 말씀해주십시오. 제 생각이 틀린 것이옵니까, 아니면 제 믿음이 틀린 것이옵니까!"

벼락이 내려친 듯 번쩍이는 장우의 두 눈을 쳐다보던 순항에게 불현듯 생각 하나가 떠올랐다.

금천교 다리 아래 마음이 바르지 못한 자들을 골라내려 항상 부리부리하게 눈을 뜨고 있다는 청정무사. 지금 장우의 두 눈이 그것과 꼭 닮았을 것이라 순항은 생각했다. 그리고 청정무사처럼 자신을 옴짝달싹하지 못하게 만들 거란 확신이 들었다.

그러자 머릿속에 꼬리를 물고 '그'가 떠올랐다.

이제 그를 불러들일 때가 되었다, 순항은 결심했다.

12

한차례 바람이 불자 또다시 맞은편 언덕에 켜진 등불이 흔들렸다.

저도 모르게 몸을 움찔하던 붕익은 눈을 가늘게 뜨고 노려보다 돌아섰다. 그대로 원구에게 달려갈 기세였다.

수판이 눈치 채고 막아섰다.

"무슨 일이 생기면 등불을 한꺼번에 끄기로 했답니다. 그러니 좀 기다려보시구려."

"그게 원구가 정한 신호요?"

수판이 고개를 끄덕였다.

"만약 일이 생기면 어린놈이 그리할 수 있다 생각하오?"

수판도 천천히 고개를 돌려 맞은편 언덕을 쳐다봤다. 그의 눈동 자가 힘없이 흔들렸다.

이번엔 이름 없는 사내가 조용히 입을 열었다.

"바침술집에 일하는 자들이 대략 스물두 명 정도였고, 그중 절반 이 칼을 쓰는 자들이었습니다. 혼자 감당할 수 없을 것입니다."

"그래요, 아재. 곧 대장이 군사들을 보내올 것이니……."

"아니, 군사들은 오지 않을 것이오."

붕익의 확신에 찬 말이 떨어지자, 수판이 놀라 쳐다보았다.

"그게 무슨 말이오?"

"포청의 군사들이 지금 바침술집을 덮친다면, 그건 포청에서 검계 와 전쟁을 선포하는 것과 진배없소. 그때부터 전쟁이 시작되는 거 지."

붕익은 잠시 숨을 고른 후, 수판을 정면으로 응시하며 입을 열었 다.

"종사관 나리도 잘 알다시피 대장은 아직 그때가 아니라 생각하고 있소."

"그럼, 원구는……."

수판은 차마 뒷말을 입에 올리지 못하고, 침을 꿀꺽 삼켰다.

붕익은 이름 없는 사내의 허리에 매달린 칼을 쳐다봤다.

"빌려줄 수 있겠나?"

사내가 고개를 끄덕이며 칼자루를 건넸다.

칼을 넘겨받는 찰나, 붕익의 손가락이 사내의 손바닥을 쓱 훑었다.

붕익이 눈을 가늘게 뜨고 사내를 뚫어지게 쳐다보다 고개를 갸웃거렸다.

"어찌 그러십니까?"

노골적인 시선에 사내가 어리둥절해서 쳐다보자 수판이 나섰다.

"우포청 손금부장에 대한 소문 못 들었소? 상대의 손바닥을 스치기만 해도 손금을 단박에 읽는 자. 그자가 바로 이 아재요."

"그럼 지금 내 손금을 읽은 게요?"

사내의 눈빛이 흔들렸고, 붕익은 이를 놓치지 않았다.

순간 둘의 시선이 복잡하게 얽히더니 어색한 침묵이 이름 없는 사내와 붕익의 주변을 에워쌌다.

그 침묵을 먼저 깬 건 붕익이었다.

"칼, 잘 쓰겠소."

사내는 붕익이 뭔가 할 말을 숨기고 있다는 걸 알면서도 더는 캐묻지 않고 입을 닫았다.

붕익 또한 더 말하지 않았다. 사내에게 고개를 끄덕이고는 그대로 몸을 돌려 달렸다. 수판도 두말하지 않고 그 뒤를 따라 달렸다.

주막에 홀로 남은 이름 없는 사내는 한 일자로 입을 꽉 다문 채, 멀어지는 그들의 뒷모습을 쳐다봤다. 어둠 속으로 그들의 모습이 완전히 사라지자 자신의 손을 내려다봤다. 유난히 희고 가는 손가락이 눈에 띄자 사내는 손에 힘을 잔뜩 주어 주먹을 꽉 쥐었다.

13

앞서 달리던 붕익 곁으로 수판이 따라붙더니, 이내 팔을 잡아끌었다.

"바침술집엔 나 혼자 갈 것이오, 아재."

"혼자 가서 어쩔 수 있는 상황이 아니라니까."

시선을 맞은편 언덕에 걸어둔 채 붕익이 말했다.

그러나 수판은 물러서지 않았다.

"둘이 간다 해도 상황은 달라지지 않는다는 거 뻔히 알잖소."

그제야 붕익은 시선을 돌려 수판을 쳐다봤다. 빤히 쳐다보는 채로 천천히 입을 열었다.

"날 떼어내려는 이유가 뭐요?"

"다른 이유 없소. 몇이라도 좋으니 포청에 가 군사들을 데리고 와주시구려. 원구가 무탈하면 조용히 데리고 나올 것이지만, 반대의 경우도 대비해야 할 것 아니오."

수판의 얘기를 묵묵히 듣던 붕익이 무겁게 입을 열었다.

"그러니 더더욱 내가 가야 하오. 원구, 그리 만든 건 나요."

붕익이 확실하게 이 논쟁을 끝내려는 듯 다음 말에 더욱 힘을 주었다.

"포졸이 된다고 했을 때 말리지 않았다면, 원구가 이리 무모한 짓을 벌이진 않았을 거요."

허리춤에 단도를 찬 원구가 포졸이 되고 싶다고 속내를 비쳤을 때, 붕익은 호통을 쳤다. 부모를 죽인 검계를 찾아 복수하려는 의중을 잘 알았기에 더욱 예민하게 군 것이다.

자고로 나라의 군사란 사사로운 감정으로 움직이는 것이 아니라 오로지 백성을 지키기 위해, 나라를 지키기 위해 움직여야 한다고 혼쭐을 내고는 두 번 다시 입에 올리지도 못하게 했다.

돌아보면 또래 아이들처럼 평범하게 살아가길 바라는 마음에서 일부러 더 화를 낸 것이기도 했다.

원구는 서운한 마음을 갖고 며칠을 서먹하게 굴었다. 그 뒤로는 아무 말이 없길래 포기한 줄 알았더니 기여 몰래 사고를 쳤다.

붕익은 그냥 하는 말이 아니라 정말 자신이 원구를 사지로 몰아넣었다 생각했다.

"그러니 포청엔 종사관 나리가 가시오. 내가 먼저 바침술집에 가 동향을 살필 것이니."

"아재 생각엔 포도대장이 내 말을 따라줄 것 같소?"

어림도 없는 일이라는 걸 붕익도 잘 알고 있었다.

"포도대장 움직일 수 있는 건 우포청에 아재뿐이오. 잘 아시잖소."

"한때였소."

붕익은 낮고 단호한 목소리로 대답했다.

"한때라도 아재뿐이라니까."

수판이 워낙 강경하게 구는 바람에 붕익이 차마 부인하지 못하고 입을 다물었다. 그 틈에 수판은 재빨리 그의 허리춤에 걸린 칼 손잡이를 잡았다. 붕익이 수판의 손을 떼어내려 했지만, 수판은 힘을 주고 움직이지 않았다.

"아재가 도착하기 전엔 섣불리 움직이지 않을 것이오. 약속하리다."

붕익이 끙 앓는 소리를 냈다.

"이러고 있을 시간 없소. 그 어린 것, 목숨은 구하고 봐야 할 것 아니오."

붕익의 눈동자가 흔들리는 걸 보자 수판은 망설임 없이 그의 허리춤에 걸린 칼집을 빼 들었다.

붕익은 대꾸할 말을 찾길 포기하고 묵묵히 수판을 쳐다봤다.

사실 그의 말이 맞았다. 비록 지금은 사이가 멀어졌다 해도 장우를 설득할 수 있는 건 오직 자신뿐이라는 걸 스스로도 잘 알았다.

"절대! 내가 도착하기 전엔 움직이지 않겠다고 약속하시오."

수판이 고개를 몇 차례 끄덕이더니 이내 몸을 돌려 언덕 위 바침 술집으로 달렸다.

그리고 멀어지는 수판을 지켜보던 붕익도 발을 돌려 뛰었다.

우포청에 가려면 우선 이 언덕을 내려가야 했고, 전국에서 몰려든 장사꾼들이 복닥거리는 서린동의 복잡한 길을 가로질러 가야 했다. 평소라면 족히 반 식경은 걸릴 거리였다.

그러나 지금은 오시(五時, 자정 무렵)를 한참 지난 시간이었다.

천하의 서린동이라 해도 사람의 왕래가 없는 시간이었고, 게다 붕익은 서린동 골목골목을 제 손바닥 꿰뚫어보듯 하고 있었다. 거기까지만 도착하면 포청에 도착하는 시간을 충분히 당길 수 있을 듯했다. 그나마 다행스런 일이었다.

붕익은 뛰던 걸음을 멈추고 서서 다시 바침술집에 켜진 등불을 쳐다보았다.

그때 마침 등불 하나가 훅 꺼졌다.

혹 저것이 신호일까 싶어 붕익은 자신도 모르게 허리춤에 찬 육모 방망이를 꽉 쥐고 발길을 바침술집 쪽으로 돌렸다. 그리고 다음 상황을 주시했지만, 다행히도 등불은 더 이상 꺼지지 않았다.

붕익은 다시 달렸다. 그리고 머릿속에 서린동 거리를 그려 넣고, 우포청으로 가는 지름길을 꼼꼼히 다시 한 번 확인하는 데 집중했다. 아직 서린동에 도착하려면 멀었지만, 그렇게라도 하지 않으면 자꾸 뒤돌아서서 등불을 확인하고 싶은 마음을 추스르지 못할 듯싶었다.

그때였다.

앞쪽에서 다급한 말발굽 소리가 울렸다. 어둠에 가려 소리의 주인이 누군지 모를 일이었으나, 그리 멀지 않은 거리였다.

붕익은 길가 옆 수풀로 들어갔다. 배를 납작하게 깔고 누워 몸을 숨겼다. 언덕 위 바침술집으로 가는 유일한 길로 급히 말을 달리는 자라면 그게 누구든 포청 군사와 마주치지 않는 게 원구에게 좋을 것이라 판단했다.

붕익은 말을 달리는 자가 부디 시전에 파다하게 퍼진 암호 노래를 듣고 간자를 찾으러 가는 검계가 아니라 그저 술을 사기 바빠 말까지 동원한 얼빠진 작자이길 간절히 기원했다.

그러나 그의 기원은 빗나갔다.

말발굽 소리의 주인은 검계의 수장 표철주였다.

14

죽음의 위협이 가까워진다는 걸 전혀 눈치 채지 못한 소년 원구가 단 한 번 살 기회가 있었다. 그러나 원구 스스로 그 기회를 날려버렸다.

도가에서 만든 술이 덥고 습한 여름 기온에 상하는 걸 막기 위해 검계에선 빙고에다 술을 보관했다. 그런데 얼마 전 빙고 수리가 시작된다는 소식이 전해졌고, 혹시 빙고의 술이 발각될 경우를 대비해 각 바침술집에서는 평소보다 많은 술을 보관했다. 물론 조직의 지시였다.

조직의 지시를 어길 수 없어 술을 무리하게 받아두었지만, 그 술 때문에 한양의 바침술집들은 골치를 썩고 있었다. 칠월의 더위를 피해 술을 보관할 좋은 방법을 좀처럼 찾지 못했기 때문이다.

마당에 깊은 구덩이를 파 술항아리를 묻어두기도 했고, 또 어디는 깊은 산골에서 흐르는 차디찬 약수를 지게질로 길러와 술항아리를 담가두기도 했다.

그러나 칠월 햇볕의 뜨거운 기세는 모두의 예상을 넘어섰다.

그 열기는 땅속까지 무섭게 파고들어 정오가 되기도 전 바침술집 마당에서는 술이 익느라 부글거리는 소리가 넘쳐났고, 시나브로 발효를 넘어 상하기 시작하면서 시큼한 냄새가 진하게 퍼졌다. 그러자 도로 땅속의 술항아리를 파내느라 허둥거렸고, 그 과정에서 흙먼지가 들어가 항아리 몇 개를 통째로 버려야만 했다.

차디찬 약수를 길러와 담가두었던 술집도 문제가 생겼다.

분명 산에서 가져올 때는 손가락만 넣어도 온몸에 소름이 돋을 만큼 차디 찬 냉수였으나, 일단 산에서 벗어나기 시작하면 이글거리는 햇빛에 온전히 노출돼 도착도 전에 미지근해지고 말았다. 아쉬운 대로 그 물에 술항아리를 담가두었지만, 금세 뜨끈해져 하나마나한 일이었다.

언덕주막 맞은편 바침술집의 사정도 마찬가지였다.

술항아리를 마당 깊이 묻어두고, 그 위에 천막까지 쳐봤지만 술은 아무래도 오래 버틸 것 같지 않았다. 그래서 술집 문을 닫지 못하고 기온이 서늘한 새벽까지 술을 팔아야 했다.

　문제는 그 시각까지 술을 사러 오는 이가 없다는 데 있었다. 도성의 성문이 모두 닫히고, 순라군들이 사방을 돌며 밤 순찰을 나서니, 이를 뚫고 술을 사러 올 자가 없는 건 뻔했다.

　물론 술집도 이를 예측 못 한 건 아니었다. 그러나 그나마도 하지 않으면 받아둔 술을 채 팔지도 못하고 고스란히 버려야 할 판국이었다. 그랬다간 조직의 문책을 도저히 피할 방법이 없으니 노력하는 척이라도 해야 한다고 생각한 것이다.

　술 익는 소리와 술을 상하지 않게 보관할 방법을 찾는 사람들의 말소리로 언덕 위 바침술집은 내내 시끄러웠다.

　그러나 원구는 개의치 않고, 그저 돌담 위에 올려둔 등불에 온 신경을 쏟았다. 이제 막 등불 한 개를 꺼 두 개의 등불만이 남은 상태였다.

　원구는 맞은편 주막의 기색을 살피느라 마당에서 설렁설렁 빗질을 했다.

　그때 술집 사내 하나가 눈이 찢어지게 원구를 노려보며 다가오더니 머리통을 쥐어박았다.

　"어린놈이 벌써부터 농땡이나 부리고, 쯧쯧쯧. 지금 술집에 난리 난 것도 안 보이냐?"

　원구가 말없이 사내를 노려봤다.

　아이의 반응이 어이없었는지 사내가 다시 한 번 머리를 쥐어박았다.

"네가 노려보면 어쩔 것이냐? 벌써부터 제 발로 술집에 겨 들어온 놈이, 쯧쯧쯧. 쓸데없는 짓 말고, 서빙고에 가서 수리가 어느 정도 진행됐는지나 보고 와."

사내는 더 이상 실랑이하기 싫다는 듯 원구의 등을 거칠게 밀어냈다.

그렇게 떠밀리듯 원구가 술집에서 나가자 사내는 그제야 묵은 체증이라도 내려간 듯 한결 가벼워진 낯으로 다시 들어갔다.

잠시 후, 원구가 텅 빈 마당으로 슬금슬금 돌아왔다.

돌담 위에 올려둔 등불 때문이었다. 다른 사람이 등불을 만져 공연한 오해를 야기하기 전에 살아있는 두 개의 등불을 모두 끄고 조용히 사라질 심산이었다.

원구는 안쪽을 살피며 자초의 심지를 손가락으로 비볐다. 성급하게 불이 꺼진 초에서 검은 연기와 매큼한 불 냄새가 확 피어올랐다. 그는 재빨리 손으로 바람을 만들어 연기와 냄새를 흩어놓았다.

원구는 고개를 돌려 술집 안쪽의 기색을 살폈다. 안에선 술이 상하면서 퍼지기 시작한 시큼한 냄새와 사내들의 땀내가 뒤엉켜 진득거리는 악취가 진동했다. 이 정도 불 냄새는 티도 나지 않을 것 같았다.

생각이 그에 미치자 원구는 안심하며 마지막 등불의 갓을 벗기고 단숨에 불을 끄려 했다.

그러다 문득 이상한 생각이 원구의 뇌리를 스쳤다. 왜 아무 소리도 들리지 않는 거지?

원구는 천천히 움직여 술집 안쪽을 다시 살폈다. 방금 전까지 술집에서 새어나오던 두런거리는 말소리가 없었다. 분주하게 움직이는 인기척도 없었다.

심지어 밤새 귀가 먹먹해지도록 울어대던 매미들도 그 순간만큼은 울음을 멈춘 상태였다. 원구가 바침술집에 온 후 처음 느끼는 침묵이었다.

그때 누군가의 말소리가 들려왔다. 술 창고 쪽이었다.

원구는 말소리에 박자 맞춰 발걸음을 떼었다.

모퉁이를 돌아 창고에 다가가보니 다행히도 문이 열려 있었다.

문틈으로 안쪽의 상황을 살폈다. 무슨 일인지 다들 모여 누군가의 얘기를 듣고 있었다. 말하고 있는 이는 도가의 총책임자 관리검상(官吏劍上)이었다.

그는 관리검상 중 가장 높은 자리에 있는 자로 다섯 개의 창포 잎이 수놓아진 옷고름을 달고 있다 하여 오촉이란 별칭을 가진 사내였다.

원구는 그의 목소리를 듣자 몸에 송충이라도 기어가는 듯 몸서리를 치며 있는 대로 인상을 구겼다. 마음 같아선 당장이라도 돌아서고 싶었지만, 술집에 감도는 이상한 기운 때문에 쉽게 돌아설 수 없었다.

"우리가 만드는 술은 탁주, 약주, 소주, 이 세 가지다."

관리검상이 뻔한 얘기를 꺼냈다.

금주법이 엄해지기 전엔 집안마다 대대로 내려오는 술을 만들어

헤아릴 수 없을 정도로 종류가 많았지만, 지금은 도가에서 대량으로 만들다 보니 세 가지로 한정되었다.

"그런데 여름만 되면 탁주와 약주가 너무 쉬이 상해 문제라는 거지."

고두밥과 누룩을 섞어 빚은 술을 그릇 위에 정(井)자 모양의 나뭇개비를 걸고 그 위에 익은 술을 올려놓고 체에 부어 거르면 부옇고 텁텁한 탁주가 된다. 그리고 그것을 용수(술이나 장을 거르는 데 쓰는 싸리나 대로 만든 둥글고 긴 가구)를 박아서 떠내면 맑은 술이 되는데 이게 약주다.

이렇게 밥이 주재료가 되고, 술이 약하다 보니 탁주와 약주는 여름이면 금세 쉬었다.

그곳에 모인 자들이 이를 모를 리 없었지만, 관리검상의 표정은 사뭇 진지했다.

"탁주와 약주 중엔 탁주가 더 쉬이 상하고. 그래서 이거, 이거. 그리고 저거. 탁주는 이미 상하기 시작했으니 곧 약주도 상하기 시작할 게다."

관리검상은 술항아리 몇 개를 손가락으로 가리키며 말했다.

그러자 누군가 나서 관리검상의 말을 끊었다.

"아니, 오촉 형님은 술 상하지 않게 할 방법을 찾았다고 다 모이라더니, 웬 사설이 그리 기쇼? 그래서 방법을 찾았다는 거요, 못 찾았다는 거요?"

조급하게 묻는 사내에게 관리검상은 느긋하게 웃으며 대답했다.

"곧 두령님이 오실 게다."

"두령님이?"

표철주가 술집에 온다는 말에 모두들 긴장했다.

"그럼 이러고 있으면 어떻게 해요? 장부도 정리해야 하고, 술 재고도 맞추고, 청소도 좀 해야 하고…….'

예상치 못한 두령의 방문을 알게 되자 다들 관리검상에게 불편한 심경을 숨기지 않고 투덜거렸다. 동시에 몸은 민첩하게 움직였다. 유난히 더운 날씨를 핑계로 며칠간 청소를 게을리 한 것이 아무래도 마음에 걸린 것이다.

이 틈에 달아나면 철주가 술집에 도착하기 전에 여길 벗어날 수 있을 거라 원구는 생각했다. 그러나 어찌된 일인지 옴짝달싹도 할 수 없었다. 표철주라는 이름만 들었는데도 발끝에서 시작된 한기가 등줄기를 타고 온몸으로 퍼져나가 맥이 쭉 빠졌다.

우포청을 제 집 삼아 살아온 원구도 철주를 본 적이 없었다. 실물은커녕 제대로 된 용모도조차 구경해본 적이 없었다.

관군의 추격을 어찌 다 피하는지 모를 일이었지만, 철주를 본 적 있다는 밀고조차 포청엔 올라오지 않았다.

그러다 보니 철주에 대한 소문은 터무니없이 과장돼 있는 게 대부분이었다. 관군이 표철주를 잡지 못하는 건 변장술에 능한 도인이기 때문이다, 철주가 사람을 죽이고 그 얼굴 가죽을 덮어써서 실물을 본 자가 없다, 등등.

이런 소문들은 철주에 대한 두려움을 극대화시켰고, 원구 또한 다르지 않았다. 표철주란 이름을 듣는 것만으로도 뼛속이 다 얼얼해지는 것 같은 한기를 느꼈다. 그때 누군가 관리검상에게 다시 물었다.

"잠깐! 두령님이 온다는 건 그럼 술 보관하는 방법을 찾았다는 거요?"

"그럼, 찾았지."

관리검상이 턱을 치켜 올리며 말하자 무리들이 오, 하는 탄성을 내질렀다.

그러나 지금 원구의 귀엔 어떤 소리도 들리지 않았다. 표철주가 술집에 도착하기 전에 조용히 빠져나가야겠다는 생각뿐이었다. 아직은 가능하리라 믿었다. 그리고 이것이 원구가 살 수 있는 마지막 기회였다.

그러나 막 등을 돌려 마당을 나가려던 순간 원구는 듣지 말아야 할 소리를 결국 듣고 말았다.

"너희들, 과하주(過夏酒)라고 들어봤어?"

그 소리에 문득 원구의 발걸음이 멈췄다.

상한 술 냄새와 사내들 땀 냄새를 뚫고 강하고 달큰한 술 향이 창고에 퍼졌고, 아까보다 더 큰 탄성이 터져 나왔다.

"이게 과하주란 거다. 과하주를 만드는 방법은 세 가지다. 첫 번째가 지게미에 소주를 부어 걸러내는 방법. 두 번째는 처음부터 누룩과 찹쌀에 소주를 부어 숙성시키는 방법. 이게 가장 시간이 오래 걸리지만, 술이 가장 독하지. 그리고 세 번째는 탁주에……"

"소주를 열일곱 복자 섞으면 되지요."

원구는 저도 모르게 창고로 발을 들이고 관리검상의 말을 가로 챘다.

뜬금없이 아이가 등장하는 바람에 놀란 무리들의 시선이 쏠렸다. 한 사내가 앞으로 튀어 나왔다. 아까 원구에게 심부름을 시킨 이였다.

"뭐야, 너 이놈! 심부름 시켰더니 여기서 뭐하는 거야?"

원구는 사내를 거칠게 밀어내고 관리검상 앞에 바짝 다가섰다.

원구를 쳐다보는 관리검상의 눈빛에 번질번질한 기름이 퍼져 나갔다. 기분 나쁠 정도로 끈적거리는 눈빛이었다.

"과하주, 이게 정말 과하주 맞아요?"

"그래, 과하주다. 내가 만든 과하주. 너도 이 술을 아느냐?"

원구는 잠시 얼이 빠진 듯 서 있다 과하주가 담긴 술항아리로 달려갔다.

항아리 가득 찬 맑고 노란 술은 틀림없이 과하주였다.

"과하주란 게 그 이름풀이 그대로 여름에도 탈 없이 넘어갈 수 있는 술이다. 순한 탁주에 독한 소주를 섞으니 여름에도 쉬이 상하지 않는 것이지. 만날 탁주만 만들다보니 까맣게 잊고 있었는데, 용케도 생각이 났지 뭐냐."

마치 과하주의 명인이라도 되는 양 흥분해 새된 목소리로 일장연설을 늘어놓았지만, 관리검상이 과하주에 대해 모르는 게 세 가지 있었다.

그 하나는 과하주가 여름 술이라 불리는 또 다른 이유다. 과하주의 첫 맛은 소주의 날카로운 맛이 나고, 뒷맛은 탁주의 부드럽고 달큼한 맛이 난다. 그러나 그 달큼한 맛은 탁주의 그것보다 훨씬 깊고 성숙된 맛으로, 끈적거리거나 달지 않아 갈증을 일으키지 않았다. 그래서 여름에 제격인 술, 과하주였다.

그리고 두 번째는 원구가 지금 보고 있는 과하주는 관리검상의 말과 달리 탁주가 아닌 약주에 소주를 섞어 만든 것이었다. 그렇지 않고는 술이 저리 맑은 노란색을 띨 수 없는데도 관리검상은 거짓말을 했다.

"이게 정말 탁주로 만든 과하줍니까?"

원구가 재차 물었지만, 관리검상의 대답은 변하지 않았다.

"그렇다니까. 원래 과하주란 탁주와 소주로 만드는 것이다."

원구는 누가 말릴 새도 없이 술항아리에 손을 쑥 집어넣어 술을 한가득 손에 퍼 올린 후 입에 가져다댔다.

처음엔 소주의 독한 맛이 혀를 치고 들어왔지만, 그 끝은 달콤하고 맑은 약주의 향이 퍼졌다. 분명 약주를 밑술로 사용한 과하주였다.

"이건 탁주가 아닌 약주로 만든 과하주예요."

예상치 못한 행동에 놀라 다들 눈을 끔뻑이며 쳐다봤다.

"저, 저, 저놈이 지금 뭐하는 거래?"

그러나 관리검상은 제법이라는 듯 입꼬리를 올리며 씨익 웃었다.

"어린놈이 술맛을 좀 아는구나. 그래, 약주로 만들었지."

"근데 어째서 탁주라 하셨어요?"

그러자 사내가 원구 옆으로 다가와 뒤통수를 내려쳤다.

"야 이눔아, 약주나 탁주나 매 한가지지, 그게 이리 바락바락 따질 일이야? 엄한 소리 말고 얼른 불알 울리게 빙고로 뛰어가지 못해!"

사내가 닥치는 대로 원구를 발로 차대며 창고 밖으로 쫓아냈다.

쫓겨나는 원구의 귓가에 관리검상의 말이 스쳤다.

"약주로 과하주를 빚은 집은 한양에서 단 한 집이었는데, 저놈이 어찌 알았지? 어허, 나만 아는 비밀이었는데."

마당으로 나온 원구는 하나 남아 있는 마지막 등불을 서슴없이 껐다.

그리고 돌담 앞에 서 건너편 주막으로 시선을 던졌다.

그곳은 마치 원구의 신호를 기다리는 듯 미명의 어둠이 짙게 내려앉아 있었다.

그 어둠을 한동안 응시하던 원구는 돌담 한곳을 더듬어 손을 집어넣더니 무언가를 빼들었다. 날카로운 빛을 번뜩이는 단검이었다. 부모님을 죽인 검계를 찾으면 사용하리라 다짐하고 늘 허리춤에 차고 다니던 거였지만, 바침술집에 들어오면서 숨겨두었다.

원구는 단검을 쥔 손에 힘을 꽉 쥐고는 칼을 내려다봤다.

이내 고개를 저으며 칼을 쥔 손에서 힘을 뺐다. 도가의 위치를 반드시 알아오라는 장우의 명령이 생각났기 때문이었다.

며칠 전, 장우가 은밀하게 원구를 불렀다. 대뜸 간자로 나간 정포졸이 빙고에서 죽었음을 알려주었다.

"그러나 일부러 그의 시체를 빼내오지 않았다."

원구가 놀라 입을 쩍 벌리고 말을 잇지 못했지만, 장우는 아랑곳하지 않고 원구를 부른 진짜 이유를 설명했다.

"검계에선 포청에 발각된 걸 알고, 곧 빙고에 보관했던 술항아리들을 옮길 것이다."

"그, 그래서요?"

"새로운 술창고를 구할 시간이 없으니, 수단 방법을 가리지 않고 도가로 도로 술항아리를 옮길 것이다. 허니 너는 바침술집에 스며들었다 관리검상의 동태를 살펴 도가의 위치를 반드시 알아와야 한다."

긴장한 원구가 침을 꿀꺽 삼켰다.

"관리검상이 누군데요?"

"한양 바침술집의 총 책임자. 도가로 움직일 때 반드시 그가 움직일 것이다."

"그래도 제가 어떻게 그런 일을……."

"널 항상 지켜보도록 사람을 하나 붙일 것이다. 문제가 생기면 그가 도울 것이니 걱정마라."

부모님을 죽인 검계를 쓸어버릴 수 있는 기회. 그 기회의 성공 여부가 오롯이 자신의 손에 달렸다. 그 사실을 바침술집에 들어온 이후 원구는 한시도 잊은 적이 없었다.

그러나 지금 그의 머릿속은 하얗게 비워졌다. 당장이라도 창고로 뛰어들고 싶은 강렬한 욕망에 휩싸여 모든 게 뒤죽박죽이었다.

원구는 창고와 돌담 사이를 갈팡질팡 오가며 어쩔 줄 몰라 했고,

그러느라 어느 사내가 바침술집으로 들어오는 걸 눈치 채지 못했다.

원구가 알아챈 건 낯선 사내가 낮은 목소리로 말을 걸어온 후였다.

"아까부터 지켜보고 있었다."

사내의 등장에 화들짝 놀란 원구는 재빨리 단검을 뒤춤에 감추고 돌아섰다.

"예? 무, 무엇을 말입니까?"

"등불. 왜 등불을 연달아 두 개를 끈 것이지?"

"등불을…… 지켜보고 계셨군요."

그 순간 원구의 머릿속에 군사를 붙여놓겠다던 포도대장의 말이 떠올랐다. 언제나 지켜볼 거라 했으니, 원구가 보낸 신호를 어딘가에 숨어 지켜봤을 일이었다.

그러다 인적도 없는 새벽에 연달아 두 개의 등불이 꺼진 걸 수상하게 여겼을 것이다. 그래 자신을 걱정해 한달음에 달려온 것이라 여기자 고단했던 원구의 마음이 한순간 녹아내리며, 서러움이 왈칵 솟아났다.

그러나 원구는 무너지려는 마음을 가까스로 부여잡았다. 간자로서 기본적인 의무에 충실하자고 마음먹었다. 자신을 지켜본다던 군사가 정확하게 누군지 몰랐고, 검계의 수장도 술집으로 온다 했으니 낯선 사내의 정체를 확인할 필요가 있었다.

그러고 보니 저를 바라보는 사내의 시선에 왠지 모를 매서움이 서려 있었다. 술을 사러 온 부잣집 사내로 변장이라도 한 것인지 복장은 간자의 그것이라 하기엔 지나치게 고급스러웠다.

원구는 목울대까지 올라온 서러움을 꿀꺽 눌러 삼키며 시치미를 뗐다.

"술이 한꺼번에 다 동 났으니 그렇지요."

"이 새벽에 술이 모두 동이 나 등불을 연달아 껐단 말이냐?"

"예, 그렇지 않고서야 제가 술이 다 팔렸다는 신호를 보낼 리 없질 않습니까?"

사내가 빤히 쳐다보고 있어 제 목소리가 떨리는 걸 느꼈지만, 원구는 태연한 척 대답하곤 재빨리 사내의 기색을 살폈다.

사내는 쉽게 이해할 수 없다는 듯 고개를 갸웃거렸다.

원구는 얼른 다른 말로 그의 관심을 끌었다.

"헌데 신호에 왜 그리 신경을 쓰십니까?"

"그리 보이느냐?"

명확하지 않은 대답이었다.

원구가 눈을 가늘게 뜨자 사내가 이내 다시 물어왔다.

"내가 신호에 신경 쓰는 게 이상하냐?"

"술집에 오신 분이 술이 아니라 신호에 더 신경을 쓰시는 것 같아 그렇지요."

"거야 술을 사러 온 게 아니니 그렇지."

"정말요? 정말, 그래서 신호에 더 신경을 쓰고 계십니까?"

원구 딴엔 제 속을 숨기고 물은 것이었으나, 눈빛은 이미 사내가 그렇다고 답하길 기다리고 있었다.

사내가 이를 알아챘는지 모를 일이었으나, 어쨌든 사내는 순순히 고개를 끄덕였다.

"그렇다."

원구는 자신이 보내는 신호에 그리 신경 쓰고 있는 자라면 틀림없이 아군이라 생각했지만, 그래도 마지막 확인을 하고 싶었다.

"술집에 술을 사러 오신 분이 아니라면 그럼 대체 누구십니까?"

"내가 누군지 이미 알고 있을 텐데."

"아니, 모르겠습니다. 말해주십시오."

원구의 집요한 질문이 사내의 신경을 건드렸는지 그가 잔뜩 인상을 찌푸렸다.

"아무래도 이제 난 돌아가겠다."

"예?"

"설령 내가 술을 사러 왔다 해도 술이 이미 다 동이 난 것이니 돌아가야 할 것이고, 네 말처럼 정말 술이 동이 난 것이라면 신호엔 이상이 없는 것이니 돌아가야 하지 않겠느냐?"

"거야 그렇지만……."

"그럼 사람들이 나오기 전에 난 가겠다."

사내가 눈을 들어 술집 안쪽을 쳐다보더니 이내 몸을 돌려 밖으로 나가려 했다.

그 순간 원구는 자신도 모르게 사내의 팔소매를 꽉 잡았다.

그제야 경계심이 풀린 듯 원구는 휴, 하는 소리와 함께 긴 한숨을 내쉬었는데, 뜻밖에도 그 끝엔 울음이 따라 나왔다.

묵묵히 바라만 보던 사내가 천천히 입을 열었다.

"왜 울지?"

더할 나위 없이 무뚝뚝한 말투였으나, 공연히 자신의 고단함을 알아주는 것 같아 원구는 기여 툭 눈물을 흘렸다.

"아, 아저씨…… 왜 이제야 오셨습니까!"

뜬금없는 소년의 원망에 당황했는지 사내가 미간을 찌푸렸다.

"날…… 기다렸구나."

"예, 포도대장 나리께 들었습니다. 아저씨가 절 항상 지켜보고 있을 거라고 하셨어요."

손등으로 눈물을 훔치며 원구가 말했다.

"그래, 맞다. 난 항상 널 지켜보고 있었지."

사내의 차분한 말을 들으며 원구는 애써 울음소리를 삼켰다.

"그런데 왜 날 기다린 것이냐?"

"어, 어머니를 죽인 원수를 찾았습니다. 흑흑흑, 그래서 제가 죽이려고 했는데……."

"어머니의 원수?"

원구는 울음 섞인 목소리로 자신의 이야기를 꺼냈다.

금주법이 엄해지기 전, 그러니까 각 집마다 대대로 내려오는 술이 있던 시절 원구 집안의 과하주는 인근에서도 꽤 알아주는 명주였다.

다른 술과 비교해 유달리 그 맛과 향이 단 데다 여름에도 쉬 상하지 않아 이름이 알려진 것인데, 이는 원구 어머니만의 비법 덕분이었다. 여느 집과 다르게 탁주 대신 약주를 사용하는 것. 어머니만의 비율로 두 술을 섞어 과하주를 만드는 거였다.

그런데 놀랍게도 방금 전 관리검상이 만든 그 과하주는 어머니가 생전 만드셨던 것과 똑같은 맛과 향이었다.

관리검상이 말한 한양에서 과하주를 약주로 빚는 단 한 곳. 바로 원구의 집이었고, 그의 어머니는 검계의 협박에 못 이겨 과하주 비법을 실토하고 만 것이다. 그러고도 도가 일꾼으로 끌고 가려 하자 완강하게 버티다 칼에 맞아 돌아가셨다는 걸 원구는 똑똑히 기억하고 있었다. 이것이 과하주에 대해 관리검상이 모르는 마지막 한 가지였다.

얘기를 듣던 사내가 고개를 끄덕였다.

"그렇군. 그럼 기회를 살펴 복수를 하면 되지 뭐가 문제냐?"

"그게…… 당장 쳐들어가 복수를 하고 싶었는데…… 엉엉, 검계 수장이 여기로 온다잖아요."

"그래? 검계 수장이 이곳에 온다고?"

사내는 크게 놀랐는지 눈이 휘둥그레졌다.

"예, 그래서 어떻게 해야 할지 몰라서…… 흑흑흑."

원구는 그간의 서러움을 다 토로하려는 듯 어깨까지 들썩이며 울음소리를 높였다.

그 순간 사내가 손을 들어 원구의 입을 막았다. 여기저기 칼에 베인 상처가 많은 거친 손이었다.

"쉿! 누가 들을라."

뒤늦게 정신을 차린 원구가 사내의 말에 수긍하며 가만히 고개를 끄덕였다.

사내는 원구의 입을 막은 손을 떼지 않은 채 다급하게 물었다.

"지금 나 말고 네 신호를 보고 있는 자가 또 있더냐?"

원구가 뭔가 말을 한 모양이었으나, 사내의 커다란 손에 가려 웅얼거리는 소리가 났다.

"쉿!"

사내가 고개를 저었다.

"누가 들으면 안 되니 내 말이 맞으면 고개를 끄덕이고, 틀리면 고개를 저으면 된다. 알았지?"

원구가 순순히 고개를 끄덕였다.

"다시 물으마. 나 말고 네 신호를 보고 있는 자가 또 있더냐?"

원구가 고개를 끄덕이자 그 순간 사내의 눈에서 사나운 광채가 돌았다.

"그래? 어디?"

원구는 순순히 시선을 한곳으로 돌렸고, 그 시선을 따라 사내의 눈이 움직였다. 거긴 맞은편 언덕이었다.

"저 언덕? 그럼 언덕주막에 잡쇠들이 숨어 있겠구나. 그렇지?"

그 순간 원구는 입을 틀어막고 있는 이 사내가 뭔가 이상하다는 걸 깨달았다. 이자가 포졸이 맞다면 포청 군사들을 비하하는 잡쇠란 말을 사용할 리 없었다. 그렇다면 이 사낸 도대체? 설마…….

그때 관리검상의 목소리가 들렸다.

"두령님! 오셨습니까!"

그제야 자신의 숨통을 막고 있는 사내의 정체를 확인한 원구는 저도 모르게 눈을 희번덕였다.

뜻하지 않게 신분이 들통 난 사내, 철주는 이제 어린 간자를 어르고 달랠 필요가 없다고 판단했는지 얼굴을 험악하게 일그러트리곤 손을 크게 벌려 아예 코까지 힘을 주고 막았다.

숨이 막힌 원구의 얼굴이 금세 벌겋게 달아올랐다.

"이대로 네놈 숨통을 막을 수도 있어. 그러니 답을 해. 주막에 있는 잡쇠 놈들이 몇이냐? 빙고에서 죽은 간자에게 무슨 얘기를 들었지? 네 놈이 알고 있는 정보는 대체 뭐고?"

철주가 사납게 다그치자 겁에 질린 원구의 두 눈에서 금세 눈물이 뚝뚝 떨어졌다.

"죽은 간자 놈에게 받은 정보가 무엇이냐 묻고 있다, 이 간자 놈아!"

손아귀에 들어온 아이의 얼굴을 아예 부숴버릴 기세였다.

"간, 간자라니요? 두령님 그게 무슨 말씀이십니까?"

철주의 말에 놀란 관리검상이 말을 더듬으며 되물었다.

철주는 관리검상을 무시한 채 원구를 다시 한 번 사납게 다그쳤다.

"아냐 아냐, 다른 건 답할 필요 없다. 이거 하나만 답해라. 그럼 살려주겠다. 알았나?"

원구가 고개를 세차게 끄덕거렸다.

"빙고 안의 시체, 미끼지? 도가를 알아내려고 일부러 남겨둔 미끼?"

철주의 말이 떨어지기 무섭게 원구는 겁에 질려 두 눈을 질끈 감고 고개를 끄덕였다.

답을 확인한 철주는 그제야 원구의 얼굴을 움켜쥐며 거칠게 밀쳐 냈다.

그 힘을 이기지 못하고, 원구가 맥없이 바닥으로 튕겨져 나갔다.

철주는 가만히 소년을 내려다보다 쓰윽 관리검상을 돌아보았다. 그리곤 스릉 소리 나도록 칼을 빼들고 서늘한 칼날 끝을 그의 목에 들이댔다. 관리검상의 목에서 금세 피가 배어나왔다.

"살, 살려 주십시오, 두령님. 설마 저 어린놈이 간자라고는 생각도 못했습니다."

숨이 깔딱거리며 넘어가는 소리로 관리검상이 매달렸지만, 철주는 차분하게 말했다.

"널 잡으러 온 미끼인 줄도 모르고, 그간 재미를 봤더냐? 관리검 상이나 된 놈이 그것도 알아채지 못해!"

관리검상이 뭔가 변명하려 했지만, 미처 입을 떼기도 전에 철주가 휘두른 칼에 그 목이 댕강 나가 떨어졌다. 주인을 잃고 데구루루 굴러가던 목이 벌벌 떨고 있는 원구 앞에서 멈춰 섰다. 파랗게 질려 있던 원구의 바짓가랑이가 축축하게 젖어 들었다.

철주는 마당 한쪽에 몰려서서 벌벌 떨고 있는 무리들을 쳐다보며 차분하게 입을 열었다.

"잘 봐둬라. 적에게 약점을 들키면 바로 이런 꼴을 당하는 것이다."

관리검상의 약점은 바로 어린 사내였다.

사람들은 밤낮없이 관리검상의 숙소에 불려 들어가 몹쓸 짓을 당하는 원구의 처지를 동정했는데, 그런 원구가 간자라니 모두 놀란 눈치였다.

철주는 턱으로 원구를 가리키며 바짝 얼어 있는 수하들에게 명령을 내렸다.

"도가로 끌고 가. 그리고 너!"

철주가 무리를 훑어보다 누군가를 정확하게 찍어 가리키곤, 손가락을 까닥거리며 그를 불렀다.

사내가 앞으로 튀어나오자, 철주는 몸을 숙여 그의 귀에 나지막한 목소리로 지시했다.

"도가가 노출될 것이니 가서 이진기에게 내 말을 똑똑히 전해……."

철주의 명이 심상치 않은지 듣는 사내의 표정이 점점 딱딱하게 굳어졌다.

그렇게 자신의 볼일을 끝낸 철주는 바로 등을 돌려 술집 밖으로 나갔고, 그의 수하들도 서둘러 술집을 벗어나려는 듯 원구를 짐짝 끌듯 끌고 나갔다. 그 바람에 원구의 신발 한 짝이 마당에 벗겨져 나뒹굴었다.

15

잠시 후 수판이 텅 빈 술집 마당으로 들어섰는데, 손엔 칼이 쥐어져 있었다.

그는 자신이 뭘 할지 이미 결정한 듯 목을 잃고 마당에 벌러덩 누워 있는 사내에게 다가갔다. 그의 몸에 달려들어 아랫도리에 강하게 칼을 내리꽂았다. 그리고 주인을 잃은 원구의 신발 한 짝을 손에 쥔 채 술집을 빠져나오려 몸을 돌렸다.

그때 언덕 쪽으로 누군가 뛰어오고 있는 걸 발견했다. 볼 것도 없이 붕익이었다. 이젠 저자에게 이 모든 일에 대해 꼼짝없이 설명해야 한다는 생각을 하자 수판의 심장은 미친 듯이 펄떡였다.

16

조선 천지에 죄인을 감옥에 가두는 징역형은 없었다. 따라서 옥(獄)이란 것은 죄인에 대한 처벌이 내려지기 전까지 가둬두고 관리하는 곳이었다. 한양에는 이런 옥이 세 곳 있었는데, 우포청의 우포옥, 좌포청의 좌포옥 그리고 의금부의 의금부옥이었다.

그러나 세종 대 이르러 징역 제도를 정비했고, 시나브로 징역형을 받은 많은 죄인들을 수감할 옥이 필요하게 되었다. 이에 각 고을에

옥을 새롭게 설치하면서 한양에도 새롭게 감옥을 설치했다. 이곳이 바로 서린동의 전옥서(典獄署)였다.

전옥서는 크게 남옥(藍玉)과 서옥(庶獄)으로 구분된다. 이는 죄인들을 일반범과 국사범으로 분류하기 위해서였다. 또한 옥사의 왼쪽은 온돌방으로 지어진 겨울용이었고, 오른쪽은 마루방으로 지어진 여름 옥사였다.

이렇듯 기존 감옥과 달리 징역 제도를 체계적으로 처리할 수 있는 전문 감옥, 전옥서가 새로 생기자 징역형을 받은 한양의 죄인들은 한 명도 빠짐없이 이곳에 수감됐다.

그러나 단 한 명 제외된 사내가 있었다. 그는 지금 우포청 부군당(府君堂, 관청에 있는 사당)에 갇혀 있었다.

언제부터인지 헤아릴 수 없는 시절부터 관청에서는 한곳에 작은 집을 지어 지전(紙錢)을 빽빽하게 걸어두고, 고을의 안녕을 빌기 위해 제사를 모셨다. 이때 작은 집에 매달아 둔 지전을 부군이라 하고, 그곳을 부군당이라 불렀다.

새로 부임한 관원은 관청의 안녕과 마을의 평안을 위해 부군당에서 정중하게 제사를 모시는 게 관례였다.

그러다 유교 이념에 위배된다 하여 지전을 모두 태우고, 사당을 폐쇄하라는 명령이 산발적으로 내려졌다. 지금껏 관아와 마을의 안녕을 위해 제사를 모시던 곳이었다. 괜스레 없앴다가 되레 화를 입을까 두려워 명령이 제대로 이행되는 관청은 드물었다.

결국 쉬쉬하며 부군당을 그냥 방치해 지금은 대부분 처치 곤란한 흉가로 전락한 상태였다. 우포청의 부군당도 마찬가지였다.

하지만 우포청에선 이제 사람들이 꺼려하는 이 흉가를 새로운 용도로 이용하고 있었다. 차마 전옥서에 드러내놓고 수감할 수 없는 위험한 짐승, 석포를 수감한 것이다.

석포는 몇 해 전 대대적인 검계 소탕작전을 펼쳤을 때 포청에서 생포한 검계 조직원으로, 제법 막중한 직책을 맡고 있던 사내였다. 붕익이 지금 부군당으로 향하고 있는 건 그를 만나기 위해서였다.

횃불에 비친 부군당은 한때나마 사당이었다고 짐작하기엔 너무 작고 초라했다. 예전엔 사람도 이고 살지 못하는 비싼 청기와를 부군당 지붕에 올렸다지만, 지금은 다 썩은 짚들만이 너저분하게 덮여 있을 뿐이었다.

나무로 된 건물 기둥은 곳곳이 썩어 이름 모를 버섯들을 키웠고, 담쟁이 넝쿨은 부군당을 둘러싼 돌담을 넘어 사당 건물까지 올라타 하나의 거대한 덩어리처럼 보였다. 어둠 속에 드러난 그곳은 흡사 봉분만 간신히 남은 오래된 무덤 같았다.

심지어 한양의 인분을 죄 퍼 나른 듯 어디서 시작됐는지 모를 악취가 진동하고 있어 붕익은 정신이 다 혼미해질 지경이었다.

붕익은 흐려지는 정신을 차리고자 코를 손으로 꽉 틀어쥐고, 발걸음을 재촉했다.

드디어 부군당이 코앞이었다.

붕익은 들고 있던 횃불을 끄고 한쪽 눈으로 부군당 건물 안쪽을 조심스럽게 들여다보았다. 그쪽에서 희미한 불빛이 새어나왔다.

불빛이 밝혀진 곳을 보니 누군가 등을 돌린 채 앉은 모습이 보였다. 남보다 어깨가 반쪽이 더 있는 듯한 사내의 뒷모습은 상당히 위협적이었다.

안에 사람이 있는 걸 확인한 붕익은 출입문에 걸린 걸쇠를 흔들어 보았다. 말이 걸쇠지 다 썩은 나무에 걸린 것이라 잡고 몇 번 비틀자 우지직 소리를 내며 통째로 빠져나왔다. 갇힌 사람도 마음만 먹으면 쉽게 부술 수 있을 텐데 저런 거구가 지금껏 이곳에 갇혀 있었다는 게 쉽게 이해되지 않는 순간이었다.

그러나 금세 붕익의 의구심이 해결되었다. 걸쇠가 빠져버린 출입문을 열자 쇠창살이 나온 것이다.

겉에서 봤을 땐 다 썩어가는 나무 건물이었던 부군당은 겉껍질일 뿐이었다. 그 안은 오른쪽, 왼쪽 그리고 앞뒤 사면을 튼튼한 쇠창살로 막아놓은 단독 감옥이었다. 언제 이런 시설까지 갖춰놨는지 모를 일이었다.

부군당 석포의 존재를 붕익도 알았지만, 찾아온 건 처음이었다. 그동안 장우가 저 말고는 누구도 석포에게 접근하는 걸 꺼렸기 때문이었다.

상상도 못한 부군당 내부에 놀라 멍해 있던 붕익이 마른 침을 삼키며 입을 떼었다.

"자네가 석포인가?"

등을 돌리고 앉은 사내는 뭘 하고 있는지 꿈쩍도 하지 않았다. 무슨 일을 하느라 이 새벽까지 몰두해 있는지 모를 일이었다.

이때 어디선가 삐, 삐, 삐 태평소를 세 번 끊어 부는 소리가 들렸다. 검계들이 습진을 알리는 신호였다.

그 신호를 석포도 들었는지 무심하게 입을 열었다.

"태평소 소리가 울리는데, 오신 분께선 습진 대비도 안 하십니까?"

"이제 움직인들 이미 시간이 늦었으니 난 신경 쓰지 마시게."

"늦긴요. 한 시진 후에나 습진이 일어나니 지금 가시면 포도대장의 호통은 간신히 피할 수 있을 겁니다."

"……한 시진 후라고?"

"태평소가 저리 세 번 울리면 한 시진 후 습진이 있다는 검계들의 신호입니다. 제대로 된 군사라면 이를 모를 리 없을 텐데요."

무언가에 동요한 듯 붕익의 눈동자가 잠시 흔들렸다.

숨을 고른 후, 붕익이 말을 꺼냈다.

"어차피 상관없네. 군령을 어기고 여기 온 내가 그깟 포도대장의 호통이 무서워 다시 돌아가겠는가?"

석포가 쓰윽 고개를 돌려 붕익을 쳐다보았다. 그 바람에 등을 돌리고 앉아 내내 만지던 것들이 드러났다.

그는 짚을 쌓아두고 짚신을 꼬고 있었다. 제법 오랫동안 만들었는지 석포 어깨 너머에 쌓인 짚신의 양이 꽤 되었다. 장우가 간간히 군사들이 신을 짚신을 가져왔는데, 아마 이곳이 그 출처인 듯싶었다.

그 옆으로 어른 손바닥 절반만 한 크기의 작은 짚신도 여러 켤레 보였지만, 붕익은 이내 시선을 돌렸다. 아까부터 계속 석포가 언짢은 표정으로 자신을 쳐다봤기 때문이다.

붕익이 정면으로 석포를 응시하자, 그는 별 관심 없다는 듯 어깨를 들썩이더니 심드렁한 어조로 툭툭 말을 던졌다.

"딴엔 맞는 말이군요. 그럼 알아서 하십시오."

그리고 다시 익숙한 쪽으로 고개를 돌리려 했다.

"할 얘기가 있네."

붕익이 다급하게 말을 꺼냈지만, 석포는 이미 무심하게 고개를 돌린 뒤였다. 다시 분주하게 손을 움직였는데, 계속 짚신을 만드는 모양이었다.

"난 검계들이 짐승과 별반 다르지 않다고 생각하네."

붕익이 꺼낸 얘기가 시답지 않다는 듯 혀 차는 소리가 들렸다.

붕익은 동요하지 않고 계속 제 말을 이었다.

"모든 걸 힘의 논리로 정하지 않는가? 약한 놈은 센 놈에게 먹히고, 센 놈은 더 센 놈한테 먹히고. 그때 자네가 우리한테 잡힌 것도 그런 이치였고. 아직 기억하지?"

몇 해 전, 대대적인 검계 소탕작전을 펼쳤던 건 포청에서 보낸 간자의 활약으로 검계의 수장 철주의 은신처를 알아냈기에 가능했다.

철주만 잡으면 검계 조직을 와해시킬 수 있다 판단한 장우는 사전에 정보가 새어나가지 않도록 심혈을 기울였다. 혹시 상관 중 검계와 내통하는 자가 있을까 봐 상부에 보고도 하지 않은 채 작전을 진행했다.

심지어 동원한 무장 군사들에게조차 끝까지 작전의 목적을 설명해주지 않았다. 면밀히 준비한 만큼 철주를 생포할 수 있을 거란 기대감이 컸던 작전이었다.

　그러나 철주는 어떤 경로로 정보를 입수했는지 이미 장우의 움직임을 알고 있었다. 도망갈 시간을 벌기 위해 수하를 발각된 은신처로 불러들였는데, 그 운 없는 자가 바로 석포였다.

　"자네도 알고 있지? 철주가 자기 살자고 자넬 우리한테 넘겼다는 거. 센 놈이 더 센 놈한테 당한 거지."

　붕익은 잠시 침묵한 채 석포를 살폈지만, 그는 동요하지 않았다.

　"크는 놈은 눌러 죽이고, 클 것 같은 놈은 아예 밟아 죽이고, 이미 큰 놈은 끌어내려 죽이고……. 물론 이 나라에서 벼슬 좀 한다는 놈들도 매한가지니 그래서 검계들이 짐승 같다고 한 건 아닐세."

　등진 석포가 어떤 표정을 짓는지 모를 일이었으나, 그가 처음으로 붕익의 말을 되받아쳤다.

　"검계들이 그런 무뢰배란 건 세 살배기 어린놈도 다 아는 사실인데, 군령을 어기면서 예까지 와서 기껏 하는 얘기치곤 좀 지루하군요, 포졸 나리."

　"그래? 그럼 진짜 얘기를 시작해볼까? 오랜만에 만난 자넬 지루하게 만들면 안 되지. 암, 안 되고 말고."

　붕익이 다시 얘기를 시작했다.

　"검계들이 진짜 짐승인 건 견제를 당해 밀려난 조직원들의 가족들을 죄 호랑이 밥으로 던지는 잔인한 처벌 때문일세. 자네도 물론 알고 있지?"

　석포의 몸이 움찔거리며 반응했다.

석포의 반응을 살피는 데 감각을 집중했던 붕익은 이를 확인했다.

"그래서 검계들은 가족을 안 만들려고 한다더군. 생각해보시게. 사랑하는 아내와 눈에 넣어도 아프지 않은 자식이 흉측한 호랑이 이빨에 찢겨 내장을 파 먹히는 모습을."

상상만으로도 끔찍하다는 듯 붕익이 몸을 부르르 떨었다.

"이런 걸 보고 단장(斷腸, 몹시 슬퍼 내장이 끊어짐)의 아픔이라고 하는 걸세. 그러니 짐승 같은 놈들이지. 아니, 짐승만도 못한 놈들이지. 어때 내 말이 맞지 않는가?"

붕익은 눈을 가늘게 뜨고 석포에게 집중했지만, 석포는 더 이상 반응하지 않았다. 짚신 만드는 일에 포한이 진 자처럼 아까보다 더 빨리 손을 놀릴 뿐이었다.

"물론 가족이 없는 나와 자네 같은 사람은 이를 모르겠지만 말이야. 안 그런가?"

붕익은 이제 석포가 자신의 말을 듣든 말든 상관없다는 듯 아예 속삭이며 말했다.

그리고 시작된 침묵.

하루아침에 사람들에게 버림받은 부군당 귀신이 분풀이를 하려고 목구멍을 틀어막은 양 두 사람은 입을 다물었다. 웬만한 인내심으론 버티기 힘든 무게감이었다.

육중한 침묵을 깨고 마침내 붕익이 움직였다.

그는 쇠창살을 양손으로 잡고 힘껏 흔들자 창살에 걸린 두꺼운 걸쇠가 이리저리 부딪치며 시끄러운 소리를 냈다.

"창살과 걸쇠가 이리 튼튼한 걸 보니 자네라도 쉬이 나올 수 없겠어. 이제야 내가 마음이 좀 놓이는군. 만나 반가웠네. 그럼 난 이만 가겠네."

붕익은 이제 할 도리를 다했다는 듯 등을 돌려 몇 걸음을 떼었다.

그러나 갑자기 생각났는지 몸을 돌려 다시 창살 앞에 바짝 다가섰다.

"아참, 그거 아는가? 아까 자네가 말한 거 틀렸어. 태평소를 세 번 짧게 부는 건, 습진이 이제 일각(15분) 남았다는 신호일세. 한 시진이 아니라. 아무래도 자네가 알고 있는 신호는 너무 오래돼서 이제 다 틀린 모양이야. 정보로서 무가치해졌단 말이지. 비단 그 신호뿐만이 아니겠지만 말이야."

비로소 분주하게 움직이던 석포의 손이 일순간 멈췄다.

이를 봤는지 안 봤는지 붕익은 동요하지 않고 제 말만 이어 나갔다.

"내가 자네의 지루함을 깨주지 못한 것 같아 이건 공으로 알려주는 걸세. 그럼 난 진짜로 가겠네."

붕익은 미련 없이 부군당을 빠져 나왔다.

아까 왔던 길을 되짚어가는 길이었지만, 붕익의 걸음은 어쩐지 처음인 것처럼 어설프고 더디기만 했다. 그래서인지 그는 서두르지 않고 천천히 우포청 뒷마당을 빠져나갔다.

붕익이 막다른 골목을 만나 오른쪽으로 돌아서는 순간 그를 기다리던 자에게 손목을 잡혔다. 수판의 명령으로 붕익을 찾던 군사였다.

사실 수판과 함께 포청에 당도했을 때, 이미 습진을 알리는 검계의 태평소 소리가 울렸다. 평소 같으면 장우가 습진 대비를 할 것이지만, 그는 출타 중이었다. 그러니 종사관인 수판이 응당 그 자리를 대신해야만 했다.

수판이 습진 준비로 정신없는 틈을 타 붕익은 홀로 석포를 찾아 갔던 건데, 분명 붕익이 뭔가 수상한 일을 도모할 것이라 짐작했던 모양이었다. 수판이 따로 수하를 풀어 그를 찾고 있던 것을 보면.

다행히 수판이 보낸 군사는 붕익이 뒷마당 어디서 나오는지 보지 못한 듯했다.

"어째서 뒷마당에서 나오십니까?"

"상관할 바 아니다."

붕익이 짧게 말을 끊었지만, 군사는 계속 그의 어깨 너머로 시선을 던지며 고개를 갸웃거렸다.

"아무래도 이상합니다. 종사관 나리 명으로 포청을 그리 샅샅이 뒤져도 안 계시던 분이 어째서 그곳에서 나오십니까?"

"상관할 바 아니라 하지 않느냐. 종사관 나리께 곧 따라갈 것이라 전해라."

"아뇨, 꼭 손금부장 나리를 모셔오라 하셨습니다. 그리고 뭘 하셨는지도 꼭 알아오라 하셨고요. 근데 뒷마당에 있는 거라곤……."

말꼬리를 흐리던 군사는 아무래도 붕익이 숨기는 게 있다는 걸 눈치 채고 재빨리 그쪽으로 발길을 잡았다.

그때였다.

붕익을 힘으로 밀어내고 기여 뒷마당으로 가려던 군사가 어, 어,

어 하는 비명을 내질렀다.

군사의 비명 소리를 신호라도 삼은 듯 붕익은 군사의 목덜미를 강하게 내려쳤다. 급작스럽게 공격을 당한 군사는 횃불을 땅바닥에 떨어뜨리며 힘없이 바닥에 쓰러졌다.

군사가 기절한 걸 확인한 붕익은 아무 일도 없다는 듯 꺼져가는 횃불을 들어 올렸다. 그러자 횃불이 다시 화르륵 살아나며 주변을 훤히 밝혔다.

붕익은 짧게 숨을 내뱉고는 천천히 몸을 돌려 세웠다.

그 앞에 석포가 서 있었다. 이미 예견한 일인지 붕익은 동요하지 않았다.

"표철주가 견제한 자이니 그 정도 쇠창살과 걸쇠는 쉽게 열 것이라 생각했는데, 생각보다 어려웠던 모양일세. 바로 뒤쫓아 나오지 않은 걸 보면."

"내가 나올 거라는 걸 어찌 아셨습니까?"

붕익이 턱을 들어 올려 석포의 손을 가리켰다. 그의 손엔 짚신이 하나 들어 있었다. 어른 손바닥 반절만 한 크기의 짚신이었다.

"그걸 보고 알았네. 자식이 있다면 당연히 나올 것이라 생각했지. 짚신의 크기를 보아 하니 대여섯 살 정도 된 모양이군."

석포가 고개를 끄덕였다.

"그래서 그때 일부러 우리 손에 잡힌 건가?"

석포는 긍정도 부정도 하지 않았다.

오 년 전, 장우가 이끄는 군사들이 철주의 은신처를 급습했을 때 이미 그곳은 검계들이 지키고 있었다.

철저히 보안을 유지했는데, 어디서 정보가 흘러 나갔는지 몰라 당황했다. 그보다 더 당황스러운 건 군사들의 급습을 알고도 수장의 은신처를 지키는 자들이 고작 열 명 남짓이란 사실이었다.

관군의 급습을 알았다면 응당 피하는 것이 상책일 것이고, 그도 아니라면 군사들과 맞서 싸울 만큼의 검계들이 모여 있어야 할 것인데 고작 열 명이라니.

그러나 포청의 군사들을 얕보는 것이라 보기는 어려웠다. 은신처를 지키고 있는 검계들의 분위기가 어딘지 모르게 수상했다.

"어차피 두령님은 여기 없소."

구척장신 거구인 사내가 칼을 빼들고 열 명의 검계들 앞으로 나서며 소리치는데, 그의 눈빛엔 비범한 기운이 흘렀다.

검계에 만인지적(萬人之敵, 만 명의 적을 대적할 만한 지략과 용맹이 있는 사람을 비유한 말)이라 불리는 호랑이 같은 자가 있다는 말이 떠돌았는데, 그 말이 결코 허언이 아니라는 걸 깨달은 순간이었다.

검계라면 수단 방법 가리지 않고 우선 잡고 보는 장우도 함부로 움직이지 못하고 상대의 의중을 떠보았다.

"두령도 없는 이곳을 굳이 지키는 이유는 무엇인가?"

"거래를 청하기 위해서요."

자신이 조직의 서열 세 번째인 행동대장이라 소개한 석포는 담담하게 말했다.

"여기 내 수하들을 모두 보내준다면, 나는 순순히 오라를 받겠소."

검계들이 그 말을 따를 수 없다는 듯 일심으로 형님, 하며 부르짖었지만 석포는 흔들리지 않고 다음 말을 이어갔다.

"그대들이 조직에 대해 알고자 하는 것은 모두 나를 통해 알 수 있을 것이오. 그러니 불필요한 자들은 그냥 보내주시오. 그게 내 조건이외다."

장우가 섣불리 대답을 정하지 못하자, 석포는 등에 천으로 둘둘 말아 매고 있던 칼을 빼들었다.

무게가 여든두 근이나 됐다는 관우의 청룡언월도와 비견할 만한 것으로 칼끝엔 창포 잎이 선명하게 새겨져 있었다.

"그렇지 않다면 이곳에서 나와 일전을 겨뤄야 할 것이오. 한 명이 됐든 열 명이 됐든 좋으니 앞으로 나서시오!"

그렇다고 석포의 말을 순순히 믿을 수 있는 상황이 아니었다. 저 자가 제대로 맘먹고 싸운다면 장우의 군사들이 한꺼번에 덤빈다 해도 승산을 쉽게 점칠 수 없어 보였는데, 어찌 스스로 오라를 받겠다 나서는지 연유를 모를 일이었다.

하지만 오래 고민할 시간이 없었다. 장우의 답을 기다리던 석포의 인내심이 바닥났는지 칼날을 밖으로 향해 고쳐 잡고, 발 한쪽을 쓰윽 벌려 섰다. 곧 공격을 시작하겠다는 신호였다.

결국 장우는 의심을 누르고 석포의 제안을 받아들일 수밖에 없었다.

그러나 체포된 석포는 약속과 달리 조직과 관련된 정보를 일절 발설하지 않고 버텼다. 그로부터 얼마 후 생포한 검계 조직원으로부터 이날의 진실을 들을 수 있었다.

사실 석포와 열 명의 검계는 바람잡이로, 군사들의 길을 막고 있으면 뒤에서 철주가 검계들을 이끌고 와 협공을 펼치기로 돼 있었다.

그러나 그들이 군사들의 시선을 끄는 사이 철주는 도가로 도망쳤다. 석포와 열 명의 검계들. 그들을 철주가 도망갈 시간을 벌어주는 미끼로 이용한 것이다.

철주의 배신을 빌미로 남은 검계들이 도망가려 했으나 석포가 이를 만류했다고 한다.

"도망가도 어차피 죽음이다."

바람잡이들도 알고 있는 사실이었다. 이대로 달아난다면 결국 조직에서 이탈하는 것으로 간주되어 조직의 끈질긴 추격을 받을 것이 뻔했다. 그렇다고 더 버티면 군사들과의 일전을 피할 수 없었다. 허공으로 치솟지 않는 한 살아남을 방법은 없어 보였다.

그런 일촉즉발의 상황에서 석포가 결단을 내렸는데, 그게 스스로 자신이 인질이 되는 계획인 줄은 몰랐다고 증언했다. 그래서 이 증언들을 토대로 포청에서는 석포가 수하들을 살리기 위해 인질을 자처했다고 판단하고 있었다. 지금까지도.

물론 그게 스스로 인질이 된 이유의 전부가 아니란 걸 붕익은 방금 전 깨달았다.

"그때 표철주 은신처에서 자네라면 충분히 도망갈 수 있었어. 일부러 우리에게 잡혔다는 거 알고 있네. 자네 가족을 살리려 그런 것이지?"

어울리지 않게 석포의 눈가가 젖어 들었다.

"가족을 죽이면, 포청에 자네가 아는 한 모든 정보를 발고하겠다는 위협을 표철주에게 가하기 위해. 내 말이 맞는가?"

석포는 대답하지 않았다. 차마 입을 열지 못하는 듯했다.

"정말…… 정말 내가 알고 있는 정보들이 이제 쓸모가 없게 되었습니까?"

"안타깝게도 대부분 그리 됐네. 검계 조직이 많이 바뀌었어."

"그럼 내 가족은……."

"……."

입을 꽉 닫은 붕익을 보자 석포는 손에 든 짚신을 움켜쥐었다.

마음이 다급한지 가타부타 말도 없이 성큼성큼 앞서 걸어 나갔다.

그때 붕익이 석포의 팔을 잡았다.

"나도 같이 가세."

석포가 붕익을 쳐다봤다.

"도가, 그곳에 내가 구해야 할 아이가 있네."

붕익이 품에서 뭔가를 꺼내 석포에게 보였다. 바침술집 마당에 나뒹굴고 있던 원구의 신발 한 짝이었다.

붕익을 빤히 쳐다보던 석포가 가만히 고개를 끄덕였다.

그리고 그로부터 두 시진 뒤 그들은 뜻하지 않은 사람들과 함께 도가로 향하고 있었다.

17

장우는 포도대장이 된 직후, 포청에 소속된 간자 대신 사사로이 돈을 주고 간자 몇을 부렸다. 포청의 간자들이 자신을 유일한 상관으로 여기지 않는 탓이었다.

높은 자리의 대감들이 장우 몰래 불러 정보를 캐물으면 입을 다물 수 없는 것이 말단 벼슬아치의 신세니, 그들을 나무랄 수만은 없는 일이었다. 그래서 장우는 소속이 없고, 돈을 주면 그만큼의 일을 해내는 떠돌이 간자를 더 선호했다.

물론 소속이 없는 간자들도 장우와 일하는 걸 좋아했다. 굳이 정체를 밝히려 하지도 않고, 기밀사항을 알았다 해서 입을 봉하려 뒤에서 몹쓸 짓을 벌이지도 않으니 함께 일하기 편한 의뢰인이었던 것이다.

혹자는 그런 장우의 깨끗한 일처리에 매료되어 스스로 포청 소속의 간자가 되었는데, 그 중 하나가 바로 정포졸이었다.

"정포졸 얘기는 들었습니다."

정포졸이 장우의 수하로 들어간 뒤부터 그가 사사로이 간자를 부르는 일은 거의 없어졌다. 장우가 사내에게 언덕에서 만나자고 먼저 청한 건 실로 오랜만의 일이었다.

"용케도 알고 있군."

"모를 수 없는 일이죠."

사내가 말끝을 흐렸다.

"허면 내가 자넬 부른 이유도 이미 알고 있겠군."

"물론입니다."

"그래?"

장우의 눈이 반짝였다.

"나리가 의심하신 대로 바침술집에 들어간 아이. 정체가 드러난 과정이 아무래도 수상쩍습니다."

"그래, 아무리 생각해도 그 아이가 간자란 걸 들킬 연유가 없었어. 원구가 등불 신호를 보내고 있었지만, 사실 이를 지켜보는 관군도 없었고, 그렇다고 그 아이가 어떤 정보를 빼온 것도 아니었으니 정체가 발각된 시점이 너무 일렀네."

장우의 말을 듣던 사내가 고개를 끄덕였다.

"그래서 그 노래가 퍼진 연유를 살펴보았습니다."

"그랬더니?"

장우가 담담한 목소리로 되물었다.

"노래를 맨 처음 퍼트린 어린 계집을 찾아냈습니다. 예상대로 처음 보는 사내가 알려줬다고 하더군요. 아무래도 그 사내가 포청 쪽에 내통자를 둔 듯합니다."

"그 사내가 포청 사람일 수도 있음이야."

"그건 확실히 아니었습니다."

"어찌 그리 확신하는가?"

"아이의 말에 따라 용모도를 그려봤습니다. 몇 날을 확인했지만 분명 포청의 군사는 아니었습니다."

"용모도? 허면 그 사내의 얼굴을 알아냈단 말인가? 그자가 누군가?"

"모르는 자였습니다."

사내는 마른 침을 꿀꺽 삼킨 뒤 다시 천천히 입을 열었다.

"검계 조직의 맨 위. 아무래도 그들 중 하나인 듯합니다."

순간 장우의 눈이 커졌다.

"그럼, 오촉 이상이란 말이냐?"

"아마도."

예상치 못한 큰 수확에 장우가 긴장했는지 사내를 다급하게 재촉했다.

"그자가 누구냐!"

검계의 계급은 크게 엽(葉)과 촉(난을 세는 단위), 두 가지로 나눠졌다.

엽은 조직에 들어간 지 삼 년이 안 돼 온갖 허드렛일을 도맡아 하는 자들로, 일한 연수를 따져 일엽, 이엽, 삼엽으로 구분되었다.

삼엽이 되면 이들은 무술시험을 따로 본다. 시험을 통과하면 그때부터 칼 손잡이에 창포잎이 새겨진 검계의 칼을 받고 정식 검계가 되는데, 이때부터 촉이란 계급에 들어가게 된다.

촉은 엽과 마찬가지로 일촉, 이촉, 삼촉 등으로 나뉘고, 최고가 되면 오촉에 이르게 된다. 검계들은 창포 잎을 수놓은 옷고름을 다는 것으로 자신의 계급을 표시했는데, 일촉이면 창포 잎이 하나고, 이촉이면 창포 잎이 두 개가 되는 형식이었다.

그리고 오촉이 되면 그때부터 조직의 윗대가리로 불렸다. 그 또한 검상(劍上)과 검하(劍下)로 나뉜다. 검하를 거쳐 검상이 되면 각자 책임져야 하는 구역을 할당받고, 제각각 다른 임무를 부여받게 된다. 도가감독관, 정보수집관, 조직훈련관 등등.

물론 그 위엔 표철주가 속해 있는 조직의 최상위층이 있었다. 장우도 아직 거기까진 알아내지 못했다. 그 단계에서 노출된 자는 철주뿐 누가, 무슨 일을 하는지는 알려진 바 없었다.

그런데 지금 이 사내가 철저히 비밀에 부쳐진 최상위층의 검계가 누군지 알아왔다니 장우로선 그보다 더 값진 정보가 없었다.

말없이 자신을 빤히 쳐다보는 장우의 얼굴에서 무엇을 읽었는지 사내는 천천히 품에서 헝겊으로 둘둘 만 것을 꺼내 보였다.

"그 사내의 용모도입니다."

장우가 종이를 잡으려 손을 뻗었다.

그러나 사내는 순순히 내주지 않았다. 칼을 뿌리듯 던져 용모도를 장우의 뒤편에 서 있는 나무에 꽂아버렸다.

나무를 등지고 서 있던 장우의 얼굴 옆으로 칼이 날아갔으니 자칫 위험할 수 있는 순간이었다.

장우의 눈빛이 매섭게 변했다.

"무슨 짓이냐!"

"나리께서 이 용모도를 얻을 수 있는 길은 단 하나. 제 질문에 답을 해주시는 겁니다."

"질문?"

"예, 단 하나의 질문. 그리고 그것에 대한 답. 그게 제가 원하는 용모도의 가격입니다."

사내가 장우에게 얼굴을 바짝 들이밀었다.

"정포졸이 그날 들어간 빙고가 검계들의 술 창고였다는 건 이미 알고 있습니다."

낮은 목소리였으나 사납기 이를 데 없는 말투였다.

장우가 의심 가득한 눈초리로 사내를 노려봤다.

"혹 정포졸이 그 사실을 알린 것이냐?"

"정포졸이 그걸 밖으로 알릴 시간이 없었다는 걸 누구보다 잘 아실 텐데요."

사내의 지적이 맞았다.

정포졸이 빙고가 술 창고로 이용된다는 사실을 알고 장우에게 알리자마자 그 길을 바로 되짚어 돌아갔다 변고를 당했으니 의심할 여지가 없었다.

"정포졸이 어찌 빙고 안에 들어간 것입니까?"

"당연한 일이지 않는가. 빙고가 술 창고라는 것을 알았으니 상황을 파악하려 들어간 것이지."

사내가 피식 헛웃음을 터뜨렸다.

"절대 혼자 움직이지 않는다. 이게 우리의 불문율입니다."

"우리?"

"정포졸과 나."

"정포졸은 포청의 소속이니 너와 우리로 묶일 수 없는 몸이다."

"모르는 건 나리요. 포청에 들어간 건 형님뿐이었지만, 우린 쭉 함께 움직였소."

장우는 모르고 있던 일이었다.

"대체 언제부터?"

"고아가 되어 오갈 데 없는 나를 형님이 간자로 키운 그 순간부터 빙고에 들어가기 전까지 쭉 우린 함께 움직였습니다. 한 명이 움직이면, 한 명이 남아 뒤를 캐고 움직이는 자를 보호하는 거지. 아무도 모르게. 이게 간자 세계에서 지금껏 우리가 살아남을 수 있었던 이유입니다."

순간 장우의 눈 아래 깊은 주름이 잡혔다.

"그러나 형님이 빙고로 가는 건 내게 말하지 않았습니다. 검계들이 눈을 시퍼렇게 뜨고 있는 곳에 가면서 망을 봐줄 자도 없이 혼자 움직였다는 건 말이 안 되지. 안 그렇습니까? 결국 형님은 누군가와 함께 움직였다는 건데! 그게 누굴 것 같습니까, 나리!"

사내는 장우를 노려보며, 으드득 소리 나게 이를 갈았다.

"나리밖에 없질 않습니까, 나리밖에!"

흥분한 사내가 기여 제 성질을 이기지 못하고, 품에서 날이 선 칼을 빼들어 장우의 목에 가져다댔다.

"노래를 퍼트린 자의 용모도! 가져가실 생각이라면 지금부터 제대로 답을 해주십시오, 나리. 내 형님의 시신을 일부러 빼내지 않으셨죠?"

변명의 여지가 없었다.

그날 밤 장우가 빙고를 지키는 군사와 사원의 시선을 끄는 동안, 정포졸은 빙고로 진입하는 데 성공했다. 그러나 그는 쉽게 나오지 않았다. 한 시진이 지나고, 두 시진이 지나도.

새벽 해가 떠오르는데도 정포졸은 빙고 안에서 나올 생각을 하지 않았다.

분명 일이 잘못 된 걸 알았지만, 장우는 정포졸의 시신을 빙고 안에서 꺼내기 위한 그 어떤 노력도 하지 않았다. 어쩌면 정포졸의 시신을 발견한 검계들이 이 사실이 새나가기 전에 술항아리를 그들의 도가로 옮길지도 모른다 생각한 것이다.

이에 장우는 검계를 원수로 삼은 원구를 구슬려 바침술집으로 보내 이후의 일을 도모한 것인데, 이 사내는 거기까지 다 알고 있는 듯했다.

사내는 금방이라도 장우를 죽일 듯 칼에 힘을 주고, 그의 목울대를 눌렀다.

"왜요, 왜! 왜 내 형님 시신을 빙고에 그대로 방치한 겁니까?"

사내의 목소리가 더욱 차갑게 가라앉았다.

"진실을 알고 싶은 거냐, 아니면 날 죽이고 싶은 게냐?"

장우도 흔들리지 않는 목소리로 대꾸했다.

"둘 다."

"아니, 넌 둘 다 취하지 못한다. 입을 열어도 죽고, 입을 열지 않아도 죽는다면 내가 굳이 진실을 얘기할 필요가 없지."

사내의 눈썹이 심중의 흥분을 드러내듯 사납게 움찔거렸다.

"나리에겐 최소한의 양심이란 것도 없소? 내 형님에게 미안한 마음이 단 한 조각도 없단 말이오!"

"결정은 네가 하는 것이지 내가 아니다. 그러니 네가 들고 있는 칼끝에 집중을 좀 더 해봐라. 집중을 하고, 또 하다 보면 내 답을 듣는 게 급한지, 아니면 날 죽이는 게 더 급한 일인지 알게 될 게다. 이게 네놈에게 해줄 수 있는 나의 마지막 말이다."

장우는 자신의 말을 증명이라도 해 보이듯 입을 꽉 다물었다.

사내는 상대의 의지가 무모해 보였지만 인정하지 않을 수도 없었다. 사내는 성질을 이기지 못하고 주먹으로 나무를 내려쳤다.

결국 사내는 손을 휘저어 장우의 몸을 더듬었다. 혹 숨기고 있는 무기가 없는지 확인하기 위해서였다. 장우의 답을 듣기로 결정한 것이다.

"무기는 없다. 동료와 적을 구분하지 못할 정도로 어리석진 않아."

무기를 소지하지 않은 걸 알면서도 사내가 쉽게 칼을 거두지 못하자, 장우가 단호하게 말했다. 장우는 안심하라는 듯 고개를 천천히 끄덕였다.

사내의 칼끝이 파르르 떨렸다.

장우는 상대의 심중을 헤아린 듯 천천히 손을 들어 칼끝을 잡았다.

사내가 별다른 반응을 보이지 않자 칼끝을 손가락으로 잡고 밖으로 돌렸다. 서두르지 않고 천천히.

그리고 칼날이 완전히 장우를 빗겨나가자 사내는 칼을 잡고 있던 손을 아래로 떨어뜨렸다.

"헛수작 거는 거라면……."

하지만 그때 장우는 칼을 쥔 그의 손을 발로 힘껏 내려쳤다.

그 충격에 사내의 손에서 칼이 떨어졌고, 장우는 그 사이 용모도를 꽂아둔 칼을 집으려 나무쪽으로 손을 뻗었다.

자신이 속았다는 걸 눈치 챈 사내가 땅에 떨어진 칼을 집으려 몸을 날린 것도 그 순간이었다.

그러나 칼은 사내에게서 꽤 멀리 떨어져 있었다. 장우는 승산이 있다 자신했다. 하지만 장우가 미처 생각하지 못한 것이 있었다. 지금 장우의 목숨을 노리고 있는 사내의 장기는 표창 던지기였다.

사내는 그 누구보다 표창을 빠르고 정확하게 날려 급소를 노리는 걸로 유명했다.

장우도 익히 알고 있는 사실이었다. 그런데 상황이 급박하게 돌아가다 보니 미처 이를 떠올리지 못한 것이다.

예상대로 사내는 칼 쪽으로 몸을 던지는 동시에 표창 몇 개를 장우에게 뿌렸다. 헌데 표창이 어찌나 빠르게 날아오는지 파르르, 공기를 가르며 떠는 소리만 들릴 뿐 그 형체는 보이지도 않았다.

순간 죽음을 직감한 장우는 자신도 모르게 눈을 꾹 감았다.

그때였다.

급소를 노리고 날아오던 표창이 뭔가에 맞아 그대로 땅바닥에 떨어졌다. 화살이었다. 어딘지 모를 곳에서 날아든 화살에 표창이 정확하게 꽂혀 바닥에 떨어졌다.

다음 순간 더욱 놀라운 일이 일어났다.

장우가 무슨 상황인지 알아채기도 전에 화살이 한 발 더 날아오더니 역시 상황을 가늠하지 못한 사내의 목에 그대로 꽂혔다. 그리고 화살 하나가 더 꼬리를 물고 날아오더니 사내의 심장을 명중시켰다.

사내는 그렇게 입 한 번 달싹이지 못하고 그대로 땅바닥에 쓰러졌다.

장우는 화살이 날아온 쪽으로 시선을 돌렸다. 그러나 화살을 쏜 자가 누군지 확인하기도 전에 그의 명치로 둔탁한 무언가가 날아와 날카롭게 꽂혔다. 그 충격으로 몸 안의 모든 공기를 한순간 밖으로 훅 토한 장우는 맥없이 바닥에 쓰러졌다.

누군가 다가오는 걸 어렴풋하게 느꼈지만, 그만 정신이 까마득해져 그 후의 일을 기억할 수 없었다.

장우가 다시 눈을 떴을 때는 얼마나 시간이 흘렀는지 몰랐다.

그땐 이미 아무것도 없었다. 자신을 죽이려던 사내의 사체도, 나무에 꽂혀 있던 용모도도 모든 게 완벽하게 사라진 후였다. 혹 자신이 꿈을 꾼 게 아닐까 의심이 들 정도였다.

하지만 장우는 정확하게 기억했다. 정신이 까마득해지는 그 순간 화살을 날린 의문의 사내가 곁으로 걸어왔고, 걸어오는 사내에게선 작은 발소리조차 나지 않았다는 걸. 용모도를 가져간 그 사내는 분명 발소리를 숨길 줄 아는 사내였다.

18

한양을 도읍으로 정할 때 주산(主山)으로 삼았던 산은 북악산이었다. 북악산을 북쪽의 주산으로 삼고, 목멱산(지금의 남산)은 안산(案山)으로 삼고, 동쪽의 낙산이 좌청룡, 서쪽의 인왕산이 우백호가 되었다.

특히 인왕산은 산세가 웅장하고 동서남북, 방향마다 각각 색다른 비경이 펼쳐진 아름다운 산이었다. 산의 동쪽은 풍치가 빼어나 장안 제일의 명승지라 불렸고, 북쪽 산자락은 중국의 무릉도원에 비견할 정도로 아름다운 경치를 자랑한다 하여 무계동이라고 불렸다.

그러나 아무리 산세가 수려하다 해도 사람들은 인왕산에 들어가길 꺼려했다. 서쪽 자락의 무악재에서 호랑이가 자주 출몰하기 때문이었다.

물론 수락산이나 목멱산, 도봉산, 북악산에서도 때때로 호랑이가 출몰했지만, 인왕산만큼 자주 있는 일은 아니었다. 풍수지리를 따지면 인왕산이 한양의 우백호가 된다더니, 정말 말 그대로 호랑이 소굴이 된 듯했다.

생각해보니 수판도 인왕산에 군사들과 몇 번 와본 적은 있어도 호랑이가 가장 많이 출몰한다는 무악재를 지나 들어온 것은 처음이었다.

"이봐, 바히르. 장포졸이 어느 쪽에 있다고?"

포청에서 잡일을 하는 바히르는 아직은 서툰 조선말로 대답하는 대신 팔을 쭉 뻗어 손가락으로 한 지점을 가리켰다.

"저어기? 범바위 쪽?"

바히르가 가볍게 고개를 끄덕였다.

"근데 자네 눈엔 정말 장포졸이 보여? 나는 범바위도 보일락말락 인데?"

수판이 신기하다는 듯 힐긋 쳐다보며 물었다.

"몽골 사람 모든 걸 다 볼 수 있어요. 바히르 몽골 사람이에요."

바히르는 몽골인에게는 놀라운 능력이 두 가지 있다고 했다. 출중한 말타기와 멀리 볼 수 있는 능력이 그것이다. 살아남기 위해 선천적으로 후천적으로 발달시킨 능력들이다.

지평선도 제대로 보이지 않을 만큼 넓은 초원에서 가축들을 돌보고, 잃어버린 가축들을 찾고, 그들의 가축을 노리는 적이나 야생동물들을 경계하기 위해선 멀리 볼 수 있는 능력이 무엇보다 중요했다.

그래서 그들은 타민족에 비해 서너 배 이상 멀리 볼 수 있게 되었는데, 지금 수판이 바히르와 동행하는 이유도 이 때문이었다. 구척장신의 사내와 함께 붕익이 사라졌다는 얘기를 듣고 한참이나 뒤늦게 찾아 나선 길인데, 바히르의 신기한 능력이 아니면 엄두도 못 낼 일이었다.

그럼에도 수판은 연신 고개를 갸웃거렸다.

붕익이 여기로 왔다는 건 이곳 어딘가 검계 소굴이 있고, 거기 원구가 잡혀 있다는 얘기였다. 그러나 아무리 칼을 차고 다니는 흉악한 놈들이라지만, 검계도 사람이다. 호랑이가 활보하는 데다 버젓이 소굴을 마련할 리는 없었다. 그런데 어찌된 일인지 바히르가 잡은 길은 점점 **빽빽한** 숲과 깎아지른 절벽이 늘어선 인왕산 중심으로 향하고 있었다.

수판이 쩝 입맛을 다시며 고개를 흔들었다.

지금 바히르는 붕익을 찾을 수 있는 유일한 나침반이었다. 제 눈에 보이지 않는다 해도 바히르 눈엔 분명 보인다, 그리 믿을 수밖에 없었다.

바히르가 우뚝 걸음을 멈추고, 몸을 **빳빳하게** 세웠다.

"바르!"

"바르?"

바히르가 몽골어로 말하는 바람에 수판은 그 뜻을 정확히 알 수 없었지만, 바르란 말은 어쩐지 위험신호처럼 들렸다.

바히르는 한 지점을 손가락으로 찍어 가리키더니 손가락을 빠르게 움직였다. 바히르의 손가락은 범바위 쪽을 향했다.

대체 바르란 것이 뭔지 제 눈으로 확인하고 싶었던 수판은 눈에 힘을 꽉 주고 손가락이 가리키는 곳을 쳐다봤다. 그러나 아무것도 볼 수 없었다. 거리가 멀기도 했지만 바히르의 손가락이 움직이는 속도를 따라 잡을 수 없었기 때문이다. 사람이라면 이리 빨리 움직일 수 없었다. 그렇다면 저건……

"바르가 호랑이었군. 그렇지?"

수판이 말했다.

바히르는 고개를 끄덕였다. 그리고 손가락을 입에 가져다 대 조용히 하라 경고했다.

그는 주변 수풀로 들어갔다 나오더니 뭔가를 찾아내 수판에게 건네주었다. 그건 호랑이 털이었다.

"바르."

수판의 짐작이 맞았다.

유심히 보니 털끝에 피가 묻어 있었다.

바히르가 굳은 피를 손가락으로 만지고 냄새를 맡더니, 이내 표정이 무거워졌다.

"바르의 피."

호랑이가 상처를 입으면 제 혀로 핥는데, 그때 털이 뭉치로 빠진다고 들은 적이 있다. 바히르가 찾아온 호랑이 털이 그것인 듯했다.

"바르 아파. 화났어. 그래서 위험해."

숨도 쉬지 않고 말을 내뱉더니 바히르가 범바위 쪽으로 고개를 획 돌렸다. 아무래도 그쪽에 있을 장포졸이 걱정되는 눈치였다.

반대로 수판은 그 순간 안심이 되었다. 호랑이는 죽은 동물을 먹지 않는다. 그러니 호랑이가 지금 범바위 쪽으로 향하고 있다는 건 그곳의 먹잇감이 살아있다는 얘기였다. 적어도 아직까진 말이다.

하지만 안심도 잠시. 멈춰 있던 바히르의 손이 또다시 움직였다. 방금 전보다 두 배는 더 빠른 속도였다. 아마도 호랑이가 먹이를 향해 전력질주 하는 듯했다.

그러나 그대로 범바위 쪽으로 달려갈 줄 알았던 바히르의 손가락이 예상을 깨고 어느 순간 멈춰 섰다. 그리고 범바위를 중심으로 크게 원을 그리며 맴돌았다.

"왜? 왜?"

수판이 다급하게 물었다.

"바람. 바르가 바람 읽어요."

"바람? 바람은 왜?"

"사냥. 곧 시작돼요."

낯빛이 새까맣게 타들어가며 바히르가 말했다. 수판이 뭐라 말을 꺼내기도 전에 앞으로 내달렸다. 알아들을 수 없는 몽골어로 소리를 질러대며.

수판도 바짝 따라 붙어 달렸다. 바히르와 함께 소리를 내질렀다. 어쩐 일인지 지금 바히르가 몽골어로 말하는 게 어떤 의미인지 알 듯했다. 호랑이에게 근처에 사람들이 또 있다는 걸 알려야 해요!

전력을 다해 얼마나 달렸을까, 바히르가 문득 멈춰 섰다.

헐떡이는 숨을 참아가며 또다시 손가락으로 어느 지점을 가리켰는데, 범바위에 이제 꽤 근접해 있었다.

그런데 무슨 일인지 손가락 끝이 달달 떨고 있었다.

"호, 호르땅."

바히르가 저도 모르게 한 걸음 뒷걸음질 쳤다.

뭔가 상황이 급변한 게 틀림없었다. 우선 도망쳐야 한다는 직감이 든 수판이 부리나케 등을 돌려 뛰어가려 하자, 바히르가 수판의 팔을 잡았다.

"호르땅! 천천히. 천천히!"

순간 풀들이 쏴아 소리를 내며 움직였다.

바람 한 점 없는 날씨에 유독 한곳의 풀잎들만 움직인 걸 보면, 분명 그곳에 호랑이가 있을 터였다.

굳이 제 존재를 숨기려 들지 않는 듯 요란스럽게 풀잎들이 흔들렸다. 수풀에 가려진 채 거대한 호랑이가 수판과 바히르 쪽으로 천천히 다가오고 있었다.

아무래도 바히르와 수판의 의도대로 이쪽을 노리기 시작한 듯싶었다.

쏴아쏴아.

호랑이의 분주한 움직임을 쫓아 풀잎들이 시끄러운 소리를 냈다.

수판과 바히르가 시선을 집중하는 그 순간, 흔들거리는 풀잎 사이로 번쩍이는 섬광이 보였다. 틀림없는 호랑이 눈이었다.

수판이 아랫입술에 침을 묻히며 힐긋 바히르를 쳐다봤다. 이젠 어쩌냐는 물음이었다.

바히르는 호랑이가 지금 자신들을 노리는 이상, 답은 하나 아니겠냐는 듯 조용히 그러나 민첩하게 등에 메고 있던 활을 꺼냈다.

그가 팽팽하게 활시위를 당기는 걸 보고, 수판도 허리에 차고 있던 칼을 빼들었다.

"우린 준비 끝났어. 어서 덤비라고, 덤벼."

수판이 칼날을 앞쪽으로 돌리며 말했다.

쏴아쏴아. 쏴아쏴아.

방금 전보다 더 요란하게 풀들이 움직였다.

그러나 소리는 수판이 있는 곳 반대쪽으로 점점 멀어졌다. 이유를 알 수 없지만 호랑이가 수판과 바히르 있는 쪽도 아니고, 범바위 쪽도 아닌 제3의 방향으로 달려갔다. 뜻밖의 일이었다.

바히르도 다소 놀랐는지 눈을 동그랗게 뜨고, 목을 있는 대로 빼 호랑이의 움직임을 주시했다.

"주, 주…… 휴! 주게레. 주게레. 괜…… 찮아요, 이제."

그제야 한고비를 넘긴 듯 바히르는 한숨을 내쉬고는 활시위를 내려놨다.

얼마나 힘을 주고 있었던지 활시위를 놓은 그의 손이 미세하게 경기를 일으켰다.

"왜? 호랑이가 왜 돌아간 거야?"

바히르도 이유를 모르겠다는 듯 고개를 흔들었다.

사정이 어찌되었든 이제 한고비를 넘겼다 판단한 바히르는 웅크렸던 몸을 일으켜 세우고는 그 자리에서 소리를 질렀다.

"장붕익!"

바히르의 외침은 인왕산 골짜기와 울룩불룩 솟은 산들에 부딪혀 수없이 메아리쳤다.

다행히 그 소리를 들었는지 범바위 부근에서 누군가 옷을 벗어 흔드는 게 수판의 눈에도 보였다. 그러나 그자가 붕익은 아니라고, 바히르가 말했다.

붕익보다 머리 하나는 더 큰 거구의 사내란 말에 수판은 그자가 아마 석포일 거라 생각했다. 그런데 어째서 붕익을 불렀는데 저자가 답신을 보내는 거지?

붕익은 분명 자신의 이름을 부르는 걸 들었을 터였다. 그런데도 붕익이 움직이지 않았다는 건 움직이지 못하는 상황인 것이다. 순간 불길한 생각이 수판의 뇌리를 스쳤다.

정신없이 범바위 쪽으로 내달렸다.

잠시 후 수판은 예상이 맞았다는 걸 알 수 있었다.

범바위에 도착했을 때 붕익은 바위에 기대 앉아 있었다. 윗저고리가 너덜너덜 찢어지고, 찢어진 옷 틈 사이로 피가 배어나왔다.

수판의 시선을 의식했는지 석포가 호랑이 앞발에 할퀸 거라 설명했다.

"배고픈 놈이 아니라 그나마 다행이었습니다."

"씨부럴, 다행이긴 뭐가 다행이야!"

수판이 과장되게 큰 목소리로 욕을 해댔다. 다행이란 말에 자극을 받은 것이다.

"오라, 이제 보니 원구 핑계로 장포졸을 꾀어내 호랑이밥으로 내주고 도망가려 했구만, 이 망할 놈의 검계 간자놈아!"

수판은 당장이라도 한 대 칠 기세로 석포의 코앞에다 바짝 얼굴을 들이댔다.

자연스럽게 석포의 주먹에 힘이 들어갔다. 싸움을 굳이 피하지 않겠다는 뜻이었다.

붕익은 성가시다는 듯 인상을 잔뜩 찌푸리며 자리에서 일어났다.

"대충 인사들 나눴으면 이제 갑시다. 나 때문에 시간을 너무 지체했소."

바히르가 붕익을 막아서며 도리질 쳤다.

붕익이 굴하지 않고 나서자 바히르의 입에서 알아들을 수 없는 몽골어들이 폭포처럼 쏟아졌다.

"바히르, 위험하니까 너라도 포청으로 돌아가라. 종사관 나리야 가라고 해도 내 말 안 들을 것이고……."

붕익이 수판을 슬쩍 쳐다보곤 바히르의 어깨를 툭툭 쳐주었다.

다시 그를 지나가려 하자 바히르가 붕익의 팔을 잡았다.

"그놈, 있습니다. 멀지 않아요."

일순 모두의 시선이 자신에게 쏠리자 바히르가 서툰 조선말을 계속 쏟아냈다.

"인간에게 당한 호랑이. 사냥 절대 포기 안 합니다. 그래서 우리 위험합니다."

때마침 바람이 불어 풀과 나무들이 요란스럽게 흔들렸다.

바히르의 눈이 날카롭게 빛났다.

"바람 멈추면 바르, 다시 사냥 시작합니다."

눈을 가늘게 뜨고 주변을 살피던 바히르가 문득 움직임을 멈추었다. 그리고 손을 들어 어딘가를 가리켰다. 범바위에서 그리 멀지 않은 곳이었다.

"그리고 저 바르는……."

바히르가 엄지손가락을 천천히 치켜 올렸다. 수컷 대장 호랑이라는 뜻이었다.

그러자 자신의 존재를 과시라도 하듯 사납게 포효하는 호랑이 소리가 메아리쳤다.

"그게 확실합니까?"

석포가 믿을 수 없다는 듯 물었다.

"지금 우리가 만난 호랑이가 수컷 대장이라는 게?"

바히르가 천천히 고개를 끄덕이자, 석포가 고개를 갸웃거렸다.

"인왕산 제왕이라면 산속에 없을 것인데……"

그러나 석포의 말이 무슨 뜻인지 일행은 묻지 못했다. 호랑이 소리가 또 한 번 인왕산 전체로 울려 퍼졌기 때문이다.

"좀 서둘러야겠습니다."

예상치 않은 호랑이의 출현으로 시간을 지체한 탓에 붕익의 마음이 조급해졌다.

마음이 급하긴 석포도 마찬가지였다. 석포는 범바위에서 왼쪽으로 꺾어 길을 잡았다.

이내 나무들이 빽빽하게 들어차 앞으로 나아갈 길이 보이지 않았다.

"짐승들이 다니는 길이나, 이곳이 지름길이오."

석포가 안내한 지름길은 말 그대로 짐승들이 다니는 길이었다. 나무들이 빽빽해 뿌리 쪽으로 한껏 몸을 낮춘 후, 짐승들처럼 땅바닥에 거의 배를 바짝 붙이고 네 발로 기듯이 지나가지 않으면 한 발짝도 앞으로 나아갈 수 없는 곳이었다.

그리하고도 날카로운 나뭇가지에 눈이 찔리고, 가시에 팔뚝을 긁히기 일쑤였지만 그보다 더 큰 문제는 그 길이 경사가 심한 내리막길이라는 거였다. 네 발로 기어 내려가려면 몸이 앞으로 쏠리지 않도록 땅을 딛은 손과 발에 힘을 힘껏 주고 버텨야 했다. 자칫 힘이 빠져 앞으로 구르기라도 하면 삐쭉 빠져나온 날카로운 나뭇가지에 몸이 뚫릴 일이었다.

앞으로 나아가는 게 그리 쉬워 보이진 않았지만, 어느 누구도 돌아가자는 말은 꺼내지 않았다. 모두들 검계들의 술 창고에 한시라도 빨리 도착해야 하는 이유가 있었다.

그러나 짐승의 길로 들어서고 얼마 가지 못해 다른 방법을 강구해야만 했다. 네 발로 걷는 게 서툴기도 했지만, 아무리 팔 다리에 힘을 주고 버텨도 급경사를 이기지 못하고 자꾸만 미끄러진 것이다.

석포가 보란 듯 몸통의 방향을 바꿨다. 내리막길을 두 다리가 먼저 내려가면서 몸이 미끄러지지 않도록 지탱했다. 아래를 살피는 데 애를 먹어 속도가 느려졌지만, 적어도 몸의 균형을 잃고 굴러 떨어지지는 않았다.

지켜보던 이들도 석포를 따라 모두 몸통의 방향을 바꿨다.

어느덧 평지 가까운 곳에 다다랐다. 그제야 다들 허리를 온전히 펴고 섰는데, 범바위에서 출발한 지 한 식경이 지난 후였다.

"우네르!"

길을 잡아 달려 나가려는 순간 바히르가 소리를 질렀다.

"우네르. 냄새! 술 냄새."

수판이 아무리 킁킁거리며 냄새를 맡아도 코끝에 걸리는 냄새는 어제부터 씻지 못해 자신의 몸에서 나는 쉰내뿐이었다.

"냄새? 난 모르겠는데."

바히르가 눈에 힘을 주고 주변을 살펴보다 손가락으로 한곳을 가리켰다.

"저기."

바히르가 가리킨 곳을 쳐다보며 석포가 고개를 끄덕였다.

"맞아요, 그쪽이 도가입니다. 검계들의 술 창고."

석포의 말이 떨어지기 무섭게 붕익이 앞으로 튀어 나갔다.

그를 말리는 게 소용없다는 걸 아는 일행들도 조용히 뒤를 따라 달렸다.

그러나 얼마 가지 못해 자신들이 달려온 길 앞으로 더 이상 나아갈 수 없다는 걸 깨달았다. 절벽을 만난 것이다.

석포가 절벽 아래를 내려다보자, 일행도 모두 그를 따라했다. 저 아래 소반처럼 납작하고 널찍한 언덕이 있었다.

"저 언덕 아래가 바로 도가입니다."

석포의 말이 떨어지자마자 붕익이 무작정 언덕으로 뛰어 내려가려 했지만, 석포가 말렸다.

"여긴 함정입니다."

"함정?"

절벽 아래 툭 튀어나온 널찍한 언덕은 풀 한포기 보이지 않는 맨 흙바닥이었다. 원래는 매끈한 바위언덕이었지만, 올가미 덫을 설치하고 이를 숨기려 흙으로 덮어둔 것이라 석포가 설명했다.

석포는 손가락으로 언덕 주변의 나무들을 가리켰다.

자세히 보니 나뭇가지 사이마다 복잡하게 얽힌 넝쿨들은 단순한 식물의 줄기가 아니었다. 사람들이 새끼를 꼬아 만든 얇은 줄이었다.

그 줄들이 얼기설기 나무와 나무 사이를 잇고 있었다.

"저 언덕에 발을 내딛는 순간, 바로 올가미에 걸려 공중으로 솟구치게 됩니다."

"그런데 이곳으로 온 이유가 뭐냐?"

수판이 나섰다.

"검계의 눈을 피해 도가로 들어갈 수 있는 곳은 이곳뿐입니다. 도가의 정문 말고는 모두 절벽이니까."

"내려갈 방법은?"

붕익이 묻자, 석포가 허리춤에서 줄을 꺼냈다.

바히르의 허리에 그 줄을 묶고, 반대편을 제 허리에 묶었다.

"위에서 줄을 내려줄 것이니 아래로 내려가 도가의 상황을 살펴보십시오. 절대 언덕에 몸이 닿지 않도록 주의해야 합니다."

석포의 말을 알아들은 듯 바히르가 고개를 몇 번 끄덕이더니 망설임 없이 언덕 쪽으로 몸을 날렸다.

그 충격으로 석포의 몸이 휘청거리자 수판이 얼른 달려와 그의 허리를 꽉 잡아끌었다.

석포가 몸으로 단단히 줄을 지탱하자, 줄 끝에 매달려 뱅글뱅글

돌던 바히르도 천천히 안정을 찾아갔다.

석포와 수판은 바히르의 움직임이 멈추길 기다렸다가 조금씩 줄을 내렸다.

둘에게 의지해 언덕 가까이 조심스레 내려가던 바히르가 급히 손을 들었다. 그의 배와 언덕 바닥 사이에 한 뼘 정도의 공간이 남았을 때였다.

절벽 끝에 배를 깔고 누운 붕익이 바히르의 상황을 알리자, 석포가 힘껏 밧줄을 잡아 당겼다.

문제는 바히르가 언덕 끝 쪽으로 나아가야 도가를 내려다볼 수 있는데, 그의 몸이 언덕 한가운데 머물러 있다는 거였다. 바히르가 아무리 허우적거려도 언덕 앞으로 몸이 나아갈 수 없었다.

"잠깐만."

지켜보던 붕익이 바히르가 놓고 간 활통에서 화살을 하나 꺼내 그 끝에 새로운 줄을 묶었다. 그리고 활시위에 화살을 끼워 당겼다.

붕익이 지금 겨냥하는 것은 바히르 가슴에서 바닥 쪽으로 축 처진 옷고름이었다.

흔들리는 몸을 따라 힘없이 나풀거려 명중하기가 어려워 보였다. 자칫 바히르의 몸통을 맞출 수도 있는 일이었다.

바히르도 날카로운 화살촉이 자신에게 겨눠진 걸 본 모양인지 손을 마구 휘저었다. 남들보다 시력이 서너 배 좋은 만큼 날카로운 화살촉에 대한 공포도 서너 배가 넘을 것이었다.

붕익이 긴장했는지 잠시 활시위를 내려놓았다. 그리고 축축해진 손바닥을 바지에 아무렇게나 비벼대며 땀을 닦았다.

그리고 한 차례의 심호흡.

다시 활시위를 당겼다. 바히르는 질끈 눈을 감아버렸다.

그 찰나에 붕익이 활시위를 놓았고, 줄을 매단 화살은 빠르게 날아가 바히르의 옷고름에 정확하게 꽂혔다.

날아온 화살이 다행히 제 몸통을 뚫지 않은 걸 확인한 바히르는 화살에 매달린 줄을 풀어 손목에 두어 번 감고 손에 꽉 쥐었다. 붕익의 의도를 정확하게 알고 있는 것이다.

붕익은 재빨리 바히르가 잡은 줄 끝을 잡고 오른쪽으로 움직였다. 그러자 팽팽하게 줄이 당겨지며, 바히르의 몸이 붕익을 따라 언덕 오른쪽으로 천천히 움직였다.

"좀 더. 차나한, 차나한!"

절벽 아래 상황을 볼 수 없는 붕익을 위해 바히르가 상황을 알려왔다.

붕익이 멈춘 건 그가 잡은 줄이 정확하게 세 번 당겨진 뒤였다. 바히르의 신호에 따른 것이었다.

줄을 놓고 절벽 아래를 살펴보니 바히르가 용케도 언덕 끝에 삐져나온 나뭇가지를 잡고 있었다.

"바히르가 언덕 끝으로 이동했소."

석포와 수판도 알아듣고 줄이 느슨해지지 않도록 힘껏 당겼다.

바히르는 조심스럽게 언덕 끝으로 고개를 빼 내밀었다. 그리고 찬찬히 주변을 살폈다. 한곳을 다 보면 손을 움직여 옆으로 조금씩 이동하며 언덕 아래 도가를 관찰했다.

일행들도 바히르의 정찰이 끝날 때까지 모두 숨죽여 기다렸다.

그러나 한 식경이 지나도록 바히르의 정찰은 쉬 끝나지 않았다. 고개를 갸웃거리며 본 곳을 보고 또 보았다.

시나브로 힘이 빠지기 시작한 수판의 손에서 줄이 자꾸 미끄러졌고, 석포의 손도 바들바들 떨리기 시작했다. 사내 둘이라 해도 버티기 힘든 시간이었다. 한순간 줄이 급격하게 흔들렸다.

바히르도 이를 느꼈는지 다급하게 소리를 질렀다.

"잠깐!"

그러나 바히르의 목소리가 너무 커 일행들이 모두 깜짝 놀랐다.

"바히르, 소리 좀 죽여!"

바히르는 무슨 영문인지 더 큰 목소리로 소리쳤다.

"이상해요. 저기……. 저기……."

더 자세히 보려고 몸을 앞으로 빼는 찰나, 잡고 있던 나뭇가지가 툭 부러졌다. 이내 몸이 균형을 잃었다.

"어, 어, 어."

바히르는 허공에서 뒤뚱거리다 당황한 나머지 두 발로 언덕을 디뎌 서고 말았다. 곧바로 석포의 당부가 떠올랐지만, 이미 그의 몸이 그물에 휘리릭 감겨 공중으로 튕겨 오른 뒤였다.

그 바람에 몸에 연결된 줄을 잡고 있던 석포와 수판까지 줄줄이 이끌려 절벽 아래로 떨어졌다. 순식간에 일어난 일이었다.

붕익이 언덕 아래로 뛰어 내려 사람들의 상태를 살폈다.

다행히 크게 상한 곳은 없는 듯했다.

"나 꺼내줘요."

거미줄에 걸린 먹이처럼 바히르가 공중에 대롱대롱 매달려 소리를 질렀다.

"쉿! 바히르 제발 목소리를 낮추라고!"

검계에 발각되면 모두 위험해진다는 걸 모르지 않을 텐데도 바히르는 목소리를 높였다. 그때 바히르가 일행을 향해 소리를 질렀다.

"걱정 마! 없어요!"

"뭐?"

"후무스, 사람. 사람이 없다고요! 아무도 없어."

언덕 끝으로 죄 몰려 아래를 살폈다. 바히르의 말대로 도가 어디에도 사람들이 보이지 않았다.

빙고에서 꺼낸 술항아리를 이곳까지 옮겨왔다면 당연히 검계들이 보여야 했다. 그렇지 않더라도 도가에서 술을 빚는 일꾼이나 그들을 감시하는 검계라도 있어야 정상이었다. 헌데 사람의 그림자조차 보이지 않았다. 뭔가 일이 잘못된 듯싶었다.

수판이 가지고 있던 칼을 바히르에게 던졌다.

허공에서 칼을 낚아챈 바히르는 몸을 옭죈 그물을 끊어냈다. 이내 밑이 뚫린 그물 사이로 바히르가 뛰어 내려왔다.

"분명 아무도 없어요. 바히르 다 봤어요."

바히르가 붕익을 쳐다보며 같은 말을 되풀이했다.

붕익은 과감하게 언덕 끝에 섰다. 그제야 아래 있는 도가가 한눈에 들어왔다.

도가는 작은 촌락이라 해도 손색이 없을 정도의 규모였다. 대략 보아도 오두막집이 열 채 이상, 창고인 듯 보이는 판잣집이 대여섯 인데, 특이한 건 도가의 형태였다.

마을 한가운데 자갈이 깔린 넓은 마당이 있고, 주변으로 오두막집들이 둥그렇게 원형으로 둘러 자리 잡았다. 그 집들의 대문은 모두 밖을 향해 있었다. 그리고 대문밖엔 판잣집이 오두막집들을 둥글게 에워싼 형국이었다. 한마디로 도가는 오두막집과 판잣집, 두 개의 큰 원으로 이뤄져 있는 셈이었다. 그리고 그 원 밖은 바로 절벽이었다.

"대체 도가를 왜 저런 요상한 형태로 지은 것이오?"

수판이 묻자 석포가 대답했다.

"감시하기 용이하니까요. 판잣집 밖에서 빙 둘러 안을 향해 서서 감시를 하면, 강아지 한 마리가 움직이는 것도 다 볼 수 있습니다. 마당에 자갈을 깔아놓은 것도 사람들이 움직일 때마다 소리가 나 감시하는 데 용이하고요."

일행들이 이해하겠다는 듯 고개를 끄덕였다.

"기가 막히구만. 대체 누구 생각인 거요?"

물론 진기가 모두 짜 맞춘 구조였지만, 석포는 그의 이름을 입에 올리진 않았다.

"그런데 저거!"

바히르가 손가락으로 가리킨 곳은 도가의 마당이었다. 술항아리들이 깨져 어지럽게 널브러져 있었다.

"술항아리. 그게 깨졌어요. 마당에 술이 흘러요."

그러고 보니 옅은 술 냄새가 언덕까지 퍼져 올라오는 듯했다.

"아무래도……."

석포가 뒷말을 삼키며 고개를 갸웃거리다 다시 말을 이었다.

"이 도가는 버려진 것 같습니다."

붕익도 석포의 말에 동조하며 고개를 끄덕였다.

"그렇지 않고서야 도가에서 술항아리를 저리 관리하진 않겠지. 그럼 원구는 어디로 끌려간 것이오?"

"내가 아는 도가는…… 여기뿐인데……."

힘없이 고개를 젓는 석포의 눈가가 축 처졌다. 원구는 물론이고 자신의 가족도 어디로 사라졌을지 모를 일이었다. 낭패였다.

말끝을 흐리는 석포의 절망이 일행들에게 고스란히 전달되었다.

잠시 답답한 침묵이 흘렀다.

"그런데 또 이상해요."

"뭐가?"

바히르가 고개를 갸우뚱거리자 수판이 물었다.

"짐승들."

"짐승?"

"술 냄새, 짐승들 좋아해요. 그런데 여기 산엔 짐승 없어요. 움직이지 않아요."

바히르가 주변을 천천히 둘러보았다.

"놈들 발이 너무 빨라 바히르 눈에도 안 보이는 모양이지."

수판이 다급해진 붕익과 석포의 기분을 헤아려 바히르의 입을 막으려고 아무렇게나 응수했다.

"바히르가 못 보는 건 없어요. 이건 숨은 거예요."

"숨어?"

"예, 숨은 거예요. 뭔가를 피해서……."

"아참, 호랑이!"

뒤늦게 생각난 듯 석포가 입을 열었다.

"아까 바히르가 본 호랑이는 인왕산 대장 호랑이가 아닙니다. 대호는 분명 여기 도가 지하에 갇혀 있습니다."

가뭄으로 먹이가 줄거나, 영역을 잃는 경우가 아니면 호랑이들은 다른 호랑이의 영역에 들어가지 않는다. 특히 대호의 영역 근처엔 얼씬 거리지도 않는 게 원칙인데, 만약 잘못 어슬렁거렸다간 승자가 누구일지 뻔한 싸움을 피할 수 없기 때문이었다.

이를 알고 검계에선 대호를 잡아들였다. 술항아리를 옮기는 길목마다 대호의 대변과 소변을 뿌렸다. 호랑이는 대변으로 자신의 영역을 표시했다. 이로써 검계들이 술항아리를 옮기는 길목은 대호의 영역이 되는 셈이다.

예상대로 그 길목엔 다른 호랑이는 물론이고 웬만한 육식 짐승들도 얼씬거리지 않았다. 그래서 검계들은 호랑이의 위협을 피해 인왕산을 자유롭게 오가며, 술항아리를 옮길 수 있었던 것이다. 석포가 도가를 나오기 전에 이미 만들어둔 장치였으니, 벌써 5년이나 지난 일이었다.

그런데 일행과 마주친 호랑이가 대호라니 아무래도 바히르가 틀린 것이라 석포는 생각했다.

하지만 바히르는 확신에 차 대답했다.

"우리가 본 호랑이가 분명 대장이에요. 바히르는 틀리지 않아…… 어, 저기……."

화가 난 듯 말하던 바히르가 뭘 보았는지 입이 쩍 벌어졌다.

"원…… 구?"

자신도 의아해 목소리가 기어 들어갔다.

"뭐?"

놀란 일행들이 바히르의 시선을 따라 도가를 내려다보았다. 바히르는 마당 쪽을 바라보고 있었다. 원구인지는 모르겠으나 분명 사람이 움직이는 게 보였다.

"원구라고? 확실해?"

붕익이 다그치자 바히르가 고개를 연신 끄덕였다.

"원구가 맞다면 검계들이 어딘가 숨어 있다는 거 아니오?"

수판이 목소리를 낮춰 물었다.

일행 사이에 다시 긴장감이 휘몰아쳤다. 만약 마당으로 이제 막 나온 사람이 원구라면, 수판의 말이 틀린 것은 아니었다.

"아니, 집 안에도 사람이 없어요. 어떤 집에도 신발이 없었어요. 마당에 사람들이 몰려 나간 발자국도 바히르가 다 확인했어요."

바히르는 확신하는 듯 크게 원구의 이름을 부르기 시작했다.

"원구! 원구!"

바히르의 돌발행동에 당황하는 사이, 바히르는 아예 손까지 크게 흔들며 원구의 이름을 불렀다.

"원구, 원구!"

그때 바히르의 목소리를 들었는지 마당에 서 있던 사람이 언덕 쪽을 바라보고 손을 흔들기 시작했다. 바히르가 부르는 소리에 반응한 것이라면 분명 원구가 맞았다.

원구는 손을 흔들고 있는 사람들을 향해 비칠비칠 걸어왔다. 아무래도 다리를 다친 모양이었다.

"바히르 말이 맞는 것 같소. 검계가 있다면 원구가 저리 움직이지 못할 거요."

붕익의 목소리가 떨렸다.

"헌데 저 아이 혼자 도가에 있다는 게 영 마음에 걸립니다. 조심하십시오."

그때였다.

바히르가 다급한 목소리로 소리 지르기 시작했다.

"원구, 피해! 도망가!"

"무슨 일이야. 무슨 일이냐고!"

붕익이 놀라 팔을 잡았지만, 바히르는 밀쳐내고 언덕 앞으로 바짝 다가섰다. 반보만 더 나아가면 언덕 아래로 떨어질 듯 위태로워 보였지만, 그는 뭘 보고 놀랐는지 혼이 쏙 빠져 보였다.

"원구, 도망가. 호랑이야, 호랑이!"

바히르가 내지른 뜻밖의 단어에 놀란 붕익이 눈에 힘을 주고 도가를 살폈다.

그 순간 언덕 아래서 검은 짐승이 어슬렁거리는 게 보였다. 확인할 것도 없이 호랑이었다.

어디에 숨어 있다 나왔는지 모를 일이지만 호랑이가 판잣집 근처를 어슬렁거리며 원구를 노렸다.

"저놈이에요. 저놈이 도가 지하에 갇혀 있던 인왕산 제왕입니다."

석포가 재빨리 말했다.

원구는 이제 막 마당을 벗어나 오두막집 쪽으로 오고 있었다.

그대로 오두막을 지나 대문을 빠져나오면 판잣집에 다다를 텐데, 그때쯤이면 원구와 호랑이가 정면으로 마주칠 것이다.

"원, 원구야. 도망가. 어서 도망가!"

붕익이 목이 터져라 소리를 질렀지만, 원구는 손을 흔들며 소리쳤다. 그는 아직 호랑이의 존재를 모르고 있는 눈치였다.

"도망가라고! 호랑이가 있어, 호랑이라고!"

안타깝게도 그 말을 먼저 들은 건 원구가 아닌 호랑이었다.

호랑이가 천천히 언덕 쪽으로 고개를 돌렸다. 살벌한 안광이 번뜩이는 게 먼 거리에서도 보일 정도였다. 그 눈빛엔 조용히 치러야 할 사냥을 방해하는 인간들에 대한 난폭한 살기가 일렁였다. 이어 불편한 심기를 드러내듯 호랑이가 사납게 울어댔다.

"도망가, 제발 도망가!"

호랑이 울음소리를 뒤늦게 들은 원구가 그제야 뒷걸음질 치며 도망쳤다. 하지만 불편한 다리 때문에 속도를 내지 못했다.

호랑이도 원구를 향해 천천히 몸을 움직였다. 만만한 사냥감에게 곧장 달려들기 위해 몸을 잔뜩 웅크려 낮추고 기회를 엿봤다.

다리에 힘이 풀린 원구가 힘없이 넘어졌다.

호랑이는 그 순간 웅크렸던 몸을 크게 펴면서 원구를 향해 뛰어갔다. 사람의 눈으론 쫓을 수 없는 빠른 속도였다.

다급해진 붕익이 바히르의 허리에 매달린 줄을 풀어 자신의 발목에 맸다. 발목에 줄을 달고 그대로 언덕 아래로 뛰어 내려갈 속셈인 것이다.

"그 줄은 짧아 언덕 중반도 못 내려갑니다. 이 언덕 아랜 낭떠러지입니다."

붕익의 의도를 알아챈 석포가 만류했지만 거칠게 뿌리쳤다.

"상관없소."

"석포 저자 얘기 못 들었소? 지금 내려가도 원구 못 구한다고요."

붕익의 성격을 잘 아는지라 수판이 아예 그의 두 손을 뒤로 잡았지만, 붕익은 어깨를 흔들어 밀어냈다. 그리고 기여 그대로 언덕 아래로 몸을 날려 뛰어 내렸다.

빠른 속도로 풀어지는 줄 끝을 가까스로 석포와 바히르가 잡아 당겼다.

수판이 언덕 끝에 아슬아슬하게 다가섰다. 포물선을 그리며 떨어지는 붕익이 호랑이를 향해 화살을 날리는 게 보였다. 그러나 날아간 화살은 호랑이의 뒷발치에 떨어지고 말았다.

석포의 말처럼 줄이 짧았다. 붕익의 몸은 더 이상 아래로 내려가지 않고, 언덕 중간쯤에 대롱거리며 거꾸로 매달렸다.

붕익은 포기하지 않고, 몸을 앞뒤로 흔들어 댔다. 그 반동으로 움직임이 점점 커지던 어느 순간, 그는 자신의 발로 언덕흙벽을 힘차게 차 밀었다.

몸이 포물선을 그리며 다시 공중으로 붕 떠올랐다. 그 사이 붕익이 두 번째 화살을 쏘았다.

그 화살은 호랑이 등으로 정확하게 날아갔지만, 거리가 멀어 힘이 부족했는지 등줄기를 맞추고는 맥없이 옆으로 떨어졌다.

호랑이는 그 정도 방해는 아무것도 아니라는 듯 조금도 동요하지 않았다. 목표물을 향해 성큼성큼 돌진했다. 그러다 뒷다리에 한껏 힘을 주고 원구를 향해 마지막 도약을 시작했다.

차마 더 이상 지켜볼 수 없어 붕익은 눈을 질끈 감아버렸다.

하지만 놀랍게도 다음 순간 호랑이가 향한 곳은 도가의 정문 쪽이었다.

호랑이는 바닥에 넘어진 원구를 지나쳐 도가의 정문 쪽으로 달려갔다. 그러다 문득 발을 멈추고, 배를 바짝 땅에 붙여 정면을 주시했다. 정문 밖의 무언가를 탐색하는 것이다.

낮게 으르렁거리며 허연 송곳니를 몇 번인가 드러내자 이윽고 도가 정문을 통해 새로운 호랑이가 슬그머니 나타났다. 붕익 일행과 범바위에서 마주쳤던 호랑이었다.

"대장, 둘이에요. 저 둘 다 대장이에요."

바히르가 바짝 마른 입술에 침을 바르며 말했다.

바히르의 말처럼 범바위에서 붕익이 만난 호랑이는 분명 인왕산 제왕이었다. 검계들에게 대호가 잡혀가자 새롭게 호랑이들의 대장이 된 젊은 호랑이. 대호인 호랑이 둘은 이미 치렀어야 할 전쟁을 뒤늦게 시작할 태세였다.

석포는 일단 붕익을 묶은 줄을 잡아당겼다. 언덕 아래 매달려 있던 붕익이 힘없이 끌려 올라왔다.

호랑이들은 인간들의 분주한 움직임 따위엔 아랑곳없어 보였다. 서로를 쏘아보는 시선이 한 치도 움직이지 않았다. 오직 상대방의 움직임에만 집중했다.

"원구가 움직이기 시작했어요."

바히르가 언덕 위로 올라온 붕익에게 작게 속삭였다.

"도가 정문으로 갑시다. 천재일우로 아이가 도망칠 기회를 잡는다면, 도와야 할 것이오."

모두들 고개를 끄덕였다.

그러나 도가의 마당엔 이제 호랑이가 두 마리였다. 그것도 평생 한 번도 만나기 어렵다는 수컷 대장 호랑이가 두 마리였다. 지금 원구가 처한 상황은 지나치게 비관적이었고, 그 사실을 모두 인정했다.

그럼에도 원구의 목숨을 구명하기 어려울 거란 말을 꺼내지 못하고 붕익에게 고개를 끄덕여 보인 건 천재일우로 부디 원구가 살 수 있길 희망해서였다. 그 희망을 담고 그들은 민첩하게 움직였다.

한편 젊은 호랑이와 도가의 호랑이는 서로를 견제하느라 쉽게 먼저 움직이지 못했다. 힘으로 보면 젊은 호랑이가 이길 것 같았지만, 도가의 호랑이는 제 나이만큼 노련할 것이기에 쉽게 승부를 예측할 수 없는 상태였다.

먼저 움직인 건 역시 혈기 넘치는 젊은 호랑이었다. 조심스럽게 제자리에서 왔다 갔다 하는 것처럼 보였지만, 그러면서 점점 앞으로 나아갔다.

도가의 호랑이도 그 몸놀림을 눈치 챘는지 조금씩 뒷걸음질 쳤다.

그런데 도가의 호랑이가 향하는 곳은 하필 원구 쪽이었다. 원구는 자신을 향해 뒷걸음으로 다가오는 호랑이를 피해 차마 일어나지도 못하고 저도 똑같이 엉덩이를 뒤로 슬슬 밀었다.

어느새 원구와 가까워진 도가의 호랑이는 몸을 휙 하니 돌려 도망갔다. 젊은 기세에 눌린 눈치였다.

그 찰나를 놓치지 않고 젊은 호랑이가 뒤쫓았다.

자신을 향해 맹렬한 속도로 달려오는 호랑이를 본 원구는 엉덩이를 두어 번 뒤로 밀며 도망가다 말고 그만 기절했다.

애초 원구에겐 관심 없던 젊은 호랑이는 제 앞에 놓인 돌멩이를 걷어차듯 땅바닥에 쓰러져 있는 원구를 앞발로 힘껏 차냈다. 그러자 원구의 몸이 힘없이 공중에 붕 뜨더니 충격을 이기지 못하고 땅바닥에 두어 번 튕기다 떨어졌다.

그때였다. 젊은 호랑이가 원구를 쳐내느라 잠시 시선을 돌린 사이 도가의 호랑이가 전속력을 다해 달려오며 하늘 높이 뛰어올랐다.

공중에 붕 떠 오른 도가의 호랑이는 있는 대로 몸을 길게 뻗었다 바닥에 착지하더니 젊은 호랑이의 머리를 앞발로 강력하게 내려쳤다. 힘으로 밀린다는 걸 간파한 도가 호랑이가 원구를 미끼로 삼은 것이다.

짧지만 강력한 공격을 받은 젊은 호랑이가 잠시 비틀거리는 사이, 도가의 호랑이는 다시 앞발로 젊은 호랑이의 어깨를 짓누르고 올라타 사나운 송곳니로 목덜미를 덥석 물어뜯었다. 괴로운 듯 으르렁거리는 젊은 호랑이의 울음소리가 인왕산 산줄기로 퍼져나갔다.

그러나 젊은 호랑이도 쉽게 물러서지 않았다. 목덜미의 살점이 떨어져 나가는 고통을 감내하며 도가의 호랑이를 힘으로 밀쳐내고는 잠시 한 발 물러서서 거친 호흡을 내뱉었다. 그리고 이미 지친 기색이 역력한 도가의 호랑이가 숨을 돌릴 사이도 없이 그대로 달려들어 상대의 몸을 타 올라 앞발을 가차 없이 휘둘렀다. 도가 호랑이 눈 밑으로 몇 줄의 깊은 고랑이 파였다.

젊은 호랑이는 도가의 호랑이가 아예 빠져나가지 못하도록 앞발의 발톱을 상대의 어깨에 깊게 박아둔 채 반대편 앞발로 얼굴을 수차례 가격했다. 얼마 지나지 않아 도가의 호랑이 울음소리가 점점 약해지더니 기여 바닥에 픽 쓰러졌다.

젊은 호랑이는 이 싸움의 끝을 알리려는 듯 한 발 물러서 송곳니를 드러내고 산이 떠나가도록 크게 울어 제쳤다. 그리고 최후의 일격을 가하기 위해 도가의 호랑이에게 고개를 바짝 들이 밀었다.

그 순간이었다.

기력이 다해 쓰러진 줄 알았던 도가의 호랑이는 상대가 자신의 목덜미를 물려고 다가들기를 차분하게 기다렸다 앞발로 콧등을 힘껏 가격했다. 호랑이의 약점인 콧등을 제대로 맞은 젊은 호랑이가 주춤거리며 뒷걸음질 쳤다.

그 사이 붕익 일행은 도가 가까이 도착했다.

도가 정문에 접근했을 땐 때가 좋지 않았다. 만약 호랑이들이 서로 엉켜 싸우고 있다면, 줄의 한쪽 끝을 고리로 만들어 원구의 몸에 걸어 끌어당기면 될 일이었지만, 지금은 그럴 수 없었다. 아직 힘겨루기를 끝내지 못하고, 서로를 견제하며 쉬고 있는 호랑이들 사이에 원구가 끼어 있었다.

"다시 싸울 때까지 기다릴 수밖에……."

붕익의 말을 알아듣기라도 한 듯 이내 호랑이들이 다시 서로를 향해 달려들었다. 둘 중 한 마리가 죽거나 도망가기 전엔 끝나기 어려운 싸움이었다.

다행히 호랑이들은 뒤엉켜 싸우면서 원구와 점점 멀어졌다. 그 기회를 놓치지 않고 바히르가 재빨리 줄로 고리를 만들어 원구를 향해 던졌다. 운이 좋게도 단번에 성공했다. 사람들이 달려들어 줄을 잡아당기자 뿌연 흙먼지를 일으키며 원구의 몸이 정문 쪽으로 끌려왔다.

이제 팔을 뻗으면 원구의 몸을 잡을 수 있을 정도로 가까워졌다. 조금만 더 호랑이들의 싸움이 지속되고, 그 사이 조금만 더 빨리 줄을 잡아당기면 원구를 안전하게 구해낼 수 있는 일이었다. 줄을 잡아당기는 붕익의 손에 힘이 들어갔다.

승패를 쉽게 점칠 수 없을 정도로 격렬하게 서로 얽혀 있던 호랑이들 중 도가의 호랑이가 먼저 승세를 잡았다. 젊은 호랑이의 목덜미를 물어뜯은 것이다.

숨통을 제대로 물린 젊은 호랑이는 고통스러운 듯 컥컥거리며 몸을 비틀자 입 밖으로 혀가 길게 빠져 나왔다.

젊은 호랑이는 승부에서 졌다는 걸 인정하며 급히 꼬리를 내리고 캥캥 쇠 긁는 소리를 냈지만, 도가 호랑이는 용서하지 않았다. 콧구멍을 벌름거리며 젊은 호랑이의 숨통을 문 아래턱에 온 힘을 쥐어짜모았다. 그러자 젊은 호랑이의 입 밖으로 길게 빠져나온 혀를 타고 진득거리는 붉은 피가 주르륵 흘러내렸다.

비릿한 상대의 피 냄새에 극도로 흥분한 도가의 호랑이는 눈에 붉은 핏줄을 세우더니 양 어깨로 그를 밀어내기 시작했다. 도가 끝 쪽에 있는 절벽으로 밀어내 이 싸움을 끝내려는 것이다.

자비 없는 승자가 자신을 죽이려는 걸 눈치 챈 젊은 호랑이도 사력을 다해 버티기 위해 발톱을 세워 땅에 박았다. 뒤로 밀리던 젊은 호랑이는 잠시나마 그렇게 버티는 듯 보였다. 그러나 이미 상대를 죽이기로 결심한 도가 호랑이는 젊은 호랑이의 숨통을 문 채 고개를 이리저리 흔들어댔다.

젊은 호랑이는 지그재그 선을 그리며 그대로 절벽 끝으로 밀렸다.

도가 호랑이는 상대를 벼랑 끝까지 몰아세우고도 숨통을 물고 놓아주지 않았다. 젊은 호랑이의 뒷발이 절벽 밖으로 밀려 허공에서 버둥거리는 걸 확인한 후, 그제야 턱에서 힘을 빼 숨통을 놓아주었다. 생사를 건 싸움에선 최후의 최후까지 긴장을 풀어선 안 된다는 걸 본능적으로 알고 있는 것이다.

젊은 호랑이는 절벽으로 밀려 떨어지는 그 순간까지 울음소리 한 번 제대로 내지 못하고 죽음을 맞이했다.

인왕산의 제왕 자리를 되찾은 도가의 늙은 호랑이는 자신의 승리를 알리려는 듯 아가리를 벌리고 크게 울부짖었다. 드러난 송곳니엔 채 식지 않은 벌건 피가 들러붙어 있었다.

붕익은 예전에 호랑이 울음소리를 가까이 들으면 온몸이 마비되어 기절한다는 얘기를 들었다. 들을 당시엔 설마 그럴까 헛웃음을 지었지만, 이제 그 얘기를 그는 온전히 믿을 수 있었다.

마치 주술에 걸린 듯 지금 붕익은 손가락 하나 까딱하지 못했다. 호랑이에 대한 두려움에 사로잡힌 것인지, 곧 직면할 죽음에 대한 공포에 잠식당한 것인지 모를 일이었지만 어쨌든 지금 붕익은 말 그대로 정지 상태였다.

그런 붕익의 정신을 깨운 건 원구였다. 줄에 묶여 끌려오던 원구의 손가락이 움찔거린 걸 본 것이다. 원구가 마지막 힘을 쥐어짜 살려 달라 말하는 듯 보였다.

붕익은 자신도 모르게 칼을 빼들고, 호랑이에게 달려갔다.

호랑이도 붕익을 빤히 쳐다봤다. 이미 제왕의 자리를 되찾은 자신에게 도전하려는 작은 생명체를 어이없다는 눈빛으로 주시했다.

그러나 호랑이는 명분 없는 싸움은 벌이는 법이 없었다. 먹이사냥을 위해서거나 자신의 영역을 지키기 위해서가 아니라면 숨겨둔 발톱을 드러내는 법이 없으니 그가 이 가소로운 싸움에 응해줄 이유 따윈 없었다.

격렬한 싸움을 끝내고 갑작스럽게 피곤이 몰려왔는지 도가 호랑이는 길게 몸을 늘여 하품을 하고는 붕익에겐 관심 없다는 듯 그를 스쳐 지나 도가의 정문을 빠져나갔다. 붕익의 손등에 호랑이의 길고 빳빳한 콧수염이 스친 순간이었다.

"괜찮아요?"

잠시 후, 정신을 차리지 못하고 멍해 있는 붕익의 몸을 바히르가 흔들어댔다.

"정말 괜찮아요? 괜찮아?"

"원, 원구는?"

뒤늦게 정신을 차려 두리번거리던 붕익의 눈에 원구가 들어왔다. 아이는 수판의 품에 안겨 뭔가 말하는 듯 보였다. 아직 살아있구나!

그러나 붕익이 원구에게 달려가려는 순간, 아이의 손이 힘없이 바닥으로 툭 떨어졌다.

19

"놈들이 도가를 빠져 나갑니다. 뒤를 쫓을까요?"

수하 한 명이 진기에게 보고하며 물었다.

"곧 어둠이다."

오늘 새벽녘 작전을 시작하기 전 진기는 유시면 모든 일이 다 끝날 거라 생각했다. 그러나 지금은 초경(저녁 7시 무렵)으로 진기의 예측은 틀렸다. 좀처럼 없는 일이었다.

진기는 오늘 신각(새벽녘) 빙고에서 술항아리를 꺼냈다. 그리고 언제나처럼 군사들의 시선을 돌리기 위해 습진을 실시했다.

평소 운반하는 술항아리보다 세 곱절은 많은 양이기에 습진 장소는 서빙고와 인왕산 정반대쪽에 위치한 홍인지문으로 잡았다.

백여 명의 검계들이 습진을 하는 동안 진기는 빙고에서 꺼낸 술항아리를 서빙고 나루로 옮겼다. 그곳엔 미리 사선(私船)이 대기하고 있었는데, 이는 마포나루를 오가는 새우젓 장사들의 것이었다. 물론 그들의 실질적인 주인은 검계로, 인왕산 도가에서 빙고로 술항아리를 나를 때 항시 이용하는 선박이었다.

이때까지만 해도 진기의 계산대로 일은 진행되었다. 마포나루에 도착해 인왕산에 들어선 그들은 미리 준비한 대호의 소변과 대변을 도가로 들어가는 길목 여기저기 뿌리며 목적지로 향했다.

이동은 언제나처럼 순조로웠고, 이대로 바위를 넘어 도가에 도착하면 계획대로 미시(오후 두세 시경)가 될 것이었다.

하지만 범바위 근처에 도착했을 때 호랑이 한 마리가 주변을 어슬렁거리기 시작했다. 이를 눈치 챈 진기는 술을 실은 수레를 멈추고 칼을 빼들었다.

"언제부터 호랑이가 어슬렁거린 게냐?"

수하들이 오늘 처음 보는 호랑이라 얼버무렸지만 진기는 믿지 않았다.

보통의 호랑이라면 대호의 영역에 감히 들어올 생각을 하지 못할 터. 그러나 젊은 호랑이는 제법 수레 행렬 가까이까지 다가와 살폈고, 보란 듯 근처 나무기둥에 소변을 싸면서 새로운 영역 표시를 했다. 대호가 없다는 걸 확신하고 있었다.

그런 확신을 얻기까지 젊은 호랑이는 꽤 오랫동안 술항아리를 배달하는 인간들 주변을 어슬렁거렸을 텐데, 단순한 술배달꾼들이 이를 눈치 채지 못한 것이다.

이제 가지고 있는 대호의 대변 따윈 무용지물이 됐다는 사실에 진기는 적지 않게 당황했다. 언제든 호랑이가 사람을 향해 덤벼들 수 있는 일이었다. 설상가상 호랑이는 지금 무슨 일인지 몹시 흥분한 상태였다. 성난 콧김을 연신 품어대며 낮게 으르렁거리는 소리가 진기의 귀까지 생생하게 들려왔다.

"수레의 절반을 버린다."

무장한 검계보다 술을 실은 수레가 더 많다는 건 지금 상황에선 큰 문제였다.

진기는 어물거리지 않고, 과감하게 술을 버렸다. 어디서 호랑이가 튀어나와도 대응할 수 있도록 무장한 검계들을 재배치하고, 그들이 감당할 수 있는 술만 가져가려 했다. 그 편이 효율적이기도 했지만, 이번 작전의 진짜 목표가 술항아리를 도가로 옮기는 게 아니기 때문이었다.

다행히 호랑이의 습격은 없었다. 대신 주변을 경계하느라 수레 행렬은 많이 늦어졌고, 도가에 도착했을 땐 이미 미시가 훌쩍 넘어 있었다. 이것이 맨 처음 진기의 예측과 다른 결과였다.

진기의 예측과 다른 두 번째 일은 도가의 일꾼들을 모두 피신시키고, 도가 주변으로 무장한 검계들을 막 배치했을 때 일어났다. 철주의 계획은 원구를 미끼로 삼아 포청 군사들을 유인한 뒤 도가에서 몰살시키는 것이었다.

그러나 도가에 들어선 군사들은 고작 네 명이었다. 심지어 군사가 확실한 건 단 두 명뿐이고, 나머지는 군사조차 아닌 듯했다.

"이대로 내려가 덮칠까요?"

당장이라도 도가로 달려 내려가려 들썩거리는 수하들에게 진기가 말했다.

"기다려."

진기는 올가미가 설치된 언덕 끝으로 내려가는 사내들을 꽤 유심히 관찰하고 있었다. 수하들은 진기가 그들을 어찌 처리할까 고민하는 거라 생각했지만, 진실은 달랐다. 도가로 내려가려는 네 명 중 진기가 아는 자들이 있었다. 두 명이었다. 하나는 낯이 익은 자였고, 또 하나는 이제 막 낯을 익히려는 자였다.

그런데 왜 하필 저 둘인가.

저 둘이 함께 한다면 필히 둘 중 한 명은 죽어야 했다. 진기의 미간이 절로 찌푸려 들었다.

146

진기가 생각을 마치고 다시 명령을 내렸다.

"계획은 바뀌었다. 모두 하산하라."

수하 서너 명만 남기고, 진기는 무장한 검계들을 모두 철수시켰다. 그리고 철수하는 검계 중 하나를 은밀히 불러 말했다.

"두령님께 전해라. 석포를 발견했다고."

진기는 낯이 익은 자를 버리기로 결심했다.

20

순항이 편전에 들어설 때, 이번 기우제의 제관을 맡은 호조판서 김인식과 눈이 마주쳤다.

그는 얼굴이 벌게진 채 임금을 향해 목소리를 높이고 있었다. 감히 임금을 나무라는 광경이라 오해할 정도로 무례한 태도였다.

"정성을 다해야 하는 기우제에 썩은 호두(虎頭, 호랑이 머리)를 사용한다니 당치도 않은 말씀이옵니다, 전하!"

가뭄이 계속되면 나라에선 유교식 기우제를 모셨는데 이는 열두 번의 제례로 비가 올 때까지 계속 반복했다. 그리고 그 순서에 따라 각 명산, 큰 강, 종묘사직, 북교(北郊)의 용신들에게 기우제를 지내는데, 여섯 번째 기우제 때는 호두를 한강에 던지는 침호두(沈虎頭)란 특별한 의식을 행했다.

호두를 한강에 던져 강의 용신을 화나게 만들면 그 기운에 비가 올 것이란 믿음에서 비롯된 의식이었다.

헌데 가물기는 짐승도 마찬가지라 백방으로 사냥꾼을 붙였으나 제물로 바칠 싱싱한 호랑이를 찾아내지 못했다. 그러자 어제 오후, 임금은 간신히 찾아낸 썩은 호두로 이번 기우제를 지내라는 명을 내렸다.

전례가 없는 것도 아니고, 긴 가뭄에 호랑이 사냥이 어렵다는 건 누구든 다 아는 사실이니 이해 못할 일도 아니었다.

그러나 이 소식이 전해지면서 이번 기우제의 제관을 맡은 김인식과 그가 속한 노론의 대신들이 들이닥치듯 몰려왔다. 정성으로 모셔야 할 기우제에 썩은 호두를 사용하는 건 불가하다며 반대하고 나선 것이다.

이번엔 썩은 호두가 제법 그럴싸한 빌미가 된 것이지만, 사실 임금이 내리는 명은 언제나 당치도 않은 말씀이고 불가한 말씀이라 치부하는 무리들이었다.

김인식의 날카로운 목소리가 방자할 정도로 크게 편전에 울려 퍼졌다. 하지만 임금은 아까부터 손 안에 쥔 뭔가를 연신 주무르며 골똘하게 생각에 빠져 있느라 이를 듣지 못한 듯했다.

지켜보던 순항이 대신해 말을 꺼내려는 찰나, 임금이 입을 열었다.

"그렇군요. 정성을 다해야 하는 기우제에 썩은 호두를 사용한다는 건 당치도 않은 일이군요."

"그러니 시정해주시옵소서."

"그렇군요. 시정해야겠군요."

심드렁한 목소리로 그저 대신의 말을 따라하는 임금을 그들은 어이없다는 듯 쳐다봤다.

"전하! 어찌 가타부타 다른 말씀은 아니 하시고, 소신들의 말을 따라하시는 겁니까? 지금 저희를 조롱하시는 겁니까?"

임금의 무성의한 태도에 화가 난 또 다른 대신이 노기를 담은 어조로 소리를 높였다.

그러자 임금은 정말 깜짝 놀랐다는 듯 눈을 크게 뜨고 반문했다.

"조롱이요? 내가 어찌 대감들을 조롱한다는 말입니까?"

"그렇지 않고서야 어찌 저희의 말만 따라하고, 전하의 생각을 말씀하지 않으시는 겁니까!"

"난 대감들의 말이 맞다 여겨 수긍한 것뿐이오. 그대들을 조롱한 것이 아니라."

"전하!"

금방이라도 옥좌로 뛰어 올라가 목에 칼을 들이댈 듯 대신들이 사납게 임금을 불렀다.

임금은 눈을 몇 번인가 끔뻑이다 예, 하고 대답했다.

그러나 그뿐이었다. 너희가 불렀으니 나는 응답을 한다는 것 외에는 어떤 속내도 담지 않은 지극히 담담하고, 평범한 대답이었다.

아마 대신들이 그 자리에서 감히 임금의 아명(兒名, 아이 때의 이름)을 부르며 하대를 했다 해도 임금의 답은 변하지 않았을 거라 순항은 생각했다. 원래 임금은 노여움을 잘 타지 않는 성격이라 받아들일 수도 있지만, 이는 그리 단순한 문제가 아니었다.

누구든 타인과 얘기를 나눌 때는 말뿐 아니라 감정도 나눈다. 그것이 호감이든 반감이든 무관심이든. 때에 따라 감정을 숨기려고도 하지만 이를 감쪽같이 해내는 사람은 세상에 없다. 어떤 식으로든 사람과 사람 사이엔 감정이 드러나기 마련이다.

하지만 임금은 달랐다. 임금은 감정을 완벽하게 숨기고 가면 같은 낯으로 신하들을 대했다. 아니 감정을 숨겼다기보다 아예 그런 게 없는 사람인 것처럼.

대신들은 이런 임금의 반응이 여간 불편한 게 아니었다. 지금도 자신들을 조롱하는 것이라 여겼는지 바짝 약이 올라 있는 상태였다. 이대로 두었다가는 노론 전체가 등청을 거부하겠다 나와도 이상하지 않을 성싶었다.

순항은 상황을 진정시키려 서둘러 입을 열었다.

"썩은 호두는 만약을 위해 준비한 것이고, 전하께서는 전국을 뒤져서라도 제대로 된 호두를 찾아내라 명하셨습니다. 다행히 오늘 새벽 인왕산에서 죽은 호랑이를 찾았다는 전갈이 와 군사를 그리 보내신 걸로 알고 있습니다."

"어허, 숨길 것이 따로 있지요. 기우제를 준비하는 우리에게 그걸 어찌 말씀하시지 않으신 겁니까, 대감."

"그거야 대감들의 옥체가 혹여라도 크게 상할까 걱정되어 한 일 아닙니까. 썩은 호두를 준비했다는 소식만으로도 이리 실망이 크시니, 만약 이번에도 호두를 구하지 못했다간 아예 드러누우시지 않겠습니까?"

"그거야……."

"그러니 조금만 더 기다려보십시오. 문제가 없다면 기우제가 시작되기 전 제대로 된 호두를 가져올 것입니다."

순항은 편전에 들기 전 솔깃한 전갈을 받았다. 우포청 포졸 하나가 사흘 전쯤 제 동료로부터 인왕산 어느 곳에서 호랑이가 낭떠러지에서 떨어져 죽었다는 얘기를 들었다는 것이다. 우포청 군사가 무슨 일로 인왕산에 갔는지 모를 일이었으나, 순항은 일단 죽은 호랑이를 찾아오라 군사를 보내고 궁으로 들어오는 길이었다.

"그렇군요. 문제가 없다면 기우제를 올리기 전 제대로 된 호두를 가져오겠군요."

임금이 또다시 순항의 말을 그대로 따라했다.

일이 이쯤 되자 대신들은 화를 내는 것도 포기하고 고개를 절레절레 흔들며 혀를 찼다.

대신들은 임금이 자신의 의견이나 생각 같은 게 없는 모자란 반푼이인 것은 어미가 무수리인 탓에 태생이 천하고, 제대로 된 왕제의 교육을 받지 않은 반쪽짜리 왕족인 탓이라 여겼다. 그리하여 타고난 것이 비루한 임금을 상대로 더는 화를 내는 것이 무의미하다 생각했는지 김인식을 위시해 노론의 대신들은 우르르 편전을 빠져나갔다.

임금에게 편전에서 물러나겠다는 허락도 구하지 않고, 먼저 일어나겠다는 인사도 없는 일방적이고 방자한 행태였다.

순항은 슬쩍 눈을 돌려 임금을 쳐다봤다.

당장이라도 무례한 저들의 목을 내려치라는 명령이 떨어져도 과함이 없을 것인데 임금은 동요하지 않았다. 다만 그는 아까부터 계속 손 안에 뭔가를 쥔 채 부지런히 손가락만 움직였다.

"전하, 다른 하명이 없으시면 소신 그만 물러나겠습니다."

임금의 입이 쉽게 열릴 기미를 보이지 않았다.

순항은 인내심을 갖고 임금의 허락이 떨어지길 기다렸다.

이윽고 임금이 고개를 들어 빤히 순항을 쳐다보다 말없이 고개를 끄덕였다. 순항은 허리를 깊게 숙여 인사를 하곤 물러나려 발끝을 움직였다.

그때 순항의 발 아래로 무언가 또르르 소리를 내며 굴러왔다.

한손에 쥐어질 만큼 작은 나무로 만든 주령구(酒令具, 신라시대부터 사용한 14면체의 주사위). 임금이 아까부터 계속 손 안에 쥐고 있던 것이었다.

순항은 허리를 숙여 자연스럽게 주령구를 줍고 임금을 올려다보았다.

임금은 옥좌에서 일어나 천천히 마루로 내려왔다.

"전하, 주령구가……."

"아, 그게 대감에게 흘러 들어갔습니까?"

일부러 순항에게 굴려 보낸 것이지만, 임금은 아는 척하지 않았다.

"어차피 내 손을 떠나 대감 손에 들어간 것이니 알아서 하세요."

임금은 순항의 곁을 지나면서 이렇게 웅얼거렸다. 순항이 들어도 그만, 못 들어도 그만이라는 듯 작은 말소리였다.

그러나 이 주령구는 순항의 맘대로 할 수 있는 물건이 아니었다. 이건 어명이었다. 순항에게 내린 임금의 은밀한 어명. 임금이 순항에게 주령구를 내린 건 이번이 두 번째였다.

임금의 뒤를 따라 편전을 빠져나온 순항의 눈에 가장 먼저 들어온 건 희정당(熙政堂, 편전으로 사용하고 있는 건물) 마당이었다. 아니 정확하게 말하면 마당에 깔린 자갈들이었다.

하나같이 아직 모서리가 마모되지 않아 표면이 거칠거칠한 자갈들.

내관들이 아무리 조심스럽게 걸어도 돌들이 서로 부딪혀 달그락거리는 소리가 희정당 마당을 시끄럽게 만들었다. 사정이 이렇다보니 대신들도 희정당에 들 때마다 마당에 깔린 자갈 밟기를 엷은 얼음을 밟듯 했다.

그러나 순항은 달랐다. 되도록 발에 힘을 주어 달그락거리는 소리를 크게 냈고, 때론 일부러 마당에 깔린 자갈들을 발로 걷어차며 요란스럽게 만들었다.

희정당 마당에 임금이 서 있는 지금도 순항은 마찬가지였다. 소리를 내는 것도 모자라 먼지를 풀풀 날릴 정도로 발을 거칠게 놀렸다.

임금의 옆에 선 내관이 보고 있기 민망했는지 얼굴을 붉히며 조심스럽게 말을 꺼냈다.

"대감, 어찌 전하도 계시는데 이리 소란을 피우십니까."

임금은 등을 돌린 채 묵묵히 어딘가를 쳐다보고 서 있었다.

물론 순항도 내관의 말에 가타부타 말을 보태지 않았다. 그저 임금의 등을 향해 조용히 고개를 숙이고 뒤편에 섰기만 했다.

그러자 홀로 공연히 부산을 떤 것 같아 민망해진 내관은 임금과 순항을 힐끗거리며 번갈아 쳐다보다 이내 입을 닫아버렸다.

몇 해 전 임금은 유독 소란스럽게 자갈을 발로 걷어차는 순항을 불러 그 이유를 물은 적이 있었다.

"편전에 들고 나는 자들의 기척을 희정당 마당에 깔린 자갈들이 대신하고 있으니 소리를 죽이는 것은 무의미합니다."

그때 순항은 이리 대답했다. 임금이 사람들의 기척을 알아채기 위해 일부러 자갈을 깔아둔 것이라 생각했기 때문이다.

임금이 왕위에 오른 지 4년째 되던 해, 이인좌가 난을 일으켰다. 그것엔 많은 정치적 해석이 개입되었지만, 불온한 그들이 내세운 건 임금의 친아비가 숙종이 아니라는 것과 임금이 사촌형님이었던 선왕에게 게장을 올려 독살했다는 불인지언(不忍之言, 차마 들을 수 없는 말)이었다.

비록 6일 만에 끝난 난이었지만, 어쩐 일인지 임금을 둘러싼 소문은 잦아들지 않고 점점 더 흉악해져만 갔다.

임금이 왕위에 오른 뒤 내내 가뭄이 계속되는 건 임금이 되어선 안 될 자가 임금이 되어 음양의 조화가 깨진 탓이라고 백성들은 수군거렸다. 그러자 대신들은 기다렸다는 듯 나라가 관장하는 기우제의 비용을 임금에게 떠넘겼다.

오랜 가뭄으로 나라의 세금이 부족하니 내탕금(內帑金, 임금의 사사로운 재산)으로 그 부족함을 메워 달라는 모양새였으나, 가뭄의 원인을 임금이 제공했으니 그 책임을 지라는 말도 안 되는 질책이기도 했다.

임금은 순순히 대신들의 제안을 받아들였다. 과도한 질책이란 걸 알면서도 임금인 자신이 정성을 다하면 오랜 가뭄이 끝나지 않을까 하는 순수한 마음에서였다.

그러나 그 뒤가 문제였다. 별 저항 없이 임금이 손쉽게 내탕금을 내놓자 대신들은 득달같이 달려들어 내탕금으로 구휼미를 내려라, 내탕금으로 부족한 세금을 메우라는 등 무뢰하고 방자한 요구를 계속했다. 내탕금이 화수분이라 해도 감당할 수 없을 지경이었지만, 대신들은 도저히 멈출 기미를 보이지 않았다.

그때부터였다고 순항은 기억한다. 그때부터 임금은 사람들에게 자신의 감정을 그리고 의견을 내놓길 점차 꺼리기 시작했다.

순항의 대답을 듣고도 임금은 희정당 마당에 깔린 자갈의 의미를 바로 답해주지 않았다. 대신 그 대화가 오간 며칠 후, 임금은 편전에 홀로 있는 순항의 발끝에 주령구를 굴려 보냈다.

그때도 임금은 실수라 했고, 어차피 내 손을 떠나 대감 손에 들어간 것이니 알아서 하세요, 라고 말했다. 그게 벌써 십 년 전 일이었다.

21

순항은 희정당 마당을 지나 숙정문과 진선문을 천천히 빠져 나왔다.

그리고 금천교 위에 들어섰을 때 비로소 걸음을 멈췄다. 그간 공연한 마음에 보지 못했던 청정무사의 눈을 오늘은 제대로 볼 셈이었다. 그러나 그 전에 주령구의 내용을 확인해야 했다.

순항은 잠시 눈을 감고, 깊게 숨을 골랐다. 그리고 품에 넣어두었던 주령구를 꺼냈다. 주령구에 새겨진 붉은 글자가 제일 먼저 눈에 들어왔다. 殺(죽일 살)이었다.

주령구는 전체 열네 면이지만 임금은 언제나 두 면에만 글자를 새겼다. 그러니 이제 남은 글자를 확인해야 했지만, 순항은 이를 눈으로 확인하지 않았다. 새겨진 글자를 우선 손가락으로 더듬어 읽었다. 마침내 손가락 끝에 석 자의 글자가 걸렸다. 그건 순항이 임금의 밀명으로 죽여야 할 자의 이름으로 순항이 예상한 인물이었다.

이름을 확인하고 순항은 훅, 숨을 짧게 내뱉었다. 이번엔 결코 만만한 상대가 아니었다. 그렇다면 이번 일은 얼마나 빠르고 은밀하게 진행하느냐에 따라 그 성패가 갈릴 일이었다. 거사는 아마도 기우제 전에, 어쩌면 기우제 때 치르게 될 것이라 순항은 생각했다.

순항은 다시 주령구를 품에 넣고 다리 끝에 바짝 다가섰다.

몸을 앞으로 쑥 내밀고 고개를 한껏 아래로 숙였다.

다리 밑 난간이 보였고, 그 아래 양각된 청정무사가 보였다. 맑고 바르지 못한 마음으로 궁을 오가는 자들은 청정무사의 부리부리한 두 눈에 걸려 금천교 위에 옴짝달싹 못하고 달라붙게 된다는 풍문을 들었을 때 상상했던 것만큼 그리 기괴한 모습은 아니었지만, 두 번은 보고 싶지 않은 모습이었다.

순항은 그런 청정무사와 한판 눈싸움이라도 할 기세로 할 수 있는 한 눈을 크게 뜨고 한참 동안 쳐다보았다. 그리고 다리 난간을 잡은 두 손이 바들바들 떨릴 때쯤 몸을 다리 안쪽으로 일으켜 세웠다.

두 발을 내려다보았다. 본인의 의지대로 다리가 움직이는지 확인하고 싶어서였다.

다행히 순항의 다리는 그의 의지대로 움직였다. 그렇다면 둘 중 하나일 것이라 순항은 생각했다. 청정무사의 풍문이 거짓이거나 청정무사가 지금 자신이 하는 일을 옳은 일이라 허락했거나.

물론 지금의 그로서는 무엇이 진실인지 모를 일이었다.

22

한강 하구의 어느 마을, 아직은 이른 새벽. 두 청년이 노를 저어 강을 건너가고 있었다.

몇 시간째 강 물살에 떠내려가지 않고 제자리를 맴도는 썩은 호두를 처리하기 위해서였다.

며칠 전 기우제 때 침호두 제물로 사용된 신성한 호랑이 머리겠지만, 아무래도 사람을 죽인 기우제는 처음이다 보니 호두가 물살에 떠내려가지 않고 둥둥 떠 있는 것이 불길하기 짝이 없었다.

나라에선 점점 심해지는 가뭄을 슬기롭게 극복하고자 엄하게 금주령을 내렸다. 그런데 나라의 법을 솔선수범해 지켜야 하는 호조판서가, 그것도 기우제를 모시는 제관인 자가 집에서 사람들과 어울려 흥청망청 술을 마셨다는 고변이 쏟아졌다.

그 증거로 술이 반쯤 담긴 술항아리가 기우제를 모시는 제단에 증거물로 올라왔다.

곡식이 없어 묽은 죽도 제대로 못 먹는 백성들은 분노해 제관을 죽이라 손가락질하고 아우성을 쳤다. 관철되지 않으면 금방이라도 폭도로 돌변할 기세라 백성들의 뜻을 거부하지 못한 임금은 결국 그 자리에서 제관의 목을 베라고 명령을 내렸다.

정성을 다해 신을 모셔야 하는 기우제에 불상사가 일어났으니 비가 내리기는커녕 필시 해괴한 일이 일어나리라는 어른들의 걱정을 들을 때만 해도 청년은 그저 노인들의 기우라 여겼다.

그러나 우연히 새벽에 강가를 지나다 마을을 관통하는 강 중간에서 움직이지 않는 호두를 본 청년은 이것이 노인들의 걱정을 더 깊게 만들 거라 확신했다. 그러자 전에 없는 용기가 치솟아 다들 저 맴도는 호두를 보고 겁을 먹기 전에 치워버리겠다 마음먹고 깊은 잠에 빠져 있던 친구를 흔들어 깨워 나온 길이었다.

호두는 이미 외관을 알아볼 수 없을 정도로 썩어 여기저기 살점이 떨어져 나갔고, 구멍마다 구더기들이 득실거렸다. 흉측한 몰골이야 눈을 감아버리면 그만이었지만, 가까이 갈수록 비릿하고 역한 냄새 때문에 머리가 지끈거렸다. 누가 먼저랄 것도 없이 두 청년은 코를 막았다.

청년들은 배를 멈추고, 노를 거둬들였다. 그 노를 이용해 무언가에 걸려 움직이지 않는 호두를 밀어낼 생각이었다. 그러나 아무리 세게 밀어내도 호두는 쉽게 움직이지 않았다. 아무래도 수면 아래 뭔가 단단히 걸린 모양이었다.

이대로 가면 곧 해가 떠오를 것이고 그리되면 마을 사람들이 강가로 몰려나와 움직이지 않는 호두를 보고 왈칵 뒤집힐 것이니 일을 서두르자 두 청년은 의견을 모았다.

한 청년이 먼저 웃옷을 벗고, 그대로 물속에 뛰어 들었다. 물속에서 호두를 잡고 있는 걸 제거하기 위해서였다.

배 안에 남은 청년은 친구가 뛰어 들어간 물속을 빤히 쳐다보았다.

청년이 강물 속에 들어간 뒤에도 호랑이 대가리는 꼼짝도 하지 않았다. 그리고 물속에 들어간 친구도 쉽게 나오지 않았다.

배 안에 홀로 남은 청년은 직감적으로 상황이 좋지 않다는 걸 느끼고, 옷도 벗지 않은 채로 물속에 뛰어들었다.

새벽의 물속은 푸른 안개에 휩싸인 듯 모든 것이 뿌옜다.

청년은 고개를 이리저리 돌려 친구를 찾기 시작했다. 그때 저 앞에 검은 물체가 움직이는 게 보였다. 친구가 틀림없었다. 청년이 재빨리 헤엄을 쳐 다가갔다.

푸르기도 하고 뿌옇기도 한 물속을 헤쳐 친구 곁으로 다가가자 그가 강 아래를 손가락으로 가리켰다.

친구의 손가락 끝을 시선으로 쫓던 청년이 순간 놀라 물속이라는 것도 잊은 채 입을 쩍 벌렸다. 사내의 시체를 본 것이다.

그 시체는 호두가 걸린 썩은 나무둥치 바로 옆에 있었다. 아마도 물에 떠내려가던 나무둥치가 시체에 걸려 옴짝달싹 못하고 있다 때마침 떠내려가던 호두를 우연히 잡고 있는 듯했다.

그러나 시체가 이 강에 버려진 건 우연이 아니었다.

사내의 다리엔 돌이 가득 든 주머니가 묶여 있었다. 물 위로 떠오르는 걸 막으려 일부러 돌 주머니를 묶어둔 것이다. 그렇다면 이건 살인사건이었다.

뜻하지 않게 시체를 발견한 두 청년은 물 밖으로 겨우 고개를 내밀고 거친 숨을 내뱉었다.

그러는 사이 이미 마을 사람들은 강 한가운데 걸린 호두를 보고 괴이하게 여겨 하나 둘 강가로 몰려오고 있었다. 청년들은 난감한 표정으로 서로 쳐다보았다.

난감하기는 모여든 사람들도 마찬가지였다. 제물로 바쳐진 호두가 떠내려가지 않고 있으니, 필시 마을에 근심거리가 생길 징조라 여긴 탓이었다.

그 걱정과 불안을 서로 나누느라 사람들은 자신들 사이에 체구가 유난히 작은 낯선 사내가 섞여 있다 이제 막 떠나는 걸 눈치 채지 못했다. 걱정스러운 마음에 동네 사람들의 목소리가 절로 높아진 것도 있었지만, 사람들에게 접근할 때와 마찬가지로 사람들을 떠날 때도 낯선 사내에게서 발소리가 나지 않았기 때문이었다.

23

한강 하구의 어느 마을에 정포졸로 추측되는 사체가 발견됐다는 소식을 들은 지 만 이틀 만에 그 시신이 우포청으로 들어왔다. 확인 결과 정포졸이 맞았다.

사인을 밝히기 위해 검시가 급했지만, 어쩐 일인지 장우는 더 급하다는 일을 빌미로 검시관을 어디론가 보내버렸다. 그렇다고 검시관이 돌아오기만을 목 빼고 기다릴 수는 없는 노릇이었다. 지독하게 덥고, 습한 날씨 탓에 물 밖으로 나온 시신이 빠르게 부패하고 있었다.

"조용히 보내줍시다."

시체를 내려다보며 붕익이 입을 열었다.

"아재는 이 시신을 보고도 그런 말이 나오슈?"

사안을 가볍게 여기는 것 같아 못마땅했는지 미간을 한껏 찌푸린 채 수판이 투덜거렸다.

분명 물에 빠진 시신이라 했지만, 익사(溺死)한 것이라 보기엔 수상한 데가 한두 군데가 아니었다.

일반적으로 익사한 시신은 콧구멍과 입안에 백색 거품이 생기고 흉부가 팽팽하게 부풀어 올라 있다. 살아서 공기 대신 물을 마셔댄 탓에 배가 올챙이처럼 볼록하게 부풀어 오르는 것이다.

그러나 정포졸 시신엔 그런 증후가 없었다. 대신 그의 목은 자라목처럼 오그라들고, 두 발을 구부린 채 두 손으로 무릎을 껴안고 있었다. 그리고 혀와 항문이 모두 밖으로 나오지 않았고, 눈을 씻고 찾아봐도 별다른 상처가 보이지 않았다. 틀림없는 동사(凍死)였다.

한여름에 동사를 하다니 이보다 더 수상한 일이 어디 있겠는가.

전문 검시관이 아니라지만 붕익도 이를 모를 리 없을 것인데, 이 모든 걸 덮고 조용히 보내주자니 수판은 쉽게 이해할 수 없는 노릇이었다.

"포도대장도 여기로 곧 오실 거요."

"쳇, 시신이 더 썩기 전에 다른 검시관이라도 불러 달라 그리 청을 넣어도 꿈쩍도 하지 않던 양반이 무슨 바람이 불어 여길 온!"

등 뒤에서 뭔가 무거운 것이 툭 땅바닥으로 떨어지는 소리에 수판은 채 말을 끝맺지 못했다. 돌아보니 소나무 관이었다. 붕익이 가져온 것이다.

나무관의 재료로 사용되는 나무 중 최고인 유삼(油杉)은 누렇고 붉은빛을 띠는 황장목이라 불리는 소나무고, 가장 하품인 토삼은 나뭇결이 좋지 않고 약한 소나무인데, 붕익이 가져온 소나무 관은 여기저기 송진이 그대로 덕지덕지 붙어 있고, 나무 옹기가 빠져나가 구멍이 숭숭 뚫린 것은 물론, 이리저리 비틀어지고 휘어진 것으로 토삼 발치에도 미치지 못했다.

게다 관의 두께는 들 때 너무 무겁지 않으면서 관 안에 안치된 시신에 손상을 주지 않도록 두께를 일정하게 세 치(약 9센티미터)나 두 치 반 정도로 해야 했지만 천판(관 뚜껑)의 두께는 그 절반도 되지 않았고, 관의 오른쪽은 지나치게 두꺼운 것이 얼핏 봐도 네 치 이상은 돼 보였다.

남들처럼 옻과 밀랍 그리고 송진으로 정성껏 틈을 메우고 칠을 한 관은 아니라도 최소한 시신을 편안하게 뉘일 수 있도록 네모반듯해야 했지만 이조차도 충족시키지 못하는 엉터리 나무관이었다.

그러나 수판은 이 참담한 관을 보고도 붕익에게 단 한마디도 할 수 없었다. 붕익은 지난 닷새 동안 벌써 두 개의 나무관을 만든 참이었다.

처음 원구의 관을 만들 때 붕익과 수판은 관의 재료로 쓸 송판을 구하지 못해 여간 애를 먹은 게 아니었다. 이틀 동안 한양 곳곳을 헤집고 다니며 구해봤지만, 일은 쉽게 풀리지 않았다.

가뭄에 제대로 된 나무가 없는 탓도 있었지만, 있다 해도 시중에 쓸 만한 판목은 귀후서에 공납으로 죄 흘러들어갔다. 물론 귀후서란 관서가 미리 관곽을 준비해놓고 사람들이 필요할 때마다 파는 곳이라도 요즘같이 송판이 귀할 땐 포청의 종사관이란 신분으로도 나무관은 구경조차 할 수 없는 귀한 물건이었다.

결국 수판은 부친을 찾아가 관을 만들 송판을 구해 달라 청을 넣었다. 수판의 부친은 한양에서도 알아주는 부상(富商)이니 나무관 만들 송판 구하는 것쯤은 어려운 일이 아니었다. 아예 관을 구해 달라 할까 망설였지만, 왠지 붕익이 직접 관을 만들고 싶을 것 같아 송판으로 부탁을 한 것이다.

그렇게 수판은 유삼엔 미치지 못해도 토삼은 면한 송판을 구해 포청으로 돌아왔다. 그러나 다 썩어 가는 나무를 어깨에 짊어지고 포청 안으로 들어서는 붕익을 막상 보자 수판은 차마 자신이 구해온 송판을 내밀지 못했다. 딴에는 그간 절연하고 지내온 부친을 어렵게 찾아가 구해온 것이나, 어쩐 일인지 붕익에게 그런 식으로 구했다 말하는 게 부끄러워 쉽게 말을 꺼내지 못한 것이다.

다음날 붕익은 자신이 손수 만든 관에 원구를 뉘여 상을 치렀는데, 어느 누구도 그 볼품없는 관에 대해 일체 언급하지 않았다. 나무 자르는 소리와 나무에 못질하는 소리 사이에 섞여 낮은 사내의 울음소리가 지난밤 내내 포청 뒷마당에서 들려왔다는 걸 모두 알기 때문이었다.

지금 붕익이 가져온 나무관을 보고 수판이 급히 입을 다문 건 원구 때와는 다른 이유였다. 깍지를 꽉 끼고 제 무릎을 움켜잡은 정포졸의 열 개 손톱 안에 거뭇거뭇한 무언가가 끼어 있다는 걸 발견한 탓이었다. 분명 처음 시신이 포청에 들어왔을 땐 없던 것들이었다. 그러나 짐작 가는 데가 있었다.

수판은 슬쩍 눈을 들어 붕익을 쳐다보았다. 붕익은 굳은 정포졸의 사지를 펴느라 얼굴이 벌게지도록 힘을 쓰고 있었다. 수판도 붕익을 거들기 시작했다.

시신의 무릎이 굳어져 펴지지 않을 때는 다듬잇돌을 올려놓고 사내 여럿이 올라앉아야 간신히 펴진다는 얘기가 뒤늦게 떠올랐지만, 수판은 말하지 않았다. 잘못하면 시신의 뼈가 다 부러지는 일이니 그렇지 않아도 생전 고생만 한 정포졸을 그리 험하게 보내고 싶지 않은 마음에서였다.

"그만둡시다. 어찌 죽었는지도 몰라 한 맺힌 마음도 제대로 풀어주지 못하는데, 그깟 다리만 풀어주면 뭘 하겠소. 대장이 정포졸 시신 보기 전에 관에 그냥 눕힙시다."

수판의 재촉이 마뜩치 않았는지 붕익의 표정이 구겨졌다.

"대장이 봐서 좋을 거 없잖수."

붕익이 빤히 쳐다보자 수판은 거뭇거뭇한 가루가 묻은 정포졸의 손끝으로 시선을 옮겼다.

붕익도 이를 본 듯했으나, 동요 없이 고개만 끄덕였다.

붕익과 수판은 베 대신 깨끗한 홑이불을 가져와 정포졸의 시신을 둘둘 말았다. 그리고 관 안에 조심스럽게 옮겼다.

구부러진 다리를 펼 수 없어 옆으로 시신을 뉘여야 하니 좁은 관에 제대로 들어갈까 걱정했지만 다행히 시신은 쉽게 관 속으로 들어갔다. 이제 천판만 닫으면 끝이었다.

"화장하란 명을 기여 어긴 게로군."

언제 왔는지 장우가 우두커니 선 채 심드렁하게 말했다.

죽은 사내가 정포졸이 맞다는 걸 장우에게 보고했을 때 그가 내뱉은 첫 말은 바로 화장하라는 거였다. 부모, 형제가 없어 무덤을 세워도 돌볼 사람이 없으니 그리 처리하라며 쓸데없는 설명까지 덧붙였다.

"살아있는 동안 제가 돌볼 것이고, 제가 힘이 부치면 그때 화장해 산에 뿌리겠습니다."

물론 수판은 장우의 말을 붕익에게 전하지 않았다. 그러나 둘 사이에 어떤 말이 오갔는지 붕익도 뻔히 짐작을 했는지 수판을 대신해 나섰다.

붕익의 대답에 장우가 인상을 찌푸렸다.

"그리 알아서 할 것이면서 나를 부른 이유가 뭔가?"

"수년간 나리의 수족 노릇을 해온 자이니 관 뚜껑은 손수 닫아주셔야지 않겠습니까?"

붕익이 장우의 답을 기다리지 않고, 그의 손에 나무못과 나무망치를 쥐어주려 했다.

장우가 붕익의 손길을 피했다.

장우는 지금 긴장하고 있었다. 더할 나위 없이 차분한 붕익의 태도 때문이었다. 원구의 일로 멱살잡이라도 하리라 예상했는데, 붕익은 원구에 대해 일언반구도 하지 않았다. 뭔가 딴 꿍꿍이가 있는 것이라 생각했다.

"그저 관 뚜껑을 닫아 달라는 청입니다."

과민반응을 보이는 장우가 수상하다는 듯 붕익이 빤히 쳐다보았다. 둘러보니 수판 또한 머뭇거리는 장우가 이상하다는 눈빛이었다.

붕익이 다시 한 번 나무못과 나무망치를 장우에게 내밀었다.

장우는 망치를 쳐다봤다. 망치는 머리 부분만 나무로 되어 있고, 손잡이는 광택이 나고 미끈거리는 둥근 철로 된 것이 특이했다. 손잡이가 저리 매끄러우면 손이 미끄러져 제대로 망치질을 못할 거라 생각하는 찰나, 붕익의 손이 눈에 들어왔다.

붕익의 열 손가락은 헝겊으로 칭칭 감겨 있었다. 아마도 망치가 미끄러지는 것을 방지하기 위해 그리한 듯 보였다. 애초 망치 손잡이를 나무로 만들었다면 그리할 필요 없는 수고였다.

"망치 손잡이는 어째서 이리 만든 것인가?"

"닷새 동안 나무 관을 두 개나 짜는데, 무쇠가 아니면 망치라고 배겨나겠습니까?"

장우의 의심스러운 말투가 못마땅했는지 수판이 구시렁거렸다.

틀린 말이 아니었다.

결국 장우는 의심을 접고, 붕익이 내미는 망치와 못을 묵묵히 받아들었다. 그리고 관 뚜껑에 못을 박았다.

그러나 장우는 이날 붕익이 내미는 망치를 끝까지 받아들지 말았어야 했다. 그걸 깨닫는 데는 그리 오랜 시간이 걸리지 않았다.

24

닷새 사이 두 번의 장례를 치르고, 이제 겨우 밥다운 밥을 먹으려
앉은 수판에게 붕익은 가볼 곳이 있다며 팔을 잡아끌었다.

무슨 일인지 물었으나 붕익은 무슨 일인지는 고사하고 행선지도
입 밖에 내지 않았다.

마침 장우가 포청을 나서는 둘을 포착하고 의심 가득한 눈초리로
지켜보았다.

영문도 모른 채 수판이 끌려온 곳은 허름한 초가집이었다. 익숙하
게 문을 열고 들어서는 걸 보니 아무래도 붕익의 집인 듯싶었다.

사람이나 짐승이나 해가 지면 돌아갈 집이 있기 마련이건만, 일
년 내내 포청에서 숙식을 해결하는 붕익에게 집이란 게 따로 있었다
는 사실은 왠지 생경스러웠다. 그리고 지금껏 왜 한 번도 제 집 얘기
를 하지 않았는지 불쑥 서운함이 일었다.

"대체 여기 뭘 숨겨뒀기에 지금껏 내게 말하지 않은 거요?"

"여긴 집이 아니오. 집이 아니라……."

붕익이 긴 한숨을 토해냈다.

"내겐 끝내 태어나지 못한 자식이 있었소. 안사람도 있었고. 여긴
그들의 무덤이오."

이인좌의 난이 끝난 후, 붕익은 맑은 정화수를 떠놓고 한 여인과
혼인했다.

이인좌의 난을 성공적으로 진압하고 역모에 참여한 일당을 색출

하는 과정에서 만난 여인이었다.

붕익은 아직도 그녀와의 첫 만남을 선명하게 기억했다.

"난에 휩쓸려 예까지 온 것이냐?"

전라도에서 왔다는 여인을 붕익은 가만히 바라보았다.

"아니지라우. 그거시 아니라 나으 생각을 가꼬 온 것이라."

아직도 귀밑머리 솜털이 보송한 게 많이 보아도 채 열여덟이 넘지 않아 보였다. 그런 여인이 자신의 생각을 가지고 역모에 참여했다니 붕익은 입 꼬리가 슬며시 올라갔다.

"나가 우습는가 갑소."

비웃지 말라는 따끔한 경고였다.

"기분 나빴다면 미안하다. 그런 결정을 내리기엔 아직은 어린 나이지 싶어 그랬다."

"지 인생을 책임질 만큼 나가 솔찬히 나이는 먹었지라."

여인이 깜장 눈동자를 반짝이며 대답했다.

"그럼 이번에 내가 묻겠다. 한양에 온 사정이 따로 있는 것이지 역모에 가담한 것은 아니지?"

여인의 말을 가로막으며 붕익이 말을 이었다.

"역모에 참여한 자라면 포청으로 보내져 당장 무시무시한 고신을 받을 게다. 건장한 사내들도 버티지 못하는 고신이니 잘 생각하고 답을 하여라."

붕익이 전에 없이 엄하게 으름장을 놓았다. 여인이 겁을 집어먹고 부디 아니라고 대답해주길 원한 것이다.

역모 참여자들을 처벌하면서 붕익이 가장 마음 아팠던 건 일반 백성들이었다. 이인좌가 반란을 일으킨 이유가 무엇이든, 역모에 참가한 양반들의 야욕이 무엇이든, 그와 무관하게 난에 참여한 백성들 대부분은 배가 고파서, 빚이 많아서, 혹은 양반들에게 참지 못할 굴욕을 당해서였다.

결국 나라의 보살핌을 제대로 받지 못한 것이 원인인데 그들에게 왜 역모에 참여했느냐 죄를 묻자니 어불성설이 따로 없지 싶어 붕익은 어딘가로 도망치고만 싶었다.

그래서 깜장 눈동자를 반짝거리며 제 인생은 제가 결정할 거라 당돌하게 말하는 어린 여인이 거짓 대답을 해주길 붕익은 간절히 바랐다.

"궁금했지라."

뜻밖의 단어가 여인의 입에서 튀어 나왔다.

"뭐?"

"시상이 증말 뒤집히는지 말여라. 시상이 뒤집히면 우째 바뀌는지 궁금했지라."

붕익이 놀란 표정을 지으며 주변을 둘러봤다. 다행히 지금 여인의 얘기를 들은 자는 아무도 없었다. 누군가 들었다면 이는 단순히 역모 가담이 아닌 역모 주동자로 여겨질 위험한 발언이었다.

"시상이 뒤집어지면 여인도 지 생각을 가꼬, 지 인생을 결정할 수 있는지 궁금했어라."

자신의 얘기가 얼마나 위험한지 모르는지 여인이 주저 없이 얘기를 이어갔다.

"근디 아닌갑소. 워메 아깝소. 이번엔 반드시 시상이 뒤집혀지는 줄 알았는디."

"그리 말하면 네 목숨이 위험해."

붕익이 단호하게 타일렀다.

"상관읍서라. 사는 것도 내 맴대로 못하는 시상에 죽는 건 우찌 지 맘대로 하것소."

잠시 침묵이 흘렀다.

"손을 내보아라."

붕익이 여인의 손바닥을 손가락으로 쓱 훑었다. 당황스러울 만큼 당당한 여인의 앞날이 문득 궁금해서였다.

염려대로 여인은 앞으로 삼 년 안에 죽을 운명이었다.

붕익은 이를 못 본 척 넘겼어야 했지만, 그러질 못했다.

"네 이름이 무엇이냐?"

여인은 무심이라 제 이름을 말했고, 딱히 고향으로 돌아갈 생각이 없는 무심을 붕익은 이 집으로 데려왔다.

무심에게 집안일을 거들어 달라 청한 것이지만, 적어도 향후 삼 년 동안은 곁에 두고 여인을 지켜주고 싶은 마음에서였다.

그렇게 삼 년을 꽉 채워 갈 때쯤 무심은 귀밑머리를 풀고 목비녀를 꽂아 올렸다. 그리고 맑은 정화수를 떠놓고 붕익과 혼례를 올렸고, 곧 이어 아기씨를 품었다. 붕익이 서른 중반을 넘어 처음 얻은 귀한 아이였다.

그제야 붕익은 무심을 지켜냈다 마음을 놓았다. 조심하고 대비하면 운명 같은 건 얼마든지 사람의 힘으로 바꿀 수 있는 거라 자신했다.

그러나 오만이었다. 그 삼 년에서 육 개월이 채 지나지 않은 어느 날, 무심과 뱃속 아기는 그만 억울하게 죽고 말았다.

"검계들의 습격을 받아 그들이 죽었소. 나 대신…… 나 때문에…… 바로 이 집에서."

검계들에게 붕익이 습격당한 사건이라면 9년 전의 일이었다.

5월 12일, 새벽녘 붕익의 집에 검계들이 습격했다. 검계의 천적이었던 붕익을 암살하기 위해서였다.

다행히 붕익의 털 끝 하나 건들지 못하고 암살 계획은 실패했다는 것이 세간에 알려진 이야기였다.

그러나 아무래도 알려지지 않은 얘기가 더 있는 듯싶었다.

"애초 검계들이 노린 건 내가 아니었소. 검계들의 보복이 있을까 기를 쓰고 가족이 있다는 걸 숨기고 있었는데, 그걸 어찌 알아냈는지……."

긴 한숨을 토해내는 붕익의 입술이 파르르 떨렸다.

그 새벽 붕익의 집을 습격한 검계는 두 패거리였다. 한 패거리가 먼저 들어가 붕익을 집 밖으로 유인했고, 붕익이 그들 뒤를 쫓아 나간 사이 나머지 한 패가 집으로 들어가 무심과 아직 태어나지 않은 아이를 죽였다. 붕익에게 두려움을 주고자 처음부터 그의 가족을 노린 것이다.

"그래서 이곳이 무덤…… 이군요."

"그리고 하나 더. 내 가족과 함께 이곳에 묻어둔 것이 있소. 오늘 종사관 나리를 부른 이유는 바로 그걸 보여주기 위해서요."

붕익이 수판을 쳐다봤다.

"정포졸 손끝에 묻은 검은 가루. 그것이 무엇인지 지금부터 설명하리다."

붕익은 이제 시간이 되었다는 듯 제 집 방문을 벌컥 열었다.

방 안은 특별한 것이 없었다. 걸쇠도 제대로 걸려 있지 않은 평범한 방이었다.

집 안을 둘러보는 수판을 뒤로한 채 방으로 들어선 붕익은 대뜸 방바닥에 짚으로 짠 돗자리를 걷어치웠다.

수판의 시선이 금세 그곳으로 쏠렸다. 특이한 방바닥이었다.

여느 집의 방바닥은 돗자리를 치우면 구들장이 드러나기 마련이었다. 그러나 돗자리를 걷어내자 마룻바닥이 드러났다. 그것도 긴 널빤지를 한쪽으로 가지런하게 깔아 만든 장마루가 아닌 제법 여유 있는 양반집 대청마루에서나 볼 수 있는 아자형(亞字形, 亞의 모양 또는 무늬) 마루였다.

수판이 눈을 휘둥그레 뜨고 방바닥을 둘러보는 동안, 붕익은 방바닥 한구석에서 아자형 마루조각 하나를 쑥 빼냈다.

그리곤 빈자리 위에 있던 아자형 마루조각을 끌어내렸다.

놀랍게도 마루조각은 마치 그 자리가 제자리인 듯 꼭 맞아 들었다.

"이게, 이게 다 뭐요?"

수판이 놀라 침을 꿀꺽 삼켰다.

"조각난 그림을 하나로 다시 맞춘다고 생각하면 됩니다. 지금부터 제가 하는 걸 보고, 이 순서를 잘 기억해두십시오."

무슨 말인지 도통 이해할 수 없었던 수판이 되물으려 했으나, 붕익은 틈을 주지 않았다. 그의 손길은 어느새 다음 마루조각을 움직이고 있었다.

오른쪽 조각은 왼쪽으로 옮기고, 아래쪽 마루조각을 끌어올려 그 빈틈을 채웠다. 그리고 아래쪽에 생긴 빈틈은 다시 위쪽의 조각을 끌어내려 빈 공간을 메웠다.

마치 작은 마루조각들이 살아서 원래 정해진 자신의 자리를 찾아가는 듯 보였다.

그러나 그 신기한 광경을 수판은 넋 놓고 구경만 할 수 없었다. 마루조각들이 움직일 때마다 붕익이 이해했느냐 묻는 시선을 던졌기 때문이다. 수판은 마루조각의 움직임을 머리에 그리며 고개를 끄덕였다.

마루조각의 절반 이상을 이리저리 움직이자 어느 순간 한쪽 구석 마룻바닥에 뻥 뚫린 구멍이 나왔다.

수판이 구멍이 뚫린 공간을 보려 냉큼 앞으로 다가서자, 붕익이 그를 붙잡았다.

"꺼내야 할 것이 있으니 잠시 뒤로 나오시오."

수판이 잠자코 물러나자, 붕익은 그곳에서 큰 나무상자와 붓, 검은 가루 그리고 정포졸의 관을 만들 때 사용했던 망치를 꺼냈다.

붕익은 허리를 한 번 펴고, 방 한구석에 놓인 책상 앞에 앉았다. 방에 들어온 지 대략 한 식경이 지나서였다.

"노나라의 내사(內史, 중국 진한 시절 나라의 서울을 맡아 관리하던 벼슬) 숙복(叔服)은 은나라 재상 공손교의 두 아들 상을 보았는데 뒷날 그의 예언이 잘 맞아 떨어져 관상학의 시초라 불리는 분이고, 춘추시대 진(晉)나라 사람 고포자경(姑布子卿)이란 분은 공자의 상을 보고 장차 대성인이 될 것이라 예언한 분입니다. 손금, 즉 수상(手相)은 이 두 분으로부터 시작되었다고 합니다. 그 후 명대(明代) 이르러 진박이란 분이 저술하신 수상의 비전(秘傳)을 원충철(袁忠徹)이란 분이 새롭게 간행했는데, 그 책이 바로 신상전편(神相全編)입니다. 이 책이 태종 때 우리나라에 전해지면서 조선에서도 본격적으로 수상이 발전하게 됩니다. 물론 신상전편을 조선으로 들여온 저희 집안이 그 중심에 있었습니다. 선대 어르신들은 이 책을 소중하게 다뤄 자손 대대로 물려주셨는데, 가끔은 자신들이 경험하고 공부한 수상에 대해 기록을 하셔서 함께 물려주신 분들도 계셨습니다. 그리고 그 내용들을 정리해서 한 권의 책으로 엮으신 분이 바로 제 부친이셨습니다. 수상에 대해서만큼은 견줄 자가 없을 만큼 뛰어나다고 평가받은 분이셨지요."

처음 듣는 얘기였다.

붕익이 손만 스쳐도 상대방의 손금을 읽는다는 것은 익히 알고 있었지만, 그것이 삼백 년도 훌쩍 넘는 세월 동안 집안 대대로 전해진

지식과 경험에서 비롯된 것이란 건 처음 듣는 얘기였다. 수판의 얼굴에 놀라움과 호기심이 뚜렷하게 떠올랐다.

붕익은 숨도 돌리지 않고 책상 옆에 놓여 있던 나무상자를 열어 두 권의 책을 올려놓았다. 방금 전 말한 신상전편과 붕익의 부친이 정리한 책인 듯했다.

"신상전편에서는 수상을 논수(論手), 팔괘십이궁빈주지도(八卦十二宮貧主之圖), 수문칠십이론(手紋七十二論), 장문론(掌紋論), 수배문론(手背紋論) 등 17개 항목으로 나눠 설명하고 있습니다. 그러나 수상이란 것이 그리 간단하게 정리할 수 있는 게 아닙니다. 팔, 손, 손가락, 손톱 등의 생김새, 손가락의 길이와 모양, 살집, 혈색, 빛깔 등을 살피고 손바닥의 무늬[掌紋], 점 등을 살핀 후 비로소 손금을 관찰해야 합니다. 사람의 손금은 인문(人紋), 지문(地紋), 천문(天紋)이 기본인데, 인문(생명선)에서는 그 사람의 건강과 장수를 읽고, 지문(두뇌선)에서는 그 사람의 총명함을 읽을 수 있습니다. 그리고 천문(감정선)에서는 그 사람의 감정을 읽습니다. 그 외에도 인생의 성공과 실패, 생사고락을 나타내는 천희문(天喜紋), 명예와 예능, 재주를 나타내는 고부문(高扶紋), 재산을 나타내는 천창문(天倉紋), 직감이 뛰어남을 나타내는 천안문(天眼紋), 명성과 인기를 나타내는 인망문(人望紋), 질병과 건강의 양생문제를 나타내는 외예문(外藝紋), 남녀관계, 혼인문제를 나타내는 처첩문(妻妾紋), 가문과 자손의 번성과 쇠퇴를 나타내는 남녀문(男女紋), 횡재수, 운수를 나타내는 횡재문(橫財紋), 가문의 전통과 육친의 사랑을 나타내는 상속문(相續紋), 몸의 날램과 강인함을 나타내는 수경문(水莖紋) 등이 있습니다. 또한 엄지는 부모, 검지는 형제, 중지는 자신, 무명지는 배우자와 일가친척, 소지는 자손을 각각 상징하기 때문에 손가락도 유심히 살펴야 합니다. 물론 남녀 간의 손금은 그 차이가 뚜렷한 편이기 때문에 그 성별도 감안을 해야 하고요."

참아온 숨을 한꺼번에 토해내듯 붕익의 말이 끝도 모르고 이어져 나오다 뚝 멈췄다.

수판이 저도 모르게 헛기침을 몇 차례 하며 붕익의 얼굴을 설핏 훔쳐보았다. 아무래도 지금껏 자신이 알고 지내던 사내가 아닌 듯 그는 어딘지 달라 보였다.

"그리 복잡한 것을 아재는 어찌 손끝만 스쳐도 아시는 게요?"

"부친 어깨 너머로 조금씩 배운 것입니다. 맹안(盲眼)이셨거든요."

"맹안? 그럼 앞을 보지 못하시는 분이 손금을 보셨단 말이오?"

"눈으로 보는 대신 손끝으로 손금을 읽으셨죠. 제 부친에게 운명을 읽어 달라 부탁하려 조선팔도에서 사람들이 몰려들었고, 은밀하게 궁으로 불려 들어가기도 수차례였습니다."

"그리 대단한 분이셨습니까?"

"손금으로 사람의 과거, 현재, 앞날까지 훤히 내다보셨는데, 단 한 번도 틀린 적이 없는 분이셨습니다. 허나 부친께서는 제가 수상을 공부하는 걸 작고하실 때까지 허락하지 않으셨습니다. 마지막 순간 어쩔 수 없이 이 두 권의 책을 맡기시면서 사람의 운명을 감당할 수 있다는 생각이 들면, 그때 책을 펼치고 그게 아니라면 책들을 모두 없애라는 유언을 남기셨죠. 그러나 전 그 유언을 따르지 않고 수상을 공부했습니다. 사람의 운명을 감당한다는 게…….”

순간 붕익이 눈에 힘을 주고 부릅뜨자, 금세 그의 눈이 벌게졌다.

“분명…… 분명 인문이 길고 확실하게 뻗어 있었습니다. 내가 손금을 읽은 자 중 가장 확실한 인문이었습니다. 게다 천문에 잔가지가 없고, 흔들림이 없어 쉽사리 감정에 휩쓸리지 않을 아이였습니다. 수상에 관해선 그 경지가 하늘에 도달했다는 부친이 보셨다 해도 달라지지 않았을 겁니다. 이 책들을 열 번, 스무 번을 읽고 확인해봐도 그리 허망하게 죽을 운명이 아니었단 말입니다, 그 아인.”

누구 얘긴지 물어보지 않아도 뻔했다. 붕익은 아직도 원구의 손금이 눈앞에 어른거리는지 눈을 가늘게 뜨고 빈 허공에서 뭔가를 계속 보는 듯했다.

“그런데도 그 아인 제 손금에 나온 명대로 살지 못했습니다.”

붕익이 부르르 몸을 떨었다.

그가 운명의 컴컴한 벽 앞에서 느꼈을 그 참담하고 고통스런 감정이 수판에게까지 고스란히 전해졌다. 짐작은 하고 있었지만, 수판의 예상보다 붕익은 더 심하게 원구의 일을 자책하고 있었다. 아마도 비명횡사한 아내와 아이의 죽음까지 더해졌을 일이었다.

“아재, 난 말이요, 수상이니 사람의 운명이니 그런 건 잘 모르지만 아무리 하늘에서 좋은 운명을 내려줘도 받아먹는 놈이 마다하면 그만이라고 생각해요. 그러니 아재가 원구의 운명을 알고 미리 대비하지 못한 것이 아니라…… 악!”

순간 붕익의 눈동자가 번뜩이는가 싶더니, 팔을 뻗어 수판의 오른손을 꽉 잡았다. 붕익에게 잡힌 손은 어느새 하얗게 질렸다.

"아, 아. 아파요, 아프다고요. 대체 왜 이래요?"

예상치 못한 동작에 놀란 수판이 고통스런 비명을 연신 질러댔다.

붕익은 쉽게 입을 떼지 못하고, 수판만 계속 노려보고 있었다. 어딘지 모르게 매서운 눈빛이었다.

"내가 뭘 잘못했소?"

"아뇨, 아닙니다. 잘못한 건 종사관 나리가 아니라 나요."

숨을 훅 들이마신 붕익은 손에 힘을 풀었고, 다시 숨을 내뱉은 후에는 천천히 수판의 손을 놓았다.

물론 붕익이 손을 놓았을 땐 그의 손가락이 수판의 손바닥을 쓰윽 스쳐 지나갔다.

"지금 내 손금을 읽은 것이오?"

"분명 종사관 나리의 수상은 천하를 호령하고도 남을 재력가의 것입니다. 천희문, 고부문, 횡재문이 각각 떨어져 있어도 그 선이 굵고 확실하면 그만으로도 굉장한 재운인데, 나리는 이 세 개의 손금이 한곳으로 집약돼 있으니 이는 하늘이 내린 재력가가 될 수상이 확실합니다. 헌데 어째서 운명을 따르지 않고 포청에 남으신 겁니까?"

애써 숨겼던 치부를 들킨 것 같아 수판의 마음이 공연히 꽁해졌다. 그는 자신의 부친처럼 살고 싶은 생각이 추호도 없었다.

"쳇, 아까도 말하지 않았소. 그깟 하늘이 정한 운명 같은 건 내가 안 받으면 그만이라고."

"그것…… 제가 잘못한 부분이 바로 그것입니다. 제 그릇은 수상

을 읽을 줄만 알지 그 주인이 운명을 거스를 자인지, 아니면 운명에
순응할 자인지 판단할 수 없었던 겁니다. 그래서 부친께서 제게 수
상을 공부하지 말라 하셨던 거요."

한참이나 입을 꽉 다물고 책상 위의 책들을 노려보던 붕익이 갑자
기 그것을 갈기갈기 찢기 시작했다.

수판이 놀라 만류해보려 했지만, 그렇게라도 하지 않으면 붕익이
견디지 못할 것이란 생각에 뻗었던 팔을 거두었다.

붕익은 그렇게 두 권의 책을 다 찢고 나서야 깊은 숨을 내쉬었다.

"하여 앞으로 난 내가 볼 수 있는 것, 확인할 수 있는 것만 믿으려
고 합니다. 내가 가진 기량은 거기까지인 듯합니다."

"아재가 가진 기량이란 게 무엇이오?"

"만인부동(萬人不同), 종생불변(終生不變)."

수판이 무언가에 홀린 듯 붕익의 말을 따라 웅얼거렸다.

"만인부동, 모든 사람이 다 다르고. 종생불변, 죽을 때까지 변하지
않는 것. 그런 게 대체 뭐요?"

"사람의 손가락 끝에는 각기 다른 주름무늬가 있는데 이를 지문
(指紋)이라 합니다. 정포졸 손끝에 묻은 검은 가루는 이 지문의 모양
을 확인하기 위해서 제가 묻힌 겁니다."

방금 전까지 타오를 듯 부글거리던 붕익의 눈동자가 차갑게 가라
앉았다.

붕익은 옆에 놓아둔 나무망치 머리 부분을 조심스럽게 잡고는 책
상 위에 올렸다. 그리고 망치 손잡이에 검은 가루를 골고루 뿌렸다.

"곱게 간 흑연가루요."

"이게 정포졸 손가락 끝에 묻어 있었던 거요?"

붕익은 말없이 고개를 끄덕이고는 털이 고운 붓을 들었다. 조심스럽게 나무망치 손잡이에 묻은 흑연가루를 털어 나가기 시작했다. 고운 가루가 숨결에 날아갈까 숨을 참는 붕익의 어깨가 잔뜩 굳어져 점점 오그라들었다.

어느새 가루가 다 떨어져 나가고 망치 손잡이 군데군데 검은 자국만이 남아 있었다. 자세히 보니 검은 자국은 모두 다섯 개였다.

"우리가 눈치 채지 못하고 있지만, 사람의 손엔 몸에서 배어나온 기름이 묻어 있습니다. 그래서 물건을 집을 때 그 기름이 지문의 모양대로 찍히게 됩니다. 그 지문 자국을 보기 위해 고운 흑연을 뿌리는 겁니다. 붓으로 가루를 털어내면 기름이 묻은 지문 위에만 흑연이 이렇게 남죠."

붕익의 설명대로라면 손잡이에 묻은 다섯 개의 검은 자국은 정포졸의 관 뚜껑을 닫으려고 망치를 잡았던 장우의 다섯 손가락 지문이란 뜻이었다.

지문을 자세히 들여다보니 일정치 않은 작고 둥근 원들이 겹겹이 둘러싸여 있었다.

"이게 지문이요?"

"예."

"그런데 그 지문이란 걸 어디에 사용하려고 이리 애를 쓰는 거요?"

"증거."

"증거? 무슨 증거?"

"사람들의 증언이 없어도 누가, 어디에 있었다는 증거가 됩니다. 지문이란 것이."

"아! 만인부동. 모든 사람이 다 다르고, 종생불변. 죽을 때까지 변하지 않는 것. 그게 지문이니까 지문이 있는 곳은 그 주인이 다녀갔다는 말이란 것이군."

수판의 얘기가 맞았다.

부친을 뛰어넘으려 수상에 몰두하던 붕익은 우연히 지문이란 것이 사람마다 다 다르고, 고유의 무늬가 있다는 걸 알아냈다. 그때만 해도 지문을 사건의 증거로 삼으려는 생각은 못했다. 다만 사람들의 지문을 따로 모아 공부하려고 지문채취 방법을 연구해 체득한 것이다.

"지문을 확인하려면 한 가지 과정이 더 남았습니다."

붕익은 나무상자 안에서 종이를 한 장 꺼냈다.

수판이 전에 본 적 없는 결이 정말 고운 한지였다.

"얇게 풀칠을 한 한지입니다."

붕익의 말을 듣고, 수판이 종이 끝자락에 손가락을 눌러보니 끈적 끈적한 느낌이 났다.

"이리 끈적해야 지문 모양대로 묻어 있는 흑연가루를 고스란히 종이에 옮길 수 있습니다."

붕익은 나무망치 손잡이에 종이를 조심스럽게 감쌌다. 그리고 손에 그러쥐고 몇 차례 꾹꾹 누르고는 다시 종이를 떼어냈다. 그의 말대로 종이엔 망치 손잡이에 묻은 흑연 자국이 모양을 유지한 채 고스란히 묻어났다.

"이게…… 대장의 지문입니다."

고개를 끄덕이던 수판은 갑자기 고개를 갸웃거렸다.

"그런데 포도대장의 지문이 왜 필요한 거요? 뭐에 대한 증거로 삼으려고?"

붕익은 몸을 돌려 수판의 눈을 정면으로 응시했다. 옆에 놓인 나무상자에서 책을 한 권 더 꺼내 단번에 어느 부분을 펴 수판에게 내밀었다.

"그간 사람들의 지문을 모아 하나로 묶은 것인데, 이걸 한번 보시오."

한참 동안 미간을 찌푸린 채 지문을 바라보던 수판이 다시 입을 열었다.

"이게 누구 지문이오?"

"이장우."

"대장?"

수판은 책자의 지문과 방금 전 망치에서 찾아낸 장우의 지문이 찍힌 종이를 번갈아 비교해보았다. 지문이란 걸 오늘 처음 보았지만, 두 개의 지문은 꼭 닮아 있었다.

"대장의 지문을 빙고에서 찾아냈습니다."

"서빙고 말이오?"

붕익이 고개를 끄덕였다.

"정포졸이 죽은 곳도 그곳일 거요. 한여름에 동사를 했으니, 달리 생각할 곳이 없지. 그래서 은밀하게 빙고로 가 지문들을 찾아본 겁니다."

붕익은 지문책의 다음 장을 넘겼다.

"이게 빙고에서 찾아낸 정포졸의 지문이었습니다. 정포졸의 지문은 빙고 여덟 곳에서 발견됐고, 그중 세 곳에서 대장의 지문이 발견됐습니다."

"세 곳에서만? 어째서?"

"그 세 곳의 빙고가 검계의 술 창고였던 것 같소. 그걸 정포졸이 알아낸 것이고."

수판의 입에서 한숨이 새어 나왔다.

빙고는 나라에서 운영하는 곳이다. 그런 빙고를 검계가 사사로이 사용할 수 있었다는 건 관리하는 관리들과 결탁했다는 뜻이다. 결탁한 자들이 빙고지기 정도라면 문제가 되지 않겠지만, 한없이 그 위로 올라가자면 예조판서까지도 갈 수 있는 일이었다.

수판의 뇌리에 아주 불쾌한 생각이 스쳤다.

"대장이 빙고에 갔었다면, 정포졸의 죽음을 모를 리 없었을 텐데……. 그런데도 정포졸의 시신이 돌 주머니를 매단 채 강에서 발견됐다는 건!"

"정포졸의 죽음을 대장이 외면한 게지. 자신이 빙고의 비밀을 알고 있다는 사실을 숨기기 위해."

분명 분노해야 할 일이었지만, 이상하게도 수판은 화가 나지 않았다. 자신이 아는 장우라면 능히 그러고도 남을 위인이었다.

검계들의 술창고가 된 빙고. 거길 다음 수사를 위한 함정으로 남겨두기 위해서라면 정포졸의 죽음을 모른 척하는 건 물론, 그가 정포졸을 죽였다 해도 그리 과한 생각은 아니었다.

입을 다문 채 차분한 붕익을 보니, 그의 생각도 별반 다르지 않은 듯했다.

"이제 어쩌시려오?"

"며칠 전 기우제 얘기를 들으셨을 겁니다."

"호조판서 김인식이 참수당한 얘기 말이오?"

붕익이 고개를 끄덕였다.

기우제를 모시는 제관이 금주령을 어긴 일로 기우제 당일 그 자리에서 참수당한 일은 한양에 입 달린 사람들이라면 죄 떠들고 다니니 수판도 모를 리 없었다.

"임금께서 군령을 엄히 세워 금란방을 재정비한다 하셨소."

"그래서요?"

"더불어 군사들도 충원한다 하셨으니, 난 그곳으로 갈 생각이오."

"금란방에?"

뜬금없는 소리에 수판이 저도 모르게 소리를 크게 질렀다.

"금란방에 들어가려면 뒷돈을 꽤 써야 한다는 거 아시고 하는 말씀이오?"

금란방 군사들은 포청이나 의금부에 소속된 군사들과 달랐다. 직접 칼을 휘두르며 현장에서 싸울 걱정도 없고, 고단한 군사훈련을 받을 필요도 없으며, 수사를 한답시고 며칠 밤을 꼬박 새우며 고생하지도 않았다.

　무엇보다 밀주를 제조하고 판매하는 검계는 모른 척하고, 단속을 빌미 삼아 밀주를 파는 힘없는 백성만 괴롭히면 눈 먼 돈이 절로 생기는 곳이었다. 그러니 댈 수 있는 모든 연줄은 죄다 동원해서라도 금란방 군사가 되길 원했다.

　문제는 금란방 군사 자리가 몇 되지 않는다는 거였다. 그러니 윗선에 뒷돈을 줘야 하는 건 기본이고, 상급자가 감동할 만한 일들을 눈치껏 찾아서 해야 했는데 그 중 효과가 가장 큰 건 역시 그들의 자식을 위한 일이었다.

　특히 상관에게 포졸시험 같은 각종 무과(武科), 잡과(雜科, 역관과 의관 등 기술 관료를 뽑는 시험)를 준비하는 자식이 있다면 금란방 편입을 원하는 군사들에겐 횡재나 다름없었다.

　잡과시험 같은 경우, 시험지를 보관하는 창고로 숨어들어 시험지를 훔쳐다 주면 그 보답으로 금란방으로 들어가는 추천장을 받을 수 있었다. 무과시험에선 유력한 합격생들의 명단을 파악해 시험 전날, 그들의 집을 습격했다. 응시생들을 다치게 해 시험을 포기하게 만드는 것이다.

　정 상황이 여의치 못하면 상관의 자식 대신 시험에 대리로 응시해 무과시험을 치기도 했는데, 결과가 좋으면 상관은 알아서 금란방 윗선에 청탁을 넣어 반드시 금란방으로 이직시켜주었다.

　물론 일이 잘못되면 알량한 포졸 자리도 날아가고 평생 죄인으로 살겠지만, 남은 인생을 걸고 모험을 해도 좋을 만큼 금란방 군사 보직은 탐나는 것이라 여겼다.

"알지. 그러나 나는 정식으로 금란방에 갈 생각입니다."

"정식으로?"

"대장의 추천서를 받을 생각이오."

"대장의 추천서라면 가능한 일이겠으나, 대장이 추천서를 써줄 리 없지 않소?"

"쓰게 만들어야지."

"무슨 수로?"

"찾아낸 지문을 이용해 그와 협상할 생각이오."

"이번 빙고 일로 말이오? 허나 아직 지문이라는 것이 사람들에게 생소하고, 본 적도 없는 것이니 당연히 지문에 대한 믿음도 없을 터인데. 이걸로 정포졸의 죽음에 대한 책임을 대장에게 물을 수 있겠소?"

"압니다."

"알아?"

"오래전 일이긴 하지만, 사실 대장의 지문을 찾은 곳이 한 곳 더 있소. 이번엔 그것으로 협상할 생각이오."

"그 지문은 어디서 발견한 것이오?"

수판이 알아선 안 되는 것인지 아님 알 필요가 없다고 여긴 것인지 붕익은 대답하지 않았다.

쉽게 입을 열지 않으니 도리가 없다는 듯 수판은 고개를 가로저었다.

"대체 무슨 일을 작당하고 있는지 모르겠으나, 몸조심하시구려. 대장이 알고 있다면 아재를 곱게 내버려두진 않을 거요."

수판은 포청을 나설 때 매섭게 노려보던 장우의 눈빛을 떠올렸다.

"종사관 나리를 여기로 모셔온 이유가 바로 그겁니다."

바로 그때, 문 밖에서 희미하지만 분명한 인기척이 들렸다.

수판이 자리에서 일어나려 했지만 붕익이 그의 팔을 잡았다.

"분명 인기척이 났소."

"쥐새끼요."

"쥐새끼?"

"이장우가 보낸 쥐새끼. 그들에게 전할 말이 있으니 내버려두시오."

밖에서 들으라는 듯 붕익이 큰 소리로 말했다.

"전할 말이라니 그게 무엇이오?"

"나리, 지금부터 내가 하는 말 잘 들으셔야 합니다. 이곳 마룻바닥이 하나의 그림이란 말이 무슨 말인지 이제 이해하셨소?"

수판이 고개를 끄덕였다.

"그리고 이 책들을 꺼낸 구멍을 어찌 여는지도 보셨고요?"

"그래요."

"그럼 이제 그 비밀공간을 열 수 있는 건 세상에 나리와 나, 단 둘밖에 없습니다. 비밀 공간을 찾으려고 강제로 마룻바닥을 부수면 이 집은 통째로 무너져 내리게 됩니다."

"강제로라니. 누가 그런단 말이오?"

깜짝 놀란 수판이 급히 되물었다.

"여길 나가면 금란방 발령서를 놓고 난 대장과 담판을 지을 겁니다. 만약 이 일이 실패하게 되면 난 살해당할 것이오. 그러면 그땐 마룻바닥을 열어 그 안에 있는 검계와 그들의 뒷돈을 받은 관리들의 지문책들을 모두 불태워주시구려."

붕익이 문밖으로 날카로운 시선을 던지며 말했다.

"지금 그 말은!"

수판이 중간에 크게 숨을 내쉬었다 다시 말을 이었다.

"그러니까 그 말은 대장이 아재를 죽일 수도 있단 말이오?"

붕익이 잠시 생각한 뒤 대답했다.

"아마도."

"그런데도 아재는 오래전에 발견했다는 대장의 지문으로 그를 협박하겠다는 거고?"

"언젠가는 꼭 확인해봐야 하는 일이었소."

"그치만!"

"종사관 나리, 수천 혹은 수만 사람들의 지문은 그 모양새가 아주 세밀한 차이로 다른 법이오. 하여 자칫 그 세밀한 차이를 인지하지 못하고 지문을 읽었다가는 억울한 자들을 범인으로 몰아갈 수 있는 위험한 증거가 될 수도 있는 거요. 내 말 아시겠소?"

붕익이 느닷없이 수판의 두 팔을 꽉 움켜쥐고, 목소리를 높였다.

"그러니 지금 나리가 기억하고, 염려해야 하는 건 지문책이 대장에게 넘어가지 않게 지켜야 하는 것뿐이오. 이 또한 아시겠소?"

그러나 수판은 고개를 저으며 그 말을 부인했다.

"아니, 방법은 또 하나 있소. 대장을 수사하지 말고, 금란방 발령서를 내달라 협박하지도 말고, 아재가 입을 꽉 다물고 있으면 됩니다. 원구 일이나 정포졸 일은 조용히 심중에 묻어두면 된다고요. 그럼 지문책들은 아재가 고스란히 지킬 수 있는 거 아니오? 안 그래요?"

붕익이 대체 어떤 사건으로 장우를 협박하려는지 모를 일이었지만, 수판이 아는 한 그런 협박을 당하고도 상대를 살려둘 장우가 아니었다.

"이미 늦었소. 대장도 곧 지문이 무엇이고, 지문책이 존재한다는 걸 알게 될 게요. 앞으로 내가 뭘 하려는지도 짐작할 것이고."

"대체 왜!"

장우가 어찌 나올지 뻔히 알면서 경솔하게 왜 지문에 관해 그에게 말을 흘렸는지 따져 묻고 싶었지만, 이미 일어난 일을 되돌릴 순 없었다.

"이제 길은 단 하나, 앞으로 나가는 것뿐입니다. 종사관 나리, 그러니 날 좀 도와주시오."

붕익의 부탁에도 수판의 입은 쉽게 열리지 않았다.

수판에게도 이를 받아들일 시간이 필요하다 생각한 붕익은 더 재촉하지 않았다.

"지문책들을 한번 보시겠습니까?"

붕익이 일어나 방금 전 책들을 꺼낸 마룻바닥 쪽으로 걸어갔다.

책을 담고 있던 평평한 나무선반을 들어 올리자 지하로 내려가는 구멍이 드러났다. 구멍은 사람이 드나들기에 충분한 크기였다.

"촛대 좀 가져 오시겠소?"

수판이 가져온 촛대를 받아든 붕익이 이내 구멍 아래로 내려갔다. 수판도 지체 없이 그의 뒤를 따라갔다.

촛불 아래 드러난 지하 공간은 수판이 허리를 굽히지 않고 서 있을 정도로 넓고 여유가 있었다. 그리고 공간 양쪽에 두 개씩 책장 선반이 마련돼 있었는데, 그 위엔 책들이 나눠져 쌓여 있었다. 물어볼 것도 없이 지문과 관련된 책들이라 수판은 생각했다.

"오른쪽 책장에는 검계이거나 검계로 추정되는 인물들의 지문이 모아져 있고, 왼쪽으로는 그들과 결탁한 혹은 그런 의심을 받고 있는 관리들의 지문입니다."

촛대를 낚아챈 수판은 먼저 오른쪽 책장들을 천천히 둘러보았다.

오른쪽엔 선반이 두 개씩 달린 책장이 모두 두 개였다.

첫 번째 책장엔 선반 위쪽에만 책이 놓여 있고, 두 번째 책장엔 두 개의 선반 모두에 책들이 꽉 들어차 있어 얼핏 봐도 앞쪽보다 그 양이 서너 배는 더 많은 듯했다.

"앞쪽 선반의 책이 검계들 지문 목록이고, 뒤쪽 선반이 검계로 추정되는 자들의 목록입니다."

붕익의 설명을 뒤로 한 채 수판은 검계들의 지문책 중 한 권을 꺼내 들고 살펴보았다.

책 한쪽은 지문이 그리고 맞은편엔 지문의 주인 이름과 직급, 외모나 생김새의 특징과 맡은 직책까지 상세하게 적혀 있었다. 심지어 어느 곳엔 지문 주인의 용모도까지 포함돼 있었다.

"하! 대체 이걸 언제 다 만든 거요?"

수판의 입에서 자신도 모르게 탄성이 쏟아졌다.

"내 집에 검계들이 습격했던 그때부터요."

수상 공부를 하려고 무작위로 사람들의 지문을 수집하던 붕익은 이때부터 검계들의 지문을 악착같이 모았다. 자신의 식솔이 죽은 현장에서 범인으로 추정되는 자들의 지문을 발견한 것이다.

"자료가 그리 상세한 건 그쪽뿐이오. 검계로 추정되는 자들의 자료는 그리 상세하지 못하오."

수판이 두 번째 책장으로 다가가자 붕익이 서둘러 설명했다.

그곳에서 뽑아든 책은 과연 붕익의 설명대로 지문과 지문의 주인 이름 정도만 적혀 있었다.

수판이 시선을 돌려 왼쪽 책장을 살폈다.

그곳엔 검계들의 지문 목록보다는 많고, 검계로 추정되는 자들의 지문 목록보다는 적은 수의 책들이 있었다.

"검계와 한 패로 드러난 관리들 명단이오."

손가락으로 책등을 쭉 훑던 수판이 마지막에 놓인 책을 꺼내 들었다.

책을 펼치니 왼쪽엔 생소한 지문이 있었지만, 오른쪽엔 수판에게 너무도 익숙한 이름인 종3품 병마절제사 노봉윤의 이름이 적혀 있었다. 품성이 바르고, 청렴하다고 알려진 자였다.

더 놀라운 건 그 이름 아래 검계에게 모월 모일, 어디에서, 얼마의 뇌물을 받았고, 그 대가로 검계를 위해 무엇을 했는지 상세하게 적혀 있었다.

믿을 수 없는 사실이라 수판이 고개를 흔들며 다음 장을 넘기자 현재 좌찬성, 우찬성은 물론 임금의 곁에서 수족처럼 움직이는 상선의 이름이 나왔다. 이들의 이름 아래엔 노봉윤과 마찬가지로 검계와 거래한 내역이 상세하게 적혀 있었다.

수판은 동요하지 않으려 두 눈을 부릅떴다. 그리고 다음 장에 적힌 조정 관리들의 이름을 낱낱이 확인하려 애썼다.

수판은 책장을 더 이상 뒤로 넘기지 못하고 손끝을 떨었다.

마치 종3품 이상의 관리들 이름이 적힌 명단을 고스란히 읽고 있는 기분이었다. 우포청은 물론이고, 좌포청, 의금부 할 것 없이 병부의 군사들까지 나서도 검계를 소탕하지 못하고 번번이 실패했던 이유를 뒤늦게 깨달았다.

순간 수판의 눈앞이 잠시 아득해졌다.

"이들이…… 이렇게 많은 관리들이 정말 검계와 한 패거리요? 아재가 뭔가 잘못 안 건 아니고?"

"그보다 더 정확한 명단은 없을 거요. 검계 조직에서 직접 작성한 명단이니까."

수판이 믿을 수 없다는 듯 붕익을 쳐다봤다.

"내 식솔들이 죽은 후, 은밀하게 검계의 간부들이 날 찾아왔었소."

검계 조직에서 붕익에게 사람을 보낸 이유가 있었다. 가족이 죽은 후 움츠러들 줄 알았던 붕익이 예상과 달리 엉뚱한 방향으로 움직인 것이다.

붕익은 상부의 허락을 기다리지 않고 몸에 칼자국이 난 사내들을 악착같이 잡아들였다. 그의 수사가 얼마나 엄했는지 몸통에 칼자국 있는 자라면 어제까지 포청의 동료였더라도 예외가 없었다. 검계일 수 있다는 가능성만으로도 잡아들였다.

그의 독단적인 움직임은 처음엔 무모한 광기처럼 보였지만, 그로 인해 검계 조직과 그들과 결탁한 관리들 사이에 금이 가기 시작했다.

실제로 몸에 칼자국이 있다는 이유로 붕익에게 잡힌 자들 중엔 적지 않은 수가 검계였다. 그들은 붕익의 살벌한 수사를 버티다 못해 여러 사실들을 토해놓았다. 그것이 검계 조직의 은신처나 그들 동료의 명단이었다면 수사는 제한적이었을 것이다. 그런데 체포된 검계들 중 제 목숨을 구명하기 위해 조직과 결탁한 관리들을 하나 둘, 실토했다.

붕익의 수사는 검계들의 증언으로 급물살을 타고 조정을 휩쓸었고, 이에 두려움을 느낀 관리들은 뒤늦게 조직과 잡은 손을 놓았다. 표변해 하루라도 빨리 검계를 소탕해야 한다며 붕익의 수사에 힘을 실어주었다.

졸지에 궁지에 몰린 검계 조직에서 붕익에게 사람을 보낸 건 그 무렵이었다.

194

그들은 꼬리는 자르면 그뿐, 몸통을 제대로 찾아내야 하지 않겠냐며, 자신들과 뒷거래를 하는 관리들의 명단책을 슬그머니 내밀었다.

검계가 가져온 조정 관리들의 명단을 훑어 읽어내려 가던 붕익이 명단의 중반부에 이르자 책장을 조용히 덮었다.

이를 본 검계들의 얼굴엔 희미하게 웃음이 퍼졌다. 자신들의 계획이 적중했다 판단한 것이다.

검계에서 관리들의 명단을 보낸 건 두 가지 이유에서였다. 자신들을 비호하는 관리들이 얼마나 막강한지 보여줘 물러서게 하거나, 붕익이 최종적으로 상대해야 할 적은 검계가 아니라는 걸 알려주거나.

그날 이후, 붕익의 수사는 거짓말처럼 시들해졌다. 검계들이 노린 두 가지 이유 중 무엇이 주효했는지 모를 일이었으나 이로써 검계 조직은 한숨을 돌렸다.

"내 식솔을 죽인 진짜 원흉이 검계가 아니란 걸 그날 알게 된 거요, 난."

수판이 붕익을 응시했다. 그의 표정엔 고통이 배어났다.

"그래서 한 발 물러선 거군요. 꼬리를 잘라내고 몸통이 숨어버리면 곤란하니까."

붕익이 침묵으로 동조했다.

수판이 다시 책으로 시선을 돌려 책장을 넘겼다.

처음 보는 붉은색 열십자 표식이 눈에 들어왔다. 그 표식은 지문의 주인 이름 위에 그어져 있었고, 지워진 이름은 바로 김인식이었다. 그는 기우제 때 금주령을 어긴 죄로 참수당한 호조판서였다.

"이미 죽은 자들은 그리 표시해둔 거요."

수판은 더 확인하지 않고 책을 덮었다. 호조판서까지 검계의 뒷돈을 받는 상황에 부패한 관리들의 이름을 더 이상 확인할 가치가 없다 판단한 것이다.

"보셔서 알겠지만, 이 명단은 칼의 양면이 될 것이오. 제대로 사용하면 조정 관리들을 깨끗하게 청소할 수도 있겠지만 자칫 엉뚱한 자의 손에 넘어가면 당쟁에 이용당할 거요."

"어떤 자의 손에 넘어 가느냐에 따라 득이 될 수도, 독이 될 수도 있겠지요."

"그래서 대장 손에 이 명단이 넘어가선 안 된다는 겁니다. 그잔 위험한 자요."

수판이 고개를 들어 붕익을 빤히 쳐다봤다.

"그러니 종사관 나리, 오늘 밤 안으로 내가 돌아오지 못하면 반드시 그 책들을 다 불살라주셔야 합니다. 아셨소?"

붕익의 목소리는 담담했지만, 눈에서는 불이 번뜩였다.

더는 그를 말릴 수 없음을 깨닫고, 수판이 깊은 한숨을 토해냈다.

"알았소. 내 그리하리다. 그것 외에 내가 달리 도울 일은 없소?"

"정포졸 시신을 찾아 나리에게 알려준 자. 그자를 불러주시오."

"그 간자?"

수판이 그 간자를 알게 된 건 몇 달 전이었다.

그가 먼저 수판에게 접근해 왔는데, 사내는 스스로를 소속이 없는 간자라고 했다.

자신이 필요할 때면 언덕주막 사리문에서 왼쪽으로 열 걸음 정도 떨어진 곳의 돌담에 색이 유달리 검은 돌을 끼워놓으면 반드시 찾아오겠다고 했다.

원구 사건이 터졌을 때 용케 그 사내를 떠올려 부른 것이 첫 거래였는데, 닷새 전에는 정포졸로 추정되는 시신을 찾았다며 스스로 포청으로 찾아왔다.

"간자를 어찌 부르라는 것이오?"

"그자에게 따로 부탁할 것이 있습니다."

수판은 더 이상 묻지 않았다. 수판이 알아야 하는 내용이었다면 진작 붕익이 얘기했을 거란 생각이 들어서였다.

"달리 필요한 것은?"

"없습니다."

수판은 더 묻지 않고 지하 공간을 빠져나갔다.

홀로 남은 붕익은 왼쪽 책장 맨 아래 칸을 내려다보았다.

책 한 권이 바닥에 누워 있었다. 만약 수판이 그 책을 봤다면 뭐라 설명할지 골치 아팠는데, 다행스런 일이라 붕익은 생각했다.

붕익은 그 책을 꺼내 맨 뒷장을 열어 꽂아둔 종이 한 장을 꺼냈다. 종이에는 단 하나의 지문이 있었다. 이는 빙고에서 찾아낸 지문들 중 하나였다.

붕익은 이 지문을 보자마자 주인이 누군지 곧바로 떠올렸다. 오른쪽 약지의 중간이 칼이나 날카로운 것에 베인 상처로 한 일자로 끊긴 것이 눈에 익었기 때문이다.

　그건 간자의 지문이었다. 지난 번 원구의 일로 언덕주막에서 만난 간자에게 그의 칼을 빌렸고, 붕익은 습관대로 칼자루에서 지문을 찾아 따로 떠놓았는데 그 모양이 특이해 분명히 기억했다.

　뜬금없이 나온 간자의 지문에 붕익은 처음에 어리둥절했다. 차근차근 생각해보니 모든 정황이 하나둘 맞아 떨어졌다. 간자의 지문이 한곳의 빙고에서 나왔다는 건 그가 정확하게 자신이 들어가야 할 빙고가 어딘 줄 알고 있었다는 얘기였다.

　간자의 목적이 대체 뭐였을까?

　그 순간, 붕익의 뇌리에 정포졸 시신의 위치를 알려준 자도 바로 그 간자라는 사실이 떠올랐다.

　수판에게는 우연히 한강 하구 마을에 들렀다가 사람들이 찾아낸 수상한 시신을 보고, 정포졸임을 짐작했다 말했다지만 이는 우연이라 넘기기엔 지나쳤다. 결국 그자는 계속 빙고의 상황을 지켜보았을 것이다. 그 와중에 정포졸의 시신이 옮겨지는 걸 봤다는 뜻이었다.

　대체 왜? 그리고 언제부터?

　그 답을 찾고자 붕익은 간자를 불렀다.

　수판이 간자를 데려오기 전, 장우와의 일을 처리하기로 마음먹은 붕익은 책장 옆 구석에 놓인 술병을 쳐다봤다. 살아생전 원구가 붕익을 위해 빚은 술이었다.

　금주령이 길어지면서 뚜껑도 따지 못하고 매번 입맛만 다셨는데,

이번에 이를 사용할 생각을 하니 그간 참기를 잘했다 싶었다.

붕익은 술병을 조심스럽게 집어 들고 밖으로 나갔다.

25

겹겹이 싸두었던 면포를 차례차례 벗겨내자 하나의 덩어리처럼 뭉쳐 있던 벌건 고기 부스러기들이 도마 위로 힘없이 흘러내렸다.

낮에 늙은 황소 한 마리를 밀도축하면서 일부러 뼈에 살을 요령껏 붙인 뒤 빼돌린 고기들이었다.

다른 백정들이라면 늘 있는 일이었지만, 젊은 백정 노미는 손에 칼을 쥐고 나서 처음 해본 도둑질이었다.

비록 어린 나이에 혈육을 잃고 먹고 살 길이 없어 백정이 되었으나, 돌아가신 아버지가 무관이었다는 자부심만은 지금까지 지키고 살아왔다. 아마 오늘이 아버지 제삿날이 아니었다면 이렇게 고기를 빼돌린다는 건 생각조차 하지 않았을 터였다. 아니, 지금껏 모셔온 스무 번의 제삿날과 다를 게 없었다면 노미는 언감생심 꿈도 꾸지 않을 일이었다.

그러나 이번 제사는 달랐다. 그동안 금주령으로 제사상에 술 대신 식혜를 올렸는데, 오늘은 공으로 귀한 술이 한 병 생겼다. 자신을 돌아가신 아버지 친구라고 소개한 사내가 가져온 것이었다.

불 위에 걸어둔 솥 안에서 물이 끓자, 노미는 미리 썰어둔 무를 두 손에 쓸어 담아 솥 안에 넣었다. 얼마 지나지 않아 납작납작하게 썬 무가 투명하게 익어 물 위에 떠오르자, 노미는 부스러기 고기를 그대로 솥 안에 쏟아 부었다. 부스러기 고기라 달리 칼로 자를 필요도 없었지만, 되도록 고기 건더기를 큼직하게 두고 싶었다.

노미는 회한의 눈빛으로 끓고 있는 국을 쳐다봤다. 그간 자신의 손으로 잡은 소와 돼지의 수를 헤아릴 수 없었지만, 그 고기로 국을 끓이는 건 처음 있는 일이었다.

고기 배달을 갔다 양반가 제사상에 맑은 고깃국이 오르는 걸 본 노미는 낮에 받아둔 술을 떠올리며, 이번엔 좀 제대로 격식을 차린 제사상을 차려야겠다고 생각했다. 혹시 낮에 뵀던 아버지의 친구가 함께 제사라도 모실 양으로 찾아왔다 초라하기 짝이 없는 상차림을 보고 실망하지 않을까 걱정되었던 거다.

고기가 익어가면서 부엌에 구수한 냄새가 진동했다.

노미는 콧구멍을 벌렁거리며 냄새를 맡다 나무 국자로 국물을 휘휘 저었다. 그의 손이 움직이는 대로 익은 고기들이 솥 안에서 춤을 추자 노미의 입에서 엉뚱하게도 노랫가락이 쏟아져 나왔다.

아버지의 친구라.

그 사내를 만난 건 노미에겐 돌아가신 아버지를 다시 만나는 것만 큼이나 가슴 벅찬 일이었다. 저 말고도 아직 아버지를 기억하는 이가 있다니, 눈물 나게 반갑고 고마운 일이었다.

손으로 국자를 휘휘 젓던 노미가 고개를 돌려 마당 밖을 내다보았다.

인경을 알리는 스물여덟 번의 종소리가 울린 지 한참 지났으니 통행금지로 한양의 길목은 텅 비어 있을 터였다.

혹여 그 길을 버젓이 걷는 자가 있다면 야간 통행금지를 단속하는 순라군이거나, 올해 유난히 풍성한 제사상을 챙겨 먹으려 신이 나 부지런히 오고 있을 그의 가족들 혼백일 거라는 걸 알면서도 눈길은 자꾸 마당 밖으로 향했다. 자신을 아버지 친구라 소개한 사내를 기다리는 것이다.

노미가 다섯 살이던 스무 해 전, 그의 아버지는 살해당했다.

그 일로 어머니는 큰 충격을 받고 혼절하셨는데, 끝내 정신을 차리지 못하고 그 길로 돌아가셨다. 그리고 당시 어머니 뱃속에 있던 노미의 동생도 태어나지 못한 채 그대로 어머니를 따라 저세상으로 가버렸다. 그렇게 노미는 혼자가 되었고, 지금껏 혼자였다.

그런데 오늘 낮에 찾아온 사내의 입에서 아직도 아버지를 기억하고 있다는 말을 듣자 노미는 왈칵 눈물을 쏟을 뻔했다.

아버지를 기억하고 찾아왔다는 말도 반가웠지만, 조만간 다시 찾아오겠다는 말에 노미는 그대로 두 다리에 힘이 빠져 주저앉을 뻔했다. 이제 자신은 혼자가 아니라는 생각이 들었기 때문이다. 가족의 기억을 공유할 존재가 이 세상에 한 사람 더 있다는 것에 지나지 않았지만 그것만으로도 노미는 기뻐 어쩔 줄 몰랐다.

그래서인지 낮에 왔던 사내가 이렇게 빨리 다시 올 리 없다는 걸 알면서도 공연한 기대감에 노미는 국을 끓이는 내내 자꾸 멍한 시선으로 밖을 내다봤다. 그가 뒤늦게 정신을 차렸을 땐 솥 안에서 끓고 있던 국이 이미 절반으로 졸았을 때였다.

"에구, 이 귀한 것을."

안타까워 연신 혀를 차대던 노미가 서둘러 준비해둔 국그릇에 맑은 고깃국을 퍼 담고, 방으로 들어갔다.

"기다리시느라 시장하셨것어요."

지방까지는 아니라도 가족들의 이름이라도 써서 밥그릇 앞에 놓아두고 싶었지만, 조실부모한 어린놈에게 팔자 좋게 글을 배울 기회는 없었다. 그나마 어려 아버지에게 배웠던 몇 글자도 모진 시간을 버티느라 까마득하게 잊은 지 오래였다.

"식구들 이름이라도 좀 배워둘 걸 그랬소. 많이들 드셔요."

노미는 안타까운 한숨을 내쉬며 아쉬운 대로 밥그릇, 국그릇을 챙겨놓고 이건 아버지 밥, 이건 어머니 밥, 이건 동생 밥 하면서 중얼거렸다.

그때 밖에서 바스락거리는 소리가 희미하게 들렸다.

노미는 방문을 벌컥 열고 소리를 질렀다.

"누구 오셨습니까? 네? 누구 오셨어요?"

있는 대로 고개를 빼고 밖을 살피는 노미의 눈앞으로 고양이 한 마리가 재빨리 지나쳤다.

실망감에 한참이나 텅 빈 마당을 보던 노미는 체념하고 돌아서 제사상 앞에 무릎을 꿇고 앉았다.

그리고 말없이 술병을 들어 빈 잔에 따랐다. 맑은 노란빛을 띤 향기로운 술이 흘러 나왔다. 낮에 온 사내가 가져온 술이었다.

술잔을 상 위에 올린 후 노미는 밖으로 나왔다. 산 사람이 자리를 비켜줘야 귀신들이 음식을 먹는다는 소리를 들은 게 생각나서였다.

방문을 살짝 열어두고, 마당으로 나온 노미의 시선이 순간 마당 밖을 향했다. 바스락거리는 소리가 또다시 들렸다.

분명 이것도 짐승이 부스럭대는 소리일 거라 생각했지만, 혹시나 싶은 마음에 노미는 실눈을 뜨고 주변을 살폈다. 그러자 어둠 속에 천천히 움직이는 뭔가가 그의 눈에 들어왔다. 분명 사람의 형체였다.

"누구십니까?"

노미의 목소리가 다급하게 쏟아졌다.

천천히 움직이던 검은 그림자가 멈칫 섰다.

"누구시냐고요. 낮에 오셨던 손님이세요?"

긴장감에 침을 꿀꺽 삼키며 노미가 되물었다.

그러나 상대는 여전히 대답을 하지 않았다. 아무래도 낮에 온 사내는 아닌 듯싶었다.

그렇다면 이 밤에 찾아온 자가 반가운 자일 리 없었다.

낮에 밀도축한 일이 발각되었든지, 밀도축을 하면서 고기 자투리 빼돌린 걸 들켰든지 둘 중 하나일 것이라 추측했지만, 사실 그 어느 쪽이든 골치 아픈 일이긴 매한가지였다.

그리고 상대가 어떤 목적을 가지고 왔든 방 안에 있는 술병을 본다면 정말 큰일이었다.

한 나라의 호조판서도 술을 마셨다는 이유로 백성들 앞에서 참수 당하는 것이 작금의 현실이었다. 백정인 주제에 술을 제사상에 올린 게 알려지면 죽음을 면하지 못할 일이었다. 순간 그의 손에 잔뜩 힘이 들어갔다.

드디어 어둠 속에 숨어 있던 사내가 모습을 드러냈다.

"누구십니까?"

어둠에서 나온 사내는 낮에 찾아온 그가 아니었다.

사내는 경계의 눈빛으로 자신을 노려보고 서 있는 노미를 세세하게 살펴보면서 짧게 질문했다.

"네가 말하는 손님이란 장봉익이냐?"

"그 분을 아십니까?"

사내가 고개를 끄덕였다.

"……오늘이 네 부친의 제삿날이겠구나."

"아! 장포졸님과 아시는 분이군요."

그제야 낯선 사내를 경계하느라 위로 바짝 올라섰던 노미의 눈꼬리에서 힘이 빠져 나갔다.

"네가 이리 나와 있는 걸 보면 그가 오늘 밤에 오기로 한 모양이지?"

"그건 아니지만, 저도 모르게 조급해져서……."

"조급해져?"

"제 부친을 죽인 살해범을 잡아오신다고 약조하셨거든요."

노미의 말을 잠자코 듣던 사내는 의아하다는 듯 고개를 갸웃거렸다.

"스무 해 전에도 해결하지 못한 일을 무슨 수로?"

"장포졸님에게 칼을 전해 드렸습니다. 아버지의 심장에 박혔던 그 칼 말입니다. 무슨 영문인지 그 칼에서 뭔가를 찾아낼 수 있다며 내 달라 하셨습니다."

"혹 살해범의 지문이라 하지 않던가?"

"아, 예. 지문. 그리 말씀하셨습니다. 당시 칼에 묻은 피까지 고스 란히 남겨두었는데, 그 일을 잘하였다 하셨습니다."

노미는 저도 모르게 두 주먹에 힘을 주고 바들바들 떨었다.

사내는 힘이 잔뜩 들어간 노미의 두 주먹을 지긋하게 쳐다보았다.

"살해범을 알면 복수를 할 생각이구나."

"당연하죠. 그 원수 놈이 누군지 알기만 하면! 반드시 이 손으로 죽일 것입니다."

순간, 사내는 갑자기 허리춤에 차고 있던 칼집에서 스릉 칼을 빼 들고는 노미의 목을 노렸다.

놀란 노미가 사내의 칼날을 피해 뒷걸음치려 했지만, 사내는 노미 가 움직이지 못하게 그의 팔을 꽉 잡았다.

"어, 어, 어찌 이러십니까?"

"설마 맨손으로 싸울 생각은 아닐 터."

사내는 노미의 목에 겨눴던 칼을 내려, 그의 손에 쥐어주었다. 그 리고 허리를 굽혀 어리둥절해 서 있는 노미의 두 발을 잡고 어깨너 비로 벌리게 한 후, 몸통을 돌려 정면을 향하게 만들었다.

"그 자세에서 무릎을 앞으로 살짝 굽혀라. 그래야 공격할 때 빨리 앞으로 달려 나갈 수 있다."

"예?"

"다른 초식 따윈 필요 없다. 내 목숨을 내놓고, 상대를 죽이겠다는 마음이면 충분하다. 그 마음이 네가 쥔 칼을 더 강하고, 빠르게 움직이게 할 것이다. 그렇게 상대를 죽이고 나면 넌 더 강한 사내가 될 것이야."

"어느 세월에 칼 쓰는 법을 배워 원수 놈을 죽이겠습니까? 그놈이 누군지만 안다면 저는 제 식대로 할 것입니다."

"네 아버지는 무과 합격생 중 가장 무공이 강한 사내였다. 그런 아버지를 죽인 자가 칼자루도 제대로 잡지 못하는 애송이를 상대해줄 것 같더냐? 그러니 이 칼을 제대로 잡게 되면 그때 내게 와라."

사내의 말에 노미가 침을 꿀꺽 삼켰다.

"그건 제 아버지를 죽인 살해범을 아신다는 말씀입니까?"

"모르진 않는다."

"누굽니까? 그 원수 놈이 누구냐고요!"

노미가 손에 쥐고 있는 칼날을 돌려 잡자 사내의 눈이 가늘어졌다.

"……이장…… 우."

"예? 누구요?"

"이. 장. 우. 난 우포청 포도대장 이장우다. 네 이름은 무엇이냐?"

"어려서는 제대로 된 이름이 있었지만, 지금은 그냥 백정 노미라고 불립니다."

"백정 노미. 그래, 내 기억하고 있으마. 그러니 언제든 준비가 끝나면 날 찾아와라."

"준비 같은 건 필요 없습니다. 누군지만 알면 언제든 복수를 할 겁니다. 그러니 제게 그 원수 놈이 누군지 알려주십시오."

장우가 노미 앞으로 성큼 걸어왔다. 그의 주먹에 한껏 힘이 들어가 있는 걸 보자 노미의 눈이 동그래졌다.

그러나 지금 장우가 노려보는 건 노미가 아니었다. 노미의 뒤쪽, 어둠이었다. 노미는 저도 모르게 장우의 시선을 따라 천천히 몸을 돌렸다. 어둠 속엔 그가 아는 사내가 서 있었다.

"어, 아저씨!"

붕익이었다.

노미가 반갑게 부르며 알은 체를 해도 붕익은 한참 동안 어둠 속에 서서 움직이지 않았다.

26

아직 끝내지 못한 제사를 마무리하려 노미가 집 안으로 들어가고도 한참의 시간이 흘렀지만, 붕익은 어둠 속에서 나오지 않았다.

장우 또한 그를 재촉하지 않았다. 대신 붕익만큼은 속속들이 다 안다고 생각한 자신의 오만을 뼈저리게 반성하며, 눈을 가늘게 뜨고 어둠 속을 노려보았다. 이제라도 붕익을 제대로 보기 위해서였다.

오늘 미행하면서 알게 된 붕익은 그간 자신이 알던 사내가 아니었다. 그동안 몰랐을 뿐 그는 장우가 만난 사내들 중 가장 위협적인 존재였다.

이를 깨달은 순간 장우의 아랫배에서 뜨거운 공기가 훅 치밀어 오르며, 얼굴이 순식간에 벌겋게 달아올랐다. 그리고 이내 온몸에 오소소 소름이 돋아나며 몸이 절로 떨려왔다. 물론 오래전 일이긴 했지만, 장우는 전에도 이런 기분에 휩싸인 적이 있었다.

붕익이 품에서 헝겊으로 아무렇게나 둘둘 만 낡은 단도 하나를 꺼내 보이자 장우는 다시 싸늘하게 식었다. 이것이 노미가 말한 단검이란 걸 단박에 알아본 것이다.

노미의 아버지, 이필도의 심장에 장우가 직접 꽂은 칼이니 다른 누구에게 확인받을 필요도 없었다.

장우는 이제 붕익이 필도의 일을 물을 것이라 예상했다.

그러나 붕익의 입에서 튀어 나온 건 예상치 못한 이의 이름이었다.

"십 년 전, 의문의 죽음을 당한 마필성을 기억하십니까?"

"마…… 필성?"

까맣게 잊고 있던 일이라 붕익이 언급한 사건을 기억해내는 데는 꽤 시간이 걸렸다. 아니 정확하게 말하자면 붕익이 그 사건을 알고 있다는 걸 꿈에도 몰랐기에 뭘 말하려고 하는지 이해하는 데 시간이 필요했다는 표현이 옳았다.

"이인좌의 난 때 죽은 마필성을 말하는가?"

붕익이 고개를 끄덕였다.

마필성은 그때 이인좌의 동생 이웅보를 죽여 영남병과 호남병의 합세를 막은 무명의 군사였다.

이전까지만 해도 이인좌 무리의 기세를 좀처럼 꺾지 못해 관군이 밀리는 형국이었으나, 마필성의 활약으로 관군의 기세가 살아났다. 비록 관직도 제대로 없는 군사였지만, 마필성은 그 공로를 인정받아 하루아침에 당시 도순무사(都巡間使, 군사·민사를 모두 관장하는 지방 장관)였던 오순항이 이끄는 부대의 종사관이 되어 혁혁한 공을 세웠다.

"그라면…… 의문의 죽음을 당한 것이 아니라 전사한 걸로 아네만."

"모든 사람이 아는 사실이라고 진실이란 법은 없지요."

붕익이 이내 다시 입을 열었다.

"육 년 전, 마지막 결전을 치르던 날. 어딘가에서 서둘러 나오는 나리의 모습을 봤습니다. 뭔가 수상한 분위기였죠. 하여 나리가 나온 곳으로 가봤더니 마필성이 죽어 있었습니다. 그게 마지막 결전이 시작되기 직전이었으니 그는 전사가 아니라 살해당한 겁니다. 막 자리를 떠난 나리의 손에 말이죠."

붕익은 잠시 말을 끊고 장우의 기색을 살폈다.

장우는 동요하지 않았다.

"증거는 있는가? 아니면 증인이라도 있는가?"

붕익의 입이 한 일자로 굳어졌다.

장우는 그럴 줄 알았다는 듯 얕은 한숨을 내쉬었다.

"결국 심증뿐이라는 거군."

"그렇죠, 심증. 물증은커녕 나리께서 마필성을 죽일 동기조차 없으니 이는 한낱 심증일 뿐이었습니다. 그런데 가만 생각해보다 나리 주변에서 동기가 명확하지 않은 살인사건이 일어난 게 처음이 아니란 사실이 불현듯 떠올랐습니다. 이필도. 기억하시죠? 나리의 무과 동기생이자 백정 노미의 부친. 그도 의문의 죽음을 당했습니다."

붕익은 서두르지 않고 단검을 휘감고 있는 헝겊을 풀었다.

몇 번 손을 움직이자 단검의 칼날이 이내 드러났다.

낡고 빛을 잃은 칼날에 검붉은 더께가 덕지덕지 붙어 있었다. 처음엔 검붉은 더께가 뭔지 눈을 가늘게 뜨고 쳐다봤는데, 이내 그것의 정체가 파악되었다. 피였다.

"다행히 이 단검의 손잡이엔 이필도 살해범의 지문이 묻어 있습니다. 오늘 제 뒤를 밟으셨을 것이니 지문이란 것이 어떤 식으로 증거가 되는지는 아실 겝니다."

"그렇겠군. 사람의 손에 묻어 있는 기름이 지문의 모양대로 찍힌다 하질 않았는가? 과연 이십 년이 지난 지금까지 그것이 온전히 남아 있을지 의문이군."

"칼 손잡이에 이필도의 피가 묻어 있었고, 그 피가 굳으며 살해범의 지문이 지금껏 온전하게 남아 있습니다. 참으로 다행스런 일이죠."

장우는 조금은 다급해진 목소리로 붕익의 말을 되받아쳤다.

"그러나 지문이 아직 증거로 채택된 적은 없네. 게다 이십 년 전의 지문이라니. 증거가 되기엔 너무 어렵지 않겠는가?"

"어떤 일이든 처음이란 게 있는 법이니까요. 게다!"

붕익이 장우 앞으로 바짝 다가섰다.

"제겐 사람들을 납득시킬 자료 같은 건 얼마든지 있습니다. 나리께서도 잘 아시겠지만."

전에 없이 날카로운 눈빛으로 자신을 쏘아붙이는 붕익을 보며, 더이상 진실을 숨길 수 없음을 장우는 직감했다.

"그래, 잘 알지. 자네라면 능히 그럴 것이야."

장우가 순순히 인정했다.

"그러나 자네가 다른 선택을 할 수 있다는 것도 알고 있네. 가령……."

"가령?"

붕익은 서두르지 않고 장우의 말을 다음 말을 기다렸다.

"금란방 추천서."

붕익은 아무 말 없이 장우를 빤히 쳐다봤다. 그러나 시간을 오래 끌진 않았다.

"쥐새끼가 제대로 말을 전한 모양이군요."

장우는 붕익이 내미는 종이 한 장을 받아들었다.

금란방 추천서였다.

그러나 그곳엔 붕익뿐 아니라 다른 이들의 이름도 적혀 있었다. 예상 못한 일이도 했지만, 눈이 휘둥그레질 만큼 뜻밖의 이름이기도 했다.

"장붕익, 이수판 그리고 석…… 포? 부군당에 갇혀 있는 검계 석포를 말하는 것인가?"

"도가의 위치까지 알려줬으니 더 이상 그를 검계라 할 순 없죠."

"그도 자네의 뜻에 찬성했는가?"

"물론입니다."

수년 동안 입을 닫고 꿈쩍도 않던 석포가 무슨 연유로 붕익에게 도가의 위치를 알려줬는지도 이해할 수 없었지만, 아예 붕익과 함께 검계를 소탕하겠다 나설 거라곤 상상조차 못한 일이었다.

"그리고 한 명 더. 바히르를 금란방 잡일꾼으로 데려가겠습니다."

도가를 찾아낸 인원 그대였다. 결국 붕익은 누가 검계의 끄나풀인지 모를 금란방에서 믿을 수 있는 자신의 동료들과 하나의 조를 이뤄 수사를 하겠다는 생각이었다.

장우는 이번에야말로 붕익이 제대로 검계를 소탕할 거란 확신이 들었다. 자신은 물론이고 조선의 그 누구도 성공시키지 못한 일을…….

당혹스럽게도 그 순간 장우의 몸이 또다시 반응하기 시작했다. 아랫배에서 뜨거운 공기가 꿈틀거리기 시작하더니 이내 척추를 타고 열기가 온몸으로 퍼져나갔다.

열 개의 손가락 끝이 타들어가고, 열 개의 발가락 끝이 녹아내리는 것처럼 전신이 저릿거렸고, 몸에 난 털이란 털은 모두 쭈뼛 서더니 발목에서 뒷목까지 순식간에 소름이 돋아났다. 전에도 느꼈던 감정이었다. 그건 살의였다. 전과 비교할 수 없을 정도로 강력한 살의.

당황한 장우는 콧구멍을 벌렁거리며 머리를 거칠게 흔들어댔다.

"그래, 알았네. 알아서 하게."

장우는 다급하게 추천서에 서명을 했다. 붕익과 더 마주 서 있다간 몸 안에서 일고 있는 강렬한 충동을 이기지 못할 거라 확신했기 때문이었다.

장우는 붕익에게 추천서를 떠넘기듯 건네고는 서둘러 발걸음을 떼었다.

그러나 붕익은 장우를 쉽게 놓아주지 않았다.

"기왕 오셨으니 제사상에 술이라도 한 잔 올리시죠. 그게 도리에 맞지 않겠습니까?"

"지금 날 잡은 걸…… 후회하게 될 걸세."

"뭘 말입니까?"

장우는 무거운 한숨을 한차례 내뱉은 후, 천천히 몸을 돌렸다.

"그들이 죽은 이유. 궁금하지 않은가?"

"누가 그들을 죽였는지가 중요한 사건입니다. 이유 같은 건 필요 없습니다."

"그 둘은 살해당한 게 아닐세."

장우의 대답이 못마땅한지 붕익이 이맛살을 찌푸렸다.

"나리가 그들을 죽였다는 걸 이제 와 부인하시는 겁니까?"

"아니, 그들은 내가 죽인 게 맞네."

"그런데 살해당한 게 아니다?"

"그렇지. 그들은 살해당한 게 아니야."

붕익이 장우의 눈을 뚫어지게 쳐다봤다.

"자고로 사내는 본능적으로 자신보다 강한 자를 알아보는 법이야. 그리고 그를 알아보는 순간 사내는 두 종류로 나뉜다네. 한쪽은 스스로 굴복하며 피하는 부류. 또 한쪽은 어떤 식으로든 상대를 누르고 내가 더 강하다 증명을 하고 싶은 부류. 이필도과 마필성 그리고 나는 후자였지. 우린 서로를 알아봤고, 정당하게 대결을 했을 뿐이야. 강한 자가 살아남고, 약한 자는 죽는다는 걸 암묵적으로 동의한 대결이었어. 그러니……."

장우가 붕익의 어깨를 툭툭 치며 말했다.

"그러니 그들은 살해당한 게 아니란 말이지."

"설령 사실이라 해도 나리가 사람을 죽였다는 사실은 변하지 않습니다."

"알고 있네. 그 사실을 부인하는 게 아니야. 다만 사내들에겐 그런 승부가 있고, 그 승부에서 나는 이겼다는 걸 말하는 걸세."

장우는 말을 잠시 끊었다 다시 이었다.

"이젠 자네도 이를 알아야 할 것 같아서 말이야."

붕익은 어깨 위에 걸쳐진 장우의 손을 거칠게 털어냈다.

그때였다.

장우가 웃었다. 윗니를 훤히 드러내고 히죽 웃었는데, 그 순간 붕익은 온몸을 부르르 떨었다. 그가 이 순간을 즐기고 있다는 생각이 든 것이다.

장우는 서두르는 기색 없이 천천히 붕익을 지나쳐 갔다. 용무를 마쳤으니 더 이상 볼일이 없다는 의사였다.

그런데 장우의 몸이 살짝 기우는가 싶더니 자신의 어깨로 붕익의 어깨를 툭 쳤다. 고의였다. 당장이라도 각자의 목숨을 걸고 싸우자는 일종의 결투신청이었다.

아직은 때가 아니야, 아직은 때가 아니야, 스스로 다독이며 붕익은 장우의 도발을 이겨냈다. 그러느라 '내게 새로운 목표가 생겼거든' 하고 중얼거리는 장우의 들뜬 소리를 듣지 못했다.

또한 처음으로 아버지 제삿날을 기억하고 집을 찾아준 부친의 친구들에게 음복을 권할 양으로 밖으로 나온 노미가 붕익과 장우의 대화를 죄 듣고 있었다는 사실도 알아차리지 못했다.

27

기우제 이후, 금란방에서는 두 가지 일만은 확실하게 처리하겠다고 선언했다.

술 마시는 사람들을 단속하는 일 그리고 술을 만들거나 파는 사람들을 색출해 처벌하는 일.

물론 이 말을 믿는 사람도 없었고, 금란방이 달라질 거라 기대하는 이도 없었다.

시간이 걸리긴 했지만, 금란방은 군복 입은 검계들이란 오명을 벗고 제대로 된 수사기관으로 거듭 태어났다.

금란방 상부에서 가장 먼저 시행한 일은 금란방의 근거지를 옮기는 일이었다. 조직이 궁내에 있다 보니 조정 관리들이 수시로 드나들며 관여했는데, 그 전례를 끊어내고 독립수사기관으로서의 기반을 잡기 위해서였다.

하지만 한양에서 가장 규모가 큰 기방을 강제로 폐업시킨 뒤 거기다 금란방 본거지를 마련하자 사람들은 달리 반응했다. 이제 금란방이 술집에 들어앉았으니 작정하고 술을 팔면 되겠다며 조롱하고 혀를 찼다.

그러나 기방에 금란방이 들어서자 음으로 양으로 술집을 드나들던 사람들의 발길이 거짓말처럼 뚝 끊겼다. 술집들이 몰린 골목을 샅샅이 내려다볼 수 있는 언덕에 금란방이 위치하니 대놓고 술집을 드나들기가 부담스러울 거라는 예측이 맞아 떨어진 것이다.

내부적으로는 단속반을 조직해 금란방 군사들의 기강을 바로 잡으려 노력했다. 뒷돈을 받아 챙긴 군사들, 공술을 얻어먹고 다니는 군사들을 색출하고 검거하는 데 많은 노력을 기울였다.

단속에 걸리면 그 자리에서 즉시 체포해 죄인들과 함께 수감하고, 금주령을 위반한 사실을 기록에 남겨 두 번 다시 군졸 생활을 하지 못하도록 엄중 처벌했다.

그러자 군사들은 술 냄새를 덮을 갖가지 방법을 동원했다. 누구는 혀가 아리도록 박하 잎이나 계피 잎, 생마늘 따위를 씹었고, 또 누군가는 술 냄새를 숨길 묘안을 찾지 못해 아예 몸에 술을 들이붓고는 단속하는 과정에서 술 벼락을 맞았다고 우기기도 했다.

심지어 술이 깰 때까지 늘어지게 자고 와서는 지금까지 검계들의 뒤를 은밀하게 밟느라 시간이 늦어졌다 능청스럽게 거짓말을 늘어놓기도 했다.

그러나 이런 변명이나 묘안이 단 한 번도 성공한 적은 없었다. 조를 이뤄 단속을 나가는 군사들을 지켜보는 이들이 있었기 때문이다.

이를 눈치 채지 못한 군사들은 수거한 술을 몰래 뒤로 빼돌리는 일만큼은 그 전처럼 가능하지 않을까 기대했다. 상부에서 금란방 뒷마당의 우물을 사주정(舍酒井)이라 명명하곤 당번을 두어 수거한 술을 버리도록 명령했을 때, 군사들은 저마다 무릎을 쳐댔다. 사주정 당번은 순차적으로 돌아오니 자신이 당번이 됐을 때 쉽게 뒤로 빼돌릴 수 있을 거라 계산한 것이다.

그러나 이는 오산이었다. 당번자들이 수거해온 술을 사주정에 가져오면 어김없이 낯선 금란방 군사가 나타나 밀주 버리는 걸 끝까지 지켜보았다. 사주정 당번자가 정해진 시간보다 일찍 오거나 늦게 오거나 상관없이 당번자의 등장에 딱 맞춰 나타났다. 계속 사주정의 상황을 주시하고 있었단 얘기였다.

그제야 금란방 군사들은 자신들 속에 단속반이 존재한다는 사실을 눈치 챘다.

공술을 얻어먹고 계피 잎을 씹을 때, 술 냄새를 숨기려 아예 술을 몸에 들이부을 때 그리고 사람들의 눈을 피해 주막 한편에 숨어 잠을 잘 때 마주쳤던 낯선 군사들이 바로 그들이었음을 뒤늦게 기억해낸 것이다.

영악한 금란방 군사 몇몇은 머리를 맞대고 기억을 더듬어 단속반으로 활동하는 군사를 대략 다섯 명으로 추려냈다. 그러나 그뿐이었다. 정말 다섯 명뿐인지 자신할 수 없었다.

지금 이 자리에도 단속반이 있는 건 아닐까, 어딘가 숨어 이런 얘길 듣고 있는 게 아닐까 생각하니 절로 몸이 떨려 추리는 더 이상 진전되지 못했다.

그들은 어디 있을지 모를 단속반의 존재를 심각하게 받아들였다. 비싼 돈을 치르고 얻은 자리인데, 본전도 찾지 못하고 쫓겨날 순 없기 때문이었다. 현실을 직시한 군사들은 금란방 군사 임무에 충실하려 노력하기도 했다.

이내 성과가 나타나기 시작했다.

한양 곳곳에 독버섯처럼 퍼져나가던 바침술집들이 보름도 안 돼 그 수가 절반으로 줄었다. 바침술집을 동시에 급습해 현장에서 술과 검계들을 모조리 잡아들인 것이다. 몸을 사리기 시작한 금란방 군사들이 수사 정보를 검계들에게 빼돌리지 않은 덕분이었다.

시나브로 금란방 창방 이래 밀주 수거량이 최대에 이르렀고, 이로 인해 금란방으로 올라오는 나지막한 언덕은 언제나 술 냄새가 진동했다. 그래서 술을 마시지 않는 자라도 그 언덕을 넘어 금란방에 도착하면 술 냄새에 취해 비틀거리기 일쑤였다.

아마도 그쯤이었을 것이다. 임금이 되면 안 될 자가 왕좌에 올라 가뭄이 심해지고, 나라의 살림이 곤궁하게 됐다며 대놓고 욕을 하던 백성들 사이에서 그래도 제대로 하는 일이 하나는 있다는 후한 평가가 나오기 시작한 때가.

이러다 보면 앞으로 검계를 모두 몰아내고, 그들보다 더 악랄한 조정 관리들도 제대로 몰아내는 날이 오지 않겠냐는 우스개 같은 희망을 백성들이 입에 올리기 시작한 것도 그쯤이었을 것이다. 이 모든 일은 금란방의 새로운 수장으로 순항이 부임한 이후의 변화였다.

그러나 조직을 완벽하게 통제한 순항에게도 아직 해결하지 못한 골치 아픈 일이 있었다. 얼마 전 장우의 추천으로 들어온 군사들이었다.

그들은 종사관 이수판, 부장포졸 장붕익, 포졸 석포와 한길 그리고 잡일꾼 바히르였다. 금란방 군사들을 단속하는 단속반으로 활약하는 자들이었다.

사실 그들에겐 아무 문제도 없었다. 단속도 제대로 하고, 뒷돈을 착복하거나 사사로이 술을 마시는 일도 없었다. 심지어 모든 일과가 끝났음에도 다른 이들 대신 사주정 당직을 도맡아 서면서 업무에 충실했다. 어느 누구 할 것 없이 우포청에서 온 네 명의 군사 그리고 잡일꾼까지 모두 혀를 내두를 정도로 열심히 일했다.

그런데 붕익을 중심으로 몰려다니는 이 다섯 명이 바로 금란방 군사들을 감시하는 단속반이라는 게 공공연한 비밀로 밝혀지면서 문제는 시작됐다. 군사들은 이들에게 위아래로 이간질을 잘하고 말썽을 일으키는 무리란 뜻에서 오궤신(五詭臣)이란 별칭을 지어 부르며 무리에서 따돌렸다.

그러나 오궤신은 애초 그 무리에 낄 생각이 없는 이들이었다.

유치하기 짝이 없는 괴롭힘이 씨알도 먹히지 않자 그들은 수순처럼 오궤신을 모함하여 하루도 빠짐없이 순항에게 보고했다.

매일 사주정 당직을 자처하는 것과 잡일을 하는 바히르가 한가한 시간이 되면 시전에 나가 치자가루를 사는 것 말고는 모두 부풀려지고 꾸며진 거짓말이라는 걸 순항도 잘 알았다. 물론 바히르가 사는 치자가루의 양이 지나치게 많다는 것은 찜찜했다. 순항도 무얼까 싶어 고개를 갸웃거렸지만, 기껏 면포를 고운 황색으로 물들이는 염료를 가지고 뭘 할 수 있겠나 싶어 이런 보고들을 귓등으로 흘렸다.

그럼에도 오궤신을 둘러싼 소문들은 점점 더 흉흉해졌고, 순항은 이제 자신이 결단을 내려야 할 때가 되었다 판단했다.

순항은 금란방 군사들의 사기를 돋워주기 위해 푸짐한 잔칫상을 마련했다. 술이 빠져 아쉽기는 했지만, 평소에 먹기 힘든 고기 요리와 더위에 지친 속을 확 뚫어주는 진귀한 빙수까지 오른 진수성찬이었다.

그간의 노고를 치하하려 마련하였으니 마음껏 먹고 즐기라는 순항의 말이 떨어지자 군사들은 게걸스럽게 잔칫상 앞으로 달려들었다.

그때였다.

순항이 마루 위로 오궤신을 불러 올렸다. 그리고 자신과 같은 상에서 밥을 먹자고 청했다. 거적이 깔린 마당에서 음식을 먹던 군사들의 시선이 모두 오궤신과 순항에게 쏠렸다.

순항은 아랑곳하지 않았다. 앞으로 오궤신을 모함하는 자들은 군법으로 다스리겠다 백 번 경고하는 것보다 이게 더 효과적인 방법이라 생각한 것이다.

물론 순항이 오궤신을 온전히 믿는 건 아니었다. 그들이 이장우의 수하였던 사실은 순항을 내내 찜찜하게 만들었다. 그럼에도 이들에서 힘을 실어준 건 그간 혁혁한 공을 세운 덕도 있지만, '그'가 오궤신을 은밀하게 지켜보고 있기 때문이었다. 그들에게 뭔가 꿍꿍이가 있다면 '그'가 필시 알아낼 것이라 순항은 철썩 같이 믿었다.

그날 이후, 오궤신에 대한 공연한 모함은 더 이상 보고되지 않았다. 오히려 스리슬쩍 오궤신을 따르면서 금란방 군사들이 하나로 뭉치는 양상이었다.

순항은 자신의 계책이 맞아 떨어진 것 같아 만족스러웠다.

그로부터 얼마 지나지 않은 어느 날 새벽, 일찍 잠에서 깬 순항은 자신의 오른쪽 엄지와 검지 끝부분이 유난히 샛노랗게 변한 사실을 발견했다.

대체 언제부터였을까.

제 손가락 끝이 언제부터 샛노랗게 변하기 시작했는지 지난 시간을 꼼꼼하게 되짚어보던 순항의 뇌리에 한 가지 떠오르는 게 있었다. 우포청에서 온 잡일꾼 바히르가 여전히 치자가루를 많이 사들이고 있다는 사실이었다. 그러나 그것이 제 손가락 끝이 노랗게 변한 것과 어떤 연관이 있는지는 도무지 헤아릴 수 없었다.

노래진 손가락을 연신 문지르던 순항에게 수하 한 명이 다급하게 보고를 해왔다. 장붕익이 지금 금란방 마당에서 순항을 기다리고 있다는 것이었다.

"이 새벽에 말인가?"

"예, 나리. 그런데 그들이 이상한 것을 가져왔습니다."

"이상한 것이라니?"

순항이 눈을 가늘게 뜨고 수하를 쳐다보자, 수하는 고개를 갸웃거리며 답을 했다.

"수레에 시체를 한가득 싣고 왔는데, 그 시신들의 손이 하나같이 노랗게 변해 있었습니다. 아마도……."

수하가 침을 꿀꺽 한 번 삼키고는 다시 말을 이었다.

"얼마 전부터 손바닥이 샛노랗게 변해 죽는 괴질이 무섭게 퍼지고 있다는 풍문을 들은 적이 있사온데, 아마도 그것이 아닐까 생각되옵니다."

순항은 잠시 멍해져 자신의 엄지와 검지를 말없이 내려다보았다.

28

해가 뉘엿뉘엿 지고 있으니 한낮보다는 좀 서늘하지 않을까 사내는 기대했다. 그러나 폭염의 열기는 좀처럼 식지 않았다.

사내는 그늘에 서서 몸을 잠시 식힌 후, 언덕 아래 긴 대나무통 밑으로 제 몸집보다 더 큰 술독을 옮겼다.

빙글빙글 돌려가며 옮기는 것이 꽤 요령이 좋아 보였다.

사내는 물이 쉴 새 없이 주르륵 흘러나오는 대나무통 아래 빈 술독을 바짝 잡아 당겼다.

얼굴에 진득하게 굳은 땀이라도 씻어내면 좋으련만, 사내는 이 물로 그럴 생각은 없었다. 대나무통에서 흘러나오는 물은 언덕 위 금란방에서 사용하고 버리는 오수(汚水)이기 때문이었다.

원래 이 동네 오수는 자연스럽게 저지대로 흘러 들어가 가까운 청계천에 유입되므로 그 처리에 문제는 없었다.

그러나 얼마 전 이전해온 금란방에서 우물가에 술을 버리기 시작하면서 탈이 났다. 버리는 술의 양이 워낙 많다 보니 하천으로 유입되기도 전에 그대로 길로 넘쳐흐르기 일쑤였다. 습한 여름 날씨에 오수와 뒤섞인 술은 빠르게 썩었고, 거리는 코가 문드러질 만큼 지독한 악취로 가득 찼다.

민원을 접수한 금란방 수장은 사주정에서부터 언덕 아래까지 넓은 대나무통을 빈틈없이 이어붙이도록 명령했다. 그 아래 커다란 항아리를 놓아 금란방에서 버리는 오수와 술을 받아 직접 청계천에 버리게 한 것이다. 마침 항아리는 바침술집의 밀주를 담던 것들이 있어 비용까지 절감했다.

오수단지 담당자를 두고 일을 그리 처리한 것이 오늘로 꼭 한 달이 되었다.

사내는 항아리에서 멀찌감치 떨어져 그늘 아래로 다시 들어왔다. 더위도 더위였지만, 술독에서 흘러넘치는 악취에 내내 시달리다 보니 코끝이 다 아려 다른 냄새를 못 맡을 지경이었다.

게다 썩은내가 몸에 배어 집에 가면 아이들이 코를 틀어막고 곁에 얼씬도 하지 않았다. 동네 친구들도 은근히 어울리길 꺼려하는 눈치였다.

사내는 잠시 자신이 어쩌다 하고 많은 일 중 하필 악취에 시달리는 이 일을 하게 됐는지 불운한 인생에 대해 넋두리 하려다 그만두었다. 잠시 후 일을 교대하러 오는 사내를 생각하면 낮 동안 이 일을 하게 된 것만으로 감지덕지하다는 생각에 미친 것이다.

사내의 교대자는 해가 지는 무렵부터 다음날 아침, 사내가 오기 전까지 같은 일을 해야 했다.

지금은 하나의 대나무통에서만 오수가 흘러나오지만 밤에는 수거해온 술을 금란방의 당직군사들이 버리기 때문에 나란히 매달린 두 개의 대나무통에서 술이 섞인 오수가 흘러나온다. 그러니 악취와 오수의 양이 곱절은 더 많아져 만약 자신이 저녁 당번이었다면 당장 그만뒀을 거라 사내는 생각했다.

사내는 시선을 돌려 땅 위에 누운 제 그림자를 쳐다보았다.

그림자가 길게 드러누운 걸 보니 이제 곧 교대자가 올 시간이었다. 교대자는 늦는 법이 없었다.

사내는 나뭇가지에 걸어둔 저고리와 바지를 내려 입었다. 그는 이곳에 오면 제일 먼저 겉옷을 벗어 멀찌감치 떨어진 나뭇가지에 걸어두었는데, 냄새 배는 것을 조금이라도 막아볼까 해서였다.

처음엔 누가 볼까 망설였지만, 어차피 주변은 냄새가 심해 사람들이 얼씬도 하지 않았다. 순라군들도 근방에 오면 야간순찰을 포기하고 돌아갔다.

사내는 옷을 다 입은 후 오수단지를 수레에 실었다. 그리고 마지막 오수단지를 수레에 실어놓고 자신보다 더 불행한 교대자가 오기를 기다렸다.

어김없이 나타날 시간인데, 오늘은 웬일인지 그가 늦었다. 일을 시작한 뒤 처음 있는 일이었다. 혹 버티지 못하고 일을 그만둔 게 아닐까 싶어 사내는 조바심이 일었다.

잠시 후 기다리던 교대자가 나타났다. 그는 두 눈만 드러나게 하얀 천을 얼굴에 칭칭 감고 있었다.

사내는 그의 어이없는 모습을 멍하니 쳐다봤다. 아무리 악취가 심해도 이렇게 무더운 날씨에 얼굴을 저리 헝겊으로 감싸다니 쉽게 이해할 수 없는 노릇이었다. 그가 운이 없는 사내이긴 하지만 모자란 자는 아니었는데, 잘못 알았나 싶을 정도였다.

그러고 보니 오늘 교대자의 분위기가 어딘가 달라 보였다.

체구는 비슷한데, 헝겊 밖으로 드러난 눈매가 이를 데 없이 사나웠다. 평소 사내가 아는 교대자의 눈매가 아니었다.

아무래도 눈앞의 사내가 교대자가 아니라고 확신한 그는 의심을 한가득 담아 노려보았다.

그러나 다음 순간 사내는 어깨를 으쓱 하고 돌아섰다. 교대자의 손바닥이 샛노랗게 물들어 있는 걸 본 것이다. 처음엔 그렇지 않았다. 언젠가부터 그의 손바닥 색이 노랗게 변하기 시작하더니 며칠 전부터는 아예 은행잎처럼 샛노래져 있었다.

이유는 몰라도 세상에 손바닥이 노랗게 물든 사내가 그리 흔하지 않으니 그는 자신의 교대자가 틀림없다고 단정했다. 그리고 더위에 지쳐 지나치게 예민한 거라 자책했다.

공연한 일로 시간을 지체했음을 깨달은 사내는 서둘러 자리를 떠나려 수레 손잡이를 잡았다. 그리고 교대자에게 수고하라는 말을 건넸다.

보통 때라면 교대자도 그에게 수고하셨다, 안녕히 가시라 인사를 했겠지만 오늘 그는 입을 꽉 다물고 있었다. 아마도 낮에 이 불운한 사내에게 심사가 뒤틀린 일이 있었던 게 틀림없을 거라 생각하며 사내는 그런 퉁명스런 태도를 눈감아주기로 했다. 그래도 자신이 교대자보다 편한 일을 하고 있으니 좀 더 너그러운 태도를 가져야 한다고 생각한 것이다.

"요 근래 이 근방을 순찰하는 순라군들이 많아졌다는 거 보니, 검계들이 또 어슬렁거리기 시작한 모양이야. 조심하라고."

사내는 진심으로 그를 걱정해주고는 수레를 끌고 청계천을 향해 발걸음을 옮겼다.

29

사내가 돌아간 후, 교대자는 꼼짝하지 않고 대나무통 끝을 빤히 쳐다보고 있었다. 한 식경 만에 물이 뚝 끊기더니 더 이상 흘러나오지 않았다.

그것도 잠시, 대나무통에서 다시 물소리가 들리기 시작했다. 그러나 조금 전과 상황이 달라졌다. 나란히 매달린 두 개의 대나무통 중 방금 전까지는 물이 나오지 않던 곳에서만 흘러 나왔는데, 그건 썩은 내 나는 오수가 아니었다. 술이었다. 교대자가 당황하지 않는 걸 봐서는 그도 이미 알고 있는 사실인 듯했다.

교대자는 술이 한 방울도 밖으로 흐리지 않도록 대나무통 아래 빈 술독을 바짝 끌어당겼다. 이내 술독에 술이 차기 시작했는데, 유난히 누르스름한 빛을 띠고 있었다.

그때, 교대자의 등 뒤에서 누군가 헛기침을 했다.

돌아보니 말이 끄는 수레를 가지고 온 네 명의 순라군이었다. 그들은 의례적으로 교대자에게 눈인사를 건네려 얼굴에 흰 천을 두른 모습을 보고 의아한 듯 고개를 갸웃거렸다.

"냄새가 심해서."

오늘 유난히 말수가 적은 교대자를 보며 사내들은 말없이 고개를 끄덕였다.

지금은 술 냄새 때문에 그나마 나았지만, 방금 전까지 오수를 처리하던 곳이었다. 지독한 썩은내를 참아내는 건 그들에게도 고역이었으니 그를 이해 못할 일은 아니었다.

얼마 지나지 않아 항아리는 대나무통을 타고 흘러나온 술로 가득 찼다. 교대자는 순라군들의 도움을 받아 새로운 술항아리를 대나무통 아래 바짝 가져다댔다.

그러길 몇 차례, 어느덧 대나무통에서는 더 이상 술이 흘러나오지 않았다. 장정의 몸통만 한 술항아리 네 개 반을 술로 가득 채운 후의 일이었다.

잠시 후 바로 옆 대나무통에서 다시 오수가 흘러나오기 시작했다. 교대자는 서둘러 빈 술독을 가져다대려 했다. 한 순라군이 그의 손을 잡았다.

"그건 술독이잖아."

"아!"

교대자가 깜짝 놀라 그를 쳐다봤다.

"똑바로 봐. 술독 입구에 칼자국이 있는 건 술항아리, 칼자국이 없는 건 오수단지 똥단지. 아무리 정신없어도 이건 지켜야지. 안 그래?"

"죄송합니다."

교대자는 서둘러 사과를 하고, 옆에 쭉 놓인 술독들을 살폈다.

과연 순라군의 말대로 칼자국이 있는 것과 그렇지 않은 것들이 뒤섞여 있었다. 교대자는 재빨리 오수단지를 찾아내 대나무통 아래 가져다댔다.

　교대자가 제 일을 하는 동안 순라군들은 술항아리를 수레 두 곳에 옮겨 실었다.

　세 명의 순라군들은 더 많은 술독이 실린 수레를 끌고 큰 길이 난 쪽으로 옮겼다.

　이들이 자리를 떠나자 남은 순라군은 술독이 실린 수레의 손잡이를 잡고, 그들과 반대 방향으로 발길을 잡았다. 조금 전 교대자의 실수를 바로 잡아준 사내, 춘식이었다.

　"헌데 이 술은 어디로 가져가 버리시는 겁니까?"

　서둘러 자리를 떠나려는 춘식에게 교대자가 말을 걸었다.

　"뭐, 술을 버려? 하하하하."

　춘식은 목청이 다 보이도록 입을 크게 벌리고 웃었다.

　"어째서 그리 웃으십니까?"

　"쯧쯧쯧, 이리 눈치가 없으니 이런 일이나 하는 게야, 자네가."

　"예?"

　춘식은 입을 삐쭉거리며 잠시 생각을 하는 듯하더니 이내 입을 열었다.

　"이건 자네가 하도 딱해서 해주는 말이네만 순라군으로 들어올 수 있는 방법이 있다면 수단방법 가리지 말고 들어오게나."

　"순라군에요? 어째서요?"

교대자가 잡고 늘어지자 춘식은 이맛살을 찌푸린 채 쳐다봤다.

"팔자를 확 고칠 수 있는 일인데 어찌 그리 반응이 냉랭한가. 쯧쯧, 눈치하고는……. 내가 말해줄 수 있는 건 여기까지야."

춘식이 교대자를 한심한 듯 쳐다보며 혀를 차자, 그가 눈치껏 품에서 엽전을 꺼내 춘식의 손에 쥐어 주었다.

손가락으로 엽전의 개수를 헤아리던 춘식은 만족한 듯 배시시 웃으며 얘기를 털어놓았다.

"요즘 금란방 군사들이 속속 그곳을 그만둔다는 얘기는 익히 들어 알고 있지? 그자들이 다 어디로 들어간 줄 아나? 바로 순라군일세."

"어째서요?"

"순라군들에게 짭짤한 소일거리가 생겼다는 걸 알게 된 게지."

"소일거리라면……."

"바로 이 술 배달 말이야. 여기서 모은 술을 검계들에게 가져다만 주면 섭섭지 않은 돈을 챙길 수 있단 말이지."

"그럼 술을 버리는 것이 아니란 말입니까?"

"이렇게 눈치가 없어서 원. 생각을 해봐. 버릴 술이면 오수에 섞어버릴 것이지 왜 대나무통을 둘로 나눠 섞이지 않게 버리겠는가. 술독도 오수통과 술통을 따로 두고. 그게 다 이리 모아서 뒤로 빼돌리려 한 것이지. 어떤가? 자네가 부탁을 한다면 내 특별히 청을 넣어줄 수도 있는데……."

춘식은 거기서 말을 끊고, 교대자의 손을 빤히 쳐다보며 반응을 기다렸다. 그러나 그의 손은 더 이상 움직이지 않았다.

교대자에게 이제 더 나올 돈이 없다고 짐작한 춘식은 거기서 입을 다물고 수레 손잡이를 잡았다. 그리고 한 번을 뒤돌아보지도 않고 흥인지문으로 가는 길을 서둘렀다.

교대자도 이를 눈치 챘는지 춘식의 바쁜 걸음을 더 이상 잡지 않았다.

흥인지문으로 향하는 춘식의 입에서 삐죽삐죽 웃음이 새어 나왔다. 방금 전 공돈이 생긴 일도 그렇지만, 앞으로 순라군 자리를 구해 주겠단 명목으로 저 어리숙한 사내에게 꽤 큰돈을 뺏을 수 있다고 생각하니 절로 웃음이 새어 나온 것이다.

그러나 순간, 춘식은 뭐에 크게 놀랐는지 헉 소리와 함께 걸음을 멈춰 섰다. 금란방 언덕 아래서 막 헤어지고 온 교대자를 본 것이다. 그가 자신을 향해 저 앞에서 걸어오고 있었다.

춘식은 헛것을 본 게 아닌가 싶어 눈을 비비고 다시 쳐다봤다. 그러나 자신에게 똑바로 걸어오는 자는 분명 교대자였다. 흰 천을 벗어 맨 얼굴을 드러내고 있으니 그 얼굴을 못 알아볼 리 없었다.

하지만 축지법을 능숙하게 사용하는 도인이 아니라면 벌써 이곳에 도착할 수 없는 일이었다. 그럼 언덕 아래 사내는 누구였지?

그 순간 춘식의 머릿속에서 위험 신호가 크게 울렸다.

춘식은 벌벌 떨리는 손으로 허리춤에 차고 있던 피리를 꺼냈다. 술 배달에 문제가 생기면 신호를 보내라고 검계들이 준 것이었다.

춘식은 한차례 심호흡을 하고, 피리를 불었다. 삐, 삐익.

그러나 피리 신호를 마저 끝내기도 전, 춘식은 바짝 얼어 피리를 땅바닥에 떨어뜨리고 말았다. 무슨 일인지 전혀 눈치 채지 못하고 멍 하니 선 교대자 뒤쪽 어둠 속에서 사람들이 우르르 몰려나왔기 때문이다.

그들은 금란방 오궤신이었다. 오궤신 중 네 명이 춘식을 향해 걸어왔다.

"이런, 제기랄!"

밀주를 배달하는 것도 모자라 검계에 신호를 보내려 했으니 오궤신에 잡히면 꼼짝없이 죽겠다 생각한 춘식은 몸을 돌려 달아나려 했다.

그때 뒤쪽에서도 누군가 춘식을 향해 걸어왔다. 수판이었다.

시큼한 술 냄새를 온몸에서 풍기며 다가왔는데, 그의 손엔 아무렇게나 둘둘 만 하얀 천이 쥐어져 있었다. 언덕 아래, 흰 천으로 얼굴을 가리고 서 있던 교대자가 바로 수판이었다.

수판은 춘식이 떨어뜨린 피리를 주워 그에게 건네며 말했다.

"피리, 마저 불어. 그래야 검계 놈들 하나라도 더 불러들이지."

수판은 춘식의 손에 피리를 꽉 쥐어주며 히죽 웃었다.

그러나 그건 오만이었다. 검계 조직을 그리 과소평가해서는 안 될 일이었다.

30

오궤신은 금란방에서 버린 밀주가 검계 조직으로 다시 흘러 들어가는 정황을 포착했다.

검계와 손을 잡고 밀주를 빼돌리는 금란방 군사들까지도 어렵지 않게 찾아낼 수 있었는데, 이는 모두 바히르의 계획 덕분이었다.

몽골에서는 키우는 양에게 특별한 표식을 남겨 다른 양들과 구분했고, 그 방법 중 하나가 양의 은밀한 데 털을 다른 색으로 염색하는 것이었다.

만약 염색한 털을 알아보고 잘라내면 표식을 잃게 되므로 결정적인 순간에 알아볼 수 있는 염료를 선택하기 위해 몽골인들은 언제나 신중을 기했다. 그때마다 선택되는 염료는 바로 치자였다.

이를 생각해낸 바히르는 금란방에서 버리는 밀주에 소량의 치자를 지속적으로 섞자고 제안했다.

"치자가루 냄새 없어요. 먹어도 몸 안 아파요. 그런데 만지면 손은 노랗게 변해요. 천천히. 그러나 확실하게."

"결국 밀주를 만지는 사람들은 손이 노랗게 변하니 밀주 유통에 가담한 확실한 증표가 된다는 말이군."

붕익의 말에 바히르가 고개를 끄덕였다.

"그러나 손에 치자물이 든 자들을 일일이 찾아낼 순 없고……."

쉽게 해결 방법이 떠오르지 않는지 붕익이 미간을 찌푸렸다.

"소문이오. 검계에선 소문을 퍼뜨렸소."

모두의 시선이 석포에게 몰렸다.

검계에서 처음 밀주 장사를 시작할 때 일이었다. 밀주의 규모가 커지면서 술을 잘 빚는 자들이 다수 필요했지만, 검계와 손을 잡고 일하려는 자들은 없었다. 처음엔 무력으로 그런 자들을 끌고 갔지만 한계가 있어 다른 방법을 강구해야 했다.

이때 진기가 쓴 작전이 소문이었다.

그는 보란 듯 검계를 도와 술을 빚은 자들에게 후한 수고비를 챙겨주었다. 그리고 일부러 포청에 이 사실을 고해 곤란을 겪게 한 뒤 뒷돈을 써 사람들을 무탈하게 빼냈다.

그리고 그들에게 검계와 함께 일하는 한, 그 누구도 그댈 건들 수 없을 거요, 란 말을 덧붙였다. 검계가 뒤를 봐주니 염려 말라는 당부를 과장되게 한 것이다.

그런 상황을 몇 차례 만들어 반복한 후, 진기는 준비한 소문을 퍼뜨렸다. 그 소문의 핵심은 검계에서 술을 빚는 자들을 찾는데, 그 자리가 이제 얼마 남지 않았다는 것이었다.

소문이 퍼지면서 사람들이 속속 검계를 찾아왔다. 아무래도 검계와 일하는 게 걸려 주저했지만, 자리가 얼마 남지 않았다는 얘기에 조바심이 일어 알아서 찾아온 것이다.

"소문이란 것이 처음 시작이 어렵지 입소문이 나기 시작하면 알아서 부풀려지고 늘어나 족히 닷새면 한양 곳곳에 퍼지기 마련이오."

"좋소. 그럼 이렇게 합시다."

붕익이 오궤신을 가운데로 모아놓고, 생각한 계획을 설명했다.

다 듣고 나서는 다들 알겠다는 듯 고개를 끄덕였다.

"그럼 그 소문은 내가 내리다."

아는 사람이 많고 넉살이 좋은 수판이 응당 할 일이었다.

"소문을 그럴싸하게 포장할 방법은 있소?"

붕익이 물었다.

"내 다 알아서 할 것이니 염려 놓으시구려."

수판이 석포의 옆구리를 툭툭 치며 말했다.

"도와줄 거지?"

수판이 도움을 청한 것이 뜻밖이었는지 석포가 한동안 눈만 끔뻑거리다 뒤늦게 고개를 끄덕였다.

"그럼 금란방 내 군사들을 소리 없이 살피는 일만 남았는데……."

한길이 기다리지 않고 앞으로 나섰다.

"제가 하죠. 늘 하던 일이니 새삼스러울 것도 없습니다."

얼마 후, 바히르가 말한 대로 서서히 그러나 확실하게 손바닥이 노랗게 변해가는 금란방 군사들이 하나둘씩 눈에 띄기 시작했다.

시전에서 바삐 움직이는 사람들 사이에도 문득문득 손바닥이 노랗게 변한 자들이 눈에 들어왔다.

오궤신은 서두르지 않았다. 가장 적당한 때를 인내하며 기다리는 동시에 더 많은 검계를 확실하게 잡아들일 수 있도록 소문을 퍼뜨리는 일에 몰두했다.

마침내 오늘.

모든 준비를 마친 오궤신이 움직였다. 밀주를 빼돌려 검계에게 배달하는 순라군이 검계를 불러 모으는 피리신호까지 보냈으니 계획대로 척척 돌아가고 있었다.

"지금부터 내가 하는 말을 잘 들으시오. 방금 전 순라군이 보낸 피리 신호를 듣고 검계들이 보신각으로 몰려나올 겁니다."

붕익이 알아본 바로 밀주 유통은 순라군들이 지배하는 시간, 인정(人定, 오후 10시 30분)부터 파루(罷漏, 오전 4시 30분)사이에 이뤄졌다.

순라군들은 청계천 부근의 금란방에서 나온 밀주 일부를 가까운 흥인지문으로 가져가고, 그 나머지는 한양의 중심 보신각으로 가져간다. 그리고 그곳에서 밀주를 나누어 다시 서쪽으로 돈의문, 남쪽으로 숭례문 그리고 북쪽으로 숙정문으로 가져가는데, 이땐 보신각에서 순라군을 기다리고 있던 검계들이 동행한다.

이렇게 사대문으로 가는 사이 술이 필요한 검계들은 그들이 지나가는 길목에 나와 서 있다 필요한 술을 받고, 그러고도 남은 밀주는 검계들이 어딘가로 가져가는 것 같았다. 그곳이 아마도 새로운 술 창고일 거라 붕익은 추측했다.

"보신각에 모인 검계들. 오늘 새벽을 넘기지 말고 반드시 잡아야 합니다."

오궤신이 고개를 끄덕였다.

"준비되었소?"

붕익이 석포와 수판을 쳐다보며 묻자, 기다렸다는 듯 석포가 제 뒤에 있는 수레를 앞으로 끌고 나왔다.

수레엔 묵직한 물건이 실린 모양인지 손잡이를 잡은 손에 힘이 잔뜩 들어갔다.

오퀘신이 수레로 몰려들자 바히르가 위에 덮여 있는 거적을 걷어냈다. 시체 세 구가 드러났다. 오퀘신 중 누구 하나 놀란 기색이 없는 걸로 보아 그들 모두 이미 알고 있는 눈치였다.

붕익은 일부러 시체의 손을 확인했는데, 하나같이 샛노랗게 변해 있었다.

"치자물. 확실하게 들였어요, 바히르가."

붕익이 바히르의 어깨를 툭툭 치며 그의 수고를 위로했다.

오퀘신이 밀주에 치자가루를 섞어 유통시키는 동시에 은밀하게 퍼뜨린 소문은 바로 손바닥이 노랗게 변하는 죽음의 괴질이 한양에 퍼진다는 것이었다.

그래서 보란 듯 수판과 석포는 며칠 전부터 손바닥을 노랗게 물들인 시체를 수레에 싣고 다니며 사람들의 시선을 끌어 모았다. 물론 전염력이 아주 강하니 손바닥이 노랗게 물든 사람을 보면 즉시 금란방에 신고하라는 당부도 잊지 않고 해온 터였다.

"그럼 이제 계획대로 난 금란방으로 가 우리의 계획을 알리고 지원군을 청하겠소."

붕익이 수판과 석포 그리고 바히르의 눈을 순서대로 쳐다보며 다음 말을 이었다.

"재차 말하지만, 보신각으로 먼저 가 정황을 살피되 지원군이 도착하기 전엔 절대 먼저 움직이면 안 됩니다. 이미 보신각에서 기다리는 검계뿐 아니라 술 배달을 위해 사대문에서 기다리는 검계 그리고 위험 신호가 떨어지면 먼저 움직이는 정찰 조직원까지 모일 것입니다. 더욱이 신호를 듣고 달려가는 정찰 조직원은 검계에서도 가장 무술이 뛰어나고 발이 빠른 자들로, 언제나 열 명 정도 무리지어 다닙니다. 이들을 상대로 금란방 군사 전체가 대적한다 해도 승패를 쉽게 점칠 수 없는 일이니 결코 경거망동해선 안 됩니다. 아시겠습니까, 종사관 나리?"

붕익이 수판을 빤히 쳐다보며 말했다.

제 맘대로 원구의 일을 처리한 것을 두고 하는 말임을 알기에 수판도 이번만큼은 고분고분 고개를 끄덕였다.

"꼭 명심하리다. 헌데 금란방 수장을 움직일 자신은 있는 거요, 아재는?"

"무혈입성과 진배없는 기회를 거부할 장수는 없소. 그러나 이를 거부한다면 금란방 수장은 필시……."

붕익이 잠시 말을 끊었다.

"금란방 수장은 필시 검계 끄나풀이란 말이니 이 작전은 그 즉시 취소요. 그러니 꼭! 꼭 지원군을 기다렸다 움직여야 합니다."

아무래도 마음이 놓이지 않는지 붕익이 다시 수판을 빤히 쳐다보며 당부했다.

노골적인 시선에 수판이 마지못해 고개를 끄덕이자 붕익은 그제야 바히르 쪽으로 시선을 옮겼다.

"군호(軍號, 군사들 간의 암호)는 준비됐지?"

바히르가 고개를 끄덕이며 소매 안쪽에서 열십자형 나뭇조각 다섯 개를 꺼내 보였다.

"여기에 각자 이름 남기면 군호 완성됩니다."

"그 작은 나뭇조각이 군호란 말이오?"

수판이 의아하다는 듯 물었다.

일반적으로 군호로 사용되는 건 멀리서도 약속된 신호를 명확하게 알아볼 수 있는 봉화나 큰 깃발이었다. 특히나 선발대가 검계의 상황을 살피며 후발대를 기다려야 하는 이번 습격작전에서는 멀리서도 후발대의 상황을 알아볼 수 있도록 큰 깃발을 군호로 사용하는 게 맞았다. 그런데 고작 준비한 게 작은 나뭇조각이라니, 수판은 붕익의 의도를 이해할 수 없었다.

"이건 군사들의 상황을 알리는 군호가 아니오."

모두의 시선이 붕익에게 쏠렸다.

"우리들의 상황을 서로에게 알리는 군호요."

"우리들의 상황이라니, 그게 무슨 말입니까?"

석포가 물었다.

"이 군호는 세 가지 상황에서 사용합니다."

붕익이 들고 있던 열십자형 나뭇조각의 튀어나온 맨 윗부분을 잡고 힘을 주자 나뭇조각이 쉽게 빠져나왔다.

"이건 자의적으로 검계의 뒤를 쫓아간다는 뜻입니다. 이 군호를 남겼다면 목적을 채 달성하지 못했다 해도 하루 안에 금란방으로 돌아와야 합니다. 약속된 하루가 지나도 돌아오지 않으면 불상사가 발생한 것으로 간주해 남은 사람들이 군호의 주인을 찾아 나설 겁니다. 그리고 다음."

붕익이 남은 나뭇조각을 잡고 손에 힘을 주자 이번엔 오른쪽으로 튀어나온 나뭇조각이 빠져나오며 낫 모양의 나뭇조각만 남았다.

"이건 검계들에게 강제로 끌려갔을 때 남기는 신호요. 이 군호가 남아 있다면 그 즉시 군호의 주인을 찾아 나설 겁니다. 그가 어디에 있든, 어떤 상황에 처해 있든 구출해낼 겁니다. 반드시!"

붕익이 오궤신 한 사람, 한 사람의 눈을 쳐다보며 힘을 주어 말했다.

"그리고 마지막 상황은……."

붕익이 뺏던 나뭇조각들을 제자리에 꽂아 열십자형으로 복원시키며 말을 이었다.

"앞서 설명한 두 가지는 군호를 남긴 자를 지키기 위함이지만, 이건 군호를 찾은 자들을 지키기 위한 암호요."

붕익이 잠시 말을 끊었다.

"내 목숨도 위태로울 뿐 아니라 뒤를 쫓아오는 것도 위험하니 절대 나를 찾지 말라는 뜻입니다. 헌데 이걸 남길 땐 남은 자들에 대한 어설픈 걱정이 앞서서는 안 됩니다. 이 군호를 발견하면 남은 자들에겐 검계를 죽여야 하는 이유가 하나 더 생기는 거요. 평생 동안 목숨을 걸고 검계와 싸울 수밖에 없는 강력한 이유. 이 군호는 남은 자들에게 그런 무거움을 주는 것이오. 내 말 명심하시오."

"그깟 검계들 잡아들이는 일에 너무 비장한 거 아니오?"

공연한 숙연함에 다들 숨소리를 죽이자, 수판이 너스레를 떨었다.

"종사관 나리, 검계들은 이제 그리 쉬운 상대가 아니오. 그들은 다른 그 어떤 적보다 강한 존재가 됐소."

"나 참, 우리가 언제 목숨 걸지 않고 일한 적 있소? 별스럽긴, 원."

수판이 툴툴거리더니 붕익이 든 열십자형 나뭇조각을 채갔다.

"군호에 각자의 표식을 남기란 말을 그리 돌려 말하는 걸 보면 아재도 늙은 모양이구료. 근데 표식을 뭘로 할지 정했소? 우리만 알아볼 수 있는 표식이어야 할 거 아니오."

"그건 아직 결정 못했소."

"그럴 줄 알았지. 내게 좋은 생각이 있소."

수판이 싱글거리며 말했다.

31

금란방 숙직실에 모인 오궤신은 수판의 설명을 듣기 위해 머리를 맞댔다.

"각자의 표식은 무조건 서열이지, 서열. 그리고 군대의 서열은 계급이고. 계급으로 따지면 내가 서열이 가장 높으니 내가 붉은 점 하나, 두 개는 아재 그리고……"

"석포랑 한길. 둘 다 포졸이에요. 계급 같아요."

바히르가 수판의 말을 중간에 끊었다.

"아참, 그러네……. 그럼 석포는 도적놈 출신이니까 당신이 한길이 부하."

수판이 작정하고 석포를 약 올리려는 듯 그를 쳐다보며 배실배실 웃었다.

"나도 도적놈 아니에요. 그럼 바히르도 석포 위에요? 석포가 바히르 부하?"

바히르가 눈을 반짝이며 묻자, 수판이 무릎을 탁 쳤다.

"맞네, 맞아. 그리 따지면 바히르가 석포보다 계급이 높지."

"굳이 그리 따지겠다면 어차피 우린 원래 계급 같은 거 없지 않았소? 오궤신 수장이 장포졸 나리라는 건 모두가 아는 사실인데 이를 어찌 계급으로 설명하겠소."

그대로 있다간 바히르까지 제 상관으로 모시게 될 것 같았는지 석포가 입을 열었다. 마땅히 대응할 말을 찾지 못하는 수판을 보며, 석포가 얼른 말을 이었다.

"그러지 말고 나이 순으로 합시다, 나이 순. 그리하면 장포졸이 가장 형님이니 새삼스러울 것도 없잖소. 난 올해 서른여섯이오. 바히르는?"

바히르가 얼른 손가락 아홉 개를 펴 보였다.

"뭐, 스물아홉? 바히르가 나보다 나이가 많다고?"

수판이 놀라 묻자 바히르가 고개를 끄덕였다.

"그럼 한길이는? 한길이는 몇 살인데?"

수판이 다급하게 물었다.

"바히르보다 한 살 많습니다."

"말도 안 돼. 한길이가 서른이라고? 어딜 봐서 당신이 서른이야? 거짓말이지?"

"보아하니 종사관 나리가 여기서 막내인가 보구료, 막내. 맞습니까?"

공연히 열을 올리는 수판을 보며, 석포가 능청스럽게 말을 건넸다.

"그럼 종사관 나리가 이제 내 부하라는 거죠? 바히르 찬성입니다."

"이건 말도 안 돼. 인정할 수 없어. 다들 호패 꺼내봐, 호패. 아니지, 호패 필요 없고. 그냥 원칙대로 합시다. 군사들의 서열은 오직 계급 순이라는 거 모르오?"

얼굴까지 빨개지며 수판이 목소리를 높이자, 누구 먼저라고 할 것 없이 키득거리며 웃기 시작했다.

이때 붕익이 수판 손에 열십자형 나뭇조각을 쥐어줬다. 붉은 점이 하나 그려진 것이었다.

"종사관 나리가 붉은 점 하나."

"그렇지. 아재야말로 진짜 군사요. 이렇게 군사의 서열은 오직 계급뿐이라는 걸 확실히 알고 있잖아?"

그제야 수판이 찌푸렸던 미간을 펴며 환하게 웃었다.

"바히르가 붉은 점 두 개 그리고 한길이 세 개, 석포가 네 개, 내가 다섯 개."

붕익이 나뭇조각을 각자의 손에 들려주며 말했다.

"뭐야, 이럼 표식이 나이 순이잖소, 아재."

"종사관 나리가 말씀하셨잖소. 우리들만 아는 표식으로 해야 한다고. 여기 있는 우리들 말고 우리 나이를 제대로 아는 사람이 또 어디 있겠소?"

순간 수판을 쳐다보는 붕익의 얼굴에 장난스런 웃음이 번지더니, 갑작스럽게 그의 머리를 쓰다듬었다.

"올해 아마 스물여섯이었지?"

상상도 못했던 행동에 놀란 수판이 멍해 있는 틈을 타 석포도 얼른 수판의 머리를 쓰다듬었다.

"한창 좋을 때요, 종사관 나리."

"지, 지금 뭣들 하는 거야?"

수판이 눈이 찢어져라 석포를 노려봤지만, 붕익과 석포는 어느새 방에서 빠져나간 뒤였다.

수판은 공연한 불안감에 휙 하니 한길을 쳐다봤다. 순서상 한길이 나설 차례였지만, 한길은 그간 오궤신과 시원하게 말 한 번 제대로 섞지 않던 자이니 이런 말도 안 되는 장난에 맞장구칠 것 같진 않았다.

그러나 수판의 생각은 빗나갔다.

"족히 서른은 넘은 얼굴인데 말입니다. 생각보다 노안입니다, 나리."

"허."

어이없어 혀를 차는 수판을 보며 한길은 피식 소리 내며 웃기까지 했다.

"한길이 자네까지 이렇게 나오시겠다?"

한길마저 방을 빠져 나가자 수판이 자리에서 벌떡 일어나려 했지만, 그조차도 맘대로 할 수 없었다. 바히르가 먼저 일어나며 수판의 양 어깨를 눌렀기 때문이었다.

"바히르 먼저 나갑니다."

"뭐?"

"장유유서, 에헴."

바히르는 신이 나서 말끝을 한껏 높였다.

32

"이제 모든 준비는 끝났소."

수판이 뒤늦게 방에서 나오자 붕익이 기다렸다는 듯 말을 꺼냈다.

"나와 한길은 금란방 수장을 만날 것이니, 먼저들 떠나시오."

한길이 금란방에 들어온 후, 늘 붕익과 짝을 이뤄 다녔기에 오늘도 응당 그리 움직이리라 오궤신은 생각했다.

처음엔 한길을 한시도 홀로 두지 않는 붕익을 두고, 혹 감시하는 게 아닌가 싶었지만, 아무리 생각해도 그럴 이유가 없었다. 더욱이 떠돌이 간자였던 한길을 고용한 건 바로 붕익이었다. 더욱 은밀하고 조심스러운 일을 함께 진행하고 있는 게 아닌가 싶어 이내 관심을 거둬들였다.

붕익과 한길이 수레를 끌고 먼저 금란방으로 향하자, 수판이 허리춤에 찬 칼 한 자루를 빼 바히르의 손에 쥐어주었다.

"바히르도 이제 금란방 군사야. 포청 노비가 아니라. 그러니 칼 가지고 있어. 이따 검계 놈들 잡을 때 필요할 거야."

칼을 훑어보는 바히르의 시선은 꽤나 복잡했지만, 수판은 마음이 급해 그를 읽지 못하고 보신각으로 향하는 발걸음을 서둘렀다.

석포 또한 잠시 후 보신각에서 체포할 검계들 중 옛 수하나 동료가 있으면 어쩌나 싶은 생각에 빠져 바히르와 수판의 대화를 미처 듣지 못했다.

그렇게 셋은 각자의 생각에 빠져 보신각으로 향했다.

"저…… 나리, 부탁 있어요, 바히르."

보신각으로 가는 길 내내 침묵하던 바히르가 앞서가던 수판의 곁에 다가와 조심스럽게 얘기를 꺼냈다.

"뭔대?"

"바히르, 라마입니다."

"라마?"

수판이 걸음을 멈추지 않고 되물었다.

"라마, 조선말로 스님. 바히르 스님입니다. 조선에 불교를 전하러 왔습니다."

바히르의 뜬금없는 고백에 수판과 석포가 문득 걸음을 멈췄다.

"바히르, 백정이었다 노비가 된 거 아니었어?"

언제부턴가 조선에 정착한 북방인들은 모두 백정이라 사람들은 생각했다. 반상제도가 엄격한 조선에서 외국인을 무턱대고 평민으로 받아들일 수도, 그렇다고 무작정 노비로 만들 수도 없는 노릇이었다. 목축업을 주업으로 삼았던 북방인들에게 백정의 일을 떠넘기고 평민도 아니고, 노비도 아닌 그들만의 신분을 만들어 천대해온 것이 관습처럼 굳어졌다. 그러다 보니 바히르 또한 포청 노비가 되기 전엔 응당 백정이었을 거라 생각한 것이다.

"백정 아니고! 스님입니다, 바히르."

뜻밖의 고백이라 수판과 석포는 적지 않게 당황했다.

사람들의 이런 오해는 이제 아무렇지도 않다는 듯 바히르는 담담하게 다음 말을 이었다.

"그래서 살생할 수 없습니다. 그게 아무리 옳은 일이라도."

빤히 자신을 쳐다보는 수판에게 바히르는 칼을 내밀었다. 방금 전 수판이 준 칼이었다.

"어? 아, 그래……."

겸연쩍어진 수판이 칼을 받아들려 하자, 이번엔 석포가 나섰다.

"무슨 일이 일어날지 몰라, 바히르. 이 칼, 누군가를 죽이기 위해서가 아니라 자신을 지키기 위해서라도 가지고 있어."

"나를 지키기 위해 남을 해하는 것 또한 살생입니다."

바히르는 도리질 치며 단호하게 거절했다.

그러니까 그간 바히르가 그를 이방인이라는 이유만으로 욕을 하며 갖은 수모와 학대 그리고 천시를 퍼붓는 조선인들을 웃으며 대했던 건 조선말이 서툴러 못 알아듣는 것도 아니고, 그들의 폭행을 두려워해서도 아니었다. 다만 불자로서 그들을 끝없이 용서하며 자비를 베풀어왔던 것이다.

갑작스럽게 찾아온 숙연함에 수판은 몸 둘 바를 몰랐다. 그리 깊이 생각해보지 않아도 자신 또한 바히르를 북방 이민족이라 우습게 여긴 일들이 앞뒤를 가리지 않고 떠올랐기 때문이다.

"저기, 바히르!"

앞서가려는 바히르를 수판이 서둘러 잡았다.

"내 뒤로 와."

바히르가 영문을 몰라 빤히 수판을 쳐다봤다.

"칼도 없는데, 공연히 나서서 골치 아프게 하지 말고. 내 뒤에 꼭 숨어 있으라고."

잔뜩 골이 난 사람처럼 수판이 툴툴거리며 말했다.

둘의 얘기를 묵묵히 듣던 석포가 슬쩍 말을 흘렸다.

"나리 말씀 잘 들어."

수판이 별일이라는 듯 석포의 옆구리를 툭 쳤다.

"웬일이야? 당신이 내 말에 맞장구를 다 치고."

"그래야 고향에 돌아갈 거 아냐, 바히르."

바히르와 수판이 놀라 석포를 쳐다봤다.

"이 일만 끝나면 내가 고향에 데려다줄게. 그러니까 우리 곁에서 딱 붙어 있으라고, 바히르. 알았지?"

"노…… 탁?"

뜻밖의 말을 듣고, 바히르가 멍 해졌다.

"노, 노탁에…… 정말 노탁 갈 수 있어요?"

생각만으로도 벅찬지 바히르가 말을 더듬었다.

"도적놈 말을 어떻게 믿어? 흠흠, 나라면 또 몰라도."

수판이 헛기침을 해댔다.

"그럼 이번 일 끝나면 몽골로 슬슬 여행이나 한 번 다녀오지, 뭐."

바히르와 석포의 시선이 수판에게 쏠렸다.

그들의 시선을 인식한 듯, 수판이 짧게 덧붙여 말했다.

"우리 다 같이 말야."

"우리 다 같이라……. 것도 나쁘지 않군."

석포도 동의한다는 듯 연신 고개를 끄덕였다.

바히르가 이상한 웃음소리를 내며, 숨도 안 쉬고 알아들을 수 없는 몽골어를 연달아 쏟아냈다. 아마도 그의 고향이 얼마나 멋지고 좋은 곳인지 자랑하는 중일 것이다.

한껏 들떠 환하게 웃는 바히르를 보며 수판과 석포의 입꼬리가 동시에 슬며시 올라갔다.

33

붕익은 순항에게 즉시 만날 것을 요청하고 마당에 서서 기다렸다.

그러나 기다리는 시간이 이각(二刻, 삼십 분)이 훌쩍 넘어가는데도 별다른 기별이 없었다.

붕익은 조급한 마음에 지금 사정을 확실히 전했냐고 몇 차례 물었다. 그때마다 돌아오는 답은 한결같았다.

"그분은 금란방 수장이시자 이 나라의 우의정이시다. 그에 걸맞은 관례와 절차를 따라야 뵐 수 있는 분이니 잠자코 기다려라."

붕익의 입술은 바짝바짝 말랐다.

보신각에 모인 검계들이 흩어지기 전에 군사들이 도착하지 못하면 이번 계획은 물거품이 될 것이다. 그런데 지금 할 수 있는 일이 이리 서서 기다리는 것뿐이라니! 속이 시커멓게 타들어갔다.

그러나 붕익이 조바심을 내는 건 이 때문만은 아니었다. 일이 어그러지면 수판이 어떻게 행동할지 몰라서였다. 붕익은 수판이 불안했다.

수판은 원구가 바침술집에 간자로 간 사실을 알고서도 붕익에게 숨긴 걸 후회했다. 그때라도 붕익과 함께 움직였더라면 원구를 구할 수 있었을 거라며 자책했다. 하지만 이도 인왕산 도가에서 원구의 죽음을 목도하기 전까지 일이다.

원구가 죽은 후 수판의 후회와 자책은 스스로에 대한 맹렬한 힐난으로 바뀌었다. 그 뒤로 검계와 관련된 일이라면 유독 과도하게 반응했다.

이해 못할 일은 아니었다. 붕익 또한 자신으로 인해 가족이 죽었다는 죄의식에서 헤어 나오지 못하는데, 지금 수판이 견디고 있을 죄책감이 얼마나 무거울지 충분히 이해했다. 그러니 더 불안한 것이고.

그래서 붕익은 수판에게 단독 행동을 하지 않도록 다짐을 받아두었다.

그렇다고 그 약속이 지켜지리란 보장은 없었다. 여차하면 수판을 반드시 막아서라고 석포에게도 단단히 일러두긴 했으나 그 또한 지켜질지는 미지수였다. 전쟁터의 상황이란 그 누구도 예측할 수 없는 거였다.

순항이 느릿한 걸음으로 금란방 마당으로 나온 건 붕익이 산 채로 땅 속에 파묻혀도 지금처럼 갑갑하진 않을 거라며 폭발하기 직전이었다.

느리다 못해 여유롭기까지 한 순항의 태도를 지켜보며 붕익의 눈엔 불이 일었다. 그러나 그는 발바닥에 힘을 꽉 주고 서서 인내했다.

"우선 수레 안을 살펴봐 주십시오."

붕익은 조급함을 억누르며 담담하게 말하려 노력했다.

"수레에 시체가 실려 있다는 말은 들었다. 허니 네가 먼저 말해봐라. 괴질에 걸린 시신을 어찌 이곳으로 가져온 것이냐?"

날이 선 질문이 순항의 입에서 떨어졌다.

"예?"

"전염병에 걸려 죽은 시신이라면 응당 불태울 것이지 어찌 생각 없이 군사들이 있는 곳으로 가져왔는지 묻는 것이다."

"대감, 저 시신은……."

붕익이 주변의 눈들을 의식해 말을 잠시 끊었다 다시 이었다.

"은밀하게 보고 드릴 것이 있으니 주변을 물려주시……."

"더는 들을 것 없다. 전염병이 퍼지기 전에 수레랑 모두 당장 태워라. 당장!"

고함을 지르는 순항의 손가락이 부르르 떨리며 수레를 가리켰다.

평소 그답지 않게 예민하게 반응하자 당황한 수하들이 수레로 다가들었다.

"대감! 대감!"

붕익이 순항을 불렀지만, 그는 대답하지 않았다.

다급해진 붕익은 자신도 모르게 순항에게 달려들어 그의 손을 덥석 잡았다.

"네 이놈! 혹 괴질에 걸렸을지 모르는 손으로 감히 누굴 잡는 것이냐!"

순항은 뿌리치듯 붕익을 힘껏 밀쳐냈고, 붕익은 그대로 땅바닥에 쓰러졌다.

붕익의 표정은 뒤통수를 얻어맞은 양 멍한 기색이었다.

이를 지켜보던 한길의 눈이 가늘어졌다.

순항은 수하가 자신의 손을 잡는 것이 그의 명예나 권위를 실추시킬 거라고 생각하는 졸장부가 아니었고, 붕익 또한 설령 상관이 사납게 칼을 휘두른다 해도 맥없이 땅바닥에 주저앉을 만큼 소심한 자가 아니었다.

그런데 지금 그 둘의 모습은 평소와 달랐다.

필히 그들을 둘러싼 상황이 변했기 때문일 거라 한길은 생각했다.

그것이 무엇인지 알아내기 위해 그는 침묵한 채 주변을 집요하게 살폈다.

침묵은 오래가지 않았다. 순항의 눈치를 살피며 주춤거리던 금란방 군사들이 수레를 마당 밖으로 끌어내려 우르르 달려들었다.

한길은 우선 그들이 시체에 손을 대는 것이라도 막아야겠다고 판단해 한 발 움직였다.

그때였다.

"움직이지 마!"

넋을 놓고 주저앉았던 붕익이 일어서며 한길 앞을 막아섰다.

"움직이지 마. 아무 말도 하지 말고."

중얼거리는 와중에도 붕익의 시선은 내내 다른 곳을 향했다.

한길이 이를 눈치 채고 재빨리 그의 시선을 좇았다. 의아하게도 그가 집요하게 쳐다보는 건 순항의 손이었다. 방금 전 잡았던 순항의 오른손.

"치자!"

한길은 무슨 말인지 몰라 망연히 붕익을 쳐다봤다.

"치자물……. 수장 손가락에!"

그제야 그 말을 이해한 한길이 순항의 손을 보았다. 불안한 듯 쥐락펴락 반복하는 그의 손가락은 분명 노랗게 물들어 있었다. 낭패였다. 왜 하필…….

한길은 당황스럽고 놀란 표정을 재빨리 지웠다. 이 상황을 즉시 정리하지 못하면, 정말 최악의 일이 터질 거라는 걸 잘 알기 때문이었다.

지금 이 말도 안 되는 상황에서 자신의 상관을 구하는 게 본인의 새로운 임무이자 마지막 임무가 될 거라 생각한 한길은 그 방법을 찾으려 머리를 쥐어짜기 시작했다.

반면 붕익은 아직도 순항이 밀주와 관련되었다는 사실을 받아들이지 못한 채 망연히 서 있었다.

붕익에게 순항은 단순히 금란방 수장이자 우의정이라는 관료에 머물지 않았다. 그는 검계를 일망타진하기 위해 손잡을 수 있는 가장 든든한 그리고 유일한 사람이었다. 검계 조직에서 작성한 뇌물 장부에 순항의 이름이 없어서가 아니었다. 지난 기우제 때 호조판서 김인식을 제거한 게 순항이란 걸 붕익은 알고 있었다.

술을 마신 죄로 기우제 제관이었던 김인식이 처형당하고, 그 바람에 기우제는 엉망진창이 되었다. 때마침 기우제 제단을 정리하는 일이 우포청 소관이라, 붕익은 김인식의 집에서 나왔다는 술병들을 우포청으로 챙겨왔다. 확인해보고 싶은 게 있어서였다.

그날 밤, 붕익은 술병에서 지문을 채취했다. 그 결과 대여섯 개 지문을 찾아냈는데, 어느 것도 김인식의 것이 아니었다.

붕익의 짐작대로였다. 물론 여럿이 술병에 손을 댔으니 지문이 훼손됐을 가능성도 있지만, 그보다 술병이 김인식의 소유가 아닐 가능성이 더 높았다. 그러고 보니 그가 참형당할 때까지 그 과정이 지나치게 자연스러웠다. 누군가 죽이려 작정하고 정교하게 판을 짠 게 아닐까 의심하고 있던 터였는데.

그 의심이 사실인지 아닌지 확인하려면 덫을 놓은 설계자를 찾아야 했다. 붕익이 진짜 확인하고 싶었던 건 바로 이것이었다.

다행히 찾아낸 대여섯 개 지문 중 거기 남은 것 자체가 너무 엉뚱해 되레 의미 있는 지문이 하나 있었다. 바로 순항의 지문이었다.

붕익은 당시 기우제 현장에서 그가 가장 먼저 나서 임금에게 김인식의 참형을 청했다는 사실을 뒤늦게 떠올리며, 순항이 자신이 찾는 설계자란 걸 비로소 확신했다.

붕익은 이를 함구했다. 검계 조직을 와해시키기 위해선 언젠가 만나야 할 가장 강력한 적, 김인식이 그리 죽은 걸 다행으로 여기는 마음도 있었지만, 순항을 곤란하게 만들고 싶지 않아서였다.

그가 단순히 정치적 이익을 위해 김인식을 죽였을지도 모를 일이었다. 그러나 순항의 목적이 검계 조직을 와해시키려는 자신의 목적과 같다면! 그런 묘한 기대감이 들었기 때문이었다.

그 기대감은 곧 확신으로 바뀌었다.

금란방 군사들의 노고를 치하하는 잔칫날, 순항은 보란 듯 오궤신과 겸상을 자처했다. 오궤신의 위상을 높여줄 가장 간단하지만 확실한 방법이었다.

만약 검계 조직과 손을 잡은 이라면, 그 대응 역시 간단했을 것이다. 오궤신이 금란방 군사들 사이에서 겪는 숱한 곤란을 외면하거나 부추기면 되니까. 반대로 순항은 분명하게 오궤신에게 힘을 실어준 것이다. 붕익은 그제야 순항에 대한 경계를 풀었다.

그리하여 붕익은 순항만큼은 아무 의심 없이 손잡을 수 있는 가장 강력한 동료라 믿었다.

헌데 든든한 뒷배라 믿었던 순항이 부지불식간에 가장 강력한 적이란 걸 확인했으니 붕익이 쉽사리 충격에서 빠져나오지 못한 것이다.

그 순간 그의 머리에 떠오르는 건 딱 두 가지였다.

절대 순항에게 속내를 들키지 말고 금란방을 빠져나가야 한다는 것. 서둘러 보신각으로 가 수판을 말려야 한다는 것.

전혀 예상치 못한 일이 일어난 건 바로 그 다음 순간이었다.

그림자처럼 상황을 지켜보기만 하던 한길이 움직였다. 그의 눈동자에 한 줄기 섬광이 번뜩이는가 싶더니, 잡을 새도 없이 순항 앞으로 달려 나가 소리쳤다.

"대감! 대감의 손가락에 치자물이 든 것은 밀주 유통에 관련됐다는 증좌입니다. 알고 계십니까?"

어이없게도 이 말은 순항이 밀주 유통에 가담한 걸 붕익이 알고 있으니 몸조심하라는 당부와 같은 것이었다.

놀란 붕익이 무작정 한길을 노려봤다.

한길은 순항 앞에 엎어져 본인의 새로운 임무이자 마지막 임무를 완수했다는 보고를 하느라 그의 시선 따윈 아랑곳하지 않았다.

비로소 간자 한길의 주인이 순항이란 걸 알게 된 붕익의 입에서 그만 신음소리가 터져 나왔다.

34

바히르는 보신각에서 조금 떨어진 낮은 언덕, 바위 뒤에 몸을 숨긴 채 목을 빼고 한곳을 쳐다보고 있었다. 붕익이 데리고 올 지원군을 기다리는 중이었다.

"대체 왜 이리 굼뜨게 움직이는 거야? 쳇."

검계들의 동태를 지켜보던 수판의 입에서 기여 불만이 터져 나왔다.

그도 그럴 것이 이제 곧 파루가 다 돼가고 있었다. 더 늦어지면 모처럼 올가미에 걸려든 검계들을 눈앞에서 놓칠 판국이었다.

"바히르, 한곳만 보지 말고 사방을 좀 살펴봐. 아예 오지 않는다면 모를까, 아직도 군사들이 도착하지 않았다는 게 말이 안 돼."

좀이 쑤시는지 수판이 엉덩이를 들썩이며 재차 물었다.

"아직도 안 보여? ……못 보는 게 아니라 안 보이는 게 확실한…… 어, 검계가 움직인다!"

수판이 자신도 모르게 벌떡 일어나자, 석포가 재빨리 그를 끌어당겼다.

"좀 진정하십시오."

"이런, 젠장! 이러다 다 잡은 고기 놓치겠어."

피리신호를 듣고 정찰검계들까지 몰려나왔지만, 별일 아니라는 걸 확인하자 술 수레를 이동시킬 준비를 서둘렀다. 이제 곧 검계들은 보신각을 떠날 것이다.

당장이라도 검계들 속으로 뛰어나갈 듯 엉덩이를 들썩이던 수판이 차분해진 건 바로 그때였다.

"지금부터 난 내가 알아서 움직일 것이니, 자네와 바히르는 여기서 장포졸을 기다리게."

수판이 일행에게 말했다.

"애초 함께 움직이는 계획이었습니다. 개별행동은 안 됩니다."

석포가 단호하게 대답했다.

"자넨 군대를 움직이고 작전을 펼칠 때는 상황 판단이 가장 중요하다는 걸 모르는가? 상황이 바뀌었으니 작전도 바뀐다. 알았나?"

"적을 깔보는 것보다 더 큰 화는 없습니다."

"적을 깔보는 것이 아니라 염탐을 하겠다는 거야. 아재가 있었으면 바히르에게 시켰을 일이라고!"

수판의 목소리가 날카로워졌다.

"군사를 기다렸다 움직이라는 장포졸의 말을 잊으신 겁니까? 종사관 나리."

석포가 힘을 잔뜩 준 손으로 수판의 팔을 덥석 잡았다.

무력으로 자신을 제압하는 석포를 보자 수판은 그가 붕익에게 따로 부탁받은 것이 있으리라 짐작했다.

"이런 기회가 또다시 올 거라 생각하나?"

수판이 석포를 똑바로 쳐다보며 말했다.

맞는 말이었다. 이번 계획은 두 번은 사용할 수 없었다. 이제 곧 검계들도 손이 노랗게 물든 이유가 괴질이 아니라 치자물이 들어서라는 걸 알 게 될 것이다. 시나브로 밀주를 취급하는 검계들을 잡으려 금란방에서 꾀를 낸 것이라는 것도 알 것이고.

일이 그리 되면 검계들은 더 은밀하게, 더 치밀하게 숨어든다는 걸 누구보다 잘 알고 있는 석포였다.

별 다른 말을 찾지 못하는 석포를 보며 수판이 설득했다.

"군이 내가 아니어도 되네. 누구든 움직이는 검계의 뒤를 밟아 도가를 알아내기만 하면 된단 말이지. 그럼 우리 셋 중 한 명은 그 임무를 맡아야 하는데 누가 좋겠는가? 칼 한 자루도 쥐지 못하는 바히르? 아니면 검계들에게 얼굴이 다 알려진 자네? 자네가 결정을 하게. 난 그대로 따를 테니까."

"그건……."

석포가 말끝을 흐리자 수판이 다시 재촉했다.

"빨리 결정하라고, 석포. 이러다 검계들이 다 돌아가겠어."

차마 그 적임자가 수판밖에 없다는 걸 제 입으로 말하지 못하는 석포를 보며, 수판이 여유롭게 말했다.

"이봐, 석포. 아무리 생각해도 적임자가 나밖에 없지? 그러니 이제 이 손을 놓게."

"하지만 나리의 단독 행동은 절대 막아야 한다는 당부가 있었습니다."

"그건 나도 알아. 아재가 그리 신신당부한 일이니 나 또한 그 말을 따르고 싶지. 하지만 이 상황을 보게. 군사를 데리고 온다던 아재는 감감무소식이고, 검계들은 곧 보신각을 떠날 채비를 하고 있다고.

석포 자네야말로 지금 이 상황을 더 잘 알지 않는가?"

석포와 수판의 팽팽한 실랑이를 잠자코 쳐다보던 바히르가 참다 못해 나섰다.

"바히르 갈게요. 언제나 바히르가 하던 일입니다. 난 괜찮습니다."

"그럴까, 그럼? 칼도 못 쥐는 바히르 보내?"

수판이 윽박지르듯 말을 쏘아 붙이자, 석포가 말없이 고개를 저었다.

"그렇다면 차라리 제가……."

"혀! 차라리 자네가 가겠다? 가서 저놈들이랑 그간의 회포라도 풀 셈인가?"

얕은 한숨을 내쉬며 석포는 수판을 붙든 손에서 힘을 뺐다. 더 이상 그를 만류할 수 없다는 걸 깨달았다.

"이봐, 공연한 일에 힘 빼지 말고, 내가 술 수레에 접근하는 동안 검계들의 시선을 끌 방도나 좀 찾아봐."

최후통첩을 하듯 내뱉고 수판은 재빨리 보신각 쪽으로 달려갔다.

수판이 이내 새벽어둠 속으로 사라지자, 안절부절못하고 쳐다보 던 바히르가 그 뒤를 따라가려 움찔거렸다.

석포가 바히르의 팔을 잡았다.

"종사관 나린 발소리 숨기는 일에 서툴러요. 바히르가 뒤를 지켜 야 합니다."

석포가 단호하게 고개를 저었다.

"바히르가 할 일은 따로 있어. 지금 종사관 나리가 어디쯤 가고 있는지 보이지?"

"예."

수판이 사라진 쪽을 쳐다보더니 그의 표정이 더욱 어두워졌다.

"술 수레에 혼자 숨어드는 건 아무래도 어려워요. 검계들 많아요."

"그럼 우리 할 일은 정해졌군."

바히르가 말없이 석포를 쳐다봤다.

"수레 앞에 모여 있는 검계들을 뿔뿔이 흩어지게 만드는 거."

"어떻게?"

바히르의 질문에 석포는 말로 대답하지 않았다. 대신 어깨를 몇 번 돌리고는 방금 전까지 자신들이 몸을 숨기고 있던 바위에 어깨를 갖다 붙였다. 그리고 있는 힘껏 밀어냈다.

수백 년간 자리를 잡고 단 한 번도 움직이지 않았을 커다란 바위가 석포가 힘을 쓸 때마다 움찔움찔 흔들렸다.

그제야 바위를 언덕 아래쪽으로 굴려 검계들을 흩트려놓을 계획이란 걸 눈치 챈 바히르가 재빨리 옆에 붙어 어깨로 바위를 밀어냈다.

석포와 바히르의 얼굴이 벌겋게 상기되고, 헉헉거리는 거친 숨을 연거푸 내뱉을 즈음 쩌억 하는 소리와 함께 바위가 땅바닥과 찢어지는 소리를 내며 언덕 끝으로 바짝 굴러갔다.

바위는 이젠 입김만 살짝 불어도 굴어갈 듯 위태롭게 언덕 끝에 걸쳐졌다.

석포는 더 이상 큰 힘이 필요하지 않다는 걸 깨달았다. 힘을 주느라 잔뜩 웅크리고 있었던 몸을 서서히 펴며 말했다.

"바히르, 종사관 나리를 지켜보다 이때다 싶으면 말해. 바위를 밀어낼⋯⋯."

"어! 아횰태! 아횰태!"

언덕 아래 상황을 빤히 쳐다보던 바히르가 갑자기 흥분하며 몽골어를 쏟아내더니, 보신각 쪽으로 내달렸다.

석포는 곧바로 바위를 언덕 아래로 힘껏 밀쳤다.

바히르가 내뱉은 말의 뜻은 몰랐지만, 그가 흥분해서 몽골어를 쏟아내는 지금 상황이 좋지 않다는 건 알았다. 수판이 위험에 처한 게 분명했다.

바위가 우릉우릉 소리를 내며 언덕 아래로 굴러갔다.

석포는 발길을 돌려 굴러가는 바위와 다른 방향을 잡았다.

이리 내려가면 언덕을 반 바퀴 더 돌아야 검계가 모인 곳에 도착하겠지만, 바위에 검계들의 모든 시선이 몰릴 것이니 다른 선택이 없었다.

달려 내려가던 석포의 발걸음이 잠시 느려졌다. 검계들 중 알아보는 이가 있을까 염려해 윗저고리 가슴팍 천을 베어내 얼굴을 가렸다.

이로써 만반의 준비를 끝낸 석포는 수판과 바히르를 찾아내는 동안만이라도 밀어낸 바위가 검계들의 정신을 쏙 빼놓길 간절히 바라며, 다시 전력 질주했다.

그러나 안타깝게도 언덕에서 떨어진 바위의 위세는 석포가 생각한 것보다 약했다. 언덕의 경사가 너무 완만한 탓이었다.

"서둘러 술을 옮겨라."

검계들은 낙석이 멈추자 다시 술 수레를 이동시킬 준비를 서둘렀다.

분주하게 움직이는 검계들 사이에서 석포는 좀처럼 수판과 바히르를 찾을 수 없었다. 그렇다면 아직 발각되지는 않았다는 얘기였다. 석포는 안도의 한숨을 내쉬며 제가 발견하기 전까지 지금처럼 잘 숨어 있길 바랐다.

잠시 후, 황당한 일이 터졌다. 바히르가 모습을 드러내더니 겁도 없이 검계 무리 속으로 뛰어드는 것이다.

"저건 또 뭐야. 당장 잡아!"

술 수레를 옮기려다 말고, 뜬금없이 등장해 이상한 말을 쏟아놓는 사내를 잡으려 검계들이 우르르 몰려들었다. 그가 난데없이 떨어진 바위와 무관하지 않다고 생각했기 때문이었다.

검계들은 낯선 자를 잡으려 술 수레에서 점점 멀어졌지만, 낯선 자가 일부러 술 수레와 반대 방향으로 달아나고 있다는 사실은 전혀 눈치 채지 못했다.

검계들이 정체불명의 몽골인을 잡는 데는 그리 오랜 시간이 걸리지 않았다. 애초 무기도 들지 않은 자라 힘없는 아이를 때려잡듯 애먹을 일이 없었다.

검계들은 몽골인을 묶어두곤 처음엔 장난처럼 한 대, 두 대 때렸고, 나중엔 커다란 낙석 때문에 놀란 것에 공연한 화풀이를 하느라 거세게 발길질을 했다. 마지막엔 때리다 보니 점점 수위가 높아져 얼굴이 무너져 내리도록 짓이겼다.

물론 그 잔혹한 매질에도 원칙은 있었다. 그들은 절대 몽골인을 죽여서는 안 됐다. 자신의 동료들이 분풀이의 순서를 기다리고 있기 때문이었다.

그 처참한 광경을 쳐다보면서도 석포는 쉽사리 바히르를 구하러 가지 못했다. 현장으로 뛰어들려 막 칼을 뽑으려는 순간, 수판을 본 것이다.

수판은 지금 일어난 소란을 틈 타, 숨어들었던 술 수레 아래서 뛰쳐나왔다. 그리고는 석포가 정면으로 보이는 나무기둥 뒤로 몸을 가렸다. 만약 바히르가 시선을 끌지 않았다면, 검계들에게 그의 존재가 고스란히 발각당할 순간이었다.

수판은 아직 바히르가 검계에게 잡힌 걸 모르는 듯했다. 그는 자신이 점찍은 나무 옆 술 수레 주변만 두리번거리며 살폈다. 술 수레는 고작 대 여섯 걸음 정도 떨어져 있었다. 검계들이 낯선 사내에 눈이 팔려 그가 목적을 이루는 건 어려워 보이지 않았다.

하지만 수레에는 수판의 눈에 보이지 않는 검계들이 있었다. 수레 반대편에 서너 명의 검계들이 등을 기대고 앉아 두드려 맞는 몽골인을 히죽거리며 구경하고 있었다.

수판이 저대로 수레 아래로 들어가면 낄낄거리고 앉은 검계들에게 발각될 게 뻔했다. 그러나 이를 알 리 없는 그는 당장이라도 그 아래로 달려갈 듯 몸을 기울였다.

"안 돼, 거긴 안 돼!"

자신도 모르게 석포가 팔을 들어 크게 흔들었다가 금세 내렸다. 이러다간 흩어진 세 사람이 죄다 발각될 판이었다.

석포는 검계들에게 둘러싸여 폭행당하는 바히르와 곧 검계들에게 발각될 위험에 처한 수판을 번갈아 쳐다봤다. 당장 둘 다 구할 수 없으니 석포는 한 명을 선택해야 했다.

석포는 꺼내들었던 칼을 도로 칼집에 꽂아 넣고, 수판이 숨은 나무쪽으로 조심스럽게 뛰어갔다. 수판마저 잡히면 혼자 힘으로 둘 다 구해내는 건 어려울 것이니 그를 먼저 구하리라 결정한 것이다.

"거긴 안 돼!"

이제 막 술 수레 쪽으로 뛰어가려는 수판을 가까스로 잡은 석포가 말했다.

"수레 반대편에 검계들이 있소."

그제야 자신이 불구덩이 속으로 뛰어들려 했다는 걸 알게 된 수판이 안도의 한숨을 내쉬었다.

"안심하긴 이릅니다. 바히르가 잡혔소."

석포가 손가락으로 어느 곳을 가리켰다.

그곳에선 검계들이 방금 전 소란을 일으킨 자를 처벌하고 있었는데, 그 매질이 어찌나 참혹하던지 멀찍이 떨어져 지켜보는 것만으로도 몸이 부르르 떨렸다.

"지금 맞고 있는 자가, 바히르라고?"

수판의 두 눈에 벌건 핏줄이 터졌다.

"당장 바히르 구하러 갑시다."

"아니, 바히르는 내가 구합니다."

석포가 다시금 수판을 잡았다.

"나리 입으로 말하지 않았소. 이번 기회가 아니면 도가 찾아내기 어려울 거라고."

"기회는 다시 만들면 그뿐. 지금은 바히르 구하는 게 먼저야."

"그 기회, 바히르가 만들어줬잖소, 지금."

"뭐?"

"나랑 바히르가 만들어준 그 기회, 잘 살려 새로운 도가를 꼭 찾아내시오. 난 바히르를 반드시 구해낼 것이니."

"어떻게 검계들이랑 혼자 싸운다는 거야? 말도 안 되는 소리!"

별 싱거운 소리 다 듣겠다는 듯 석포가 씩 웃었다.

"나. 석포요, 석포. 내가 누구한테 졌다는 소리 들은 적 있소?"

석포는 수판의 어깨를 꽉 쥐었다 놓고는 검계들이 몰려 있는 쪽으로 걸음을 떼었다.

칼을 휘두르며 성큼성큼 나아가는 모습이 자신을 완전히 노출시킨 한 마리 호랑이를 방불케 했다.

칼이 저 혼자 놀 듯 허공에서 붕붕 소리를 내며 날렵하게 날아다녔다.

검계들이 일제히 다가오는 석포를 돌아보았다.

그의 등장이 얼마나 위압적이었는지 빤히 보고도 기세에 눌려 섣불리 다가서지 못했다. 숨어서 지켜보던 수판은 석포의 자신감이 과한 게 아니란 걸 새삼 깨달았다.

압도적인 위세를 지켜보며 수판은 확신을 가졌다. 그가 반드시 바히르를 구명할 거라는.

그렇다면 이제 움직일 때라 판단한 수판이 점찍은 술 수레 아래로 뛰어들었다.

급히 수레 밑으로 몸을 날리느라 땅바닥에 몸이 쓸리는 소리가 요란스러웠다. 그러나 석포의 소동에 시선이 죄다 쏠려 눈치 챈 이들은 없었다.

그때였다.

수판이 숨어든 수레 쪽으로 검계 몇몇이 몰려오는 소리가 들렸다. 그들은 수레 위에 무거운 뭔가를 던져놓았다.

떨어진 것이 꽤 묵직했던지 쿵 하는 소리와 함께 수레가 제법 흔들렸다. 바짝 긴장한 수판은 있는 대로 몸을 웅크리며 숨을 죽였다.

다행히 검계의 발소리가 다시 멀어져 갔다. 수판은 그제야 몸을 펴고 주위를 살폈다.

순간 수판의 입에서 컥, 하는 비명소리가 터져 나왔다. 엉성하게 나무를 이어 붙인 수레의 밑판 사이로 바히르를 발견한 것이다. 피투성이가 된 그는 정신을 잃고 있었다.

"바히르, 바히르. 정신 좀 차려."

수판의 목소리를 들었는지 바히르가 끙끙 앓는 소리를 내며 힘들게 눈을 떴다.

"여기야, 수레 아래쪽."

몸이 마음대로 움직이지 않는 모양이었다. 몇 번인가 움쩍거리던 바히르가 고개만 가까스로 움직여 수레 아래를 쳐다봤다.

"나…… 괜찮아, 괜찮아."

수판을 안심시키려는 듯 바히르가 힘없이 입꼬리를 끌어 올리며 배시시 웃었다.

그때 검계 두어 명이 다시 수레로 다가왔다.

"뭐야? 이 자식 아직도 살아있었어?"

수상한 일이 연거푸 일어나 잔뜩 예민해진 검계가 바히르의 목소리를 들은 것이다.

그들은 죽었다 여긴 몽골인이 깨어난 걸 보고는 망설임 없이 등쪽에 칼을 쑤셔 넣었다.

바히르의 몸통을 뚫고 수레 밑바닥까지 칼날이 쑥 들어왔다 빠져나갔다.

죽음의 고통으로 파르르 눈꺼풀을 떨던 바히르가 마지막으로 온 힘을 쥐어짜내 수레 아래 수판을 쳐다봤다.

"노…… 탁. 우리 다…… 같이."

바히르는 몇 마디 말을 남기고 힘없이 눈꺼풀을 감았다.

"서둘러 술을 옮겨라."

정찰검계들이 구척장신을 상대하는 동안 수레를 옮기라는 명령이 떨어졌다.

원래 예정대로라면, 수판은 지금 있는 수레에서 한 번 더 이동해 맞은편 수레로 가야 했다.

그러나 바히르의 죽음으로 이미 정신이 아득해진 수판은 그럴 수 없었다. 오로지 바히르를 혼자 보낼 수 없다는 생각에 그가 실린 수레 밑바닥에 배를 바짝 붙여 매달렸다.

수판은 이때 자신이 흘리는 눈물은 그의 인생을 통틀어 가장 슬픈 눈물일 거라 생각했지만, 그건 그의 바람일 뿐이었다.

35

한편 십여 명의 정찰검계를 상대로 홀로 싸우는 석포의 사정도 힘겹기만 했다. 여느 검계라면 이리 고전할 이유가 없었다. 상대는 정찰검계들이었다. 진기가 고르고 골라 만든 정예부대. 그들은 만만한 상대가 아니었다.

문득 그들이 칼을 거두고 싸움을 포기한 듯 일제히 물러났다.

아무래도 불길했다.

"오랜만이야, 석포."

아니나 다를까 누군가 자신의 이름을 불렀다. 익숙한 목소리였다. 동시에 절대 마주치고 싶지 않았던 사내의 목소리였고.

소리 나는 쪽으로 몸을 돌려보니 예상대로 그는 진기였다. 정찰검계들이 뜬금없이 싸움을 멈춘 건 그의 지시를 받아서였다.

상대가 진기란 걸 확인한 석포가 거추장스러운 복면을 벗어던졌다. 그가 자신을 알아봤으니 복면도 이제 소용없었다.

대신 석포는 칼자루를 쥔 손에 힘을 꽉 주었다. 그리고 오른쪽 발을 살짝 뒤로 빼 그대로 달려들 준비를 했다. 다른 이도 아닌 진기에게 정체가 발각됐으니 가족을 지키기 위해서라도 반드시 그를 죽여야 했다.

그러나 진기의 반응은 예상 외였다. 그는 조금도 동요하지 않았다. 자신이 석포의 상대가 안 된다는 걸 뻔히 알 텐데도. 적어도 삼합이면 제 목이 떨어질 거리. 계산하지 못할 자가 아니었다. 그런데도 정찰검계들이 움직이지 않는다. 그가 명령을 내리지 않은 것이다. 대체 이유가 뭐지?

이해할 수 없는 그의 무방비가 되레 불안해졌다.

대신 진기는 무심한 동작으로 소매 안에서 뭔가를 꺼냈다. 그리고 그걸 석포 발 앞에 던졌는데, 온전히 열십자(十)형을 유지하고 있는 두 개의 나뭇조각이었다.

"이건!"

석포의 눈꺼풀이 파르르 떨렸다. 오궤신의 군호였다. 바히르와 수판이 남겼을 군호.

"열십자형 나뭇조각은 난 죽었으니 더 이상 찾지 마라. 추격을 포기하라. 뭐 이런 뜻이라지? 빨간 점이 하나 찍혀 있는 건 종사관 이수판의 것이고, 빨간 점이 두 개 찍혀 있는 건 몽골인 바히르의 것이고. 맞는가?"

"……우리만 알고 있는 신호를 어떻게?"

석포가 눈을 가늘게 뜨고 진기를 노려봤다.

"우리? 우리도 한때는 우리였지, 아마?"

진기가 코웃음을 쳤다.

"오궤신 다섯 명 모두를 그때의 우리처럼, 진정한 우리라…… 부를 수 있을까?"

"오궤신 중 간자가 있군. 그렇지?"

진기가 어깨를 으쓱해 보였다.

석포는 황급히 오궤신의 얼굴 하나하나 떠올려봤지만, 배신자가 누군지 좀처럼 예측할 수 없었다. 누구 하나 오늘의 작전을 위해 최선을 다하지 않은 자가 없었는데, 대체 그 간자가 누구란 말인가?

석포는 심란한 마음을 서둘러 가다듬고, 다시 칼자루를 고쳐 잡았다. 진기에게 틈을 보였다간 반드시 역공을 당할 거라 생각한 것이다.

"그 간자 놈이 누군지는 널 잡으면 알 수 있겠지."

석포의 목소리에 힘이 들어갔다.

그러자 진기가 배시시 웃음을 터뜨렸다.

"가족은 이제 포기한 모양이야?"

순간 석포의 눈이 휘둥그레졌다.

진기가 징그럽게 웃으며 석포 쪽으로 한 걸음 바짝 다가섰다.

그리고 석포가 든 칼날에 손가락 하나를 얹고는 살짝 힘을 주었다.

칼날이 가볍게 흔들렸다.

"내가 돌아오지 않으면 모두 호랑이 아가리에 처넣으라 명을 내려 뒀거든."

석포는 온몸을 부르르 떨었다.

"사실 인왕산 도가부터 쭉 자네를 지켜봤어. 그래서 손 좀 써놨지. 그러니 이 칼, 내려놓게."

석포가 애초 일부러 포청 군사들의 인질이 된 것도, 붕익에게 인왕산 도가를 알려준 것도, 그리고 오궤신이 된 것도 모두 가족을 되찾기 위해서였다. 그러니 가족의 생명줄을 쥐고 있는 그에게 지금 이 순간 석포는 항복해야 했다.

그러나 석포는 쉽사리 칼을 놓지 못했다. 이대로 진기를 잡아버리고 싶은 뜨거운 욕망이 머리끝까지 솟구쳐 올라 칼을 쥔 손에서 쉽사리 힘을 뺄 수 없었다.

때마침 시끄러운 말발굽 소리와 함께 저 멀리 금란방 군사들이 서서히 모습을 드러냈다.

이대로 군사들이 도착할 때까지 진기의 발을 묶어두고, 뒷일을 붕익과 논의한다면 방법이 있지 않을까?

절실한 생각으로 석포의 눈동자가 요란스레 움직였다.

그 마음을 다 안다는 듯 진기가 이번엔 석포의 칼날에 올려놓은 손가락에 자신의 체중을 실어 힘껏 눌렀다. 그러자 칼날이 낭창낭창 춤을 추었다.

"식구들 목숨이 걸린 일인데도 이리 고심하는 걸 보니, 이야, 자네. 진짜 포청 군사가 다 된 모양이네, 그려."

진기는 뭐가 그리 우스운지 껄껄 소리 높여 웃다 문득 그쳤다.

"이 세상에 오직 나 하나뿐이야. 자네 가족을 살릴 수 있는 사람. 그 누구도 그들을 살리지 못해. 잘 알잖아."

진기의 일갈에 결국 석포는 더 버티지 못하고 칼을 떨어뜨렸다. 그리고 모든 걸 포기한 듯 진기를 쳐다보며 입을 열었다.

"마지막 부탁이 있다."

36

천관이 거래를 결정하는 데 이렇게 오래 걸린 건 처음이었다. 사흘 동안이나 그는 고민을 거듭했다.

불법 밀매거래도 했고, 왈패를 풀어 남의 것을 빼앗기도 했고, 상대를 속여 부당이익을 챙기기도 했던 그가 이토록 망설이고 주춤하는 건 거머쥘 이익이 적거나, 그 방법을 몰라서가 아니었다. 오히려 그 이익이라는 것이 가당치 않을 만큼 어마어마해 망설이고 있었다.

이번 거래로 그가 얻을 수 있는 건 청과의 인삼무역권 전부였다. 한성 최고의 거상인 그가 현재 가지고 있는 건 일곱 개로 나눠진 인삼교역권 중 하나뿐인데, 그걸 전부 독점할 수 있다니 놀라 턱이 다 빠질 지경이었다.

물론 그 대가는 너무 위험한 것이었다. 임금의 편에 서서 권신들을 쓸어버리라니, 아무리 별의별 일을 다 겪은 장사꾼 천관이라도 아랫배가 덜덜 떨리는 거래가 아닐 수 없었다.

지금 시대가 어떤 시대인가!

천한 무수리의 배를 빌어 나오지 말아야 할 임금이 나왔고, 그 임금이 자신을 왕좌에 올린 대신들 손바닥 위에서 꼭두각시처럼 움직이며 온갖 조롱을 다 당하는 시대였다. 그런데 그런 임금의 편에 선다? 자칫하면 자신은 물론이고 삼족 전부가 몰살당할 수 있는 위험한 거래였다.

그러나 그는 타고난 장사꾼이었다. 위험이 클수록 그 대가가 크다는 건 누구나 안다. 그가 남보다 더 잘 아는 건 무엇을 얼마나 치러야 적정한지를 계산해낸다는 것이었다.

천관은 소매에 손을 넣어 작은 목제 주령구를 꺼내보았다. 원래 주령구라는 것은 술자리에서 벌칙을 적어놓고 이를 굴려 벌칙을 정하는 기구인지라, 누가 몇 번을 던지든 열 네 면이 나올 확률이 같아야 했다.

하지만 천관이 든 주령구는 언제나 단 한 면만이 나왔고, 그곳엔 임금의 지령이 새겨져 있었다. 그리고 지령이 무엇이든 천관이 반드시 지켜야 할 사항이 있었다. 그건…….

천관의 입에서 순간 헛웃음이 터져 나왔다. 임금의 주령구를 받아드는 순간, 궁에서 나온 내관이 온갖 엄포를 놓으며 입단속을 강조했던 일이 생각났다.

그리 유난을 떨며 단속하지 않아도 될 일이었다. 이 나라 임금이 밀주(密酒)의 진짜 주인이라는 사실을 감히 떠들 수 있는 자가 세상에 어디 있겠는가.

이번 주령구엔 빙고(氷庫)란 글자가 새겨져 있었다. 천관이 소유한 빙고를 검계의 술 창고로 내주라는 뜻이었다. 천관은 임금이 뒤에 있다는 걸 숨긴 채 이 일을 자연스럽게 성사시켜야 했다.

천관은 서두르지 않았다. 한성에 술 창고로 사용할 만큼 규모가 큰 빙고를 소유하고 있는 건 오직 자신뿐이었다. 그러니 검계가 알아서 먼저 접근해 오리라 예측했다.

천관의 예측은 맞아 떨어졌다. 어느 밤 검계의 수장 철주가 그를 찾아왔고, 천관은 조직과 손을 잡을 경우 자신이 챙길 수 있는 이익이 무엇이고, 그것이 얼마나 되는지 꼼꼼히 살펴본 후 계약을 성사시켰다.

그리고 임금이 명하지 않은 것까지 그는 덧붙였다.

"내 상점들을 검계의 도가로 이용하지 않겠소?"

어차피 자신의 빙고를 술 창고로 이용하다 보면 드나드는 검계들이 사람들 눈에 띌 것이다. 그럴 바엔 아예 검계들을 상점의 일꾼으로 위장시켜 드나들게 하면서 본격적으로 조직의 본거지를 자신의 상점 안에 마련하는 게 어떠냐는 게 천관의 제안이었다.

잠시 생각에 빠진 철주를 천관이 재촉했다.

"그리 많은 걸 바라는 건 아닙니다. 제 빙고에서 보관하는 밀주의 거래대금이면 족합니다."

네 개의 계절 중, 여름 동안 거래되는 밀주의 수익을 통째로 달라는 얘기였다.

천관의 요구가 과하다 생각한 철주가 이맛살을 찌푸렸다.

그러나 천관은 물러서지 않았다.

"빙고를 구하지 못하면 어차피 여름내 밀주 장사를 못할 것이니 그리 손해 보는 장사는 아닐 것입니다. 게다……."

"게다?"

철주가 눈썹을 치켜 올리며 되물었다.

"게다 인왕산 도가가 우포청에 발각돼 새로운 본거지를 마련해야 겠지만, 사람들 눈에 띄지 않게 본거를 마련하기엔 두령님의 조직이 너무 거대해지지 않았습니까? 그러니 이미 마련된 곳에 조직을 숨기는 것이 최선책이죠."

철주가 그 순간 큰 소리를 내며 웃었다.

"진짜 장사꾼이군, 자넨."

거래는 그리 성사되었고, 천관은 임금과 철주 양쪽에서 스스로 만족할 만큼의 이익을 챙겼다. 뼈 속까지 상인인 천관이기에 가능한 일이었다.

"주인어른, 잠시 나와보셔야겠습니다."

문밖에서 천관을 부르는 소리가 들렸다.

이 시간이면 금란방에서 나온 술이 도착하는 시간이니 천관은 응당 그 일이라 생각하며 문 밖으로 나섰다.

마당엔 그의 호위무사들이 진을 치고 있었다. 평소 술 수레가 천관의 거점에 도착하면 그의 상단 상인들이 이를 나눠 빙고로 가져갔는데, 웬일인지 오늘 수레 곁에 서 있는 건 천관의 호위무사들이었다. 심지어 그들은 손에 칼을 쥐고 있었다. 뭔가 심상치 않은 일이 터진 것이다.

"대체 무슨 일인가?"

"시쳅니다, 어르신."

호위무사 한 명이 수레 위에 덮인 거적을 걷어내자 시체가 드러났다. 도저히 사람의 얼굴이라 할 수 없을 만큼 얼굴이 무너져 내린 시체였다.

천관의 이맛살이 절로 찌푸려 들었다.

"대체 저건 무엇이냐?"

물어보나마나 한 일이었다.

술 배달 중 사고가 생겼고, 뒤처리가 귀찮아진 검계가 술 수레에 시체를 실어 함께 보냈을 터였다.

천관의 입에서 끙 앓는 소리가 터져 나왔다.

새벽부터 시체를 본다는 건 그리 달가운 일이 아니었다. 거기다 처음엔 흉측한 몰골 때문에 눈에 쉬 들어오지 않았지만, 술 수레에 던져놓은 시신의 얼굴이 아무래도 낯이 익었다. 아니 그가 입은 의복이 어딘지 낯이 익었다.

천관이 수레에 바짝 다가섰다.

"가만! 죽은 자의 의복이……. 이건 금란방 군사의 옷이 아니냐?"

천관이 수레를 둘러싼 무사들을 쳐다보며 물었다.

다들 말없이 고개를 끄덕였다.

"보신각에서 소란이 일었다고 하더니, 아마 검계와 군사들이 싸운 모양입니다."

"아마? 아마라니? 그게 무슨 말이냐? 금란방 군사와 검계들이 싸워? 당장 달려가 확인해봐라."

"무엇을 말입니까?"

호위무사 한 명이 앞으로 나서 되물었다.

"오, 오궤신. 금란방 군사 중 오궤신이라 불리는 이들이 있다. 그들이 무사한지, 만약 무사하지 못한 자가 있다면 그자가 누구인지 확인해봐라. 당장 뛰어가라, 당장!"

천관의 목소리가 유난히 덜덜 떨리자 시급한 일이라는 걸 직감한 무사 서너 명이 냅다 밖으로 달려갔다.

"저, 어르신. 시신은 어찌할까요?"

"아무도 모르게 태워……. 아니 시신이 누군지 먼저 확인해야 하니 우선 잘 숨겨두거라. 그리고 너희들 잘 듣거라. 지금부터 뒷단속을 철저히 해야 한다. 먼저……."

그때였다.

술 수레 쪽에서 뭔가 묵직한 것이 쿵 하고 땅바닥으로 떨어지는 소리가 들렸다.

수레를 에워싸고 있던 무사들이 재빨리 칼을 빼들고 신속하게 둘로 나눠 움직였다.

한 무리는 천관을 둘러 보호했고, 또 다른 무리는 수레를 향해 칼을 겨누었다.

천관이 말없이 눈짓으로 신호를 보내자 무사들이 조심스럽게 수레를 향해 한발 한발 다가갔다.

다음 순간, 숨이 끊어질 듯 고통스런 울음소리가 들려왔다. 분명 수레 아래서 들리는 소리로 사내의 울음소리였다.

천관은 땅바닥에 무릎을 꿇고 수레 아래를 살폈다.

이제 막 동이 트고 있는 시간이지만 아직 남은 어둠에 수레 그림자까지 더해져 그곳의 어둠이 유난히 짙었다. 하여 무엇이 있는지 잘 보이지 않았다.

눈치 빠른 무사 하나가 마침 횃불을 들어 아래를 비췄고, 비로소 수상한 물체의 정체가 드러났다.

천관의 표정이 딱딱하게 굳었다. 횃불에 드러난 자는 천관과 눈을 맞추는 걸 거부했지만, 천관이 너무 잘 알고 있는 이였다. 그는 자신의 아들 수판이었다.

수판의 울음은 그 후로도 한참 동안 계속되었다.

37

"지금부터 난 자네에게 나를 위해 누군가를 죽여 달라 부탁할 걸세. 물론 속내를 이리 내비친 이상 자네가 내 청을 거절할 순 없을 것이야. 거절하면 그 즉시 난 자넬 죽일 것이니. 표정을 보아하니 많이 놀란 모양이군. 놀라게 했다면 내 미안허이. 그러나 분명한 건 자네가 살 길도 있다는 거네. 왜 하필 자네냐고? 허허허, 그건 나도 잘 모르겠어. 그냥 자네가 떠오르더군. 그렇다고 필요 이상 긴장하지 말게. 아까도 말했듯이 자네가 살길은 분명 있으니 말야. 잠시만 이걸 보게나. 이 두루마리는 예전에 자네 수중에 들어갈 뻔했던 검계 윗대가리의 용모도일세. 이제야 눈치 챘는가? 그날 자네에게서 용모도를 뺏고, 자넬 죽이려던 그 간자를 죽인 건 내가 시킨 일이야. 그래, 그 발소리를 내지 않는 사내가 바로 내가 부리는 간자란 말일세. 발소리를 절대 내지 않을 정도로 무공이 뛰어난 그자는 내가 부리는 간자 중 두 번째로 뛰어난 자라네. 아아, 그런 눈빛으로 보지 말게나. 만약 그날 이 용모도를 봤다면 자넨 이미 죽은 목숨이었을 테니 다행으로 여기라고. 이유가 뭐냐고? 그 이유를 설명하려면 아주 긴 얘기를 풀어내야 하는데……. 그럼, 숨도 돌릴 겸 우리 술이나 한잔할까? 비록 치자가루가 좀 섞여 술빛이 노랗긴 하지만, 그 향과 맛은 변함없을 것이니 한 잔 마시고 얘기를 이어가세. 뭐? 술을 마시는 건 불법이라고? 흐흐흐, 그래 술을 이리 마시는 건 불법이지. 헌데 사람이 어찌 평생 정도만 걸을 수 있겠나. 안 그런가? 그래도 마시지 않겠다면 더 이상 권하지 않겠네. 그럼 나만 마시지. 캬, 오랜만에 술맛을 보니 참 좋군. 자네도 눈치 챘는지 모르겠지만 이 술은 검계들이 만들어 팔던 걸 금란방에서 압수한 거야. 압수한 술을 빼돌려 사사로이 마시는 거냐? 허허, 아닐세. 압수한 술들은 남김없이 금란방 우물가에 버린다네. 이건 틀림없는 사실이야. 우선 내가 재밌는 얘기를 하나 들려줄까? 자, 내 오른쪽 손을 보게나. 이 엄지와 검지가 노랗게 물들었지? 난 이게 풍문으로 들었던 괴질의 징조인 줄 알고 꽤나 오금을 저렸지. 그런데 이건 덫이었어. 장봉익 그자가 쳐놓은 덫. 사실 난 금란방 우물가에서 대나무관을 조정해 밀주를 빼돌리고 있었다네. 그 일만큼은 내가 직접 했지. 그런데 장봉익 그자가 밀주가 빼돌려진다는 걸 눈치 채고 어찌 했는지 아는가? 금란방에서 버리는 밀주에 치자가루를 섞은 거야. 매일, 조금씩. 그러니 밀주를 만지는 사람들 손에 치자물이 들 수밖에. 물론 나도 예외가 아니었지. 하하하, 정말 귀신같은 자가 아닌가! 자네가 제대로 된 물건을 금란방으로 보냈더군. 아, 비아냥거리는 게 아니라 진심으로 하는 소리니 오해 말게. 자네 표정을 보아하니 귀신같은 장봉익의 솜씨보다 내가 검계와 한통속이라는 사실에 더 큰 충격을 받은 모양이군. 왜 아니겠는가. 허나 내가 받은 충격보다는 덜 한 걸세. 어제 새벽 장봉익 그자가 보신각에서 밀주 배달하는 검계를 싸잡아 잡겠다고 군사를 청하러 왔는데, 그만 이 손가락을 보고 만 거야. 만약 내가 부리는 간자가 나서서 장봉익의 계략을 말해주지 않았더라면 난 아마 장봉익 그 치에게 꼼짝없이 당했을 걸세. 인정하고 싶지 않지만 정말 완벽한 작전이었어. 아니 그런가? 가만가만, 숨이나 좀 돌리세. 휴! 그래, 그 간자가 누군지 궁금하겠지. 어차피 날 살리려 자신의 정체를 드러냈으니 그 이름을 숨겨 뭐하겠는가. 용모도를 내게 가져온 자. 내가 부리는 간자 중 두 번째로 뛰어난 자. 발걸음 소리를 숨길 줄 아는 자. 아마 오궤신은 한길이란 이름으로 그를 알고 있을 걸세. 그런데 장붕익 이자가 더 기가 막혔던 건 모든 사실을 다 알고도 군사를 내어달라고 청하더란 말이지. 지금 보신각에 밀주를 유통시키는 검계들이 몰려 있으니 그들을 소탕할 절호의 기회라며…… 그리고 뭐라 덧붙였는지 아는가? 만약 금란방의 수장께서 검계와 손을 잡은 게 아니라면 이 절호의 기회를 놓칠 리 없다고 협박하더군. 군사들이 다 지켜보는데 말이지. 하하하, 그러니 어쩌겠는가. 그가 원하는 대로 군사를 내어줬지. 물론 지금은 차라리 금란방 군사들 앞에서 장붕익을 죽이는 게 뒷수습하기 더 쉽지 않았을까 후회하고 있네. 그러나 어차피 일은 벌어졌고, 난 이를 수습해야한다네. 그게 내 임무니까. 아무튼 새벽의 급습으로 나와 검계 조직과의 관계가 아주 묘해졌어. 아아주 골치 아프게 됐어. 뭐? 이참에 검계 조직과 척을 지고, 그들을 소탕하라고? 아냐 아냐, 그럴 순 없지. 표철주 조직이 온전히 이 조선의 밀주를 장악하게 만드느라 내그간 얼마나 노력했는데, 한순간에 그리 무너뜨릴 순 없어. 어째서냐고? 이건 이 나라의 임금을 바로 세우기 위한 계획이자, 백성들을 지키기 위한 계획이었으니까. 출생이 천하다 하여 감히 임금을 능멸하고 능욕하는 권신들과 맞서기 위해선 돈이 필요했네. 불인지언에 현혹돼 임금을 인정하지 않는 백성들의 마음을 돌리기 위해서는 돈이 필요했단 말일세. 그래, 맞아. 검계 조직의 밀주 장사는 곧 내탕금을 마련하기 위한 방책이었어. 장장 십 년에 걸쳐 진행하고 있는 계획이라고. 헌데 장붕익 그자가 이 모든 걸 망치려 하고 있어. 진정한 대의가 무엇인지도 모른 채 나대고 있단 말일세. 내 말 무슨 뜻인지 알겠는가? 아 참, 잊은 얘기가 있군. 이 용모도를 봤다면 아마 자네 죽었을 거라고 했지? 왜냐면 이 용모도의 주인은 그 일을 성사시킬 아주 중요한 인물이거든. 그잔 지금 검계 조직에 속해 있지. 그런데 검계의 수장이 그 간자의 정체를 어떻게 십 년 동안 모를 수 있냐고? 맞는 말이네. 그자가 지난 십 년간 간자였다면 응당 정체가 들통 났겠지. 허나 그는 연기를 하는 것이 아니라 그냥 검계야. 완벽한 검계. 밀주 장사를 성공시키기 위해 최선을 다하는 검계. 그러니 들통 날 비밀이나 정체 같은 건 없단 말일세. 아까 왜 하필 자네를 선택했냐고 내게 물었지? 시간과 장소를 가리지 않고 나를 찾아와 검계와 한패가 아니냐 겁박하는 자네 모습을 보며, 나도 모르게 자네가 혹 청정무사의 현신이 아닐까 생각했다네. 창덕궁으로 들어가는 진선문과 맞닿아 있는 금천교 다리 아래 양각된 귀면. 맑고 바르지 못한 마음으로 궁을 오가는 자들이 있으면 반드시 걸러내 금천교 위에 옴짝달싹할 수 없게 달라붙게 만든다는 그 청정무사 말일세. 그래서 자연스럽게 이 일에 자네가 제격이 아닐까 생각했는지도 모르겠네. 휴우, 지난 십 년의 이야기를 이리 풀어내고 나니 목이 좀 타는군. 이번에도 이 술을 마시지 않겠는가? 흐흐, 자네 고집도 하여간 알아줘야 한다니까. 캬, 오늘따라 유난히 술이 향긋하군. 자, 그럼 이제 자네의 답을 들어볼까? 나를 위해, 아니 이 나라를 위해 누군가를 죽일 것인가, 아니면 그대가 대신 죽을 텐가, 이장우?"

마침내 장우가 입을 열었다.

"제가 죽여야 할 자가 누구입니까?"

그 순간 장우의 앞으로 작은 주령구 하나가 또르르 굴러왔다.

주령구엔 두점방맹(杜漸防萌, 좋지 못한 일의 조짐이 보였을 때 즉시 그 해로운 것을 제거해야 더 큰 해가 되지 않는다는 의미) 넉 자와 장우가 죽여야 할 자의 이름 석 자가 선명하게 새겨져 있었다. 그건 장붕익 이름 석 자였다.

38

며칠 째 임금은 몸이 좋지 않다는 핑계로 침소에서 나오지 않았다.

그러나 임금을 걱정하는 사람들은 없었다. 지난 기우제 때 호조판서 김인식을 참수한 일로 더럭 겁을 먹고 언제나처럼 와병을 핑계 삼아 숙소로 숨어들었다는 걸 알 만한 사람들은 모두 알기 때문이었다.

물론 임금의 수발을 드는 내관 한 명이 수상스러울 정도로 임금의 숙소를 빈번하게 들락거리긴 했지만, 사람들은 그자가 숙소에 숨은 임금에게 소문을 물어 나르는 쥐라 여기고 대수롭지 않게 넘겼다.

아니 정확하게 말하자면 그것까지 신경 쓸 겨를이 없었다. 부지불식간에 죽은 김인식의 밥그릇을 눈치껏 차지하는 것에 온 신경을 쓰느라 빈껍데기에 불과한 임금의 사정 따위엔 관심이 없었던 거다.

"다행이구나."

자신을 전혀 경계하지 않는 권신들의 분위기를 전해들은 임금이
말했다.

"김인식의 빈자리를 차지하려 모두 혈안이 되었을 테니, 시간을
끌지 말고 밀주 계획을 마무리해야 한다."

"예, 만전을 기하겠나이다. 헌데, 전하."

내관이 임금을 쳐다봤다.

"김인식이 죽은 후, 우의정 오순항 집에 드나드는 자들이 부쩍 늘
어나고 있습니다."

내관의 말에 임금이 한쪽 입꼬리를 말아 올리며 웃었다.

"그렇겠지. 자고로 쥐새끼들은 어느 집 창고에 쌀이 넘쳐나는지
정확하게 알게 마련이거든. 헌데 말이다, 백성들이 우의정을 이상
한 별칭으로 부른다지?"

임금이 턱을 치켜 올리며 내관을 쳐다보았다.

"아, 네."

"그것이 무엇인지 말하라."

"그것이……."

"서슴없이 말하라."

"예, 전하. 백성들은 그를 우의정 요순(堯舜, 중국의 요임금과 순임
금을 일컫는 말, 태평성대를 이끈 이상적인 제왕들)이라 부른다 하옵니
다."

내관이 말꼬리를 흐리자, 임금이 못마땅한 듯 미간을 찌푸리며 입을 열었다.

"그렇지, 요순. 금란방의 군기를 바로 잡은 것도 그렇고, 지난 새벽 검계들을 습격한 것도 그렇고. 백성들에게 우의정의 존재가 점점 부각되는 모양이군. 곧 그의 위세가 한 나라의 임금 못지 않겠어. 안 그런가?"

알 듯 모를 듯 묘한 표정으로 잠시 입을 다물었던 임금이 이내 칼을 쥔 손을 움직여 주령구에 뭔가를 새기기 시작했다. 그러다 문득 손을 멈췄다.

"두점방맹 주령구 말이다."

"예, 전하. 우의정 오순항에게 내린 두점방맹 주령구 말입니까?"

"음…… 아무래도 두점방맹 주령구가 주인을 잘못 찾아간 듯하다."

"네?"

"속히 이를 바로잡아야겠다."

"하명하소서. 빠르게 움직이겠나이다."

"아니, 이번엔 내가 한다."

내관이 놀라 눈을 들어 임금을 쳐다봤다.

"내가 주령구를 직접 줄 것이다. 특별한 주령구니까."

"특별한 주령구요?"

내관이 의아한 듯 쳐다보자 임금이 주령구를 쥔 손에 힘을 주고 손목을 틀었다. 그러자 주령구의 배가 갈라지며 두 개로 나뉘었다.

"이 주령구는 내가 처리할 것이니 넌 오순항 집에 가 두점방맹 주령구가 누구에게 흘러갔는지 알아보아라."

내관이 네, 라고 대답하며 공손하게 허리를 굽혔다.

39

순항의 집으로 가는 내관은 비단으로 잘 싸인 작은 상자 하나를 들고 있었다. 막 임금의 숙소를 빠져나오려고 할 때 임금이 그에게 준 것이다.

"인범아."

임금이 내관의 이름을 불렀다.

"예, 전하."

이름으로 불린 내관이 임금에게 바짝 다가가 허리를 굽혔다.

임금이 사가에 있던 시절부터 곁에 붙어 시중을 들었다. 이렇게 자신의 이름을 부를 땐 늘 한숨과 섞어 내뱉는데 그때마다 내관은 마음이 조마조마해졌다. 지금 임금은 뭔가 대단히 어려운 결정을 앞두고 있는 것이다.

"김인식에게도 난 늘 선물을 보냈지. 그에게 잘 보여야 했으니까. 그러니 같은 이유로 이젠 우의정에게 선물을 좀 보내야겠다."

임금은 이내 굳었던 표정을 풀며, 그렇지만 이건 어디까지나 위장이네, 우의정은 내 편이니, 라고 말했다.

그러나 내관은 임금의 속마음을 훤히 꿰뚫고 있었다.

임금은 지금 몹시 불안해하고 있었다. 얼마 전까지만 해도 김인식의 세상이었던 조선이 이제 오순항의 세상이 돼가고 있다는 걸 인지하게 됐으니 어찌 불안하지 않겠는가.

"마음은 간사한 것이라 언제나 강한 쪽으로 움직이는 거다."

부왕인 숙종이 어린 임금에게 해준 말이었다.

부왕은 자신의 정치적 행보에 맞춰 말을 바꿔 타듯 가장 필요한 세력의 힘을 바꿔가며 빌렸고, 그때마다 그들이 천거한 여인을 부인으로 삼았다. 물론 그러기 위해서 방금 전까지 자신의 부인이자 한 나라의 중전이었던 여인들을 비참하게 버렸다.

임금은 부왕의 정치를 지켜보며 사람의 마음은 간사하여 언제나 강한 쪽으로 움직이는 것이 변하지 않는 세상의 원리란 걸 깨닫게 되었다.

시나브로 그 깨달음은 임금이 사람들을 불신하게 만들었고, 그런 이유로 지금껏 그 누구도 온전히 지지하거나 신뢰하지 않았다.

내관도 마찬가지였다. 어린 시절부터 쭉 임금의 수발을 들어왔고, 궁에 들어온 지 어언 십 년이 지났으니 원칙대로라면 그는 종4품 상책의 벼슬 이상은 돼야 했다. 임금의 가장 가까운 곳에서 움직이고 있으니 종2품 상선이라 해도 과한 자리는 아니었다.

그러나 임금은 그에게 가장 하급인 종9품 상원의 자리를 내줬고, 벼슬을 올려야 할 때마다 따로 불러 물었다.

"인범아, 네가 원하는 자리가 있느냐?"

"지금의 자리면 족하옵니다, 전하."

내관의 대답은 지난 십 년간 늘 같았다. 그래서 그의 직급은 지금도 여전히 내관 중 가장 하급인 상원이었다. 권력에 전혀 관심이 없다는 걸 그렇게 필사적으로 피력하지 않았다면 자신은 벌써 임금의 손에 죽었을 거라 확신하고 있었다.

물론 대신들을 곁에 둘 때 임금은 더 치밀하게 계산하고 확인했다.

언제나 세력이 비슷비슷한 두 명의 신하를 동시에 발탁해, 같은 일을 또 동시에 하명했다. 그들이 하는 일을 이중으로 확인하며 자신을 속이지 않는지, 다른 마음을 먹지 않는지 살피기 위함이었다. 본인들이 뒤늦게 이를 알아채면 일이 빈틈없이 돌아가는지 확인하기 위해서라 둘러댔다.

신하들이 이를 문제 삼고 스스로 자리에서 물러나기도 했지만, 임금은 절대 잡지 않았다. 대신 그들의 자리를 채울 또 다른 두 명의 신하를 발탁할 뿐이었다.

그런데 순항만은 달랐다. 순항이 희정당 마당에 깔린 자갈을 요란스럽게 발로 차면서 들어올 때부터 내탕금을 채우기 위해 밀주 장사를 십 년간 지속한 최근까지 임금은 오롯이 순항만을 곁에 두었다. 견제할 인물을 따로 두지 않고, 이리 긴 세월 동안 온전히 상대를 신뢰한 건 그가 처음이었다.

그래서 내관은 이제야 임금이 사람을 믿게 된 것이라 마음을 놓은 것인데, 요 근래 순항이 백성들에게 추앙받고, 요순이란 별칭으로 불리자 마음은 간사하여 언제나 강한 쪽으로 움직인다는 부왕의 가르침을 임금이 아무래도 다시 떠올린 듯해 불길했다.

"하, 이를 어쩌나."

내관은 상자를 빤히 쳐다봤다.

순항이 어떤 자인가. 자신만큼 아니 어쩌면 저보다 더 임금을 잘 알고 있는 자였다. 이 선물상자를 본다면 필시 흔들리는 임금의 마음을 눈치 챌 것이다.

그건 임금에게 좋은 일이 아니었다. 순항은 임금의 비밀을 너무 많이 알고 있는 자였다. 그런 자와 관계가 틀어진다는 건 곧 임금의 파멸이었다.

"절대, 절대 전하의 심중을 들켜서는 안 돼."

내관은 결심을 끝내고 손에 든 작은 상자를 허공으로 힘껏 던져버렸다.

40

금란방 군사들은 붕익을 싫어했다.

그럴 만도 했다. 누가 말을 붙여도 붕익은 꼭 필요한 말이 아니면 대답하지 않았다. 설령 답한다 해도 상대가 민망하게 짧고 무뚝뚝

한 말투로 툭툭 몇 마디 던질 뿐이었다.

게다 밉살스럽게도 모월 모일, 어디서 누가 공술을 마시고 얼마의 뒷돈을 받아 챙겼는지 기가 막히게 찾아내 상관에게 고발하는 일이 다반사였다.

군사들 역시 붕익과 한자리에 있어도 굳이 말을 섞으려 들지 않았다.

그래서 검계들을 소탕한 그 새벽, 보신각에서 미처 달아나지 못한 검계들을 검거하고도 그 자리에 머문 채 뭔가를 간절히 찾는 붕익에게 뭘 찾는지 묻지 않았다. 같이 찾아주겠다 나서는 이도 하나 없었다.

그리고 오라로 줄줄이 엮은 검계들을 이끌고 금란방에 도착한 군사들은 붕익이 금란방으로 돌아오지 않았다는 걸 잊었다.

감옥에 가둔 검계들 수가 워낙 많아 정신을 차릴 수 없는 지경이기도 했지만, 그를 궁금해 하거나 걱정할 만큼 맘을 쓰는 이가 없어서였다.

그로부터 이틀하고도 반나절이 지난 새벽, 붕익이 느닷없이 금란방에 나타났다.

더 정확히는 금란방 감옥소 앞이었다.

그는 막아서는 군사들을 밀치고 옥으로 들어가려고 실랑이를 벌였다.

"장포졸은 그 잘난 내부감시반이 아닌가. 검거한 검계들을 취조하는 것은 우리 일이니 상관 말게."

막무가내인 붕익을 밀쳐내며 군사가 험악하게 말했다.

"취조하려는 게 아니네. 물을 것이 있네. 확인할 것이 있다고."

"그건 내가 알 바 아니고. 난 원칙만 따를 뿐이오. 정 검계와 만나고 싶거든 우의정께 허락을 구하든지."

군사의 태도는 강경했다.

붕익은 포기할 수 없었다. 보신각으로 먼저 출발한 수판, 석포 그리고 바히르까지 거짓말처럼 사라진 것이다. 혹시 군호를 남겼을까 싶어 보신각 주변을 샅샅이 뒤져 찾았지만, 발견하질 못했다. 이건 심상치 않은 일이었다.

그러니 무슨 일이 있어도 붕익은 검계들을 만나 오궤신에 대해 물어야 했다.

"이리 부탁하네. 이리 청을 하네."

"어차피 우릴 동료로 생각하지 않았잖소. 그래놓곤 이제와 그런 부탁을 하니…… 무리요, 무리. 군령을 어기면서까지 그쪽을 도울 생각이 없다고!"

군사가 기를 쓰며 소리를 질렀다.

그런데 붕익이 뜻밖의 말을 했다.

"자네 말이 맞아."

군사가 눈을 크게 뜨고 쳐다봤다. 놀란 눈치였다.

"군사로서 가장 기본은 동료에 대한 신뢰인데, 그걸 간과한 건 내 오만이고, 불찰이었어."

붕익은 진심이었다.

그간 검계 소탕작전을 아무리 완벽하게 계획해도 어느 틈엔가 정보가 새나갔고, 그런 경험이 중첩되다 보니 동료들을 믿을 수 없었다. 그래서 오궤신을 금란방 군사들과 완벽하게 떼어놓은 것인데, 이런 판단이 지금에 와서는 후회스러웠다. 오궤신을 찾는 데 도움을 받기는커녕, 도움도 청하지 못한다는 사실에 붕익은 괴로웠다.

전쟁터에서 동료를 믿지 못하면, 그 결과는 보나마나 패전이란 걸 어째서 이리도 까맣게 잊고 있었는지 스스로 발등을 찧고 싶은 심정이었다.

"미안하네. 정말 미안해."

붕익의 목소리가 흔들렸다.

그리 뻣뻣했던 붕익이 머리를 숙이자 군사의 경계도 무너지기 시작했다.

"장포졸의 과거를 생각하면 내 오장육보가 꼬이지만, 이리 부탁을 해오신다니……."

그때였다.

"군령을 어기면 안 됩니다."

어느 틈엔가 붕익의 뒤로 다가온 한길이 경고했다.

"어느 누구도 검계에게 접근하지 말라는 것이 수장의 명령이었습니다."

"군령? 실종된 군사를 찾으려는 것이 어찌 군령을 어기는 것이냐?"

붕익이 휙 몸을 돌려 소리쳤다.

"그 일이라면……."

한길이 잠시 망설이다 입을 열었다.

"장포졸 나리가 보신각 근처에서 군호를 찾는 동안 저도 그들을 찾아다녔습니다. 이틀 내내. 헌데 어디에도 그들의 흔적은 없었습니다. 나리, 제가 이틀을 찾아 다녔는데도 없다는 건 그들이 이미 죽어 어딘가에 버려졌다는 얘깁니다."

한길의 담담한 말투에 붕익의 표정이 돌변했다.

"네가 무엇이길래 감히!"

붕익이 낮은 목소리로 경고했다.

"모르셨습니까? 전 간자입니다. 우의정 대감의 간자. 찾아야 하는 사람이 있으면 강녕전(康寧殿, 왕의 침소로 사용되는 건물)을 뒤져서라도 찾아내 그분께 끌고 가는 대감의 사람이죠."

"네가 우의정의 사람인 건 맞는 말이고, 우의정의 간자란 말은 틀린 말이다. 왜냐면!"

붕익이 기여 한길의 멱살을 틀어잡았다.

"우의정이 거느리는 간자 무리는 정보수집이 아니라 정체를 숨기고 스며드는 자들이다. 그들은 짧게는 일이 년이고, 길게는 수 년이 넘는 세월 동안 필요한 집단에 스며들어 그 집단을 괴멸시키지. 헌데 널 봐라. 발소리를 숨기고 오순항의 눈과 귀가 되어줄 뿐, 진짜 간자 노릇을 한 적이 없질 않느냐? 웬 줄 아느냐! 네가 계집이기 때문이지."

붕익이 한길의 멱살 잡았던 손을 풀고, 한길의 오른쪽 손을 잡았다. 그리고 손가락으로 쓰윽 그의 손바닥을 훑었다.

"모습은 남자처럼 바꿀 수 있어도 절대 여자 손금을 남자 손금으로 바꿀 수 없거든. 그것이 네가 우의정의 간자가 될 수 없는 이유다."

당황한 한길이 거칠게 손을 빼내자, 붕익이 매섭게 다시 말을 이어갔다.

"그럼에도 네가 지금껏 우의정의 사람일 수 있었던 이유를 알려주랴? 지난번 우의정의 손을 잡았을 때 알았지, 그 이유를."

"그 입 다무십시오. 계속하면 죽일 겁니다."

붕익이 무슨 얘기를 할지 눈치 챈 한길이 어느 틈엔가 단검을 꺼내 그의 턱 밑을 노렸다.

붕익은 더 강하게 밀어붙였다.

"손금은 모든 걸 다 말해주지. 손금의 주인이 남잔지 여잔지부터 누가 누구의 핏줄인지까지."

칼을 쥔 한길의 손이 미세하게 떨렸다.

사실 한길과 순항의 관계는 세상에 알려져선 안 되는 비밀이었다. 평생 버려두고 보지 않았던 기생첩의 딸이 죽은 순항의 아들 호적을 물려받고 간자로 활동하고 있다는 게 알려지면 순항에겐 씻을 수 없는 불명예가 될 일이었다. 그런데 그걸 붕익이 알아낸 것이다.

"조만간 우의정, 아니 네 아비를 찾아갈 것이다."

"그리는 안 될 겁니다. 그 전에 내 손에 죽을 것이니."

더 이상 붕익을 살려둘 수 없다 판단한 한길이 단검을 쥔 손에 체중을 실었다. 이내 붕익의 목에서 피가 주르륵 흘러내렸다.

"우의정이 내게 원하는 게 있을 터."

붕익의 목울대가 한길의 칼에 눌려 납작한 소리가 났다.

"그분이 원하는 것?"

"그것 때문에 아직까지 날 죽이지 못했을 텐데."

한길이 숨죽인 목소리로 물었다.

"밀주유통조직도! 그리고 검계와 결탁한 사람들의 명부. 그것말입니까?"

붕익이 고개를 끄덕였다. 그간 한길이 풀지 못한 수수께끼가 막 풀리려는 순간이었다.

오궤신의 수사 방식은 한결같았다. 붕익이 먼저 수사 대상을 지목하면, 오궤신은 그 증거를 찾아 그를 체포했다. 붕익이 어떤 방식으로 수사 대상을 정하는지는 모르지만, 그가 아무리 엉뚱하다 싶은 사람을 지목해도 수사해보면 백이면 백 모조리 검계 조직과 결탁해 밀주 장사를 하는 게 드러났다.

이를 신기하게 여긴 석포가 언젠가 물은 적이 있었다.

"나린 검계와 결탁한 놈들을 어찌 그리 잘 찾아내십니까?"

"그냥 운이 좋을 뿐이네."

붕익은 대수롭지 않은 듯 대답했고, 이후 더 이상 오궤신은 묻지 않았다. 붕익이 그리 에둘러 얘기할 땐 오궤신에게도 말하기 곤란한 내용이라 짐작한 것이다. 다만 붕익에게 수사 대상을 알려주는 조직 내 정보원이 있지 않을까 의심할 뿐이었다.

그러나 붕익이 어쩌면 밀주유통조직도(密酒流通組織圖)를 가졌을지 모른다는 의심을 갖게 된 건 주서방 수사 때부터였다.

주서방은 예전에 작은 기방을 운영하던 왈패였다. 하지만 밀주령이 내려진 이후 술장사를 할 수 없게 되자 아예 기방을 접고, 원하는 사람들에게 은밀히 여자를 데려다주는 포주로 나섰다.

작은 기방을 운영하던 왈패들 대부분 그리 장사를 했기에 주서방은 그다지 주목할 만한 인물은 아니었다. 그런데 붕익이 그를 수사 대상으로 지목했다.

물론 주서방을 통해 기생을 부를 때 여자들이 술을 가져온다는 정보가 있었지만, 이 또한 다른 포주들도 다르지 않았다.

"주서방이 유통시키는 밀주량은 얼마 되지 않소."

그런 피라미까지 수사하는 게 못마땅해 수판이 말했다.

"이번 수사 목표는 주서방이 아니오. 그 뒤에 숨어 있는 자가 진짜 목표지."

붕익이 오궤신을 쳐다보며 말을 이었다.

그러나 본격적으로 수사를 시작하기도 전에, 그들의 수사는 중단되었다. 주서방이 조직에 상납해야 하는 돈을 뒤로 빼돌리다 들켜 살해된 것이다.

"이제 어쩝니까?"

수판이 물었다.

"동탄골 박수무당으로 수사 대상을 바꿉니다. 우린 그 조직에 들어갈 것이오."

"누구요?"

오궤신은 자신들의 귀를 의심하며 반문했다.

붕익의 설명은 이랬다.

한성에 있는 박수무당은 두 부류였다. 진심으로 신을 모시며, 사람들의 애환을 달래주는 부류가 있는가 하면, 점을 쳐준다는 핑계로 안방을 드나들며 돈 많은 안방마님들의 외로움을 달래주는 부류가 있었는데, 동탄골 박수무당은 후자였다.

"그럼 동탄골 박수무당이 밀주 장사까지 한단 말이오?"

"아니. 그는 우리가 타고 건너야 할 중간 다리고, 수사할 대상은 이천댁이오."

"누구요?"

오궤신이 깜짝 놀라 더 커진 목소리로 물었다.

시전에서 싸전을 운영하는 그녀는 의심이 많고 셈이 영악해, 시전 상인 중 그녀와 시비 한 번 안 붙은 이가 없어 포청에서도 요주의 인물로 주목하던 터였다.

"그럼 이천댁이 밀주 장사를 한다는 겁니까?"

수판이 다급하게 물었다.

"아니, 그녀는 밀주 만드는 쌀을 제공하고 있지."

"그럴 리가요. 검계 조직에서도 밀주를 만들기에 충분할 만큼 논을 소유하고 있습니다."

석포가 믿을 수 없다는 듯 물었다.

그도 그럴 것이 검계는 소유한 논에서 소작농이 농사를 지은 쌀로 밀주를 만드는 게 관례였다. 굳이 싸전에서 쌀을 사들일 필요가 없었던 것이다.

"최근 시작된 거래요. 아무래도 가뭄이니까 쌀을 구하기 어려웠겠지."

붕익의 말을 이해한 듯 오궤신이 고개를 끄덕였다.

그러나 단 한 사람, 한길만이 고개를 뻣뻣하게 들고 붕익을 내내 쳐다봤다.

"그럼 이천댁이 쌀을 제공하는 자가 주서방의 윗선과 동일인물입니까?"

핵심을 찌른 질문이라 모두의 시선이 그에게로 몰렸다.

생각에 잠겼다가 붕익이 한참 만에 입을 열었다.

"그걸 확인하기 위한 수사다."

오궤신은 동탄골 박수무당에게 접근할 방법을 찾으려 각자 흩어졌다. 워낙 의심이 많은 자라 쉽사리 곁에 사람을 두지 않기 때문이었다.

그로부터 닷새가 지나고, 다시 모였을 때 가장 먼저 입을 연 건 바히르였다.

"박수무당, 고기 자주 사먹어요. 자주, 자주. 아주 많이."

박수무당 집 근처를 지켜보던 바히르가 그 집 여자 하인이 유난히 고기를 자주 사가는 걸 보고, 백정마을에 다녀왔다며 얘기를 꺼냈다.

"백정마을, 내 고향 사람들 있었어요. 바히르 확인했어요."

"그럼 시작은 거기서 하면 되겠고……. 이젠 역할을 정해야겠군."

"점은 당연히 아재가 보면 될 것이지만, 아재는 여자들이 좋아하는 얼굴이 아니라는 게 문제군."

수판은 뭐가 그리 웃긴지 껄껄 웃으며, 한길을 지목하듯 쳐다봤다.

"저, 저는 절대 안 됩니다."

한길이 놀라 말까지 더듬으며 완강하게 거부했지만, 여자들이 좋아할 만한 인물은 오직 한길뿐이라며 다들 신이 나 수판의 의견에 동조했다.

"혹여 나서지 못할 이유가 있다면 말하게."

더는 거부할 핑계를 찾지 못한 한길을 쳐다보며 붕익이 말했다.

한길은 훗날 이때를 떠올리며 어쩌면 붕익은 한길이 그 순간 자신의 비밀을 오궤신에게 털어놓고 온전히 일원이 될 기회를 주고 싶었던 게 아닐까 생각했다.

그러나 끝내 자신의 정체를 밝히지 않은 한길은 붕익과 함께 움직이기로 했다.

그들은 정해진 계획대로 먼저 백정마을로 갔다. 박수무당의 심부름으로 고기를 사러온 여자 하인을 포섭하기 위해서였다.

바히르가 도와준 덕에 그들은 떠돌다 얼마 전 백정마을에 묵은 손님으로 위장할 수 있었다.

그곳에서 붕익 일행은 사람들의 손금을 읽어주었는데, 특히 박수무당 집 여자 하인의 손금은 공들여 봐주었다.

반응은 생각보다 빨리 돌아왔다. 다음날, 그녀는 제 주인이 찾는다며 그들을 데리러 왔다.

백정마을에 흘러 들어온 박수무당들이 있는데, 말 못하는 늙은 박수무당이 손금을 읽는 솜씨가 귀신같다는 사실보단 벙어리 박수무당의 손짓을 읽는 젊은 박수무당의 인물이 웬만한 기집 뺨치게 곱게 생겼다는 사실을 두어 배 과장한 덕분이었다.

붕익 일행을 본 동탄골 박수무당은 과장된 몸짓으로 환대했다.

그와 한 패거리가 되기로 결정하자마자, 한길은 이천댁을 고객으로 삼겠다고 말했다.

"난공불락이오. 초보자가 다루기 힘든 여자지."

박수무당은 선뜻 이를 허락하지 않았다.

"다루기 힘들어도 길을 들이고 나면 가장 돈이 많이 나올 주머니가 아닙니까. 이천댁이 아니라면 굳이 이 조직에 있을 필요가 없지요, 우린."

한길이 뻣뻣하게 버티자, 박수무당은 할 수 없다는 듯 그의 제안을 받아들였다.

그로부터 열흘 뒤 박수무당은 이천댁의 부름을 받았지만, 그 만남에 붕익 일행을 동행시키지는 않았다.

"그 집에 최근 용한 무당이 들어왔다면서 어째 같이 오지 않았누?"

이천댁이 능청을 떨며 물었다.

"제대로 점괘를 읽을 줄 아는 자들이 필요해 들였습니다. 쓰임이 다른 자들이죠."

박수무당은 한길이 시키는 대로 읊어대며 이천댁 옆으로 슬쩍 다가앉았다.

그러나 이천댁은 어김없이 복비로 쌀을 내줄 뿐, 그를 밀어냈다.

코가 쑥 빠져 돌아온 박수무당에게 한길은 다시 한 번 당부했다.

"다시 부를 것이지만, 다음도, 그 다음도 거절할 것입니다."

"그럼 언제 이천댁을 만날 것이오? 그러다 영영 안 부르면?"

박수무당이 물었다.

"세 번 거절하고, 그 다음에 만날 것입니다. 궁금해서라도 부를 것이니 걱정 마십시오. 그런데 복비를 매번 쌀로 받아오시오?"

그러고 보니 박수무당이 이천댁 집에 다녀오면 적게는 쌀 한 섬, 많게는 쌀 서너 섬을 가져왔다.

"그럼 싸전에서 쌀을 받아오지 뭘 받아오누?"

박수무당은 그게 자연스럽다는 듯 능청을 떨었다. 딴엔 맞는 말이기에 한길은 그 일을 잊었다.

그 후 이천댁의 요청은 계속되었고, 세 번째 요청이 들어오고 나서야 붕익과 한길은 동탄골 박수무당과 동행해 그녀를 만났다.

이천댁을 만난 자리에서 한길은 자신들이 경기도 안성에서 왔다고 말했다. 친근감을 주라며 붕익이 시킨 일이었다. 이천댁은 동향을 만나 반갑다고 호들갑을 떨더니 붕익을 엉덩이로 밀어내곤 한길의 손을 덥석 잡았다.

그러나 그녀의 기쁨은 그리 오래가지 못했다. 붕익이 한길과 이천댁 사이로 끼어들어 앉은 것이다.

"우린 그저 손금만 볼 뿐입니다."

붕익이 한길의 입을 빌어 단호하게 말했다.

양 볼이 볼그스름 달아오른 한길을 쳐다보며, 입맛을 쩍쩍 다시던 이천댁은 할 수 없다는 듯 붕익에게 손바닥을 내밀었다.

붕익은 손금을 꽤 꼼꼼히 보는 척하며 시간을 끌었다.

못 견딘 이천댁이 붕익을 내쫓을 요량으로, 나는 됐고 나가서 밖의 식솔들 손금이나 봐주라며 슬쩍 뒷돈을 찔러주었다. 그래도 붕익은 절대 한길과 떨어질 수 없다며 눈치 없이 굴었다.

붕익이 적당히 방해하는 통에 애가 달은 이천댁은 결국 그들을 더 자주 집에 불러 들였다. 열흘에 한 번이던 것이 닷새 한 번, 닷새 한 번이던 것이 결국 이틀에 한 번이 되었다.

그때마다 붕익이 한길에게 찰떡같이 붙어 있으니 이천댁은 한길의 고운 얼굴을 쳐다만 보다 생으로 병이 다 날 지경이었다.

그렇게 번질나게 드나들면서 붕익과 한길은 그 집의 대소사를 다 꿰뚫게 되었다.

그럼에도 그녀가 쌀을 거래하는 상대가 누군지는 좀처럼 확인되지 않았다. 아무리 쌀 거래를 손수 한다지만, 집 안 사람들 중 누구도 그녀가 쌀을 집 밖으로 가지고 나가는 걸 본 이가 없다니 이해할 수 없는 일이었다.

그러던 어느 날, 한길은 한숨을 길게 내쉬는 이천댁을 발견했다.

"무슨 근심거리가 있습니까?"

한길이 친근하게 다가갔다.

"쌀 거래를 하러 가야 하는데, 그게 영 어려우니 이러지."

이천댁이 드디어 기다리던 얘기를 불쑥 꺼냈다.

"무엇이 그리 어려우세요?"

모처럼 한길과 단 둘만 있게 된 사실에 고무된 그녀는 술술 얘기를 풀어놨다.

쌀을 거래하는 곳이 있는데, 거래량이 많긴 하지만 횡포가 심해 여간 곤란하게 구는 게 아니란다. 쌀값을 외상으로 가져가고, 쌀 품질이 좋지 않다는 흠을 잡아 터무니없이 낮은 가격을 매기니 골치가 아프다 했다.

"그럼 거래를 끊어버리면 되죠."

"그럴 수 없으니 더 애를 먹지. 상대가…… 바로 검계거든."

이천댁이 괜스레 두리번거리고 나서는 목소리를 낮췄다.

"필히 방법을 찾아 알려드릴 것이니 염려 마십시오."

그로부터 이틀 뒤 동탄골 박수무당은 여느 때와 마찬가지로 한길과 붕익을 데리고 이천댁을 찾아왔다.

그는 여느 때와 다름없이 이천댁과 어울려 한바탕 수작을 부리고는 이제 가보겠다며 자리에서 일어났다. 그러자 이천댁도 복비를 챙겨주겠다며 따라 나섰다.

둘을 지켜보던 한길이 조용히 뒤를 따랐다.

이천댁과 박수무당이 들어간 곳은 창고였다.

밖에서 한길이 엿듣는지도 모르고, 그들은 서로의 볼일을 보느라 정신없었다.

"이번 쌀도 어째 하급입니다. 제값 쳐주기 어렵겠소."

동탄골 박수무당의 쌀 품평에 이천댁 낯빛이 파랗게 질렸다.

"무슨 말이에요. 이번 쌀은 상전에서 나온 최상품인걸. 매번 이렇게 가격을 후려치시면 난 어찌 장사하라고?"

이천댁 표정으로 봐선 당장이라도 박수무당의 뺨이라도 후려칠 기세였지만, 화를 참고 겨우 볼멘소리로 투덜거렸다.

"상전이든 중전이든 이 쌀 좀 보시오. 이런 하품으로 술을 만들어봤자 어디 마실 수나 있겠소?"

박수무당의 얘기를 듣는 순간, 한길은 두 가지 사실을 떠올렸다.

이천댁이 쌀을 거래하기 위해 이를 가지고 나가는 걸 본 사람이 없다는 사실과 박수무당이 복비를 매번 쌀로 받아온다는 사실이었다.

복비로 쌀을 받아오는 척하며, 그들 간의 거래를 숨겼던 것이다.

결정적인 얘기를 듣게 된 한길은 다시 문에 귀를 대고 신경을 곤두세웠다.

"그럼 할 수 없지요."

박수무당의 핀잔이 이어지자 이천댁이 어쩔 수 없다는 듯 어깨를 으쓱거렸다. 그리고는 방금 타박한 쌀가마니를 내려놓고, 그대로 불을 놓았다.

"이게 무슨 짓이냐?"

놀란 박수무당이 쌀가마니의 불을 다급하게 끄며 말했다.

"매번 하급의 쌀을 드리는 것이 송구해 그러지요. 기대에 미치지 못하는 것보다 거래를 못하는 것이 낫지 싶습니다. 그것이 상인의 도리고요."

이천댁이 공손하게 말했다.

"박수무당 어르신, 그럼 다음 쌀을 보시겠습니까?"

이천댁이 그 옆의 쌀가마니를 들어 바닥에 내려놓았다. 그리고 박수무당의 언짢은 낯빛을 확인하곤 이번에도 쌀가마니를 내려놓고 불을 들었다.

"이번에도 상품이 맘에 들지 않으신 모양이니 태워버리겠습니다."

이천댁이 또다시 쌀가마니에 불을 놓으려 하자 박수무당이 그만 아연실색했다.

"그만, 그만해. 제값을 줄 것이니 아까운 쌀은 그만 좀 태우게."

가뭄으로 쌀을 좀처럼 구하기 어려우니 박수무당도 어쩔 수 없었다.

이날 이천댁은 모처럼 박수무당을 상대로 흡족한 거래를 성사시킬 수 있었는데, 이는 모두 한길의 조언을 따른 덕이었다.

그날 저녁, 오궤신이 모두 모인 자리에서 한길은 동탄골 박수무당이 이천댁의 쌀을 사는 검계였음을 알렸다.

"이제 쌀을 사들이는 자가 누군지 파악했으니 그들을 잡아들여야죠."

수판이 한껏 고조돼 말했다.

그러나 붕익이 엉뚱한 결론을 내렸다.

"그들이 누군지 파악했으니 됐다. 이곳에서 철수하자."

"어째서 박수무당을 잡지 않는 겁니까?"

이해할 수 없어 한길이 반문했다.

"이번 수사의 목적은 주서방과 이천댁의 상부 조직원이 누군지 알아내는 것이다. 체포하는 것이 아니라."

"혹 장포졸께선 지금 그림을 그리고 계신 겁니까?"

한길이 수상한 눈길로 붕익에게 물었다.

"그림이라니?"

"하부 조직원이 누군지, 상부 조직원이 누군지…… 이런 걸 찾아 그리는 조직도 말입니다."

"어째서 그런 생각을 하는 게냐?"

붕익이 동요하지 않고 한길에게 되물었다.

"주서방 수사가 무산되자 장포졸은 바로 이천댁을 수사 대상으로 지목했습니다. 이건 밀주 유통 하부 조직원을 이미 알고 있었기 때문 아닙니까? 그리고 지금은 그들의 상부 조직원이 누군지 파악했기 때문에 수사를 마무리 하는 것이고요."

"궁금한 게 많군, 자넨."

"비밀이 많으신 거겠죠, 나리께서."

한길이 밀리지 않고 팽팽하게 버텼다.

"우리가 최종적으로 잡아야 할 상대가 누구고, 그의 하부 조직이 누군지 모른 채 움직이는 건 위험합니다. 장포졸께서 그리는 조직도를 공유하지 않으면 우린 하나가 될 수 없습니다."

한길은 붕익에게 밀주유통조직도가 있다고 확신하고, 강하게 밀어붙였다. 지금이 이를 볼 수 있는 절호의 기회라 믿은 것이다.

그러나 붕익은 그리 만만한 상대가 아니었다. 한길이 잡은 기회를 역이용해 그를 반격하기 시작했다.

"비밀을 공유하지 못하는 것과 공유하지 않는 것은 다른 말이지. 난 전자네. 아직 때가 되지 않아 공유하지 못하는 것이지만, 언젠가 오궤신에게 모든 걸 공개할걸세. 헌데 자넨 어떤가? 전자인가, 후자 인가? 우리에게 밝히지 않은 비밀이 있는 건 아닌가? 그것 때문에 유난히 내가 하는 일에 관심을 보이는 건가?"

심문이라도 하듯 붕익이 벼르고 나섰다.

"아아, 말이 너무 어려워. 바히르 못 알아들어요. 그래도 두 사람 다 우리를 위해서 그러는 거죠? 그렇죠, 나리? 안 그래, 한길이?"

심상치 않은 분위기에 놀란 바히르가 눈치껏 껴들었다.

그제야 한길은 붕익과 오궤신에게 자신이 지나쳤다는 걸 인정하 며, 사과했다. 붕익에게 조직도가 있다는 걸 확신했기에 한걸음 물 러선 것이다.

한길이 그때의 일을 떠올리며 눈을 가늘게 떴다.

"이제야 그 조직도를 보게 되는군요."

붕익이 고개를 끄덕였다.

"단, 보신각에 있었던 오궤신의 행방을 알려줘야 그걸 볼 수 있 다."

"알고 있습니다."

"만일 그들을 잡아둔 것이라면……."

"제 주인께서 그들을 잡아두고 있는 거라면 책임지고 그들을 풀어 주겠습니다. 약조 드리죠."

한길의 약속을 받고, 붕익은 그제야 발길을 돌렸다.

41

집으로 들어온 붕익은 곧장 지문책이 보관된 지하공간으로 들어 가 책 한 권을 꺼냈다.

맨 첫 장을 넘겼다.

그곳엔 한성의 오부도(五部圖, 한성의 5개 행정구역을 표시한 그림)가 있 었다.

책에 실린 오부도는 낙산을 중심으로 하는 동부, 인왕산을 중심으 로 하는 서부, 목멱산을 중심으로 하는 남부, 북악산을 중심으로 하 는 북부 그리고 청계천을 중심으로 하는 중부를 표시해놓은 평범한 지도였다.

다른 오부도와 다른 점이 있다면 그 5개의 구역마다 수상한 삼각 형이 있다는 거였다.

5개의 삼각형 크기는 각각 다 달랐다. 동부의 삼각형은 3개의 층 으로, 북부의 삼각형은 5개의 층으로, 남부의 삼각형은 4개의 층으 로 나눠져 있었는데, 이들 모두의 공통점은 삼각형 안에 빼곡하게 이름들이 적혀 있다는 것이다.

그래서인지 텅 비어 있는 중부의 삼각형이 유독 눈에 띄었다.

붕익이 책을 내려놓고 붓을 들었다. 그리고 방금 전까지 공란이었던 중부의 삼각형이 가득 차도록 오순항, 이름 석 자를 크게 적었다.

"드디어 삼 년 만에 밀주유통조직도가 완성됐건만……."

붕익이 긴 한숨을 내쉬며, 탁 소리가 나도록 책장을 덮었다.

붕익은 이미 검계 조직과 결탁한 관리들의 명단을 확보했다. 하지만 이것만으로 검계 조직을 와해시키는 건 무리였다. 명단에 오른 관리를 처벌하면 조직에선 어느새 또 다른 관리와 거래를 트니 항상 한 발 늦은 수사가 되고 말았다. 그래서 붕익은 다른 방법을 강구해야만 했다.

치열한 고민 끝에 그가 내린 결론은 조직의 가장 큰 돈줄이 되는 밀주 장사를 아예 막아버리는 것이었다. 돈줄을 막아버리면 버티지 못하고 점차로 조직이 고사할 거라 판단했다. 이를 위해 지난 삼 년간 붕익은 검계의 밀주유통조직도를 그리고 있었다.

물론 처음부터 이렇게 오랜 기간 수사할 생각은 아니었다. 길게 잡아도 이 년이면 전체 그림을 파악할 수 있을 거라 자신했다. 그러나 정작 수사를 시작해보니 밀주 유통이 점조직으로 이뤄져 있어 상세한 조직도를 파악하는 것이 쉽지 않았다.

다행인 건 최근 오궤신이 붕익의 수사에 합류하면서 좀처럼 진척되지 않았던 수사가 급물살을 타기 시작했고, 드디어 한성의 밀주유통조직도 완성을 목전에 두게 되었다. 아직 중부지역의 조직망을 다 파악하지 못했지만, 이도 금세 완성할 수 있을 듯싶었다.

그러나 중부의 조직은 여타 지역과 운영 방법이 달랐다. 어렵게 밀주를 유통시키는 자를 찾아내 미행을 해도 그는 다른 지역으로 밀주를 배달할 뿐, 상층 조직과 접촉하는 걸 파악할 수 없었다.

그런 경험이 수차례 반복되자 붕익은 어쩌면 중부는 한성 전체 밀주 유통의 시작으로, 별도의 조직 없이 유통만을 담당하는 지역일 수 있다는 판단을 하기에 이르렀다.

아무리 그래도 대규모 유통을 전체적으로 지휘하는 사람이 있을 텐데…….

점처럼 흩뿌려진 업자들을 뒤쫓아도 좀처럼 이를 알아낼 수 없었다.

그즈음 붕익은 중대결심을 했다. 비록 중부지역의 조직은 파악하지 못했지만, 보신각 습격을 시작으로 중부를 뺀 나머지 4부의 밀주 유통조직을 동시에 습격해 단숨에 그들을 와해시키려 한 것이다. 물론 이 모든 계획은 오순항의 힘이 절대적으로 필요했다.

하지만 그가 유일하게 찾아내지 못한 중부의 조직이 바로 오순항 자체란 사실이 드러나면서 붕익의 모든 계획은 산산조각이 났다. 그가 지난 삼 년간 목숨을 걸고 완성한 한성 내 밀주유통조직도가 휴지조각이 된 것이다.

그나마 다행이라면, 이젠 쓸모없게 된 이 조직도로 오궤신의 생사를 놓고 오순항과 거래할 수 있다는 거였다. 조직도를 검계에 넘긴다는 사실을 생각하면 억장이 무너질 일이었지만, 지금 붕익에겐 오궤신의 생존이 가장 중요했다.

책을 가슴에 쑤셔 넣은 붕익은 잠시 망설이다 선반 맨 위 칸에서 장칼을 꺼냈다. 원구를 구하러 가기 위해 한길에게 빌렸던 바로 그 칼이었다.

평소라면 육모방망이로 족할 테지만, 순항을 만나면 육모방망이로는 어림도 없을 사태가 벌어질 것이다. 책을 뺏기 위해 목숨까지 노릴 것이라 예측하는 건 그리 어려운 일이 아니었다. 그러니 이를 위한 대비가 필요했다.

하지만 붕익은 칼을 선반 위에 도로 올려놓았다.

살 궁리를 미리 마련하고 그를 만났다간 종국엔 그 길로 자신이 도망갈까 두려웠다. 죽기를 각오하지 않으면 아무것도 얻을 수 없는 일이었다.

그러나 붕익은 지금 이 선택으로 인해 누군가 자신을 대신해 죽을 거라고는 꿈에도 생각지 못했다.

42

때마침 일이 생긴 건 붕익이 막 집을 빠져나와 좁은 골목길에 접어들 때였다. 누군가 자신의 뒤를 밟고 있다는 걸 눈치 챘다.

붕익이 걸음을 멈추자 미행자도 붕익을 따라 멈춰 섰다. 예감이 좋지 않았다.

"네 주인이 그 새를 못 참고 날 죽이라 시키더냐?"

붕익은 미행자가 한길이라 확신하며 몸을 휙 하니 돌렸다. 분명 순항이 자신을 죽이고 밀주유통조직도를 뺏어오라 시켰을 거라 예상한 것이다.

놀랍게도 붕익의 등 뒤에 서 있는 건 한길이 아니라 장우였다.

"자네 처 말일세. 원칙대로였다면 이인좌의 난이 끝나고 역모 주동자로 처벌받았어야 했지."

장우가 난데없이 붕익의 죽은 아내 얘기를 꺼냈다.

"자네였기에…… 내 모른 척했을 뿐."

"무슨 말이 하고 싶은 겁니까?"

붕익이 눈살을 찌푸렸다.

"내가 그랬듯이 자네도 그리 모른 척해줄 수 없었는지 묻는 거네."

"두 번의 살인을 말하는 겁니까?"

붕익이 날카롭게 대꾸했다.

"말했을 텐데. 살인이 아니라고."

"답을 드렸을 텐데요. 그건 분명 살인이라고."

"그래, 후…… 바로 그걸세."

말이 끝나기 무섭게 칼을 빼든 장우가 칼끝으로 붕익을 노렸다.

"그래서 자네가 죽는 거야."

붕익은 그만 입을 다물었다.

두려워서가 아니었다. 장우와의 갈등은 언제고 터져도 터질 일이었고, 붕익도 이를 피할 생각은 없었다.

그러나 그 대결이 적어도 지금이어선 안 됐다. 지금 순항에게 가는 길이 늦어지면, 자칫 오궤신이 위험에 빠질지도 모르는 절체절명의 순간에 케케묵은 갈등을 해소하기 위해 시간을 낭비할 순 없었다.

하지만 이런 사정을 털어놓은들, 장우가 붕익을 쉽사리 놓아줄 것 같지 않았다.

붕익은 왜 하필 지금인지 따지고 싶은 걸 꾹 참으며 품에서 책을 꺼내 보였다.

"이건 검계 조직과 결탁한 관리들의 명부와 밀주유통조직도입니다. 지금 이걸 우의정 오순항 대감에게 가져가는 길이죠."

장우가 확인하려는 듯 물었다.

"오순항 대감? 어째서 그걸 내게 말하는가?"

"문제가 있으니까요."

"문제라니?"

"오순항은 검계와 한패입니다."

장우가 표정을 전혀 바꾸지 않고 다시 물었다.

"그래서 어쩌란 말인가?"

순간 붕익의 눈앞이 까마득해졌다.

장우가 제대로 된 인간은 아닐지 몰라도, 제대로 된 군사란 건 누구보다 붕익이 잘 알았다. 아니 지금껏 그리 믿어왔다. 그런 군사 이장우라면 이 책의 존재에 분명 혹할 것이다. 당장 명단에 속한 자들을 추포하려 피가 끓을 것이다. 붕익은 그걸 미끼삼아 오궤신을 구하는 일을 병행할 수 있다는 가능성을 점쳤다. 그런데 장우가 뜻밖의 반응을 보인 것이다.

"오순항이 검계와 한 패여도 상관없단 얘기군요. 혹은 이미 알고 있거나."

붕익이 넘겨짚는데도 장우는 부인하지 않았다.

"어째서?"

"지금 내게 문제되는 건 자네가 쓸데없는 것들을 너무 많이 알고 있다는 것뿐이니까!"

장우가 고함치며 붕익의 숨통을 찌르려 달려들었다.

그때였다.

"멈춰! 이장우, 멈춰, 멈추라고!"

장우의 등 뒤편에서 누군가 그를 불러 세웠다. 붕익에게 너무 익숙한 목소리였다.

"종, 종사관 나리!"

목숨이 위태로운 순간에도 불구하고, 붕익은 수판의 목소리가 너무 반가워 하마터면 눈물을 찔끔 흘릴 뻔했다.

"이장우, 나랑 상대하자. 나한테 덤비라고!"

하지만 반가움도 잠시였다. 어찌된 일인지 수판이 장우에게 무작정 덤벼들고 있었다. 당혹스러운 순간이었다.

당혹스러운 건 장우도 마찬가지였다.

뜻하지 않은 자가 등장했고, 이제 조용히 붕익을 처리하는 일은 다 틀렸다는 생각에 장우는 눈살을 찌푸렸다. 이제 그는 붕익과 수판, 이 둘과 싸워야 했다.

그 와중에 다행인 건 지금 칼을 가지고 있는 건 붕익이 아니라 수판이라는 사실이었다. 수판은 그의 적수가 못 됐다.

만약 붕익이 칼을 가지고 있었다면 그를 상대하느라 뒤를 노리는 수판을 방어할 여력이 없겠지만, 지금 붕익은 칼을 가지고 있지 않았다. 즉 삼 합, 혹은 운이 나쁘다 해도 사 합이면 수판의 숨통을 끊어놓을 수 있을 것이다. 수판을 먼저 죽이고, 붕익을 상대하면 된다는 얘기였다.

마음을 정한 장우가 힐끗 수판을 돌아보았다.

43

순항이 붕익을 죽이기로 결정했다는 걸 수판은 이미 알고 있었다. 그의 부친으로부터 전해 들었으니 사실이 분명했다.

"장붕익 그자 곁을 떠나라. 그자는 곧 살해당할 것이다. 오순항이 그를 죽이려 해. 그러니 포청의 일을 그만 두고, 상단에 복귀하거라."

수판이 눈에 적개심을 담아 천관을 쳐다봤다.

"장포졸 죽일 살수가 누굽니까?"

"모른다. 장붕익을 죽이기 위해 몇 명이 움직이고, 누가 움직이는지 난 모른다. 내가 아는 건 오순항이 장붕익을 죽이기로 작심했으니, 그는 곧 죽는다는 거다."

"장포졸이 제게 어쩐 존재인지 정녕 모르고 하시는 말씀입니까!"

수판이 절규하듯 소리쳤다.

십여 년 전, 수판은 아버지 천관의 계획대로 우포청 종사관으로 들어갔다. 장사에 힘이 되어줄 관리로 아들을 키우려는 천관의 독단적인 결정이었다.

어려운 일이 일어나면 뒤에서 다 손을 쓸 것이니 요령껏 자리만 잘 지키라고 천관은 아들에게 당부했지만, 예상치 못한 일이 벌어졌다. 수판이 어떤 비선으로 포청에 들어왔는지, 소문이 동료들 사이에 파다하게 퍼진 것이다.

이를 빌미삼아 동료들은 수판을 조롱하고 따돌리며 괴롭혔다. 간혹 동료들 눈치를 피해 다정하게 구는 자들이 있다 해도 그들은 모두 수판의 돈이 필요한 자들이었다.

어느 날부터 변화가 일어났다. 마땅치 않은 표정이더라도, 포졸들이 수판에게 종사관 나리라 부르며 상관 대우를 제대로 하는 척 시늉을 내기 시작했다.

수판은 그때의 상황을 똑똑히 기억하고 있었다. 분명 붕익이 그 시작이었다.

당시 우포청의 장붕익은 전설적인 포졸이었다. 평소엔 뒷방 늙은이처럼 포청을 어슬렁거렸지만, 사건이 일어나면 가장 먼저 움직이고 가장 먼저 범인을 잡는 아주 신통한 사내로 포졸들 사이에 신망이 두터웠다. 그런 붕익이 수판을 제 상관으로 모시고 대우를 깍듯하게 하자, 다른 포졸들도 울며 겨자 먹기로 따른 것이다.

수판은 그런 붕익을 순순히 믿지 않았다. 분명 그도 자신에게 뭔가 바라는 게 있을 거라 의심했다.

"혹 내 아버지에게 돈을 받고 날 돕는 것이오?"

수판의 물음이 어이없다는 듯 붕익은 그저 껄껄 소리 높여 웃었다.

수판은 그럼 왜 아무 대가 없이 자신을 돕는 것이냐 물었다.

"사람은 원래 제대로 자리 대접을 해주면, 제대로 자리 값을 하게 마련입니다. 종사관 나리."

이후 수판은 자신이 차지하고 앉은 포청의 종사관 자리가 무겁고 불편해 견딜 수 없었다. 붕익이 뭐라 하는 것도 아닌데, 공연히 그의 눈치를 살피며 피해 다녔다. 거북하기 짝이 없는 나날들이었다.

그러다 문득 붕익이 공연한 참견을 하는 바람에 이런 꼴이 된 것 같아 수판은 부아가 치밀었다. 그래서 그런 너는 얼마나 똑바로 사는지 두고 보자는 심보로, 수판은 붕익을 따라다녔다.

돌이켜보면 그 치기어린 행동이 수판에게는 인생의 전환점이었다. 붕익이 평범한 사내가 아니란 걸 알게 된 것이다.

수판은 난생 처음 사내 어른에 대한 깊은 존경심이 우러났고, 훗날 붕익과 같은 군사가 되고 싶다는 염원을 갖게 되었다. 그런 염원을 품고 수판은 붕익 곁에서 한시도 떨어지지 않았다.

붕익 또한 제 뒤를 졸졸 따라다니는 수판을 귀찮은 척 달고 다니며, 자신의 경험과 지식을 은근히 알려주곤 했다.

그렇게 수판이 제법 종사관의 내양과 외양 모두 갖춰갈 때쯤, 이인좌의 난이 일어났다.

출전하기 전날 밤 붕익은 수판을 포청 밖으로 불러냈다. 이번엔 자신이 보호해줄 수 없는 진짜 전쟁이 일어났으니 이젠 집으로 돌아가라는 것이었다.

"지금 부장포졸 자네가 내게 사람 노릇을 포기하라 말하는 겐가?"

붕익이 멀뚱하게 수판을 쳐다봤다.

"자네가 내게 말하지 않았는가. 사람은 자리 값을 제대로 해야 한다고. 시답지 않은 소리 집어치우고, 당장 날 따라오게!"

수판이 붕익에게 하대를 하며 호통을 친 건 그 순간이 처음이었다. 붕익이 수판 뒤에 서서 그를 따라가는 것 또한 처음이었다.

그 길로 수판과 붕익은 이인좌의 난에 참여해 목숨을 서로에게 의지하며 반란군과 싸웠고, 살아남아 오늘에 이르게 된 것이다.

이를 천관이 모를 리 없었다. 수판이 붕익의 일이라면 물불 가리지 않고 덤빌 거라는 걸 너무 잘 알고 있기에 걱정이 컸던 거다.

결국 천관은 금란방으로 돌아가려 날뛰는 수판을 제지하기 위해 호위무사들을 동원했다. 수판의 저항은 거칠었고, 혈맥을 눌러 기절시키는 수밖에 없었다.

"제발, 아재."

수판이 정신을 차렸을 땐 그로부터 이미 이틀이 지난 후였다.

붕익이 살해당할 것이란 얘기를 듣고도 정신을 잃은 채 이틀을 허비한 자신이 너무 한심하고 원망스러워 수판은 오열했다. 그러나 언제까지 울고 있을 수만은 없었다.

정신을 차린 수판은 감시하는 눈들을 피해 집을 빠져나왔다. 자신이 너무 늦은 게 아니길 빌며 붕익의 집으로 전력 질주했다.

수판이 이제 막 붕익의 집으로 들어가는 골목에 도착했을 때, 그는 붕익을 봤다. 반가워 그의 이름이 목구멍까지 올라왔지만, 수판은 이를 꿀꺽 삼켰다. 누군가 붕익을 향해 칼을 겨누고 있는 걸 본것이다. 장우였다.

그 순간 수판은 우의정이 붕익을 죽이려 살수를 보냈다는 부친의 말을 떠올랐다.

"설마 대장이……."

부친이 말한 살수가 장우였다니, 수판은 믿을 수 없었다. 아무리 붕익과 사이가 뒤틀렸다 해도 지나치게 뻣뻣하고 융통성 없는 장우가 부당한 명령에 따라 붕익을 죽이겠다 나설 거라곤 꿈에서조차 생각지 못한 일이었다.

수판은 숨을 크게 한 번 들이마시고는 손바닥을 저고리에 쓱쓱 소리 나게 닦았다. 그리고 허리춤에서 칼을 빼들었다.

금세 손바닥에 축축하게 땀이 배어나와 잡고 있던 칼 손잡이가 자꾸 미끄러졌지만, 그는 아랑곳하지 않았다.

"이장우!"

수판은 목에 핏대가 서도록 장우의 이름을 외쳤다.

수판은 장우를 공격할 작정이었다. 물론 자신이 장우의 적수가 안 된다는 걸 잘 알았다.

그러나 지금 중요한 건 그게 아니었다. 자신이 장우를 붙들고 있는 시간은 얼마 되지 않으리라. 붕익이라면 그 시간만으로 충분할 것이다. 붕익이 장우에게 반격할 준비를 할 수 있는 시간을 버는 게 더 중요했다.

그 순간 장우가 수판을 힐끗 돌아보았다.

수판은 온몸을 던져 장우를 향해 뛰어들었고, 장우는 눈을 가늘게 뜨고 수판의 무모한 움직임을 조용히 살폈다.

장우는 빠르고 단호하게 움직여 채 삼 합이 끝나기도 전에 수판의 배에 칼을 쑤셔 넣었다.

잔뜩 흥분한 수판의 움직임은 허점 투정이라 그리 어렵지 않게 마무리할 수 있었다.

수판이 몸 안의 공기와 함께 검붉은 피를 훅 토해내며 비틀거렸지만, 장우는 망설이지 않았다. 칼에 힘을 넣어 그대로 수판의 몸을 관통시켰다.

그때 장우의 등 뒤에서 수상한 기척이 들렸다. 분명 붕익일 것이었다. 그러나 붕익의 공격을 예상하면서도 장우는 수판의 몸통에서 칼을 빼내지 못했다. 수판이 그의 허리를 꽉 끌어안았기 때문이다.

얼마나 힘을 주었는지 장우가 아무리 몸을 비틀어도 좀처럼 떼어낼 수 없었다. 붕익에게 시간을 벌어주려 수판이 발악을 하는 것이다.

장우는 결국 수판에게 바짝 다가선 후, 칼을 쥔 손목을 힘차게 돌렸다. 으드득, 뼈가 갈리는 소리가 났지만 장우는 멈추지 않았다. 남은 힘이 다 풀린 수판이 이내 몸을 비틀거렸고, 장우는 균형을 잃은 그의 몸통을 한쪽 발로 힘껏 차냈다.

그제야 스릉 하는 소리를 내며 장우의 칼날이 수판의 몸에서 빠져나왔다.

땅바닥으로 쓰러지는 수판을 확인할 겨를도 없이 장우는 재빨리 몸을 돌려 섰다.

그러나 붕익이 없었다.

분명 있어야 할 사람이 감쪽같이 사라졌다.

지레 겁을 집어먹고 달아났을지도 몰랐지만 그건 말도 안 되는 생각이었다. 수판이 붕익을 살리기 위해 목숨을 걸었듯 응당 붕익도 그리할 자였다. 그런데도 그가 모습을 감췄다는 건 그로서도 어쩔 수 없는 상황에 빠졌다는 얘기였다. 가령 누군가에게 기습을 당했거나, 납치를 당했거나⋯⋯.

그 순간 장우는 장붕익 이름 석 자가 새겨진 주령구를 받아든 자가 비단 자신만이 아님을 깨닫게 되었다.

44

우포청으로 돌아온 장우는 수하들 눈에 띄지 않게 발소리를 죽인 채 침소로 들어갔다. 옷은 물론이고 얼굴과 손이 온통 피로 물든 꼴을 보면 조만간 사체로 발견될 수판의 죽음과 연관 지을 게 뻔했다.

322

"하아, 수판!"

붕익을 놓친 것보다 수판의 죽음이 더 문제란 사실을 떠올리며, 장우가 긴 한숨을 토해냈다.

수판의 아비 천관은 보잘 것 없는 장사치였다. 그러나 그와 동시에 돈주머니를 책상에 올려놓고 임금과 흥정할 수 있는 유일한 인물이기도 했다. 그러니 수판을 죽인 걸 안다면, 아들 목숨 값을 자신의 목숨으로 되받아내려 그가 동원할 수 있는 모든 것들을 움직일 것이다.

그렇지 않아도 붕익을 죽이라는 어명을 수행하지 못한 처지니, 임금이 이에 협조하지 않을 이유가 없어 보였다.

이젠 임금의 주령구에 자신의 이름이 새겨질 것이라 확신한 장우는 서둘러 포청을 빠져 나가려 다급하게 옷을 벗었다.

옷가지를 아무렇게나 둘둘 말아선 숨길 곳을 찾았다.

"숨길 곳?"

피에 젖은 옷가지뿐 아니라 당분간 은신할 곳도 필요하단 생각을 하자, 무슨 조화인지 몰라도 장우는 노미를 떠올렸다.

자신과 전혀 연관 없으니 쉽게 드러나지 않을 것이고, 노미는 저를 아비의 친구로 생각하고 있었다. 호의적으로 은신처를 제공할 것이다.

또 한 번 장우의 눈빛이 번쩍였다. 노미의 집에 은신할 것을 생각하자 시나브로 살 길도 함께 떠올랐다.

"노미를 인질로 잡고 있으면, 응당 장붕익이 나타날 것이야."

다른 이는 몰라도 붕익이라면 분명 노미의 집을 떠올릴 테니까.

마치 자신이 그런 것처럼.

장우는 노미의 집에 은신한 채 숨어서 그를 생포하기로 마음먹었다. 그리고 임금에게 붕익을 협상용 제물로 내밀고 구명을 요청할 생각이었다. 완벽하진 않지만, 한번 해봄직한 계획이었다.

붕익보다 먼저 노미의 집에 도착해야 한다! 마음이 바빠진 장우의 눈에 한 켠에 펼쳐진 병풍이 들어왔다. 피가 흥건한 옷가지를 숨기기 딱 좋은 장소였다. 장우는 두 번 생각할 것도 없이 다가가 병풍을 접었다.

누군가 훅 병풍 뒤에서 튀어나왔다. 그리고 놀라 멍 하니 서 있는 장우의 뱃속에 칼을 쑤셔 넣었다.

칼을 쥔 손에 힘이 모자랐는지, 그게 아니면 갈비를 피해 사람을 찌르는 기술이 부족했는지 뼈에 걸려 칼이 더 이상 장우의 몸통으로 들어가지 않았다. 그러자 자신의 체중을 칼에 다 실어 밀어대며 미친 듯이 소리를 질렀다.

"씨팔, 죽어, 죽어!"

노미였다. 이필도의 아들 백정 노미.

장우는 배에 정신없이 칼을 내리꽂고 있는 자가 노미라는 걸 깨달았지만, 온몸에 힘이 빠지며 앞으로 고꾸라지는 바람에 입 한 번 달싹이지 못하고 맥없이 바닥으로 쓰러졌다.

45

"상대를 죽이고 나면 내가 더 강해진다더니 아무래도 틀린 말 같습니다."

노미가 등을 돌리고 서 있는 사내를 보며 중얼거렸다.

"이장우 그자가 한 말이냐?"

"네, 그 원수 놈이 한 말입니다. 아버지를 죽인 자에게 복수를 하고 싶으면 찾아오라면서. 그런데 지금 같아선 어떻게 강해진다는 건지 도무지 알 수 없어요."

아직도 벌벌 떨리는 손을 내려다보며 노미가 중얼거렸다.

"그리고 아저씨 말씀도……."

노미가 말끝을 흐리자 사내가 노미를 쳐다보기 위해 천천히 돌아섰다. 진기였다.

"내 말?"

"예, 복수를 하고 나면 마음이 통쾌해지며, 백정으로 살아온 지난 시간을 다 보상받는 것 같이 기쁠 것이라 하셨는데…… 이도 틀린 말인 듯합니다."

진기가 잠자코 노미를 쳐다봤다.

"통쾌하기는커녕 이 손으로 사람을 죽였다는 것이……."

노미가 눈물을 뚝뚝 흘리며 고개를 내저었다.

"죄를 지었다는 생각이 드는 것이냐?"

진기가 묻자 노미가 고개를 끄덕였다.

"그럼 벌을 받아야겠구나."

"……."

진기는 어리숙한 눈빛으로 자신을 쳐다보는 노미의 숨통을 단숨에 끊어버렸다.

46

금란방 군사들의 기습공격 이후 철주는 틀어 박혀 밖으로 나오지 않았다.

그는 몹시 흥분해 있었다. 조정의 인사발령도 제 입맛 따라 좌지우지하는 검계 조직이 일개 군사들에게, 그것도 검계의 조무래기와 다를 바 없는 금란방 군사들에게 습격을 당했다니. 수모도 이만저만한 수모가 아니었다.

"겨우 금란방 놈들에게!"

철주는 총동원령이라도 내릴 기세로 칼을 움켜잡았다.

조직의 눈치를 보느라 수사도 제대로 못하는 비루한 개새끼들이 심기를 건드렸다. 당장이라도 달려가 단숨에 놈들 목을 잘라버리면 부글거리는 속이 좀 시원할 것 같았다.

그러나 철주는 그러지 못했다. 진기가 그를 붙든 것이다.

"어디까지 감당하실 수 있겠습니까?"

"감당?"

철주는 내가 그 정도도 감당 못할 것으로 보이냐, 소리 지르고 싶은 걸 간신히 참아냈다. 요즘 진기에게 지나치게 예민하다는 걸 의식하기도 했지만, 지금 저를 잡아 공연히 화를 돋우는 속내가 몹시 궁금했기 때문이었다.

"무슨 말이냐?"

"이번 금란방의 습격은 조직적이고, 계획적이었습니다. 함정을 파고, 우릴 잡으려 한 건 처음입니다."

"그래서?"

"거추장스러운 평화가 깨졌으니 우리도 이제 움직일 때가 됐다는 얘깁니다."

"그래…… 네 말이 옳다."

빤히 진기를 쳐다보던 철주가 느닷없이 킬킬 소리를 내며 웃었다.

그러다 뚝 그치고 진기를 보는데 순식간에 눈에 핏발이 섰다.

"자고로 수장이라면 조직을 우선 생각해야지. 큰 그림도 그릴 줄 알고. 너처럼 말이다."

그 순간 진기는 자신이 철주의 자존심을 건드렸다는 걸 깨달았다. 이 상황을 제대로 수습하지 않으면, 살아서 이 방을 나가지 못할 것이다.

진기가 급하게 입을 열었다.

"저도 압니다."

"뭐?"

생각지도 못한 대답이라 철주의 눈에서 사나운 불이 튀었지만, 진기는 아랑곳하지 않았다.

"그래서 형님의 수하가 되었습니다. 형님은…… 조선에서 가장 중요하고, 막강하며, 영향력 있는 사내가 아닙니까."

철주는 진기를 빤히 쳐다봤다. 지금 그의 말이 진심일 리 없었지만, 그게 중요한 게 아니었다. 진기가 살기 위해 제 앞에서 개처럼 꼬리를 흔들었다는 게 더 중요했다.

철주가 진기 앞으로 천천히 다가갔다.

진기의 턱을 가볍게 움켜쥐고는 몇 차례 흔들었다.

"그래, 옳은 말이다. 난 조선에서 가장 중요하고, 막강하며, 영향력 있지. 허면 이를 증명하면 되겠구나."

"증명…… 이라뇨?"

진기가 되물었다.

철주는 대답하지 않았다. 대신 표정이 밝아져서는 그대로 진기를 내보냈다.

진기가 철주에게 질문을 하는 건 실로 아주 오랜만이었다.

언제부터인지 몰라도 질문은 늘 철주의 몫이었다. 철주가 질문하면, 진기는 답을 했다.

심지어 철주의 질문에 진기가 단 한 번도 즉각 답을 하지 못하는 경우는 없었다. 조직에 진기 같은 현명한 조언자가 있다는 건 어찌 생각해도 다행한 일이었다.

다만 답을 가졌다는 건 모든 일을 결정한다는 뜻이고, 모든 일을 결정한다는 건, 바로 수장의 역할이란 게 문제였다.

철주가 진기를 견제하는 이유는 바로 이것이었다. 수장의 능력을 갖춘 진기가 언제고 자신을 죽이고 수장 자리를 뺏을 거라는 것.

과한 생각이 아니었다. 돌이켜보면, 철주가 조선 최대 검계 조직의 두목이 된 것도 그의 능력이 아니라 진기가 언제나 그 답을 알고 있었기 때문이다.

철주가 한성의 그저 그런 왈짜 패거리로 시작해 막 이름을 알리기 시작할 무렵, 진기가 그를 찾아왔다. 한성 최대 조직의 두목이 되고 싶지 않냐고.

철주 패거리들은 진기의 제안이 황당했던 나머지 그만 코웃음을 치고 말았다.

당시 한성엔 여덟 개의 왈짜 패거리들이 있었는데 그중 가장 악명이 높았던 조직은 별자리의 이름을 딴 26수계였고, 그 다음이 선비들의 모임을 흉내 낸 죽림칠현이었다.

이 두 패거리가 싸움이 붙으면 한성의 좌포청, 우포청, 의정부 군사들까지 모두 동원해도 진압이 어려울 만큼 규모가 상당했다. 기방 두어 개를 차지하고 있는 철주 패거리와는 비교조차 할 수 없는 조직들이었다.

그런데 그런 조직들을 제압하고, 철주가 그들의 두목이 될 수 있다니.

이건 실성한 자의 입에서나 나올 법한 얘기라며 철주의 수하들은 진기를 내치려 했다. 그러나 철주가 그를 방으로 들였다. 진기의 눈빛에서 비범함을 읽었던 것이다.

철주의 예상대로 진기는 그냥 찾아온 게 아니었다. 그는 최대 조직인 26수계를 제외한 나머지 일곱 패거리들의 힘을 합쳐 26수계를 제압하자는 제안을 했다. 처음엔 그게 가능할까 싶었지만, 진기는 26수계를 누르고 최고가 되고 싶어 하는 왈짜들의 욕망을 정확하게 읽고 있었다.

철주는 우선 26수계와 죽림칠현을 제외한 나머지 6개 패거리들을 찾아가 하나로 뭉쳐 26수계와 맞서자고 설득했고, 이를 성사시켰다. 그런 다음 죽림칠현을 찾아갔다. 모든 패거리를 데리고 죽림칠현 휘하로 들어가겠다고 철주는 고개를 숙였다.

단독으로는 26수계를 절대 이길 수 없다는 걸 아는 죽림칠현에겐 과히 나쁜 제안이 아니었다. 이를 흔쾌히 승낙했다. 그러나 이는 철주 뒤에 계략가 진기가 숨어 있다는 사실을 모르고 내린 그들의 결정적 실수였다.

이제 수적으로 우위에 선 죽림실현은 26수계를 단숨에 제압했고, 철주는 승리에 도취한 죽림칠현 두목의 목을 모든 패거리가 보는 앞에서 베어버렸다.

뒤늦게 죽림칠현의 패거리들이 복수의 칼을 들었지만, 이미 무모한 상황이라는 걸 깨달았다. 훨씬 인원이 많은 나머지 여섯 패거리들이 그들을 포위해버린 것이다.

그렇게 철주는 순식간에 한성 최대 왈짜 조직의 두목이 되었다. 애초 진기는 여기까지 내다보고 계략을 짠 것이다.

그 후 진기는 조선의 군대 못지않게 조직의 체계를 마련하여 조직을 운영했고, 일정 훈련을 마친 패거리들에겐 창포검을 나눠주며 계통을 세웠다. 이때부터 철주 패거리는 스스로를 검계(劍契, 칼을 차고 다니는 모임)라 칭하게 되었다.

조직이 어느 정도 정비되자 진기는 패거리들의 두목이었던 자들을 불러 모았다.

그들을 조직의 최상위층으로 삼고 팔도에 근거지들을 마련해주었다.

한성에서 지방으로 쫓아낸다는 불만이 나올 법도 했지만, 조직 이익의 적잖은 부분을 동등하게 배분해주자 모두들 군소리 없이 받아들였다. 아니 받아들이는 척했다.

한낱 왈짜패에 불과했던 패거리들을 순식간에 나라의 군대 못지않은 조직으로 키운 철주와 진기. 둘을 지켜본 결과 받아들이느냐 그렇지 않느냐의 선택은 불가능하다는 걸 깨달았다. 감히 대항할 의욕조차 생기지 않았던 것이다.

조직이 안정되자 진기는 주막이나 기방에서 주조하던 밀주를 검계들만이 독점하도록 만들었고, 관리들을 하나하나 포섭하며 밀주의 판매경로를 확보했다.

처음엔 고작 밀주 장사로 이 많은 조직원들이 먹고 살 수 있을까 걱정도 했지만, 그건 정말 기우였다. 밀주 장사를 시작한 지 2년 만에 조선 전체 상권이 운영하는 자금의 절반 정도를 조직의 수중에 넣게 된 것이다.

이 모든 결과를 얻기까지 철주는 진기에게 늘 그게 가능하냐는 질문만 했고, 그는 늘 가능하다 답했다.

철주는 더 이상 진기에게 답을 구하기 싫었다. 질문을 할 때마다 진기를 조직의 수장으로 인정하는 꼴이 되는 것 같아 견딜 수 없었다. 밤마다 진기에게 26수계 두목처럼 목이 잘리는 꿈을 꿔 견딜 수 없었다. 이대로 계속되다간 지레 겁을 먹고 진기에게 스스로 무릎을 꿇을 판이었다.

그래서 최근 철주는 진기에게 질문하지 않고 스스로 답을 찾으려 애쓴 것이다.

바침술집에 스며들었다는 간자도 스스로 찾아 나섰고, 도망간 빙고 고원을 찾아내 죽이고, 그자가 진기와 결탁해 뒷돈을 빼돌린 게 아닐까 조사한 것도 그렇고.

그러나 철주는 아무 답도 찾아내질 못했다. 그가 확인한 건 진기였다면 이틀도 걸리지 않을 일을, 나흘이 지나도 해결하지 못하는 무능한 자신의 실상뿐이었다.

그런데 방금 전 진기와 대화중에 철주는 자신이 조직의 완벽한 수장임을 증명할 방법을 찾았다. 진기보다 더 중요하고, 막강하며, 영향력 있는 인물이란 걸 증명하면 되는 것이었다. 철주는 그 방법을 찾기 위해 고민하기 시작했다.

그리고 닷새가 되던 날 아침, 철주는 방문을 열고 나와 곧장 진기를 찾았다.

"금란방 습격 때 죽은 조직원들의 장례를 치를 것이다. 전국의 일곱 원로들을 모두 집결시켜라!"

죽은 조직원들의 장례를 치르기 위해 전국의 원로들을 총동원한다는 건 전례가 없는 일이었다. 그럼에도 진기는 묻지 않았다. 최근 철주가 보인 적대감을 떠올리며 몸을 사린 탓도 있었지만, 굳이 묻지 않아도 그의 계획이란 것이 뻔했기 때문이었다.

장례식을 치르는 날 분명 피바람이 몰아칠 거라, 진기는 확신했다. 철주는 자신의 권위를 세우고 싶을 것이다. 어리석은 지도자는 두려움을 이용해 사람들을 굴복시키는 걸 권위라 착각하기 마련이었다. 그래서 철주가 고른 가장 적당한 희생물은 아마도 자신일 거라고, 진기는 예상했다. 그리 놀라운 일도 아니었다.

오히려 잘된 일이었다. 조금 이른 감이 있었지만, 계획을 완성시키기 위해서는 언젠가 제 손으로 죽였어야 할 철주였는데, 본인이 그 시기를 알아서 당겨주니 진기로선 이 승부를 거절할 이유가 없었다.

마음을 굳힌 진기는 이를 대비하기 위해 빠르게 움직였다.

47

"어째서 사람이 이뿐인가?"

장례식에 모인 검계들을 둘러보며, 철주가 인상을 찌푸렸다.

최대한 많은 조직원을 모으려고 전국에 있는 원로들까지 불러들인 건데…….

눈에 띄는 건 대열 맨 앞에 선 일곱 원로들이었다.

원로들 뒤로 한성에서 활동하는 검계들이 줄을 맞춰 서 있었으니 그 수가 적지 않았다. 그러나 철주는 더 많은 이들이 이 새로운 역사의 순간을 함께 하길 바랐으므로 성에 차지 않았다.

"요즘 한성의 사정이 수상하니 눈에 띄지 않게 움직였으면 좋겠다는 얘기를 미리 들은지라……."

일곱 원로 중 가장 나이가 많은 최가가 말꼬리를 흐리며 앞으로 나섰다.

그는 한성 최고의 왈짜패 죽림칠현의 부두목이었지만, 철주가 죽림칠현의 두목을 죽이자 재빨리 그에게 조직을 통째로 바치고, 스스로 철주의 오른팔이 되길 자처했다. 눈치가 기막히게 빠르고 영악한 자였다.

철주의 못마땅한 시선이 자신에게 머물자 최가가 슬쩍 진기를 쳐다봤다.

"아마 누군가 두령님의 복심을 잘못 이해한 듯합니다."

혹여 불똥이 저에게 떨어질까 최가가 얼른 변명하며, 모든 잘못을 진기에게 돌렸다. 그러자 다른 원로들도 고개를 끄덕였다. 철주의 비위를 건들지 않기 위해서였다.

원로들은 지금 바짝 긴장하고 있었다. 철주가 자신들을 한성으로 부른 진짜 이유를 모르기 때문이었다. 더러는 개인적으로 한성에

올라오기도 했지만, 철주가 오늘처럼 일곱 명 모두를 일시에 부른
건 거의 없던 일이었다.

"네 잘못이 아니다."

진기가 눈치껏 앞으로 나서 용서를 빌려 하자, 철주가 손을 들어
그를 막았다.

"아무리 너라 해도 어찌 감히 내 뜻을 읽었겠는가."

한껏 진기를 내리며 철주가 스스로를 높이자, 최가가 다시 나섰
다.

"예예, 그럼요. 감히 누가 두령님의 깊은 뜻을 읽을 수 있겠습니
까. 이리 이해해주시니 저흰 그저 감사드릴 뿐입니다."

그의 아부가 싫지 않은 듯 철주가 슬쩍 입꼬리를 올렸다.

마침내 그가 검계들의 대열 앞에 섰다.

"며칠 전, 금란방 군사들의 습격으로 난 아끼는 수하들을 잃었다.
그런데 금란방 군사들이 누구인가. 조직의 돈을 받고, 조직의 뜻대
로 움직이는 자들이 아닌가! 그러니 군사들의 진짜 주인은 조직의
수장인 바로 나다. 이 나라 임금이 아니라!"

철주가 목청을 높이자 검계들이 와, 함성을 터뜨렸다.

"또한 내게 충성을 맹세한 조정의 관리들, 그들의 수는 임금이 거
느린 자들보다 많다!"

방금 전보다 더 큰 환호성으로 검계들이 철주의 기분을 맞춰줬다.

"그러니 내가 이 나라 임금과 다를 게 무엇이냐."

철주의 논리는 간단했다.

현재 검계 조직은 조선의 군사력을 능가하는 힘을 가졌고, 조직이 장악하고 있는 상점들을 일시에 폐업시키면 조선의 상권 절반 정도가 마비될 정도로 재물도 충분했다.

무엇보다 철주에게 충성을 맹세한 종3품 이상 관리는 임금의 신하보다 많을 것이니 자신이 임금보다 못한 것이 없다 진심으로 여긴 것이다.

그런데도 고작 금란방 군사 따위가 겁도 없이 습격했다는 건, 그들이 제 주인이 누군지 제대로 알지 못하기 때문이라 철주는 생각했다.

"하여 내가! 이 표철주가 조선의 새로운 임금이 되려 한다."

방금 전까지 철주를 향해 환호를 지르며 뜨겁게 반응하던 검계들이 일제히 입을 닫았다.

너무 어이없고, 어마어마한 일이라 차마 반응할 수 없었던 것이다.

사람들이 숨죽이고 자신을 쳐다보자 철주는 만족스러운 듯 환히 웃었다.

"그러니 모두 내 뜻을 따르라! 이 나라의 임금이 되어 그들의 진짜 주인이 누군지 알려줄 것이다!"

모두가 침묵하자 노련하고 눈치 빠른 최가가 분위기상 한마디 거들어야 한다는 생각에 입을 떼었다. 그러나 청산유수 같은 그의 말문도 그만 막혀버렸다. 감히 그럴 수 없었던 거다.

철주는 마치 종로에 있는 기방 하나를 뺏는 일처럼 가볍게 말했지만, 이는 엄연히 역모였다. 나라를 상대로 전쟁을 일으키자는 얘기였다. 그러니 섣불리 반응할 수 없는 노릇이었다. 다만 입을 꽉 다문 채 진기를 쳐다보며 침묵할 뿐이었다.

침묵하긴 진기도 마찬가지였다. 용상의 주인이 반드시 가져야 할 것이 무엇인지도 모른 채, 왈짜 패거리를 장악한 것처럼 용상도 장악하겠다는 무지할 정도로 오만한 그에게 그만 질린 것이다. 진기는 도저히 이를 묵과할 수 없었다.

진기가 대열을 이룬 검계들을 향해 손을 쓰윽 올렸다 내렸다. 그자에게 신호를 보낸 것이다.

그 순간 조직원들 사이로 박수소리가 들렸다. 누군가 홀로 박수를 치고 있었다.

철주는 누군지 보려 눈을 지긋하게 감았지만, 멀리 있는지 그가 보이지 않았다.

"누구냐? 앞으로 나서라."

철주는 그를 앞으로 불러냈다.

정렬한 조직원들의 대형이 한 줄로 갈라지며, 누군가 앞으로 달려 나왔다.

거리가 아직은 멀어서인지 얼굴이 눈에 들어오지는 않았지만, 체격이 제법 거구인 자였다. 저런 체격의 사내라면 모를 리 없는데, 전혀 감이 안 잡히는 걸 보면 아마도 원로들을 모시고 온 지방의 검계 일원일 거라 철주는 생각했다.

철주는 그에게 빨리 뛰어 오라고 손짓을 했고, 거구의 사내는 부름에 답을 하듯 전력질주하기 시작했다.

체구가 커서 움직임이 둔할 거라 생각했지만, 그의 발은 예상외로 빨랐다. 그리고 철주와 가까워지면 속도를 줄일 줄 알았던 사내의 발은 어쩐 일인지 점점 더 빨라지고 있었다.

"저거 뭐야?"

뒤늦게 경계심이 생긴 철주는 거구의 사내 기세에 밀려 뒷걸음질 쳤지만, 이미 거구의 사내는 철주의 코앞으로 달려와 그대로 철주의 목을 댕강 잘랐다. 그 옛날 죽림칠현 두목의 목을 조직원들 앞에서 잘랐던 철주처럼.

순식간에 일어난 일이라 다들 어, 어 비명을 지르며 얼어붙었다.

그 순간 진기가 기다렸다는 듯 살인자에게 다가가 그의 배에 칼을 쑤셔 넣었다.

이내 거구의 살인자가 쿵 소리를 내며 바닥에 고꾸라졌다.

백 여 명에 이르는 검계들이 모인 자리에서 수장의 목을 벨 정도로 담대한 살인자였다. 그런 자가 어찌 진기의 공격에 반격 한 번 못하고 당했는지 의심을 살 만했지만, 철주의 충격적인 죽음을 목도해 다들 멍한 상태라 이를 눈치 채지 못한 듯했다.

뜻하지 않게 장례식의 주인공이 바뀐 사실에 놀라 얼어붙었던 조직원들 사이에서 놀라운 변화가 일어난 건 바로 그때였다. 그들이 죽은 철주의 곁으로 몰려든 것이 아니라, 눈치를 살피며 예전 자신들이 모셨던 두목 쪽으로 움직인 것이다.

한 덩어리였던 조직은 금세 여덟 덩어리로 나눠져, 서로를 견제했다.

철주가 죽었다는 건 검계 조직이 무주공산이 됐다는 얘기니 지금 이 조직을 장악할 적기란 걸 모두 알고 있는 것이다.

장례식을 시작하기 전, 진기의 명을 받은 정찰검계들이 칼 한 자루도 소지하지 못하도록 철저하게 몸수색을 하지 않았더라면 자칫 큰 충돌로 번질 수도 있는 순간이었다.

하지만 얼마 지나지 않아 조직원들은 일이 잘못 돌아가고 있다는 걸 알아차렸다.

경건한 장례식에 무기를 지참하지 말라며 몸수색을 하던 진기와 정찰검계들이 지금 칼을 지니고 있기 때문이었다. 게다 그들의 칼날은 조직원들을 향해 있었다.

"이봐, 진기. 이게 대체 무슨 일인가?"

이 당황스런 상황이 아무래도 진기와 관련 있다는 걸 짐작한 눈치 빠른 최가가 긴장한 시선으로 그를 쳐다보며 물었다.

그러나 진기는 말없이 최가를 지나쳐 바닥에 고꾸라진 거구의 사내 곁으로 다가갔다.

"대체 형님을 죽인 이유가 무엇이냐?"

진기가 사내의 목 아래 칼을 들이대며 큰 소리로 물었다.

"돈을 받았을 뿐, 이유 같은 건 난 모르오."

사내가 쓰윽 최가를 쳐다보며 말했다.

"죄송합니다."

"뭐, 뭐야. 왜 날 보고 얘기하는 것이냐! 난 무관해. 저 사내가 누군지 난 모른단 말일세."

얼굴이 벌겋게 달아오른 최가가 소리 질렀다.

진기는 믿을 수 없다는 듯 칼끝을 최가의 숨통에 가져다댔다.

"이보게, 진기. 난 아냐. 김가를 의심해야 해. 그를 추궁해. 그자가 두령님에 대해 불평하는 걸 내 귀로 똑똑히 들었단 말일세."

이대로 있다간 철주의 살인주범으로 몰려 죽을 것 같았는지 최가가 옆의 김가를 급히 진기 쪽으로 밀어냈다.

"무슨 소리야. 난 아냐. 난 상관없어. 저 사내도 최가를 쳐다보질 않았는가. 최가와 박가 그리고 이가가 지난 달 전주에서 회합한 것으로 아네. 분명히 오늘의 일을 작당한 회합이었을 거야."

김가가 최가의 멱살을 잡았다.

"네 이놈. 너 살자고 날 팔아? 어림없는 소리다. 어림없는 소리!"

"결국 모두가 공모했단 얘기군요."

진기가 결론적으로 말했다.

"뭐?"

김가와 최가가 서로의 멱살을 잡은 채 진기를 쳐다보려 고개를 돌리는 순간, 그들의 목이 그대로 잘려 나갔다.

이를 본 정찰검계들도 나머지 원로들의 목을 단숨에 잘랐다.

마침내 진기가 피가 뚝뚝 떨어지는 칼날을 거구의 사내 턱 밑으로 들이 밀었다.

죽음을 예감한 사내가 조용히 두 눈을 감았다.

"죽음이 두려운가, 석포?"

진기가 조용히 물었다.

"아니. 그저 보기 싫을 뿐이네."

"무엇이?"

"피. 사람들의 피 말일세. 죽는 순간까지 보고 싶진 않아."

어서 끝장을 내달라는 듯 석포가 턱을 치켜 올렸다.

진기는 기다렸다는 듯 단숨에 석포의 숨통을 찔렀다.

이로써 이날의 소동은 끝이 났다.

다만 나이든 검계들 중엔 그 수상한 거구의 사내가 그 옛날 조직의 행동대장 석포와 꼭 닮았다는 걸 눈치 챈 이가 더러 있었지만, 서슬이 퍼래 사람들의 목을 댕강댕강 자르는 진기의 눈치를 보느라 감히 입을 열지 못했다.

"새로운 두령님이 탄생했다. 두령님 만세, 만세, 만세!"

석포의 목을 자르고 진기가 돌아서자 조직원들은 누가 시키기라도 한 듯 일제히 진기의 이름을 연호했다.

그 순간 진기가 눈을 꽉 감았다. 죽도록 눈이 시렸기 때문이었다.

한때나마 문경지교(刎頸之交, 죽고 살기를 같이 하는 친한 벗)였던 벗을 제 손으로 죽인 탓이라 그는 생각했다.

그러나 단순히 그 이유만은 아니었다. 죽는 순간까지 사람들의 피를 보고 싶지 않다는 석포의 마지막 말에서 그의 고단함이 고스란히 느껴졌기 때문이었다. 이인좌의 난을 시작으로 앞으로 죽는 그날까지 사람들의 피비린내에 시달릴 것이 자명한 자신의 앞날이 주마등처럼 스쳤기 때문이었다.

하지만 진기는 맘껏 감상에 젖어 있을 수 없었다. 그에겐 아직 마지막 일이 남아 있었다. 이를 위해 지난 십 년간 오직 앞만 보고 달려온 것이다. 오직 한 걸음. 정말 단 한 발짝만 더 나아가면 진기의 임무는 모두 끝날 것이었다.

도래할 그날을 생각하자 진기의 콧등이 공연히 시큰해졌다.

48

진선문을 지나 금천교로 들어서는 순항의 발걸음이 어쩐 일인지 조급했다.

그도 그럴 것이 자정이 막 지날 무렵 주령구 하나가 그의 방으로 굴러 들어왔다. 주령구엔 아주 생소하고 묘한 글자가 새겨져 있었다.

"오사필의라……."

금천교 위에서 걸음을 멈춘 순항이 낮게 읊조렸다.

심야에 받은 주령구엔 분명 오사필의(吾事畢矣, 나의 일은 끝났다는 말로, 자신의 맡은 바 임무를 다 마쳤음을 강조하는 말) 네 글자가 새겨져 있었다.

이는 순항이 모르는 내용이었다.

십 년을 계획해온 밀주사업을 이제 마무리하고 있는 중요한 시기에 임금이 순항이 모르는 주령구를 보냈을 리 만무했다. 순항은 왠지 불길했다.

결국 오사필의의 비밀을 풀지 못한 순항은 불안감을 떨치지 못하고, 한달음에 궁으로 달려오는 길이었다.

순항은 금천교를 다 지나기도 전에 자신의 염려가 맞다는 걸 깨달았다. 금천교 쪽으로 순라군 둘이 짝을 이뤄 걸어오고 있었는데, 그 중 한 명은 잘 아는 자였다. 그는 궁에 절대 있어선 안 되는 자로 순항이 부리는 간자 중 최고의 간자, 이진기였다.

검계 조직원으로 활동하는 진기가 자신에게 보고도 하지 않은 채 궁에 들어왔다는 건 분명 그들의 밀주 계획에 문제가 생겨도 큰 문제가 생겼다는 얘기였다. 그 순간 심장이 덜컥 내려앉았다.

마음이 조급해진 순항은 주변을 살피는 것도 잊은 채 진기를 빤히 보며 마른 침을 꿀꺽 삼켰다.

진기도 순항의 시선을 느꼈는지 잰걸음으로 다가왔다.

"도대체 무슨 일인가?"

순항의 목소리에서 쇳소리가 났다.

진기는 대답을 하지 않았다. 대신 순항의 목을 잡고 그대로 다리 난간 쪽으로 밀어붙였다.

이미 계획된 수순처럼 진기와 함께 온 순라군은 균형을 잃고 위태롭게 다리 난간에 기대 선 순항의 두 다리를 들어 다리 밖으로 내던졌다.

"오사필의!"

순항은 내내 궁금해오던 오사필의의 뜻을 죽음의 순간 깨달았다.

그건 순항의 일이 이젠 끝났다는 뜻으로 임금이 그의 쓸모가 다했음을 선언한 것이었다.

결국 임금이 자신을 버렸다는 사실을 깨닫자, 공교롭게도 그 순간 순항의 뇌리에 떠오른 건 한길이었다. 그 아인 자신이 잔인하게 내친 첩의 딸로, 아이의 이름만이라도 지어달라는 간곡한 청도 들어주지 않고 버렸다.

그러나 그 딸은 순항의 어린 아들이 병으로 죽자 그를 찾아왔다. 죽은 아이의 이름을 자신에게 달라고. 그럼 평생 순항의 수족이 되고, 눈이 되고, 귀가 되고, 칼이 되겠다며 아이는 순항이 보는 앞에서 삼단 같은 머리칼을 댕강 잘라냈다.

만약 그때 그 아이에게 죽은 아들의 이름이 아닌 어여쁜 계집의 이름을 주었다면 어땠을까?

가령 삼월이나 곱단이 같은 아무렇지도 않은 평범한 계집의 이름을 지어줬다면 지금 이 순간 그 아이가 떠오르지 않았을까?

그러나 순항의 생각은 여기서 멈췄다. 자신이 떨어진 곳이 공교롭게도 청정무사 바로 앞이란 걸 뒤늦게 깨달은 것이다. 맑고 바르지 못한 마음을 가진 이들을 옴짝달싹할 수 없게 만든다는 바로 그 청정무사.

청정무사의 부리부리한 두 눈이 자신을 빤히 쳐다보고 있다는 사실을 깨닫자 공포로 온몸이 딱딱하게 굳어갔지만, 순항이 이를 피할 수 있는 방법은 아무것도 없었다.

결국 순항은 숨이 끊어지는 그 순간까지 청정무사의 두 눈을 피하지 못한 채 두려움에 온몸을 벌벌 떨어야 했다.

49

붕익은 살면서 이따금 실수를 했고, 그럴 때마다 그는 자신을 용서하지 못했다. 실수는 9년 전 5월, 자신의 처와 태어나지 않은 아이가 죽은 그날로 충분했다.

그러나 그는 완벽한 인간이 아니었고, 실수는 되풀이되었다. 그런 날이면 붕익은 늘 악몽을 꾸었다.

어찌된 일인지 꿈속에서 붕익은 가족이 죽을 걸 알고 있다. 그런데도 가족을 지키지 않고, 도망가는 검계들을 쫓았다. 아무리 발을 멈추고 가족의 곁으로 돌아가려 해도 몸이 말을 듣지 않고 계속 검계들을 쫓았다.

제발 돌아가 가족을 지키라고 울부짖어도 결과는 매번 똑같았다. 꿈은 끝없이 되풀이됐다. 붕익이 그 악몽으로부터 벗어날 길은 없어 보였다.

그런데 또 그 꿈이었다. 붕익은 어김없이 검계들을 뒤쫓았고, 제발 집으로 돌아가 가족을 지키라고 소리를 질렀지만, 소용없었다. 이번에도 그는 가족이 죽는다는 걸 알았지만 몸은 집에서 자꾸 멀어져만 갔다.

잔인한 순간이었다. 누구라도 좋으니 제발 이 꿈에서 날 좀 깨워 달라, 붕익은 간절히 빌었다.

"장포졸 나리, 장포졸 나리!"

누군가 붕익의 기도에 화답이라도 한 듯 그의 이름을 부르며 몸을 흔들었다.

"나리, 이제 정신이 좀 드십니까?"

몽롱한 정신을 뚫고 한길의 목소리가 들리자 붕익이 눈을 번쩍 떴다.

"어째서 네가 여기에 있느냐?"

붕익이 기억하는 마지막 상황은 분명 자신을 죽이려는 장우와 마주쳤는데, 수판이 나타나…….

"종사관 나리!"

순간 붕익이 몸을 벌떡 일으켜 앉았다. 수판이 생각난 것이다.

"종사관 나린? 그분은 어찌 되었는가?"

"죽었습니다. 이장우의 칼에."

"기여 장우 이놈이!"

분노로 붕익의 턱이 덜덜 떨렸다.

붕익도 그 순간이 기억났다. 수판은 붕익을 살리려 장우를 공격했고, 이를 본 붕익이 기겁해 장우에게 달려들려 했다. 그 순간, 누군가 붕익의 뒤통수를 때려 그를 기절시켰다.

"대체 그잔 누구였지?"

"저도 모릅니다. 그 사내는 장포졸을 두고 스스로 물러났습니다."

"지금 이러고 있을 때가 아냐."

붕익이 비틀거리며 일어나려 하자 한길이 그를 잡았다.

"종사관 나리의 시신은 수습됐을 겁니다. 그의 부친에게 이 사실을 알렸으니까요."

붕익의 눈빛이 싸늘해졌다.

"무슨 꿍꿍이냐?"

붕익이 단정적으로 물었다.

"나를 도와준 것도 그렇고, 종사관 나리의 시신을 수습한 것도 그렇고⋯⋯. 그저 선의로 도와준 것은 아닐 텐데."

"제 주인께서 살해당하셨습니다."

뜻밖의 일이었다.

"그분께서⋯⋯."

차마 말을 잇지 못하겠는지 한길이 아랫입술을 꽉 깨물었다.

"실족하셔서 금천교 아래로 떨어지셨다는데, 그럴 실수를 하실 분이 아닙니다. 분명 누군가 제 주인을 죽인 것입니다."

한길을 잠자코 쳐다보던 붕익이 끙 앓는 소리와 함께 입을 열었다.

"범인이 이장우인가?"

장우에겐 순항을 죽일 동기가 있었다.

임무도 실패하고, 엉뚱하게 수판까지 죽인 장우를 순항은 분명 제거하려 했을 것이다. 천관까지 나서 아들을 죽인 자를 찾겠다 하면 수습하기 곤란할 것이니, 분명 순항이 빠르게 움직였을 것이다.

그러나 장우가 이런 판세를 못 읽었을 리 만무했다. 생명의 위협을 느낀 장우가 더 빨리 움직여 순항을 죽였을 가능성이 높았다.

"그자도 죽었습니다. 그것도 제 주인이 돌아가시기 전에 말입니다."

"이장우도…… 죽었다고?"

죽어 마땅한 자이긴 했지만, 장우마저 죽었다는 건 붕익에게도 충격이었다.

"서로가 서로를 죽일 동기는 있으나, 서로의 죽음에 무관하단 말이지?"

한길이 말없이 고개를 끄덕였다.

"헌데 제 주인이 돌아가신 날 궁에서 당직을 섰던 순라군에게 이상한 얘기를 들었습니다. 그날 새벽 순라군이 한 조가 더 많았다고 합니다."

"그 말은…… 누군가 순라군으로 변장해 네 주인을 죽였다는 말이냐?"

"예, 명부에 이름이 올라있는 순라군들을 죄 조사해봤지만, 자신의 순번이 아닌데도 그날 새벽 번을 선 자는 없었습니다."

붕익이 잠시 한길을 빤히 쳐다봤다.

"이런 얘기를 내게 하는 이유가 뭔가?"

"절 도와주십시오, 나리. 제 주인을 죽인 자를 꼭 잡고 싶습니다."

한길이 붕익 앞에 무릎을 꿇었다.

붕익이 무겁게 입을 열었다.

"사람들은 제 아비를 주인이라 부르지 않는다."

"……제 아, 아버지를 죽인 자를 잡도록…… 도와주십시오."

잠시 침묵이 흘렀다.

붕익은 고개를 끄덕였다.

한길은 분명 순항의 간자였지만, 매순간 그런 것은 아니었다. 지금 그가 간자가 아닌 자식으로서 부탁한 것처럼. 붕익은 한길이 간자 신분을 내려놓고, 온전히 오궤신이었던 그 한순간을 분명하게 기억했다.

순항이 검계와 한패라는 걸 알아차린 붕익은 그 길로 보신각으로 달려가려 했다. 순항이 군사를 내어줄 것이 만무하니, 당장 오궤신을 말려야 했다.

냉정을 잃고 무작정 나서는 붕익을 잡은 건 놀랍게도 한길이었다.

"나린 나리의 일을 마무리하십시오. 보신각엔 제가 가보겠습니다."

붕익은 뜨악한 표정으로 한길을 쳐다봤다.

"군사들이 출동하지 않아 검계 일당을 놓쳤다는 소문이 퍼지면, 제 주인의 명예가 실추되는 것이라 나서는 겁니다. 부디 거절하지 말아주십시오."

한길의 말처럼 이는 무조건 순항을 위한 일이 아니었다. 오로지 순항만을 위해 움직였다면, 그 자리에서 한길은 붕익을 죽이는 게 맞았다. 붕익이 순항의 치명적 약점을 알고 있으니 훗날을 위해서라도 그리해야 했다.

그러나 한길은 붕익이 순항을 설득해주길 원했다. 그 또한 순항이 검계와 한패란 사실을 미처 몰라 적지 않은 충격을 받은 것이다.

하루아침에 순항이 돌아서지 않겠지만, 적어도 그의 잘못된 판단으로 오궤신이 검계들에게 공격당해 죽는 일만은 막고 싶었던 거다. 그 순간만큼은 한길이 오궤신의 일원으로 동료들을 순수하게 염려한 것이라, 붕익은 기억하고 있었다.

물론 붕익으로서도 이건 분명히 풀어야 할 문제였다. 명백히 검계의 끄나풀로 드러난 순항이 누군가의 손에 죽었다면 그 살인자는 둘 중 하나였다. 순항의 적이거나, 순항의 자리를 대신할 자거나.

둘 중 어느 쪽이 됐든 붕익은 그를 꼭 찾아야 할 이유가 있었다. 순항의 적이라면 함께 검계를 소탕할 동료로 삼아야 했고, 순항의 자리를 대신한 자라면 분명 그는 검계에게 잡혀 있을 오궤신을 찾아낼 수 있을 것이다. 붕익은 더 늦기 전에 그들을 구출해내고 싶었다.

"그러나 난 널 도와주려는 게 아니다. 살인자가 누가 됐든 난 나대로 그를 찾아야 할 이유가 있을 뿐이다."

한길은 순순히 고개를 끄덕였다.

"분명 순항과 검계 조직을 잇는 자가 있을 것인데."

"그것까지는 모르겠습니다. 하지만 의심스러운 자는 있습니다."

한길이 품에서 용모도 하나를 꺼내 붕익에게 내밀었다. 말린 용모도를 촤르륵 소리 나도록 펴자 비로소 진기의 얼굴이 드러났다.

"주인이 돌아가시고, 방에서 찾아낸 용모도입니다. 주인께선 이자의 얼굴이 드러나는 걸 막기 위해 필사적이셨습니다."

"필사적이었다고?"

"예, 주인의 명으로 제가 이장우한테서 뺏은 용모도인데, 그때 주인께선 만약 이 용모도를 그가 봤다면 반드시 죽여야 한다고 하셨습니다."

"그렇게까지 얼굴이 세상에 드러나면 안 되는 자란 말이지, 이자가⋯⋯. 그렇다면 단순한 연통자가 아니라 순항이 검계 조직에 보낸 간자일 수도 있겠군."

"저도 그리 생각합니다."

"그럼 날 찾아오게 만들어야겠다."

"어떤 방법으로 말입니까?"

붕익은 대답하지 않고, 자리에서 벌떡 일어났다.

50

진기는 주령구 하나를 손바닥에 올려두고 빤히 쳐다봤다. 지금 진기가 가진 주령구는 처음으로 임금에게 직접 받은 것이다.

주령구는 언제나 순항을 거쳐 왔다. 지난 십 년 동안 일은 그런 식으로 진행돼 왔고, 앞으로도 변함없을 거라 생각했다.

하지만 그건 어디까지나 진기의 생각이었다. 어느 날 임금의 주령구가 순항을 거치지 않고 진기의 손에 들어왔다.

그 주령구는 겉에 아무것도 새겨져 있지 않았다. 대신 비틀면 배가 갈라지는데, 그 안에 임금의 친필 서신이 들어 있었다.

서필에 의하면, 임금이 진기에게 원하는 건 두 가지였다. 붕익을 지키라는 것과 순항을 제거하라는 것.

어명은 간단했지만, 진기의 머릿속은 복잡했다.

검계 조직을 차지하고 밀주 장사를 성공시키기 위해 그간 진기가 죽인 자만 수백이 넘을 터. 거기에 순항의 목숨 하나 보태는 건 어려운 일이 아니었다.

또한 내탕금을 모으는 일엔 순항이 필요했지만, 목표를 이루고 나서까지 그가 필요한 건 아니니 그간 부리던 사냥개를 버리고 새로운 사냥개를 찾고 싶어 하는 임금의 마음도 헤아릴 수 있었다.

심지어 자신 또한 붕익의 능력과 쓸모를 남모르게 계산하며 주시하고 있었으니 붕익을 지키라는 임금의 명령은 오히려 반가울 정도였다. 그러니 그때의 어명을 받드는 건 그 어느 때보다 간단하고 명료했다.

문제는 진기와 임금이 동시에 붕익을 주시하고 있지만, 그 목적이 서로 다르다는 데 있었다.

진기가 이인좌 무리와 함께 하면서 깨달은 것이 두 가지 있었다.

인조반정 이후, 조정에선 영남 출신은 관직에 등용하지 않았다. 광해군과 함께 폐모살제(廢母殺弟, 광해군이 인목대비를 폐하고, 동생 영창대군을 죽인 것을 이름. 인조반정의 명분이 됨)의 역적으로 몰려 척살당한 내암 정인홍이 영남 출신이기 때문이었다.

안타깝게도 진기는 영남 출신이었고, 그의 출사길은 태어난 순간부터 막혀 있었다.

그러나 자신만은 이를 뚫을 수 있을 거라 자신했고, 사람들도 흔쾌히 동의했다. 그만큼 진기의 영특함이 남달랐던 것이다.

하지만 진기는 연달아 세 번이나 과거시험에 낙방했고, 그제야 그 이유에 대해 의문을 품었다.

"이건 정당하지 않습니다."

"포기해라. 어차피 안 될 일이었다."

정신이 멍해질 정도로 충격적인 노스승의 충고였다.

진기는 노스승의 충고를 어기고, 정당하지 않은 이 세상을 바로잡으려 반란을 준비하는 이인좌 무리에 합류했다.

결론적으로 말하면, 이인좌 무리와 함께하면서 진기가 깨달은 첫 번째는 '이인좌, 그도 정당하지 않다' 였다.

이인좌 무리는 지금의 임금이 숙종의 핏줄이 아니라는 것과 그가 선왕을 독살했다는 것을 주장하며 왕권의 정당성을 부인했다. 이는 사실일 수도 혹은 거짓일 수도 있는 얘기였다.

그러나 이인좌는 이것이 진실인지 혹은 거짓인지 규명하는 일 따위엔 관심도 없었다. 그저 흥미로운 이야기를 만방에 널리 알려 반란의 정당성을 얻으려 노력할 뿐이었다. 애초 왕권의 정당함을 바로잡으려는 게 아니라, 노론에 밀려 위협을 받자 일으킨 반란이기 때문이었다.

이를 알면서도 진기는 이인좌 곁을 떠나지 않았다. 이로써 얻게 된 두 번째 깨달음을 성취하기 위해서였다.

반란군에서 장자방 역할을 했던 진기의 활약은 그야말로 눈부셨다. 상여 행렬로 위장해 관에 무기를 넣고 청주성으로 들어간 것도 진기의 지략이었고, 사람을 죽이지 않고, 주민의 재산을 약탈하지 않으며, 노역을 줄인다는 민정강령을 만들어 많은 백성들의 호응과 지지를 이끌어 낸 것도 진기였다.

물론 선왕의 위패를 맨 앞에 세워 반군의 정당성을 강조한 것도, 이인좌의 반군을 뒷받침해줄 세력을 규합하려 분주하게 움직인 것도 다름 아닌 진기였다.

그러나 그의 활약에도 불구하고 이인좌는 관군에게 무너졌고, 진기는 늘 그와 움직이는 선발대 군사들과 함께 체포되었다.

선발대 군사들은 새로운 지역으로 진격할 때면 장사꾼이나 거지 차림으로 꾸며 그곳으로 먼저 들어가 상황을 염탐하는 자들이었는데, 이들은 훗날 검계에서 진기의 수족 노릇을 하는 정찰검계가 되는 이들이었다.

투옥되어 절망에 빠진 진기를 구해준 건, 순항이었다. 적의 장자방에게 매료된 순항이 옥으로 직접 찾아온 것이다.

"이인좌가 정당했다 생각하는가?"

마음 같아선 이인좌도 정의가 아니고, 지금의 임금 또한 마찬가지라 쏘아붙이고 싶었지만, 진기는 꾹 참았다. 어쩌면 자신에게 호의를 보이는 순항을 이용해 이 난관에서 벗어날 수 있을지 모른다는 기대 때문이었다.

"정의, 정당. 이 모든 건 승자에 대한 평가죠. 어느 개인에 대한 평가가 아니라."

진기는 흔들림 없는 표정으로 순항이 가장 듣고 싶어 할 대답을 해줬다. 그리고 자신은 어차피 반란이 끝나면 한자리 차지할 욕심이었을 뿐, 그의 신념 따윈 관심 없었다는 답을 덧붙였다.

"그럼 나와 함께 승자가 되시지 않겠나? 하여 정의, 정당. 이 모든 평가의 주인도 되고."

순항의 제안에 진기는 머리를 끄덕였다.

순항이 진기와 함께 도모하고자 하는 일은 떠돌이 왈패들을 하나의 조직으로 안정시킨 후, 체계적으로 밀주 장사를 확장해 내탕금을 마련하는 일이었다. 이는 자그마치 십 년에 걸쳐 이룰 장기계획이었다.

순항에게 이 계획을 듣는 순간, 진기는 자신을 덫으로 밀어 넣는 무거운 손길의 힘을 느꼈다.

진기가 조직에 있는 동안 운이 나빠 죽는다면 그는 그저 죽어 마땅할 검계일 뿐이다. 운이 좋아 끝까지 살아남는다 해도 순항이 신분을 복원시켜주지 않는다면 꼼짝없이 검계로 살아갈 수밖에 없었다.

순항으로선 손해 볼 게 없는 계획이었고, 진기로선 순항에게 복종할 수밖에 없는 완벽한 덫이었다. 게다 밀주 장사가 실패할 경우, 순항은 그 즉시 진기를 폐기처분할 게 뻔했다.

진기는 이 위험천만한 순항의 제안을 받아들였다.

좌절됐던 두 번째 깨달음을 실현시키기 위한 유일한 기회니 자신의 평생을 거는 건 당연하다 생각한 것이다.

그날 이후 진기는 철저하게 검계가 됐다. 목표를 위해서도 밀주 장사를 성공시켜야 하니, 온전히 검계가 된 것이다.

물론 때때로 정말 검계가 된 게 아닐까 의심스러울 정도로 지금의 역할에 매몰되기도 했지만, 진기는 그럴 때마다 이인좌와 함께 하는 동안 깨달은 모든 걸 떠올리며 진정한 모습을 잊지 않으려 노력했다.

돌이켜보면, 정의, 정당, 이 모든 건 승자에 대한 평가란 진기의 발언을 임금은 매우 맘에 들어 했다. 아마도 자신이 승자고, 정의고, 정당이라 생각했기 때문일 것이다.

그러나 이는 임금의 착각일 뿐. 진기는 그를 승자로 만들어줄 생각이 추호도 없었다. 때마침 순항까지 죽고 없으니 임금이 승자가 되는 일 따윈 영원히 없을 거라, 진기는 생각했다.

그리고 장붕익. 그의 도움이 더해진다면 더더욱 그러하리라, 자신했다.

비로소 붕익에 대한 입장을 결정한 진기는 우선 임금의 명을 따랐다. 순항의 살인 계획으로부터 붕익을 보호하는 게 우선이라 판단한 것이다.

다행히 진기가 붕익을 찾아낸 건 장우와의 일전을 시작하기 전이었다. 수판이 장우의 시선을 끄는 사이 진기는 붕익을 기절시켰다.

차분하게 대화를 나누며 그를 설득시킬 여유가 없으니 강제로 데려 갈 요량이었다.

그러나 붕익을 데리고 가던 중, 하필 한길과 맞닥뜨렸다. 붕익을 데리고는 도저히 한길을 따돌릴 재간이 없어 진기는 붕익을 놓아주었다. 그를 죽음의 문턱으로부터 구해냈으니, 훗날 다시 만나면 될 것이라 판단했다.

그런데 그날 이후 붕익이 감쪽같이 사라졌다. 십여 명의 정찰검계들이 전적으로 그를 찾아다녔지만, 아직까지 소재가 파악되지 않았다. 아마도 자신이 납치될 가능성이 있다 판단해 몸을 숨기고 있는 듯했다.

이러다 임금이 그를 먼저 만나면, 진기로선 낭패였다.

다행히 새벽녘이 다 되어서 붕익을 찾던 수하가 돌아왔다.

"장붕익을 만날 방법을 알아왔습니다."

"그를 찾은 게 아니라, 만날 방법을 알아왔다고?"

수하가 고개를 끄덕였다.

아무래도 예감이 좋지 않았다.

51

파루를 알리는 서른세 번의 북소리가 울려 퍼졌다.

밤새 궁궐과 도성 안팎을 순찰 돌던 순라군들이 들고 있던 조족등의 불을 끄고 포청으로 들어갔다. 그리고 그 문으로 포졸 스무 명 정도가 쏟아져 나왔다.

포졸들은 두어 명씩 짝을 지어 뿔뿔이 흩어졌는데, 다들 옆구리에 하얀 종이 꾸러미를 들고 있었다. 용모도였다.

"새벽부터 고생이 많으십니다. 근무시간도 아닐 터인데."

아까부터 담벼락에 용모도를 붙이는 포졸들을 지켜보던 사내가 슬쩍 옆으로 와 말을 걸었다.

"하루 속히 잡아야 하는 놈이라 그렇소."

"그리 나쁜 놈입니까?"

"나쁜 놈이지. 우리 포도대장 나리와 종사관 나리를 죽인 놈이니."

사내가 조용히 입을 다물고 용모도를 쳐다봤다.

"이자가 정말 살인자입니까?"

"그렇소."

"그 얘긴 목격자가 있다는 말씀이군요."

포졸들의 속내를 떠보려는 듯 사내가 슬쩍 얘기를 꺼냈다.

"확실한 목격자가 있지."

포졸이 용모도를 다 붙이고 손을 털며 말했다.

"목격자는 바로 우포청 소속 장붕익 부장포졸이오."

사내는 놀랍다는 듯 반문했다.

"그런데 목격자를 이리 밝혀도 됩니까? 범인이 그를 찾아내 도륙 내면 어쩌려고."

"장포졸 스스로 시킨 일이오. 범인이 그래야 자신을 찾아온다고."

"장포졸이 지금 어디에 있는데요?"

내내 담벼락을 보고 서 있던 포졸이 천천히 돌아섰다. 그리고 사내를 빤히 쳐다보더니 뭐가 못마땅한지 인상을 찌푸렸다.

"그건 말할 수 없소."

"어째서?"

"당신은 용모도의 주인이 아니니까. 용모도의 주인에게만 장포졸이 어디에 있는지 알려줄 수 있소."

"만약 용모도의 주인이 나타나지 않으면?"

"그가 나타날 때까지 이 용모도를 계속 붙이라 명하셨소. 얼굴이 알려지면 곤란한 자이니 필시 나타날 거라 그러셨지."

사내는 매우 곤란한 듯 슬쩍 고개를 뒤로 돌렸다.

그러자 담벼락이 휘어지는 지점에서 몸을 숨기고 있던 또 다른 사내가 모습을 드러냈다. 진기였다.

포졸 앞으로 나온 진기가 담벼락에 붙어 있는 용모도를 쳐다봤다. 영락없는 자신이었다. 대체 내 얼굴을 누가, 언제 봤지?

진기는 붕익을 기절시켰던 순간을 되짚어봤지만, 그는 아니었다. 분명 붕익이 먼저 기절했으니 그가 얼굴을 볼 리 없었다.

진기는 이내 한길을 의심했다. 골목 끝에서 나타난 그를 보고 재빨리 돌아서 자리를 피했던 터라 그 또한 자신의 얼굴을 봤을 리 만무했다. 실로 당혹스런 순간이었다.

방금 전까지 진기는 붕익을 제 편으로 만들 자신이 있었다. 그를 낮잡아본 게 아니라 자신이기에 가능하다 생각했는데, 아무래도 자신감이 지나친 모양이었다. 우포청 담벼락에 붙은 용모도를 본 순간, 진기는 정신이 번쩍 들었다.

"내 얼굴을 확인하라."

용모도와 진기의 얼굴이 같다는 걸 확인한 포졸이 침을 꿀꺽 삼키며 말했다.

"우포청 부군당. 그곳에서 장포졸이 당신을 기다리고 있소."

진기가 고개를 끄덕이며 수하에게 가까이 오라 손짓했다.

귀엣말로 뭔가를 지시했다. 제 발로 호랑이 굴에 들어가게 됐으니 그만한 대비를 해야 한다고 판단한 것이다.

52

흉가와 버려진 무덤 중간 정도 형체를 한 우포청 부군당의 모습은 실로 기기괴괴했다.

그 안에서 자신을 기다리는 붕익의 표정은 그보다 더 괴기스럽다고, 진기는 생각했다. 화가 난 건지, 반가운 건지, 호기심을 내비치는 것인지, 살의를 드러내는 것인지 도무지 진의를 알 수 없는 붕익의 표정은 기기괴괴함 그 자체였다.

"내가 이장우와 이수판의 살해범이 아니란 걸 알 텐데."

어느 것이 진짜 붕익의 표정인지 알아보려 진기가 슬쩍 말을 던졌다.

"우의정 오순항. 우리 얘기는 거기서부터 시작될 것이다."

붕익이 손을 들자 진기와 함께 온 포졸이 그를 부군당 안으로 떠밀었다. 그리고는 찰칵 소리를 내며 밖에서 문을 잠갔다.

순순히 부군당으로 들어온 진기가 안을 둘러봤다.

천장을 제외한 삼 면이 쇠창살로 이뤄져 밖에서 자물쇠를 풀지 않으면 나갈 길이 전혀 보이지 않는 감옥이었다.

"만반의 준비를 했군."

진기가 슬쩍 웃으며 말했다.

"그리 여유를 부리는 걸 보니, 네 놈도 마찬가질 텐데."

진기가 부인하지 않고 고개를 끄덕였다.

"호랑이 굴에 들어오면서 설마 맨손으로 왔을라고. 아주 흥미로운 사냥감을 준비했으니 기대하시오, 장포졸."

붕익을 상대로 어떤 변명이나 거짓말도 통하지 않을 거라 판단한 진기가 먼저 정면돌파에 나섰다.

"우선 오순항의 얘기라면 부인할 생각 없다. 다만 알아도 어찌할 수 없는 일이 있을 뿐이지. 이걸 보면 무슨 말인지 알 거요."

진기가 소매에서 뭔가를 꺼내 붕익의 발 앞에 던졌다.

나무로 깎아 만든 주령구였다.

진기가 말없이 턱으로 가리키자 붕익이 집어 들었다. 겉보기에 별다를 것 없었지만, 자세히 보니 배가 갈라지는 주령구였다.

손목을 비틀어 주령구를 열었다.

안에서 작은 서신이 나왔는데, 내용은 장붕익을 지키라는 것과 오순항을 제거하라는 것이었다.

"나를 살리기 위해 오순항을 죽였단 얘기가 하고 싶은 건가?"

진기가 고개를 저었다.

"아니, 장붕익 당신도 곧 나와 같을 거란 걸 얘기하는 거요."

진기가 표정 하나 바꾸지 않고 말을 이어갔다.

"나는 명령에 따라 사람을 죽이지. 오순항을 죽였고, 이장우를 죽였고. 그리고……."

잠시 말을 멈추더니 소매에서 한 개의 열십자형 나뭇조각을 꺼내 붕익의 발끝에 던졌다.

"이자도 죽였지."

붉은 점이 네 개 찍혀 있는 열십자형 나뭇조각은 분명 석포의 것이었다.

진기는 붕익의 대답을 기다리지 않고, 소매에서 바히르와 수판의 열십자형 나뭇조각까지 마저 꺼내 차례차례 붕익의 발끝으로 던졌다.

"또한 이들도 결국 내가 죽인 셈이지. 하나는 얼굴이 다 일그러져 형체를 알아볼 수 없을 때까지 맞아 죽었고, 또 한 사람은 가까스로 살아남았지만 당신, 장붕익을 살리기 위해 죽었지. 어디 이들뿐인 줄 아는가!"

진기의 목소리가 점점 더 단단해져 갔다.

"호랑이밥이 될 뻔했던 그 어린 간자도, 그 어린 간자의 어미도 다, 다 내가 죽였다."

"그래서 네 놈이 여기에 있는 것이다. 넌 여기서 절대 살아나가지 못해. 내가 살려두지 않을 것이니."

결국 폭발한 붕익이 진기에게 달려들어 멱살을 잡았다.

진기는 피하지 않았다. 똑바로 붕익을 쳐다보며 말을 이었다.

"아니, 당신은 그리 못해. 장붕익 당신도 결국은 죽을 것이니까. 이장우가 죽은 것처럼, 오순항이 죽은 것처럼. 그리고 내가 죽을 것처럼 그렇게."

진기가 거칠게 붕익의 손을 뿌리쳤다.

"대체…… 대체 네놈 정체가 뭐냐?"

"내가 누구냐고? 당신이 지금 알고 싶은 게 고작 난가?"

붕익은 입을 꽉 다물고 손에 쥔 작은 주령구를 쳐다봤다.

"그래, 주령구. 당신이 지금 알아야 하는 건 바로 그 주령구야."

"주령구가 네 놈의 진짜 주인인 건가? 밀주의 진짜 주인이기도 하고?"

진기가 말없이 고개를 끄덕였다.

붕익이 긴 한숨을 토해냈다. 순항이 자의가 아니라 누군가의 명령에 의해 검계와 손을 잡은 거라면, 그 명령이 내려올 곳은 단 한 곳, 임금뿐이었다.

"설마 지존(至尊, 임금을 공경해서 부르는 호칭)께서……."

차마 더는 제 입으로 내뱉기 어려운지라, 붕익은 그만 입을 다물고 머리를 절레절레 흔들었다.

"그래, 이 모든 살인명령은 왕명이었다. 밀주를 지키기 위한 왕명."

"살인을 한 건 너다. 너의 선택일 뿐, 핑계는 대지 마라."

붕익은 되도록 상투적이고 담담하게 말하려고 노력했다. 지금 너무 놀라 내려치는 벼락을 맞은 것처럼 정신이 혼미하고 속이 울렁거리고 있다는 걸 숨기고 싶었기 때문이다.

"맞소. 그 선택은 내 선택이었지. 인정하오. 그럼 이번엔 장붕익 당신은 어떤 선택을 할지 두고 볼까?"

"내 선택?"

"그래, 당신의 선택. 이를 위해선 우선 당신이 들어야 할 얘기가 있소."

진기는 자신이 이인좌 무리와 함께 한 그때부터 순항이 자신을 찾아온 사연까지 빠르게 이어갔다. 그리고 임금이 밀주 장사를 통해 돈을 모으려는 이유가 바로 돈이 왕권을 지켜주는 강력한 무기이기 때문이란 설명까지 덧붙였다.

"난 돈이 주는 힘이 뭔지 정확하게 알고 있소. 지난 십 년간 이 두 눈으로 똑바로 지켜봤지. 고관대작들의 존경과 복종이 향하는 곳, 군사들의 충성맹세가 향하는 곳. 그건 왕이 있는 궁이 아니라 돈이 나오는 곳간이었소. 언제나 그리고 어김없이. 그런데 이 나라에서 이런 돈의 힘을 가장 잘 아는 이가 누군지 아시오? 바로 왕이오, 왕! 그래서 그가 밀주 장사를 시작한 거외다. 자신의 미천한 신분을 덮기 위해. 허약하기 그지없는 왕권을 강화하기 위해."

진기가 심드렁한 표정으로 얘기를 이어갔다.

"결국 돈이 아니면 지금의 왕은 아무것도 아니란 뜻이지."

붕익은 어쩐 일인지 반박할 말을 찾을 수 없었다.

"그렇다면 용상은, 반쪽짜리 왕이 아니라 돈의 진짜 주인이 차지해야 하지 않겠소?"

저자가 지금 자신이 무슨 말을 하는지 알고 있을까?

문득 드는 생각에 붕익의 속이 울렁거렸다.

그러나 진기의 눈빛은 전혀 흔들리지 않았다. 그는 진심이었고, 자신이 지금 무슨 얘기를 하고 있는지 정확하게 알고 있었다.

"그러니까 지금 네 말은 표철주가 이 나라의 왕이 돼야……."

"조직의 수장은 이제 나요. 표철주를 죽이고 내가 장악했소. 그러니 내가 돈의 주인이지. 이 나라의 주인이기도 하고."

비로소 진기가 이인좌 무리와 함께 하면서 얻은 두 번째 깨달음을 드러냈다.

진기는 반란이 성공하면 이인좌를 몰아내고 스스로 왕이 되고자 했다. 지금 세상을 뒤집어 정의롭고, 정당한 세상을 만들 수 있는 사람은 오직 자신밖에 없다는 것이 그의 두 번째 깨달음인 것이다.

그 집념과도 같은 신념을 실현시키기 위해 진기는 지난 십 년 동안 악착같이 버텨낸 것이다.

놀라 더는 입을 떼지 못하는 붕익을 쳐다보며, 진기가 느긋하게 말을 이었다.

"다행히 왕은 표철주가 제거된 사실을 모르고 있소."

"순항이 죽었으니 검계 쪽 소식을 전해주는 자가 없겠지."

"그렇지. 바로 그거야."

진기가 입 한쪽을 올리며 배시시 웃었다.

"왕은 오로지 순항의 몸집이 더 커지기 전에 그를 제거해야 한다는 생각에 사로잡혀 다른 생각을 못한 거지. 그게 임금의 치명적인 실수고, 내겐 절호의 기회가 된 거요."

"기회?"

진기가 고개를 끄덕였다.

"왕이 순항을 대신할 사람으로 바로 당신을 지목했고, 당신을 만나려 하고 있소. 그러니 장붕익 당신이 왕에게로 가는 길잡이가 돼줘야겠어."

진기도 단 한 번 임금과 직접 만날 기회가 있었다. 순항을 거치지 않고 직접 건네진 주령구. 그 주령구를 전달하기 위해 임금은 진기에게 은밀하게 만나자 연통을 해왔었다.

그로부터 진기는 임금을 암살할 준비를 했다. 임금은 유난히 의심이 많고, 어느 누구도 신뢰하지 않는 성정이란 걸 잘 알기에 심혈을 기울였다.

가장 먼저 정찰검계 중 발이 빠르고 조심성이 많은 십여 명을 뽑았다. 그중 절반은 궁 안으로 들여보내 임금의 수족 노릇을 하는 내시 인범의 뒤를 밟게 하고, 나머지 절반은 인범의 친가 주변에 매복시켜 궁 밖에서 움직이는 행적을 밟게 할 계획이었다. 인범의 동선을 쫓다보면 임금이 무엇을 준비하는지 알아낼 수 있을 거라 판단한 것이다.

동시에 임금이 약속 장소를 궁 밖으로 잡았을 때를 대비했다. 활과 칼을 잘 쓰는 검계들을 선별했고 날렵한 말들도 함께 대기시켰다. 임금은 궁 밖으로 나설 때면 항상 무장한 군사들을 조밀하게 잠복시켰다. 이들을 막을 병력이 진기에게도 필요했다.

마지막으로 청에서 밀수품을 가져오는 상단을 통해 규일영(窺日影, 망원경)을 십여 개 구입했다. 군사가 잠복한 범위 뒤로 멀찍하게 떨어져 지켜보기 위함이었다.

진기의 모든 지시는 빠르고, 완벽하게 준비됐다.

그러나 정작 임금과 만나기로 한 날, 진기는 지금껏 준비한 모든 것을 두고 혼자 움직였다. 지난 십 년간 지적의 신하들에게도 진짜 모습을 완벽하게 숨겨온 임금을 온전히 속인다는 건 불가능하다 판단한 것이다. 완벽한 믿음을 주지 않으면 결코 임금 곁에 다가갈 수 없었다.

그러나 이리 되면 임금을 죽일 무기가 문제였다.

임금과 만나기 전 인범이 몸수색을 샅샅이 할 것이니 그는 몸에 어떤 무기도 숨기는 게 불가능했다. 맨몸으로 임금의 숨통을 끊기 위해 달려들었다간 호위무사들의 공격에 막히고 말 것이다. 아무리 그라도 그들을 맨손으로 막아내며, 동시에 임금의 숨통을 단숨에 끊어버릴 재간은 없었다. 인범에게 결코 들키지 않으면서도 단숨에 임금을 절명시킬 위협적인 무기가 진기에겐 절실했다.

고심 끝에 그가 고른 무기는 실처럼 가는 철사였다.

가는 철사는 웬만한 힘에도 끊어지지 않으면서 이를 풀어 상대의 목을 조르면 날카롭게 살을 파고들어 뼈를 갈아낼 정도로 치명적인 상처를 줄 수 있었다. 게다 이를 옷깃 안에 숨긴다면 천하의 인범이라도 찾아내지 못할 것이니 이보다 더 안성맞춤인 게 없었다.

진기는 만일의 사태를 대비해 옷깃과 옷고름 그리고 바지저고리 바느질 솔기 안에 가는 철사를 숨겼다.

다음날, 진기는 인범으로부터 궁의 정문으로 오라는 전갈을 받았다.

그곳에는 내관 두 명이 기다리고 있었는데, 그들은 진기를 데리고 자신들의 처소로 갔다.

"혹 불경한 것을 소지했는지 확인하는 일상적인 관례입니다. 모든 옷을 탈의하시죠."

처음부터 진기의 예상을 뛰어 넘었다. 몸수색이 응당 있을 거라 생각은 했지만, 옷을 홀딱 벗길 거라곤 상상도 못한 것이다.

진기는 당황하지 않고 내관들의 요청에 순순히 응했다.

내관들은 진기의 알몸과 그의 옷가지를 이 잡듯이 뒤져보는 것은 물론, 머릿속과 입안까지 철저하게 검사했다. 한두 번 해본 것이 아닌지 혹시 있을지도 모를 불경한 물건을 찾는 그들의 손길은 빠르고 정확했다. 다행히 실처럼 가는 철사는 옷과 이물감이 없어 발각되지 않았다.

내관들의 몸수색을 무사히 마친 진기가 안내된 곳은 희정당 마당이었다.

유난히 오가는 사람 없는 희정당 마당은 을씨년스럽기까지 했는데, 그곳에서 진기는 두 시진 정도를 홀로 서 있었다. 내관들이 그에게 꼼짝 말고 기다리라 말했기 때문이었다.

진기는 그 시간 동안 정말 꼼짝하지 않고, 기다렸다. 누구를 기다려야 하는지 혹은 무엇을 기다려야 하는지 모를 일이었지만, 허투로 움직이지 않았다. 희정당 마당에 깔린 자갈들이 자신이 움직일 때마다 소란스러운 소리를 낼 거라는 걸 잘 알기 때문이었다. 같은 이유로 인왕산 도가 마당에 자갈을 깔기도 했으니.

두 시진이 지나 나타난 자는 내관, 인범이었다. 그가 유유자적 나타나 약속 장소가 변경됐다고 전했다.

궁 안에서 임금을 죽인다는 건 진기로서도 부담이었는데, 다행이었다.

인범이 진기를 데리고 간 곳은 서린동 시전이었다. 아직 장이 파하기 전이라 서린동엔 오가는 사람들로 북적거렸다.

인범은 진기와 함께 시전이 시작되는 골목에 섰다. 그리고 아무 말 없이 시전이 끝나는 골목까지 느릿느릿 걸었다.

처음엔 연유를 몰라 주춤거렸는데 곧 잠자코 인범의 뒤를 따르기 시작했다. 장사치라고 하기엔 눈매가 매서운 사내들이 곳곳에서 진기가 지날 때마다 그와 그의 주변을 살폈다. 아마도 진기의 뒤를 따르는 자들이 있는지 살피고 있을 것이었다.

우연히 진기의 뒤를 따르는 두어 명의 사내들이 있었는데, 그들은 순식간에 눈매가 매서운 사내들에게 끌려갔다.

"사람이 많은 시전이오. 우연히 접어든 길이 같은 자들에 불과합니다. 난 홀로 왔으니 엄한 사람들을 잡을 필요 없지 않소."

임금을 만나기 위해 혼자 왔음을 강력하게 피력했다. 또한 곳곳에 숨은 군사들을 발견할 정도의 눈썰미는 있다는 걸 알려주기 위해 진기가 일부러 아는 척했다.

인범도 이를 인정했는지, 그제야 발걸음을 멈췄다.

"그럼 이제 그분을 뵈러 가시죠."

그러나 임금은 진기가 짐작한 것 이상으로 더 조심스럽고, 영악한 자였다. 세 번째 약속 장소에도 나오지 않은 것이다.

서린동 시전이 끝나는 골목 끝자락 국밥집에서 진기는 인범이 사주는 국밥을 먹었다. 아마도 이 국밥을 다 먹을 쯤 변복한 임금이 나타나리라 진기는 예상했다.

그러나 국밥을 다 먹어가도록 임금은 나타나지 않았다.

인범은 이미 그 사정을 아는지 서두르는 기색 없이 국밥 그릇이 바닥이 드러나도록 싹싹 긁어 먹었다.

진기는 임금이 언제 오느냐는 질문을 담아 인범을 쳐다봤다.

그제야 인범이 소매 끝에서 뭔가를 꺼내 진기에게 건넸다. 주령구였다.

"그분은 오시지 않는 것입니까?"

실망한 기색을 숨기며 진기가 물었다.

"아뇨, 이미 오셨습니다. 계속 당신을 지켜보고 계십니다."

대체 어디에 있는지 묻고 싶었지만 진기는 입을 꾹 다물었다.

"처음부터 계속 지켜보고 계셨습니다."

진기는 궁에 도착한 순간부터 지금까지 빠르게 복기해봤지만, 어디서도 임금의 기척을 읽을 순 없었다. 귀신같은 자였다.

그제야 진기는 지금껏 임금이 살아남을 수 있었던 게 기가 막히게 운이 좋은 탓이 아니라 혀를 내두를 정도로 지나치게 의심 많고, 조심성 많은 그의 예민한 성격 덕분이란 걸 알게 되었다. 더불어 임금을 암살한다는 건 아주 특별한 기회가 아니면 쉽지 않을 거라는 사실도 깨닫게 되었다.

그러니 임금이 장붕익을 만나는 이번이야말로 진기에겐 하늘이 내린 기회였다.

"순항을 대신할 사냥개를 고르는 일이니 내관이 대신할 수 없소. 이번엔 반드시 왕이 약속 장소에 나올 것이오."

"그러니까 나를 왕을 잡을 미끼로 사용하겠단 말인가?"

"미끼야 사냥이 끝나면 버리지만, 길잡이는 버리지 않소. 끝까지 함께 하는 거지. 장붕익, 내 말 이해했소?"

말과 달리 진기의 표정은 어차피 붕익이 이해하지 못해도 상관없다는 듯 보였다.

"내가 순순히 길잡이가 될 거라 생각하는가?"

"설마."

진기가 피식 웃더니 피리를 꺼내 짧게 불었다.

잠시 후 부군당 밖이 소란스러워졌다.

검계 서너 명이 젊은 아낙과 어린아이를 데려왔고, 군사들이 이들을 견제하려 부산하게 움직였다.

검계가 데려온 젊은 아낙과 어린아이를 보는 순간, 어쩐 일인지 붕익은 누군지 알 것만 같았다. 물을 것도 없이 석포 가족이었다. 붕익의 입에서 끙 앓는 신음소리가 절로 터져 나왔다.

"사냥감이란 이들을 말하는 거였군."

"눈썰미가 나쁘진 않군. 맞소. 석포의 가족이지. 석포 그자가 표철주를 죽였소. 자신이 죽을 자린 걸 뻔히 알고 있었지만, 가족들을 살려주는 대가로 그리했지. 그런데 석포의 마지막 유언이 뭔지 아시겠소? 바로 자신의 처와 어린아들을 장붕익에게 데려다 달라는 거였소."

남다르게 건장하고 다부진 체구를 가진 어린아이를 쳐다보고 있자니 붕익의 심장이 심하게 요동쳤다.

"아마도 당신을 꽤 믿었던 모양이오. 그러니 당신도 석포의 믿음에 화답을 해야 하지 않겠소?"

"석포와의 약속 따윈 저버리겠다는 건가?"

"안타깝게도 우리 일이라는 게 언제나 정당할 순 없소. 그러니 투정은 그만하시고 선택을 하시게. 나의 길잡이가 되어 석포의 가족들을 살리겠는가? 아니면 이대로 다 죽을 것인가."

진기가 진지하게 말했다.

"그러니 내가 길잡이 노릇을 하고도 어찌 살 수 있다 확신하겠는가. 약속 따윈 지키지도 않고, 언제나 정당하지도 않은 네 놈과의 약속인데."

진기와 붕익의 시선이 날카롭게 얽혔다.

"왕과의 약속은 삼 일 뒤요. 그때까지 생각할 시간을 드리리다. 일을 복잡하게 생각하지 마시오. 어차피 왕이 당신을 지목한 이상, 당신은 결국 죽을 거요. 왕의 사냥개가 되길 거부하면 그 즉시 죽을 것이고, 사냥개가 되면 사냥이 끝나고 죽을 것이고. 그러나 나를 도와 길잡이가 된다면 얘기는 달라질 거외다. 석포의 가족들도 살릴 수 있고, 새로운 세상의 주인이 되어 한세상 잘 살 수 있는 거지. 그러니 부디 미련한 선택을 하지 않길 바라겠소."

붕익은 좀처럼 석포의 가족에게서 시선을 떼지 못했다. 아니 정확하게 말하자면 그 언저리 어딘가에서 이 상황을 지켜보고 있을 한길을 찾고 있었다.

사실 붕익은 미리 한길에게 일러둔 말이 있었다. 곧 용모도의 주인이 자신을 찾아올 것이니 나서지 말고, 조용히 정황을 살피라고.

그러니 이 상황을 은밀히 살피고 있을 한길이 석포의 가족이 어디로 끌려가는지 정도는 알아낼 것이고, 그리된다면 어떤 식으로든 진기의 수작에서 벗어날 길을 모색하리라 붕익은 계산하고 있었다.

"어느 곳에도 이제 한길은 없소."

진기가 붕익의 속내를 읽은 듯 나지막하게 말했다.

"그는 이미 정찰검계들에게 죽었소. 뛰어난 간자지만, 그의 기척을 모를 정도로 내가 둔하지 않거든."

붕익은 믿을 수 없다는 표정으로 진기를 쳐다봤다. 아무리 무공이 뛰어난 자라도 한길의 움직임을 알아챘다는 건 말처럼 그리 쉬운 건 아니었다.

"표정을 보아하니 내 말을 못 믿는 모양이군."

진기가 다시 소매 안으로 손을 집어넣었다 뺏다. 무언가를 붕익의 손에 꽉 쥐어주었다.

"삼 일 뒤 그대의 집으로 가겠소."

진기가 등을 돌려 소리쳤다.

"문을 열어라."

붕익이 부군당 밖에서 눈치를 살피는 군사들을 향해 손을 들어 보였다.

이내 부군당 문이 열렸고, 진기는 석포의 가족들과 함께 유유히 사라졌다.

"뒤를 쫓을까요?"

군사들이 토끼눈을 하고 물었다.

"그만…… 두어라. 너희들이 상대할 수 있는 자가 아니다."

맥 빠진 목소리로 붕익이 말했다.

붕익은 천천히 손을 펴 진기가 건넨 것을 확인했다. 열십자형 나뭇조각이었다. 붉은 점이 세 개 찍힌 나뭇조각. 그건 한길의 군호였다.

이제 어쩌지.

붕익의 입에서 무거운 한숨이 새어 나왔다.

붕익은 손바닥 위 한길의 군호를 다시 쳐다봤다. 두 가지 경우가 떠올랐다.

붕익을 길잡이로 삼으려 심리적 압박의 수단으로 진기가 만든 가짜 군호일 경우가 한 가지였다.

안타깝게도 붕익이 그 진위여부를 가릴 수 없었다. 군호를 만들라 지시한 건 그였지만, 그걸 만든 건 바히르였다. 자신 있게 가짜 군호를 가려낼 수 있는 건 오로지 바히르뿐이었다.

다른 경우는 진기의 말대로 한길이 정말 그의 손에 절명당한 것이다.

붕익은 짧게 한숨을 내쉬었다. 불길한 생각을 떨치려 고개를 저었다. 이제 그의 선택은 자신의 목숨뿐 아니라 석포 가족들의 목숨까지 걸린 일이 되어버렸다. 섣부른 판단은 금물인 것이다.

만일 한길이 살아있다면 이 새벽이 지나기 전 움직이리라. 그때까지 기다렸다 앞일을 결정해도 늦지 않으리라 붕익은 스스로를 다독였다.

53

붕익은 집으로 가면서 반갑지 않은 안내를 받았다.

골목골목 검계들이 기다리고 있다가 하나 둘 그의 곁으로 다가왔다.

자신이 허튼 짓을 하나 감시하는 모양새였지만, 혹시 한길이 접근하는 걸 막으려 빡빡하게 지키고 서 있는 게 아닐까 하는 의문이 들었다.

그러나 상황을 지나치게 낙관적으로 판단하는 것도 도움이 되지 않았다. 그저 조용히 새벽까지 기다리고 모든 걸 결정하리라 붕익은 다시금 마음을 다잡았다.

대문을 열고 집으로 들어선 붕익은 이미 그곳을 점령한 검계들을 보고 혀를 내둘렀다. 우포청 부군당에서부터 쫓아온 검계의 수가 벌써 십여 명이었는데, 집에서 진을 치고 있는 자들은 그 두 배가 넘는 인원이었다.

그들은 이미 집 안을 다 헤집어놓은 후, 머리를 맞대고 지하공간으로 들어가는 마룻바닥을 열려고 애를 쓰고 있었다.

"그거 건드리면 어찌 되는지 얘기 못 들었는가?"

못마땅한 듯 혀를 차며 붕익이 말했다.

그래도 검계들은 쉽사리 마룻바닥에서 떨어지지 않았다. 무슨 수를 써서라도 들어가겠다는 듯 아예 엉덩이로 마룻바닥을 깔고 앉아선 으름장을 놓았다.

"얌전히 계십시오. 공연한 짓 마시고."

"공연한 짓 말고 얌전히 있어야 하는 건 네놈들 아니냐. 거기 잘못 건드리면 다 죽는다는 거 모르는 것이냐?"

붕익이 사납게 달려들자, 검계들이 별 수 없다는 듯 그제야 마룻바닥에서 손을 떼었다.

진짜로 이대로 집을 무너뜨릴까 붕익은 고민했다. 앞으로 일이 어찌 흐를지 모르는데 자신의 처와 아이 그리고 선친의 유언을 묻어둔 무덤 같은 이곳을 남의 손을 타게 둘 순 없었다. 아무래도 정리가 필요했다.

붕익은 방으로 들어가 비단보자기로 싼 뭉치를 들고 나왔다. 차마 정리하지 못한 무심의 옷가지와 그녀가 태어날 아기를 위해 바느질 중이었던 배냇저고리였다.

붕익은 마당에 불을 놓고, 이들을 태웠다.

때때로 대문 쪽을 쳐다보긴 했지만 이를 수상하게 여기는 검계는 없었다.

붕익은 그 뒤로도 몇 차례 방을 오가며 알 수 없는 종이뭉치부터, 책, 벼루, 누군가의 신발같은 것들을 가지고 나와 태웠다.

검계들도 붕익의 행동을 별다른 의심 없이 쳐다봤다.

두 시진쯤 지날 무렵, 대문을 거칠게 두드리는 소리가 들렸다. 뜻밖에도 천관이었다.

"장붕익, 있는가?"

잠시 긴장을 늦췄던 검계들이 바짝 긴장해 대문 앞으로 몰려 나갔다.

"쉿!"

검계들이 붕익의 입단속을 했다.

"이보게, 장붕익. 날세, 이천관. 수판의 애비. 자네가 집에 있다는 거 다 알고 왔네."

천관이 거칠게 문을 흔들었다.

"내 아들 수판이 죽은 거 알고 있는가? 당연히 알고 있겠지. 어찌 자네가 모르겠는가. 헌데 내 도저히 이리 넘어갈 수가 없네. 내 아들이 어찌 죽었는지는 알아야 하지 않겠나. 이보게, 장붕익, 장붕익!"

천관의 목소리가 점점 고조됐다.

"이러다 동네 사람들이 죄 몰려오겠소."

보다 못한 붕익이 만류하는 검계들을 밀치고 문고리를 잡았다.

검계들은 혹시 모를 일에 대비하려 몇몇은 칼을 빼들고 담장에 바짝 붙어 섰고, 몇몇은 붕익을 에워쌌다.

"조금만 수상한 짓을 하면 저 장사치도 함께 죽일 것입니다."

검계가 목소리를 한껏 눌러 말하며 붕익을 협박했다.

붕익은 경고를 듣는 둥 마는 둥 서둘러 대문을 열었다.

열린 문틈으로 천관이 쏜살같이 안으로 뛰어 들어와 붕익을 잡고, 울었다.

"내게 그 아들이 어떤 아들인데⋯⋯. 어흐흑, 어찌 내 아들만 죽은 것인가. 어째서! 어흐흐흑⋯⋯."

한참을 주저앉아 우는 천관을 보며 붕익이 어렵게 입을 열었다.

"죄송합니다."

"아참!"

넋을 잃고 울던 천관이 뒤늦게 생각난 듯 대문 쪽을 보며 말했다.

"들어오거라."

천관의 말이 끝나자 장옷으로 얼굴을 가린 여인이 조심스럽게 안으로 들어섰다.

"아들이 살아있었다면 올 가을, 내 며느리가 될 아이였네."

소개가 끝나자 여인이 허리를 숙여 인사를 했다.

천관은 그제야 붕익 옆에 붙은 검계를 수상한 눈빛으로 쳐다봤다.

이를 알아챈 붕익이 눈치껏 둘러댔다.

"포청 군졸들입니다. 아무래도 수상한 죽음들이 많아지다 보니⋯⋯."

"그래그래, 조심해야지, 암. 포도대장도 그리 허망하게 죽은 걸 보면, 필시 해코지하는 무리가 있는 것이야. 안 그런가?"

천관이 붕익을 슬쩍 떠봤다.

"아직은 밝혀진 것이 없습니다. 죄송합니다."

"죄송하다는 말만 하지 말고! 아는 것이 있다면 뭐든 말해주게. 이 늙은이를 봐서라도, 아니 이 아이를 봐서라도 그리해주게나. 이 아이도 오죽 마음이 답답했으면 내게 자네를 찾아가 사정을 알아보자 청하겠는가, 응?"

붕익이 여인을 슬쩍 쳐다봤다.

장옷을 여며 쥔 여인의 손이 파르르 떨렸다.

"나리, 부탁드립니다."

여인이 붕익 앞에 무릎을 꿇었다.

당황한 붕익이 여인을 잡아 일으켜 세우려 하자, 여인이 그의 손을 꼭 잡았다.

"나리."

그 순간 여인이 간절한 눈빛으로 붕익을 쳐다봤다. 아주 짧은 순간이었지만, 붕익을 당황시킬 만큼 강렬한 눈빛이었다.

처음엔 고개를 갸웃거리던 그도 눈을 가늘게 뜨고 여인을 빤히 쳐다봤다. 아무래도 낯이 익은 게…….

그의 표정에 당혹감과 안도감이 번갈아가며 서렸다. 그녀가 바로 한길이란 걸 알아챈 것이다.

붕익은 검계들이 한길의 존재를 눈치 채기 전에 그녀의 손을 잡고 서둘러 일으켜 세웠다. 그리고 손가락으로 여인의 손바닥을 쓰윽 훑었다. 혹여 자신이 잘못 본 게 아닐까 손금을 확인하기 위해서였다.

분명 여인의 손금은 한길의 그것과 꼭 같았다.

그제야 붕익이 짧게 안도의 숨을 몰아쉬었다.

붕익이 진기와 만나는 동안, 한길은 부군당 지붕 위에 납작 붙어 있었다. 붕익이 조용히 자신을 지켜보라는 지시를 따르는 중이었다.

그곳에서 붕익과 진기의 대화를 엿들은 한길은 두 가지 사실을 알았다. 하나는 능력 밖의 일이었지만, 다행히 다른 한 가지는 그가 해결할 수 있는 일이었다.

한길은 자신이 해결할 수 있는 일부터 시작하려 부군당을 나와 검계들에게 끌려가는 석포 가족의 뒤를 따랐다. 붕익이 여의치 않으니 자신이 책임지고 이들을 살려야 한다고 생각한 것이다.

검계가 석포의 가족을 데려간 곳은 시전의 어느 대장간이었다.

한길은 몸을 숨기고 잠시 그곳을 관찰했다. 방금 전 석포의 가족을 데리고 들어간 검계가 그 뒤로 나오지 않았고, 수상한 사내들이 제법 드나드는 것이 아무래도 그곳이 검계들의 본거지인 듯했다.

석포 가족을 빼내는 게 쉽지 않겠지만 우선 소재를 알아낸 것에 만족하며, 한길은 이제 제 능력 밖의 일을 해결하려 천관의 집으로 발길을 돌렸다. 붕익이 자신에게 문제가 생기면 천관을 찾아가 도움을 청하라는 지시를 수행하기 위해서였다.

"장붕익을 도와주십시오."

천관이 못마땅한 눈초리로 한길을 노려보며 끌끌 혀를 찼다.

"그자를 살리겠다고 뛰쳐나간 뒤 천금 같은 내 아들이 죽었다. 그런데도 감히 그런 부탁을 하는구나. 심지어 엽전 한 닢 생기지 않는 그 따위 무가치한 일을."

"장포졸은 지금 종사관 나리를 죽인 모든 것들과 싸우는 중입니다."

순간 천관의 눈에서 불이 튀었다. 한길의 말에 동요한 것이다.

"그 말을 어찌 믿지?"

"장포졸은 나리와 동심입니다. 적어도 종사관 나리에 대해선. 이를 부인하시진 않으시겠죠?"

잠시 침묵하던 천관이 마침내 입을 열었다.

"내가 뭘 도와주면 되는가?"

그 길로 한길과 천관이 붕익의 집으로 향해 온 것이다.

한길이 붕익을 슬쩍 쳐다보며 눈치를 살폈다.

다행히 붕익도 눈치 챘는지 그를 보고 작게 고개를 끄덕였다.

"알겠습니다. 종사관 나리의 죽음으로 얼마나 심려가 크실지 잘 알고 있습니다. 이젠 전 종사관 나리의 유지를 쫓아 최선을 다하겠습니다. 그의 죽음이 헛되지 않도록."

붕익이 여인을 빤히 쳐다보며 말했다.

"그분의 유지…… 말이죠?"

여인이 유지란 말에 유독 힘을 주어 말했다. 그것이 무엇인지 이해하지 못했다는 뜻인 듯했다.

마음이 다급해진 붕익이 검계들의 눈치를 슬쩍 살피며, 다시 한번 힘주어 말했다.

"네, 종사관 나리의 유지. 저는 그것만 생각할 것입니다. 오로지 그것을 위해 움직일 것입니다. 그러니 낭자께서도 부디 가족들을 잘 보살펴주십시오."

검계에게 잡힌 석포의 가족들을 걱정하며 한 말이었는데, 여인이 이번엔 이를 알아들었는지 연신 고개를 끄덕였다.

"염려 마십시오. 나머지 가족들은 제가 꼭 챙길 것입니다. 걱정 마십시오."

"장붕익, 나도 꼭 부탁하네. 뒷일은 나와 이 아이가 다 알아서 할 것이니 자네는 그놈을 잡는 일에만 신경 써주시게나."

천관이 붕익의 팔을 꽉 잡고 말했다.

붕익은 그런 천관을 쳐다보며 고개를 끄덕였다.

"약속드리겠습니다. 그놈들 반드시 제 손으로 꼭 잡겠습니다."

천관은 그 뒤로도 몇 차례 붕익의 맹세를 반복해 확인하고 나서야 여인과 함께 그곳을 나갔다.

"종사관의 유지란 게 뭐요?"

천관과 여인이 나가길 기다렸다 검계가 수상한 눈초리로 물었다.

"오궤신의 이름을 널리 알리는 것. 그것이 그분의 유지였다."

"끝내 우리와 척을 지겠단 말이군요."

검계가 성난 목소리로 단정하자, 붕익이 소리 내어 웃었다.

"이런 아둔한 놈. 역사는 자고로 승자의 편에서 기록되는 법이다. 그러니 우리 오궤신도 그 승자와 함께 해야 이름을 알릴 수 있지 않겠느냐."

눈을 동그랗게 뜨고 이 말을 듣던 검계가 침을 꿀꺽 삼키고 물었다.

"그게 무슨 말이오?"

"내가, 이 장붕익이 네 놈들이 하는 짓거리를 역모가 아닌 반정으로 반드시 성공시키겠단 말이다! 그러니 지체 말고 이진기를 불러라."

붕익은 이진기가 도착하면 알려달라는 말을 남기고 방으로 향했다.

놀라 멍 하니 서 있던 검계들이 다급하게 움직이며 떠드는 소리가 들렸지만, 붕익은 뒤도 한 번 돌아보지 않고 안으로 들어갔다.

부지런히 오가며 세간을 정리한 탓인지 방 안은 텅 비어 있었다.

혼자가 된 붕익이 스르르 무너지듯 내려앉아 벽에 기댔다. 그리고 소매 끝에서 군호들을 꺼냈다. 부군당에서 진기에게 건네받은 세 개의 군호였다.

"바히르. 석포. 종사관 나리."

붕익이 참담하게 군호를 쳐다보며, 그들의 이름을 불렀다. 이내 뱃속에서 시뻘건 불덩이가 울컥 치밀어 올라 그의 손이 부들부들 떨렸다.

"오궤신. 그 이름은 내가 지킬 거요. 그대들이 절대 잊히지 않게 내 반드시!"

붕익이 세 개의 군호를 한 주먹에 꽉 움켜쥐었다.

54

"내 아들의 유지란 게 뭐냐?"

자신의 집에 도착할 때까지 내내 침묵하던 천관이 마침내 입을 열었다.

"장포졸 그자가 일부러 몇 번이고 그 얘길 되풀이했어. 분명 숨은 뜻이 있었을 것인데."

천관이 눈을 가늘게 뜨고 한길을 쳐다봤다.

"말하라. 대체 무엇이냐?"

천관의 다그침에 한길이 입을 열었다. 그렇지 않아도 내내 그 말의 속뜻을 몰라 답답했는데, 뒤늦게 뭔가 집히는 것이 있었다.

"보신각 습격이 있기 전날이었습니다."

그날, 오궤신 전원이 모인 자리에서 수판은 뜬금없이 이런 얘기를 꺼냈다.

"내가 왜 이렇게까지 목숨 걸고 검계와 싸우는지 아는가? 난 말야…… 오궤신 이 이름을 영원히 남기고 싶소. 검계 조직을 쓸어버린 백성들의 진정한 영웅, 오궤신. 이렇게. 어때, 멋지지 않아?"

생각만으로도 감격스러운지 수판이 두 눈을 반짝이며 말했다.

그런 수판이 우습다는 듯 다들 키득거렸다.

그런데 석포의 입에서 뜻밖의 말이 튀어나왔다.

"그게 뭐 어렵겠습니까? 우리가 마음만 먹으면 그쯤이야 당연지사지."

"오궤신 영웅 되면, 바히르 더 빨리 고향 갈 수 있어요. 나도 찬성이에요, 찬성."

바히르가 배시시 웃으며 수판의 말에 동의했다.

"그럼 바히르를 위해서라도 그리 돼야겠군요."

모처럼 한길도 입을 열고 맞장구를 쳤다.

그리고 모두들 붕익을 쳐다봤다. 그의 반응이 궁금했던 거다.

"이왕지사 그게 낫지. 손금 읽는 군사로 기억되는 것보다는."

유치하다고 구박할 줄 알았던 붕익까지 흔쾌히 동의하자 모두를 목소리를 높여 웃었다.

오궤신 모두가 모여 큰 소리로 웃은 처음이자 마지막 순간이었다.

"그 얘긴 오궤신으로서 검계와 계속 싸우겠단 얘기 아닌가? 대체 장붕익 그자가 하려는 일이 뭔가? 내게 아직 하지 않은 얘기는 또 뭐고?"

천관이 집요하게 물었다.

한길은 천관에게 검계 조직이 임금의 암살을 모의한다는 사실을 얘기하지 않았다. 붕익이 검계와의 거래에서 어떤 선택을 할지 모르니 모든 걸 털어놓을 수 없었다. 그래서 우선 붕익의 신변을 확인해보고 그 뒤의 일은 나중에 상의하겠다 하였는데, 붕익의 뜻을 알았으니 이젠 얘기할 때가 된 것이다.

"장포졸은 지금 협박을 받고 있습니다. 왕을 암살하기 위한 길잡이가 되라는."

천관의 아래턱이 쩍 하니 벌어졌다.

검계 조직의 원래 주인은 임금이 아니던가. 개가 주인을 물어 죽이겠다고 덤비는 꼴이다. 대체 어디서부터 문제가 꼬여 이리된 건지 천관은 이해할 수 없었다.

천관은 임금이 사실은 검계의 주인이란 사실을 감추고, 잠자코 그의 얘기를 마저 들었다.

"장포졸이 종사관 나리의 유지를 받들겠다는 건, 그 암살모의를 막겠다는 뜻일 겁니다. 허니 나리께선 이를 임금께 고해주십시오."

"그래, 그래야겠지. 그건 내가 알아서 하겠네."

따로 할 일이 있어 가야 한다는 한길에게 천관은 이리 말했다.

그러나 그는 아직 어찌할지 결정하지 못했다. 아무 계산 없이 장붕익을 도운 건 씹어 먹어도 시원치 않을 아들의 살해범을 그가 잡아줄 거란 믿음 때문이었지만, 이번 일은 그리 간단히 계산할 수 없었다.

천관은 지금 임금의 주령구를 받으며 그의 편에 서서 움직였다. 한편 검계에게도 은신처를 제공해주며 임금이 지시한 그 이상의 은밀한 관계를 맺고 있는 형편이었다. 온전히 어느 한쪽의 편을 들 수 없었다.

심지어 이번 일은 한 나라의 주인이 바뀌는 일이니 자칫 잘못 선택하면 명운이 달라질 것이었다. 그러니 심사숙고, 또 심사숙고해야만 했다.

"이진기! 이진기란 말이지."

천관이 손으로 턱을 신경질적으로 문질렀다.

차라리 역모 주동자가 표철주였다면 그의 실패를 점쳐 당장 임금에게 이 사실을 알리겠지만, 그 주동자가 이진기라니 생각이 복잡해졌다. 천관은 이진기의 능력에 대해 잘 알고 있었다.

지난 번 검계에서 내놓은 빙고 사용료가 10만 냥이었다. 그들의 말대로 이것이 여름 내 유통되는 밀주 수익금이라 치면 일 년이면 그 네 배인 40만 냥인데, 아마도 빙고 사용료를 줄일 요량으로 수익금을 최대한 낮췄을 것이니 밀주 전체 거래대금은 그를 훌쩍 뛰어넘을 것이다. 물론 천관이 한 해 운용하는 인삼 거래대금이 90만 냥이니 이와 비교하면 그리 놀라운 돈은 아니었다.

그러나 인삼 장사는 돈 뭉치는 크지만 인삼 자체가 워낙 고가인지라 그 절반은 다음 장사를 위한 인삼 구매대금으로 들어간다. 하지만 밀주의 사정은 달랐다.

비교적 가격이 싼 쌀을 가지고 술을 빚어 그 세 배 가격에 팔았고, 유일한 밀주 유통조직이니 가격을 그보다 더 올린다 해도 눈치 볼 것이 없었다. 경쟁 상대가 없어 밀주 시장을 독점하고 있으니 말 그대로 노다지인 셈이다.

조선 최고의 거상인 천관조차 술이 돈이 될 거라 생각지 못했는데, 진기는 주막에서나 팔던 술을 어느새 이런 거대한 장사로 키웠으니 그의 능력은 충분히 검증된 셈이다.

게다 방금 한길의 말에 의하면, 그는 살아남은 이인좌의 일당이 아니던가. 이는 그가 단순히 돈과 힘에 의해 움직이는 게 아니라 다분히 정치적 신념을 가지고 움직이고 있다는 말이었다.

임금이 과연 저리 강한 신념을 가지고 주도면밀하게 움직이는 이 진기를 상대로 이길 수 있을까?

정말 모를 일이었다.

"에잇!"

순간 천관은 지긋지긋해졌다. 생각해보니 이번 선택은 결정하기 더 어려울 뿐이지 관리가 바뀔 때마다, 임금이 바뀔 때마다 누구에게 매달려야 자신이 더 유리한지 고심하던 것과 다를 바가 없다는 걸 깨달은 것이다. 언제까지 이렇게 살 순 없었다.

천관은 생각을 바꾸기로 결심했다.

55

시전 대장간으로 향하는 진기의 걸음이 바빴다. 막 장붕익이 길잡이가 돼주겠다는 말을 듣고 오는지라 마음이 급했던 탓이다.

진기는 서둘러 대장간 마당으로 들어섰다. 그리고 주변에 서 있는 정찰검계들을 모았다.

"할 얘기가 있으니 모두 따라 들어와라."

정찰검계들이 창고로 들어오자 진기는 바닥에 깔린 거적을 들췄다. 강철로 만든 커다란 금고가 드러났다.

금고는 땅바닥을 파서 만든 공간에 묻혀 있었는데, 그 깊이가 상당했다.

진기는 묵직한 자물쇠를 돌려, 금고의 뚜껑을 열었다.

빽빽하게 들어찬 금괴가 모습을 드러내자 정찰검계들이 술렁거렸다.

진기의 눈치를 살피며 들뜬 표정을 관리하는 게 역력해 보였다.

"그럴 것 없다."

진기가 정찰검계들을 보고 말했다.

"여기 있는 모든 것들이 너희 것이니."

진기는 창고 안에 모인 그들에게 손수 금괴를 나눠주었다. 누구의 공이 더 큰지, 누가 더 오래 일을 했는지 가리지 않고, 모두에게 평등하게 그리고 아낌없이.

곧 금고 안이 텅 비었고, 비로소 진기의 표정이 편안해졌다.

그러나 정작 금괴를 받아든 정찰검계들의 표정은 불편한 기색이 역력했다. 자신들이 들고 있는 금괴의 무게가 상당한 것도 있었지만, 진기의 태도를 이해하지 못한 것이다.

"하지만 이건 대업을 위해 필요한 금괴가 아닙니까?"

의아하다는 듯 누군가 진기에게 물었다.

"너희들은 이제 그 일과 관계없다. 이 금괴의 주인이 바로 너희들이란 사실만 알면 된다. 이 금괴는 대원수 이인좌와 함께 했던 순간부터 지금껏 목숨 걸고 싸워준 너희들의 신념이고, 나의 선택을 믿고 지난 십 년간 묵묵히 검계로 살아온 너희들의 충정이다. 그러니이를 가지고, 이제 모두 집으로 돌아가라. 오늘로 대원수 이인좌를위해 조직됐던 우리 정찰대는 해산이다."

뜻밖의 해단식 소식을 듣게 된 정찰검계들은 동요했다.

반면에 진기는 더할 나위 차분했다.

"알다시피 난 대업을 앞두고 있다. 그러나 이는 대원수 이인좌와는 상관없는 나의 선택이다. 즉, 대원수의 정찰대원인 너희들과도 상관없는 대업이란 뜻이다. 그러니 모두 집으로 돌아가라. 그간……."

진기가 목이 메는 듯 잠시 말을 끊었다.

"고생 많았다. 해단식이 늦어 미안하다."

진기는 인사를 마치고는 그대로 걸어 나가 창고 손잡이를 잡았다. 문득 손잡이를 잡고 있는 진기의 손이 떨렸다.

돌이켜보면 진기가 여기까지 올 수 있었던 건 모두 이들 덕분이었다. 이인좌의 난 때도 그들이 전투지에 먼저 침입해 지형을 파악하고, 주요인물을 암살하고, 성문을 열어준 덕분에 이인좌가 경기도까지 빠르게 진군할 수 있었다.

또한 그들이 아니었다면 철주를 이용해 한양의 왈패들을 단숨에 장악하거나, 관리들을 협박해 밀주 장사를 지금처럼 확장시키지 못했을 것이다. 그리고 무엇보다 정찰검계들의 무조건적인 협조와 강력한 무공이 없었다면 아마 진기는 조선의 새로운 주인이 되겠단 꿈을 애초 꾸지도 못했을 것이다.

그럼에도 이 중요한 시기에 진기가 정찰대의 해체를 결정한 건, 그들이 이인좌의 부대로 시작했기 때문이었다.

이인좌가 죽고, 실패한 반란이 되면서 지금껏 진기와 함께 하고는 있지만, 사실 명분이 없었다. 이인좌와의 확실한 끝맺음을 하지 않았기 때문이었다. 진기는 이제 온전히 자신을 위한 부대를 원했다. 비록 정찰검계 모두를 다 잃을지라도 말이다.

그때였다.

"대원수의 죽음과 함께 우리의 주인은 언제나 두령님이셨습니다. 전 남겠습니다."

"저도 남겠습니다. 두령님의 선택이 우리의 선택이고, 두령님의 뜻이 우리의 뜻입니다."

순간 진기의 입꼬리가 파르르 떨렸다. 그가 간절히 기다렸던 얘기가 들려온 것이다.

그러나 진기는 이제 곧 온전히 자신의 부대원들이 될 사람들 앞에서 조급함을 비추고 싶지 않았다. 그래서 되도록 천천히 몸을 돌려 세워 이렇게 말했다.

"삼 일 뒤다. 나와 함께 한다면 모두 죽을 수 있다. 물론 나와 함께 대대손손 이 나라의 주인으로 살게 될지도 모를 일이나 지금껏 너희들이 겪어본 전투 중 가장 어렵고, 치열한 전투가 될 것이다. 그러니 어설픈 객기나 의리로 남는 것이라면 그냥 떠나라."

방금 전, 진기의 발걸음을 잡았던 말이 단순히 인사치레였다면, 그대로 떠나란 말이었다.

정찰검계들이 손에 들었던 금괴들을 다시 금고에 가져다 놓았다.

창고 안엔 금괴가 서로 부딪치면서 내는 소리 외엔 아무것도 없었지만, 진기에겐 백 마디 충성서약보다 더 든든하게 들렸다.

"이젠 두령님의 정찰대로 새롭게 시작할 수 있도록 허해주십시오. 두령님과 함께 대업을 이룰 수 있도록 허해주십시오."

약속이라도 한 듯 정찰검계들 모두 진기 앞에 무릎을 꿇고, 머리를 조아렸다.

언제나 바라던 벅찬 순간이었다.

"허면 우리에겐 이젠 함께 나아가는 길밖에 없다. 그리하겠느냐?"

모두 예, 하고 짧게 대답했다.

이것으로 진기는 자신의 계획을 위한 모든 준비를 마쳤다.

56

경회루는 경복궁 안에 만든 연회장이다. 한때는 정자 돌기둥에 종

횡으로 새겨진 용의 그림자가 외국 사신들의 마음을 희롱하며 감탄
을 자아내게 했겠지만, 지금 그곳엔 아무것도 없었다. 이리저리 긁
히고 움푹 팬 자국이 선명한 돌기둥 몇 개와 푸른 물결 붉은 연꽃 사
이로 용이 노닐었다는 전설만 깊고 넓은 연못에 덩그러니 남아 있을
뿐 살아있는 건 아무것도 없었다.

전쟁이 남긴 참혹한 상처였다. 임진년에 왜가 일으킨 전쟁에 조선
최초의 법궁인 경복궁은 불에 그슬리고 성벽이 무너지면서 폐허가
되었다.

전쟁이 끝나고 여러 임금들이 경복궁을 되살리려 했지만, 누구도
이를 성공시키지 못했다. 돈 때문이었다. 누구도 궁을 재건할 돈을
가지고 있지 못했다.

"돈이라……."

붕익은 경회루로 들어가는 초입에 서서 생명력 없이 고여 있는 연
못을 물끄러미 쳐다봤다.

그 옛날 붉은 연꽃을 희롱하던 용들이 저 깊고 넓은 연못 어딘가
에 잠들어 있다는 걸 뻔히 알면서도 깨우지 못하는 게 다 돈 때문이
라니, 눈물이 날 정도로 참혹한 기분이 들었다.

붕익은 무거운 시선을 들어 주변을 둘러봤다.

이곳엔 살아있는 존재라곤 자신 말곤 아무것도 없는 듯했다. 아무
래도 연못 한가운데 경회루로 가야 자신을 부른 사내를 만날 수 있
을 듯했다.

진기에게 길잡이가 되겠다고 선언한 후, 붕익은 평소와 다름없는

날들을 보냈다. 금란방을 어슬렁거렸지만 군사들과는 별 다른 얘기를 나누지 않았고, 군사들이 새로 생겨난 바침술집 단속을 나가도 남아서 서류를 정리했으며, 밤이 되면 집으로 돌아와 얌전히 잠을 잤다.

되도록 쓸데없는 동선을 줄이고, 사람들과 만나는 걸 줄였다. 자신을 지켜보는 눈이 있기 때문이었다. 그들은 검계가 아니었다.

붕익에게 미행하는 자들이 붙은 건, 진기를 만난 날 오후부터였다.

검계라면 이젠 숨어 감시할 일이 없을 텐데 그들의 움직임은 몹시 은밀했다. 마치 붕익의 감시를 처음 시작하는 것처럼.

그제야 붕익은 그들이 임금이 보낸 자들임을 눈치 채고 공연한 오해를 사지 않도록 주의했다. 아마도 임금과 만나기 전 그에게 수상한 점이 없는지 살피려는 게 분명했다. 마음 같아선 미행하는 자들을 잡아다 다그쳐 묻고 싶었다. 임금이 한길과 천관을 만나 암살모의가 있다는 얘기를 전해 들었는지, 준비는 단단히 하고 있는지. 그럴 수 없어 답답한 시간들이었다.

이틀을 지내고 나서야 붕익은 비로소 그 답을 알 수 있었다. 내관하나가 그를 찾아온 것이다.

금란방 업무를 끝내고 붕익이 자신의 집으로 돌아왔을 때 그는 이미 붕익의 집 방 안에 앉아 있었는데, 놀랍게도 그 옆에 진기가 함께 있었다.

진기가 내관과 함께 있다는 건, 아무래도 임금이 암살모의 사실을 모르고 있다는 얘기인지라 붕익은 어찌할 바를 몰랐다.

"내일 인시, 경회루에 나가면 그분이 기다리고 계실 겁니다."

"그분이라면……."

붕익이 진기의 눈치를 살피며 시치미를 뗐다.

"전하께서 장포졸을 만나길 원하십니다."

혹여 진기의 눈을 피해 내관이 수상한 눈짓을 한다거나 고갯짓으로 신호를 주지 않을까 일말의 희망을 가지고 쳐다봤지만, 그는 자세한 얘기는 진기에게 들으라는 말을 남겨두고 이내 자리를 떠났다. 실로 절망스러운 순간이었다.

"경회루엔 혼자 나가겠지만, 언제나 우리가 지켜본다는 걸 명심하시오."

"너희들이 매복해 있을 장소는 어디인가?"

자리에서 일어나려는 진기를 붙잡고 붕익이 물었다.

"어디에 있는지 알아야 내가 협력할 것 아니냐?"

"당신이 당신 일만 잘 처리한다면 일을 그르칠 리는 절대 없을 것이오. 우린 모든 준비를 마쳤으니까."

진기가 자신감을 드러냈다.

"지난번처럼 전하께서 장소를 계속 바꾸신다면? 그리되면 어찌하란 말인가?"

한길과 천관이 모의를 막을 방도를 마련하지 못했다면, 적어도 검계들의 계획은 알고 있어야 했다. 현장에서 임기응변이라도 발휘하려면 계획의 일단이라도 알아야 했기에 붕익이 물고 늘어졌다.

진기는 단호하게 말했다.

"내 한 가지 일러두리다. 경회루를 감시하는 일을 내가 맡았소. 자신이 죽을 자린 줄도 모르고 임금이 그 일을 내게 맡겼지."

지금 임금의 호위무사들이 경회루를 샅샅이 수색하고 있다고 했다. 그들은 내일 인시가 되기 전 자신의 지시에 따라 그곳에서 물러날 예정이라고 덧붙였다. 적에게 성문이 고스란히 열리는 꼴이었다.

"군사들이 물러나길 기다렸다 검계들이 경회루를 포위할 것이오. 하늘로 솟아나지 않는 한, 왕이 살아서 나갈 방법은 없는 거지."

진기는 벽에 등을 기대고 앉아 지그시 눈을 감았다.

비록 눈은 감았지만 붕익이 조금만 움직여도 바로 실눈을 뜨고 그의 움직임을 주시했다. 혹여 붕익이 마음을 바꾸지 않을까 마지막 순간까지 그를 압박하려는 듯했다.

"왕은 어떤 사람인가?"

한참을 벽에 기대 앉아 있던 붕익이 물었다.

"당신은 왕을 어찌 생각하는데?"

진기가 같은 질문을 고스란히 붕익에게 되돌렸다.

"왕에 대해 생각해본 적 없다, 난. 왕은 조선 그 자체니까."

"그렇지. 왕은 이 나라 자체지. 또한 그가 어떤 사람이고, 어떤 생각을 가졌는지 감히 알아서도 안 되는 존재고."

"그래서 역모를 일으키는 거요? 왕이 어떤 사람인지, 어떤 생각을 가졌는지 알게 돼서?"

잠시 생각하던 진기가 턱을 들어올리며 말했다.

"왕은……. 그는 왕후장상의 핏줄에서 태어나 무탈하게 왕좌에 앉은 것이 아니라, 매 순간 고뇌하고, 선택해서 그 자리를 차지한 자요. 자신의 뜻대로 모든 걸 조정하면서도 그 누구에게도 복심을 들키지 않는 방법을 그 과정에서 익혔고. 무서운 사내지. 한순간도 방심하면 안 될 만큼."

"헌데도 싸우겠다는 건 왕을 이길 자신이 있다는 거요?"

"아니. 그가 지금껏 내가 아는 왕이었다면 어림도 없겠지. 허나 왕은 변했소. 뭐든 자신만만해졌거든. 곧 목표를 이룰 테니까. 그래서 오만해진 거지. 상대를 과소평가하고. 그 틈이 내겐 기회가 된 거요."

진기가 빤히 붕익을 쳐다봤다.

"그러나 난 장붕익 당신을 과소평가하지 않아. 틈을 보이면 언제든 기회로 삼을 수 있는 자니까. 끝까지 의심하고 살펴볼 것이니 딴 생각은 추호도 마시오."

진기가 잊지 않고 붕익에게 협박을 덧붙였다.

붕익은 벽에 등을 기대고는 눈을 감았다. 진기가 저리 빤히 지켜보고 있으니 딴 생각할 틈조차 없었다. 어서 이 시간이 지나가길 기다리는 게 고작이었다.

진기는 인시가 다 되어 방에서 나갔고, 그의 의도대로 붕익은 자신과 임금을 보호할 칼 한 자루 소지하지 못한 채 막막한 심경으로 경회루에 도착했다.

연못 가운데 어느 곳에서 출렁하며 검은 물결이 일렁였다.

비록 새벽 어둠속이라 자세히 볼 순 없었지만, 붕익이 잘못 본 건 아니었다. 옅은 파문(波紋)이 붕익이 서 있는 곳까지 조용히 밀려왔다. 분명 연못 안에 움직이는 뭔가가 있는 듯했다. 붕익이 바짝 긴장해 재빨리 연못 주위를 살폈다.

그러나 그 주변은 바람 한 점 없는 여름의 새벽 공기가 무겁게 내려앉아 고요와 정적 그 자체였고, 여전히 아무것도 없었다.

연못 위를 물풀이 빽빽하게 뒤덮은 모양새가 어딘가 수상하고 부자연스러웠지만, 그것 말고는 눈에 띄는 것도 없었다.

붕익은 시선을 들어 경회루 돌기둥 뒤 빽빽한 소나무 숲을 쳐다봤다.

오랜 세월 사람의 손을 타지 않아 보기 좋은 소나무 정원이었을 곳이 어느새 무성해져 숲을 이루었다.

그 숲이 어찌나 깊고 빽빽했던지 때때로 호랑이가 내려와 새끼를 낳기도 했다지만, 지금 저 숲을 장악하고 있는 건 아마도 진기일 것이다. 경회루 주변에 군사들이 매복해 있을 만한 곳은 오로지 저곳뿐이었다.

거기 어디쯤에서 진기가 매서운 눈초리로 자신을 지켜보고 있을 것이다. 붕익은 경회루로 들어가기 위해 불안한 발걸음을 옮겼다.

연못 한가운데 경회루로 들어가기 위해선 다리를 건너야 했다.

다리는 모두 세 개였는데, 붕익은 오른쪽 다리 앞에 섰다. 왼쪽 다리는 임금의 통로였고, 가운데 다리는 왕족들의 통로, 오른쪽 다리는 중신들과 행사를 준비하는 일반인들이 다니는 통로였다.

이제 와서 이를 따지는 것이 우스웠지만, 그렇다고 감히 다른 다리를 사용할 엄두가 붕익은 나지 않았다.

다리를 건넌 붕익은 유난히 어두운 그림자를 드리운 경회루 돌기둥 쪽으로 향했다. 그러면서도 간간히 연못을 살피는 걸 잊지 않았다. 방금 전 목격한 연못의 파문이 아무래도 마음에 걸린 것이다.

바로 그때 경회루 돌기둥 중 한가운데서 검은 그림자가 앞으로 쓰윽 나왔다.

붕익이 멈칫 걸음을 멈췄다.

"장붕익!"

굵고 단단한 사내의 목소리였다.

"내가 누군지 알겠는가?"

분명 처음 들어보는 목소리였지만, 그가 누군지 붕익은 명확하게 알 수 있었다.

"저, 전하."

다급하게 임금의 주변을 살펴보던 붕익의 입에서 그만 탄식이 터졌다. 임금은 호위무사를 단 한 명도 대동하지 않은 채 홀로 서 있었다.

"그댄 이 나라의 왕을 보고도 어찌 예를 올리지 않는가?"

임금은 자신이 지금 어떤 위험에 처해 있는지 모르는 듯했다. 붕익을 나무라며 불쾌함을 드러냈다.

"허나, 전하! 지금 저는 전하께 예를 올릴 수 없습니다."

붕익이 지금 임금에게 절을 한다면 목표물을 확인한 진기가 공격을 시작할 것이니 그럴 수 없었다. 안타깝게도 지금의 그로서는 진기의 공격을 막을 아무런 계획이 없었다.

"어째서지?"

붕익의 복잡한 심경과 상관없이 임금이 낮지만 날카로운 목소리로 물었다.

"전하, 이곳은 함정입니다. 속히 피하셔야 합니다."

붕익이 결국 진실을 말했다.

그리고 확신했다. 한길이 꼭 해내고 말 것이라고.

한길이 임금을 만나는 건 스스로 해결할 수 없었겠지만 석포의 가족을 구하는 건 직접 해결할 수 있는 문제였다. 한길에게 임무를 맡긴다는 건 거의 다 이룬 것이나 진배없다는 확신을 움켜쥐었다. 분명 석포의 가족을 구해 낼 거라 굳게 믿은 것이다.

헌데 임금의 입에서 뜻밖의 말이 튀어나왔다.

"그 말을 기다렸다, 장붕익."

놀란 붕익이 눈을 크게 뜨고 임금을 쳐다봤다.

"네 본심이 무엇인지 확인하고자 했다. 그러니 안심하라. 어제 천관을 만났다."

"정말입니까?"

붕익의 다급한 질문에 임금이 고개를 끄덕였다.

사실 어제 새벽, 천관이 임금을 찾아와 역모가 모의되고 있다는 얘기를 했다.

그러나 정작 임금이 분노한 건 역모가 모의된 사실이 아니라, 역모 주동자인 이진기가 이인좌의 일당이었다는 사실이었다.

임금은 천관을 앞에 두고도 흥분을 감추지 않았다.

"이인좌, 이인좌, 이인좌. 대체 그 지겨운 이름을 언제까지 들어야 하는가? 대체 언제까지 그 이름에 시달려야 한단 말인가!"

천관이 당혹스러운 나머지 저가 감당할 수 없는 말까지 늘어놓았다.

"이진기 그자가 지금 어디에 있는지 알고 있습니다. 그를 잡아오라 하명하시면……."

"아니, 그대로 두어라."

"네?"

"난 이진기 그자를 그냥 둘 것이다. 그자에게 여전히 밀주 장사를 시킬 것이고, 예정대로 오순항의 빈 자리도 채우게 할 것이다. 또한 그자를 통해 장붕익 또한 만날 것이고."

"그게 무슨 말씀이시옵니까? 이진기를 이대로 살려두시다니요?"

임금의 뜻을 이해할 수 없었던 천관이 되물었다.

"그렇게 살려놓을 게야. 그리고 이인좌 일당들이 모두 모였을 때 그것들을 단숨에 쓸어버릴 것이다."

"전하, 검계들의 힘을 우습게 여겨서는 아니 됩니다. 그러다 전하께서 역공을 당하실 겁니다. 그러니 부디 뜻을 거둬주십시오."

임금이 공연히 위험한 모험을 하려들자 천관이 죽어라 이를 만류했다. 자신의 인생까지 이대로 끝이 날까 겁이 났다.

"이진기는 이인좌의 망령이다. 그자를 죽인다 해도 이인좌의 망령은 또 다른 이진기로 살아 돌아올 것이다. 아마 난 죽을 때까지 그렇게 이인좌의 망령과 싸우게 되겠지. 끝도 없이 말이야."

임금의 눈동자가 불안한 듯 사방으로 흔들렸다.

"그러니 이진기가 아니라 그들 모두를 몽땅 죽여야 해. 없애야 해."

임금은 아직도 이인좌의 마지막 얼굴을 잊을 수 없었다. 남대문루에 잡혀온 이인좌는 죽음을 목전에 두고도 낯빛 하나 변하지 않은 채 자신을 나리라 불렀다. 백성들이 다 지켜보는 가운데 숙종의 혈육이 아니라며 대놓고 부인했다.

임금은 죽음을 앞둔 자의 눈물겨운 발악이라 치부했다. 아무도 이를 믿지 않을 거라 여겼다. 그러나 그 헛소문은 지금까지도 내내 임금에게 꼬리표처럼 따라 붙어 떨어질 줄 몰랐다. 소문이 사그라지기는커녕 시간이 흐를수록 반쪽짜리 임금, 태생이 천한 임금이란 손가락질이 더해져만 갔다.

그것만으로도 골치가 아플 지경인데, 이젠 이미 죽은 자의 망령까지 살아나 자신을 죽이려들다니…….

징글징글한 이인좌의 저주에 임금은 몸서리가 쳐졌다.

"그들 모두를 죽이지 않으면 어차피 난 끝이야, 끝. 그러니! 그들 뜻대로 흘러가게 내버려두어라. 기다렸다 숨통을 뜯어놓을 것이야."

임금은 그렇게 오늘, 바로 이 순간을 위해 분노와 치욕을 가까스로 참으며 인내한 것이다.

"그런데 어째서 혼자 나오신 겁니까? 군사들은 어디에…….."

임금은 붕익의 질문에 대답하지 않고, 대신 연못을 물끄러미 쳐다봤다.

그때, 임금의 어깨 너머 연못에서 무언가가 움직이는 게 붕익의 시선에 잡혔다.

신경을 곤두세우고 한곳을 빤히 쳐다봤다. 분명 살아 움직이는 형체가 있었고, 그것들이 조용히 파문을 일으켰다.

붕익이 놀란 얼굴로 임금을 쳐다보자 그가 말없이 고개를 끄떡였다.

"난 싸울 준비가 다 되었다. 그러니 어서 내게 예를 갖춰 절을 하라. 하여 역적들에게 내가 임금임을 알려라."

붕익은 아직도 임금이 역모를 대비해 무엇을 준비했는지 몰랐다. 그러나 연못 속에서 조용히 움직이며 파문을 일으키는 것과 관계가 있음을 직감했다. 천천히 두 손을 모으고, 임금 앞에 무릎을 꿇었다.

57

"목표물이 나왔다!"

규일영으로 경회루를 살펴보던 진기가 낮은 목소리로 말했다.

이제 막 돌기둥 뒤에서 나와 붕익의 절을 받는 사내는 분명, 임금이었다.

"지금 화살을 쏠까요?"

수하가 붕익이 보낸 공격 신호를 알아차리고 진기에게 물었다.

"아니! 지금은 아냐."

진기가 옆에 있는 수하의 활을 뺏어들었다.

경회루 쪽으로 활을 겨누고, 시위를 당겼다가 순식간에 놓았다.

진기의 화살이 경회루를 향해 날아갔다.

"잠시 기다려라. 화살을 받고도 군사들이 튀어나오지 않으면 그때 움직인다."

경회루 근처를 수색하던 군사들을 모두 물렸었다. 두 번이나 확인했다. 그러나 방심은 금물이었다. 임금이라면 진기도 모르게 매복군을 남길 위인이었다.

진기는 눈을 가늘게 뜨고 경회루 쪽으로 날아가는 화살에서 눈을 떼지 않았다.

잠시 후, 화살은 포물선을 그리며 날아가 경회루 돌기둥 사이로 떨어졌다.

붕익이 임금과 함께 돌기둥 뒤로 몸을 숨기는 게 보였다. 다른 변화는 없었다. 진기와 수하 두어 명이 규일영을 들고 살펴봤지만, 개미 새끼 한 마리도 움직이지 않았다.

"지금 공격할까요?"

수하가 진기를 재촉했다.

진기는 대답하지 않고 잠시 더 뜸을 들였다. 그동안 기다려온 세월만큼이나 느리게 시간이 흘렀지만 지금 이 시간을 못 참는다면 모든 게 허사가 될 수도 있었다.

진기는 속으로 오십을 세면서 다시 한 번 경회루 주변을 살폈다.

돌기둥 뒤에 숨은 장붕익과 임금도 숨을 죽이고 있는지라 주변은 그저 침묵뿐이었다.

비로소 진기의 명령이 떨어졌다.

"됐다. 매복군은 없으니 이제 총공격이다."

진기의 명령이 떨어지자 오십여 명에 이르는 정예의 수하들이 동시에 경회루로 화살을 날렸다. 그리고 준비해둔 칼을 들고 숲에서 튀어나왔다.

58

한 대의 화살이 날아온 뒤 돌기둥 뒤로 몸을 숨겼던 붕익이 검은 소나무 숲을 응시했다.

"곧 총공격이 시작될 것입니다."

붕익의 말이 끝나기 무섭게 새벽하늘을 빽빽하게 가리고 화살들이 날아왔다.

다행히 정자를 떠받들었던 돌기둥은 건장한 사내의 체구를 가리고도 남을 정도로 널찍했지만, 워낙 쏟아지는 화살의 양이 많다 보니 이도 안심할 상황이 아니었다.

붕익은 재빨리 연못 쪽을 쳐다봤다.

경회루로 날아오다 힘이 부족한 화살들이 연못 위로 떨어지고 있었지만, 검은 연못은 떨어지는 화살을 집어 삼킬 뿐 이렇다 할 반응이 없었다.

빗발치며 날아오던 화살이 어느 순간 거짓말처럼 멈추자 드디어 사람들의 발소리가 들렸다. 임금이 매복시킨 군사가 없다는 걸 확신한 진기와 검계들이 경회루로 몰려오기 시작한 것이다.

"전하, 이제 군사를 부르십시오."

붕익이 다급하게 임금을 쳐다봤다.

"아니, 조금만 더. 조금만 더 가까이 다가오게 내버려두라."

임금이 단호하게 말했다.

진기의 무리들은 무서운 속도로 달려왔다. 달려오는 사내들의 시끄러운 발소리가 어찌나 거세던지 전쟁 중에도 무너지지 않고 버텼던 경회루 돌기둥들이 당장이라도 와르르 무너질 듯 요동쳤다.

"이제 곧이다. 그러니 조금만 더!"

임금이 침착하게 되뇌었다.

순간 주변이 갑자기 조용해졌다. 진기와 그 무리들이 경회루로 들어오는 다리 앞에서 걸음을 멈춘 것이다.

무리의 맨 앞에 서 있던 진기가 당장이라도 경회루 안쪽으로 들어오려 칼을 빼들고는 큰 소리로 말했다.

"장붕익, 이제 앞으로 나와라."

붕익의 대답은 없었다. 이상한 낌새를 눈치 채고 다시 한 번 불렀지만, 역시 돌아오는 대답은 없었다.

뜻밖의 상황에 당황하던 진기가 수하에게 조용히 명령했다.

"한 발 물러서 주변을 다시 점검하라."

"무엇을 말입니까?"

수하가 조용히 다가와 물었다.

"무엇이든. 살피고 또 살펴라. 뭔가 이상해."

진기의 명령에 발 빠른 검계 몇몇이 경회루 주변으로 흩어졌다.

수하들의 움직임을 눈으로 쫓던 진기가 목소리를 높이며 다시 장봉익을 불렀다.

"정녕 내게 돌려줄 답이 침묵인 건가, 장봉익?"

이윽고 돌기둥 뒤에서 봉익이 나왔다. 어쩐 일인지 그는 혼자였다.

"침묵이지. 이는 곧 네 놈에게 절대 굴복하지 않겠다는 뜻이고."

"허수아비 왕을 버리고 석포의 가족을 살리는 일이 그리 어려웠나?"

진기의 표정에 안타까움이 드러났다. 장봉익만큼은 진실로 자신의 편으로 만들고 싶은 욕심이 있었다.

"말하지 않았는가. 왕은 내게 조선 그 자체라고. 자신의 나라를 버리는 백성은 없다."

"백성에게 기대 목숨을 구걸하는 임금이, 나라가 세상천지에 어디 있단 말인가!"

봉익의 어리석은 선택과 임금의 비겁함에 진기는 화가 치밀었다.

그때 정찰에 나섰던 검계들이 돌아왔다.

"분명 아무것도 없습니다. 우리들이 숨어 있던 소나무 숲 외에 군사들이 매복해 있을 장소도 없고요."

"두령님, 공격을 서두르셔야 합니다."

목표물을 목전에 두고 공격이 지연되자 수하가 불안한 듯 말했다.

진기는 알았다는 듯 고개를 끄덕이고는 다시 입을 열었다.

"들으셨소! 저 갸륵한 백성은 당신을 위해 목숨을 바치겠다는데, 고작 당신은 숨는 게 고작입니까? 그리 비굴하게 목숨을 구걸하고 싶으신 겝니까?"

진기가 공격에 앞서 작정하고 도발했다. 숨은 임금을 눈앞으로 끌어내려 한 것이다.

진기의 도발이 통했는지 임금이 돌기둥 뒤에서 모습을 드러냈다.

"무릇 임금이 있고, 나라가 있어 백성이 존재하는 것이다. 너 따위 망령된 것들 또한 백성으로 품어주는 것이 바로 나라고, 임금이란 말이다. 허니 말머리를 돌려라. 허면 내 백성으로, 조선의 백성으로 무탈하게 살게 해주겠다."

진기의 눈썹이 움찔거렸다.

"흐흐흐, 무탈? 무탈이라고? 나리, 나리, 나리! 나리가 임금인 이 나라에서 난 무탈한 적이 단 한 번도 없었소. 반쪽짜리가 왕 노릇 하는 나라에서 백성들이 무탈할 리 없길 않소!"

드디어 진기가 칼날을 앞으로 돌려 경회루로 넘어가는 다리 안으로 들어섰다. 공격이 시작된 것이다. 검계들이 신호처럼 진기의 뒤에 바짝 따라붙었다.

어느새 임금 앞을 막아선 붕익이 나지막하게 말했다.

"전하, 이젠 군사들을 부르셔야 합니다. 더는 위험합니다."

붕익이 매복군을 부르라 재촉했다.

"모두가 섬 안으로 들어올 때까지 기다려라."

임금이 붕익의 옷을 끌며 뒷걸음질로 섬 가장자리로 향했다. 단순히 검계들의 공격을 피하려는 게 아닌 다분히 의도적인 행동이었다.

붕익이 선봉에 선 진기의 눈치를 살폈다. 다행히 그는 붕익과 임금의 동태를 의심하지 않았다. 다리를 다 건넌 후 자신들을 향해 다가오는 진기의 발걸음이 조금 전보다 더 빨라졌다. 진기의 움직임엔 더 이상 망설임 따윈 없었다.

이내 검계들 전원이 다리를 건너 섬 안으로 들어왔다.

경회루가 있는 인공 섬의 넓이가 작지 않았지만, 오십여 명의 검계들이 들어서자 팔을 뻗을 공간조차 없이 꽉 찼다.

그들은 팔을 아래로 내리고 최대한 어깨를 접었다. 그러고도 상황이 여유치 않았지만, 뒤쪽에서 아직도 섬 안으로 밀려들어오는 검계들에게 물러나라 소리를 지르지 못했다. 진기가 임금과 정면으로 마주 서 있었기 때문이었다.

두어 걸음만 앞으로 나아가면 서로의 멱살을 움켜쥘 정도로 그들은 가까이 서 있었다.

섬 가장자리로 뒷걸음치던 붕익과 진기가 문득 멈춰 선 것도 이때였다. 이제 한 발, 아니 반걸음만 더 움직여도 그대로 연못 속으로 떨어질 만큼 위태로웠다.

"더는 물러설 곳이 없다."

임금이 한숨처럼 중얼거렸다.

"그러니 남은 건 이제 항복뿐이오."

승리를 예감한 진기의 목소리가 제법 여유로웠다.

"아니, 그러니 공격이다."

갑자기 단단해진 임금의 목소리에 진기가 흠칫 놀라며 되물었다.

"뭐?"

임금은 대답하지 않았다. 대신 붕익과 함께 그대로 연못 안으로 뛰어 들었다.

검계들 몇몇이 연못으로 따라 뛰어들 준비를 했다.

"됐다."

진기가 수하들을 잡았다.

더는 도망갈 공간이 없으니 임금과 붕익이 연못 속으로 뛰어든 건 당연한 일이었다. 다만 방금 전 임금이 한 얘기가 맘에 걸린 것이다.

"공격이라고?"

고개를 갸웃거리던 진기가 들고 있던 칼을 임금이 뛰어든 연못 안으로 내리꽂았다.

물풀이 빽빽하게 수면을 덮은 것으로 보아 연못 안은 보나마나 그 뿌리가 복잡하게 얽혀 있을 것이다. 제 아무리 붕익이라도 앞으로 나아가는 게 어려울 것이니 칼을 던지는 것만으로도 충분하다 판단한 것이다.

과연 얼마 지나지 않아 뽀르륵 소리와 함께 물방울이 연달아 수면 위로 올라와 터졌다.

누군가 연못 안에서 숨을 참지 못하고, 호흡을 한 것이다.

"잡았다."

진기가 재빨리 활을 들어 물방울이 터진 자리에 화살을 쏘았다.

한 대, 두 대, 세 대.

화살 세 대가 꼬리를 물고 같은 자리로 빨려 들어갔다.

그러자 이내 허연 물체가 수면 가까이 떠올랐다. 얼핏 봐선 화살이 박혀 있는 사내의 등짝같았다.

"두령님, 사람입니다!"

순간 진기의 눈동자가 기대감으로 희번덕였다. 이왕이면 죽은 자가 붕익이길 진기는 바랐다. 붕익이 없다면 임금을 잡는 건 수월할 것이니 말이다.

"헌데…… 저건 누구지?"

진기의 목소리가 어느새 싸늘하게 식어들었다. 기대감에 들떠 미처 알아차리지 못했지만, 연못 위로 떠오른 자의 옷이 임금의 것도 그렇다고 붕익의 것도 아니었다.

갸웃거리는 진기를 본 수하 하나가 죽은 자의 신원을 직접 확인하려 그대로 연못 안으로 뛰어들었다.

"안 돼!"

순간 진기가 외마디 비명을 질렀다.

수하가 연못으로 뛰어 들자 수면 위를 덮고 있던 물풀들이 그를 향해 무서운 속도로 달려드는 걸 본 것이다.

미처 손 쓸 사이도 없이 연못 속에 뛰어들었던 검계가 몇 차례 허우적거리다 그대로 물밑으로 가라앉았다. 어떤 힘에 의해 강제로 끌려 들어간 것이다.

그때였다. 물풀들이 문득 허공으로 튀어 올랐다.

"대체 저게 뭐야?"

눈앞에 펼쳐진 광경을 직접 보고도 진기는 믿을 수 없었다.

물풀들이 허공으로 튀어 오른 것만으로도 입이 떡 벌어질 지경인데, 허공으로 튀어 오른 물풀들이 하나같이 시커먼 군사들을 매달고 있었다.

"전원 사살하라!"

연못에서 튀어나온 군사들은 어느새 진기와 검계들을 섬 가운데로 몰아세워 포위했다.

그 수가 얼마나 많았던지 검계들이 서로 갈비뼈가 눌려 숨을 제대로 쉴 수 없을 정도인데도 아직도 연못 수면 위엔 헤아릴 수 없을 만큼의 물풀들이 섬을 향해 다가오고 있었다.

"화살을 쏴 올려라!"

이대로 있다간 군사들의 칼에 맞아 죽기보단 그들에게 눌려 압사당할 공산이 커지자 진기가 서둘러 명령했다. 바깥으로 비껴 허공으로 화살을 쏴 올리면, 그것들이 떨어지며 군사들을 위협할 것이라 판단했다.

물론 검계들도 떨어지는 화살에 표적이 될 수밖에 없었다. 활촉에 눈이 달려 군사들만 골라 공격할 수 없으니 수하들의 희생도 있을 것이다. 그러나 이대로 있다간 제대로 싸워보지도 못하고 전멸이었다. 희생은 감수해야 했다.

허나 진짜 문제는 그 다음이었다. 진기의 명령을 이행하려 검계들이 활을 들었지만, 시위를 당길 공간이 없었다.

더욱 난처한 건 군사들이 벌써 조직적인 공격을 시작했다는 것이다. 처음 움직인 건 검계들을 포위한 맨 앞줄의 군사들이었다.

그들이 동시에 몸을 웅크리고 앉자 바로 뒷줄에 서 있던 군사들이 확보된 공간을 이용해 검계들을 향해 활을 쐈다. 그러자 가장 맨 바깥쪽에 서 있던 검계들이 맥없이 쓰러졌다.

그 다음부터는 순식간에 모든 일이 진행되었다.

검계들이 어, 어 하며 놀란 사이 앉았던 군사들 앞으로 방금 전 화살을 쏜 군사들이 쓰러진 검계들을 밀어내며 나와 앉았다. 동시에 원래 앉았던 군사들이 일어나 검계들을 향해 화살을 쐈다.

검계들이 또다시 쏟아지는 화살에 맞아 맥없이 쓰러졌다. 어느새 세 번째 줄의 군사들이 방금 전 화살수들 뒤로 바짝 달라붙었다.

이번에도 검계들은 일사불란한 공격에 속수무책 당했다.

반면 군사들의 움직임엔 흔들림이 없었다. 방금 전 화살을 쏜 군사들이 몸을 웅크리고 앉고, 세 번째 줄 군사들이 다시 활시위를 당겼다. 밀착과 공격을 끊임없이 연결해 검계를 몰살시키려는 것이었다.

군사들의 전략을 알아 챈 진기가 임기응변의 대책을 세웠다. 군사들이 다음 공격을 위해 자리를 바꾸는 사이 그대로 몸을 숙여 다리를 노리고 칼을 휘둘렀다. 활시위를 당길 공간을 마련하기 위해

앉는 군사들도, 이제 막 활을 쏜 군사들도 빠르게 대응할 무기가 없다는 것에 착안한 공격이었다.

검계들은 진기의 의도를 정확하게 읽고 그의 공격에 동참했다. 더나아가 이미 쓰러진 동료의 시신을 군사들 쪽으로 내던져 그들의 대열을 흩뜨려놓기도 했다.

생각지도 못한 반격에 군사들의 대열이 한순간에 무너졌다. 방어할 수 없는 짧은 순간을 노려 군사들의 다리를 공격하니 어찌할 방법이 없었다.

검계들의 반격에 당황한 군사들이 뒷걸음질 쳤고, 대열이 그대로 무너지면서 가장자리의 군사들이 하나둘 연못 속에 빠졌다.

실전에 능한 정찰검계들은 그 순간을 놓치지 않았다. 어차피 칼을 휘두르고, 활을 쏠 공간이 넉넉지 않으니 바로 군사들을 향해 주먹을 날렸다. 대부분 한때 주먹 하나로 이름을 꽤나 날리던 왈패였으니 몸싸움만큼은 자신있는 그들이었다.

예상대로 검계들의 거친 몸싸움에 군사들은 속수무책으로 당했다. 턱이 돌아가고, 우두둑 갈비뼈가 부러지는 소리가 난무하며 군사들은 추풍낙엽처럼 나뒹굴었다.

삽시간에 군사들이 검계들의 주먹질에 쓰러지거나, 겁을 먹고 도망치거나, 그도 아니면 앞 사람에게 밀려 연못 속으로 빠지다 보니 어느새 검계와 군사들의 수가 비슷해졌다. 이대로라면 바로 검계들의 승리일 듯 보였다.

그러나 군사들이 끝도 없이 밀려든다는 게 문제였다.

414

주먹에 맞아 쓰러졌던 군사들이 다시 일어나고, 연못에 빠졌던 군사들이 섬 위로 기어 오르고, 아직도 연못 속에서 대기하던 군사들이 몰려드니 검계들은 다시 주춤거렸다. 아무리 싸움에 이골이 난 그들이라도 끝내 지칠 수밖에 없는 상황이었다.

결국 전세는 또 한 번 뒤집어졌다. 대열을 정비한 군사들이 다시 검계들을 포위한 것이다.

군사들은 더 강하게 검계들을 압박했다. 옆 사람, 앞사람의 머리통을 피해 숨이라도 쉬려면 목을 길게 빼고 빳빳하게 세워야 했다. 그러다 보니 숨도 제대로 못 쉬어 켁켁거리는 검계들이 속출했지만, 군사들은 사정을 봐주지 않았다.

"이진기를 찾아라! 그자가 역모를 일으켰다!"

군사들은 미리 보아둔 용모도의 주인을 찾으려 혈안이 되었다. 임금이 그의 목에 일만 냥의 포상금을 건 것이다.

그러나 진기는 포위된 검계들 속에 없었다. 연못 위에 둥둥 떠 있는 시신까지 일일이 확인해봤지만 진기는 어디에도 없었다.

그럼에도 불구하고 군사들은 진기가 경회루를 벗어나지는 못했을 거라 확신하며, 끈질기게 그를 찾았다. 단 한 차례도 군사들 사이를 뚫고 검계가 빠져나간 적이 없기 때문이었다.

하지만 모두의 예상과 달리 진기는 이미 경회루를 빠져나가 시전으로 향하고 있었다.

59

"분명 장봉익이 석포의 가족을 구출하려 할 것이다. 기필코 막아야 한다!"

수하 한 명과 함께 간신히 전장을 빠져나온 진기가 걸음을 재촉하며 말했다.

"걱정 마십시오. 그들은 정찰검계들이 한 방에서 지키고 있습니다. 헌데 두령님, 우린 이제 어찌 되는 겁니까?"

진기가 수하를 쳐다봤다.

"……이제 우린 끝난 겁니까? 이렇게 허무하게 끝인 겁니까?"

"끝…… 이라고?"

겁을 잔뜩 집어먹은 수하를 보자 진기는 흥분을 참지 못했다.

"아니, 아직 끝나지 않았다. 내가 되돌릴 수 있어. 지난 십 년간 그랬고! 앞으로도 그리될 것이다. 알았나? 알았어?"

진기가 노기를 애써 누르며 말했지만, 섬뜩한 눈빛만은 감출 수 없었다.

"죄, 죄송합니다. 일이 어그러진 것이 너무 어이가 없어서……."

"너무 늦었다."

"예?"

"잘못을 깨닫는 건 언제나 너무 늦지."

진기는 그대로 칼을 빼들고 수하의 목을 찔렀다.

수하의 피가 진기의 온몸에 튀었지만, 그는 눈 하나 깜박하지 않

416

고 같은 말을 중얼거렸다.

"절대 이대로 끝나지 않아, 난. 난 단 한 번도 실패한 적이 없어."

훗날 진기는 이 순간을 돌이키며 그땐 나아가지 말고 한 발 물러나야 했다고 후회했다. 만약 그랬다면 그토록 어이없게 금괴를 뺏기지 않았을 거라 한탄했다.

그러나 당시의 진기는 곧 자신이 만날 적을 너무 과소평가하고 있다는 걸 깨닫지 못하고 있었다.

60

수하의 시체를 버려둔 채 진기는 시전으로 바쁘게 걸음을 옮겼다.

시전 초입에 서자 진기는 일이 이리 틀어진 게 애초 임금의 암살 계획이 새어 나갔기 때문이란 확신을 갖게 되었다. 입구 골목에 이상한 행렬이 줄을 잇고 있었는데, 자세히 보니 시전을 빠져나가는 상인들이었다.

그 행렬 속엔 군사들이 지키고 서서 상인들의 걸음을 재촉하며 상인 한 사람, 한 사람 얼굴을 확인하고, 소지한 무기가 있는지 몸수색을 하고 있었다. 상인으로 위장한 검계들을 찾아내려는 게 분명했다. 시전을 저리 철저하게 감시하는 걸 보면 분명 도가가 발각된 것이다.

"천관, 이놈을!"

아무리 생각해도 도가가 발각됐다는 건 천관의 고발이 있었다는 얘기다.

비로소 진기는 오늘 임금이 연못 속에 매복군을 두었던 것도 천관의 고변이 있었기에 가능했음을 깨달았다. 그렇다는 건 분명 삼 일 전, 붕익이 그를 찾아온 천관에게 암살계획에 대해 얘기했다는 건데, 대체 무슨 방법으로 이를 알렸는지 알 수가 없었다.

순간 진기는 자신이 놓친 사람이 있다는 걸 깨달았다. 수판의 약혼녀와 한길이었다. 붕익과 천관이 별다른 대화를 나누지 않았고, 그 후 붕익을 감시하느라 수판의 약혼녀가 어디에 사는 누구인지, 붕익의 집을 나와 어디로 사라졌는지 살피지 않았다.

그리고 한길. 아직까지 한길의 소재를 파악하지 못한 것이 진기는 내내 찜찜했다. 분명 오늘 이 사단이 난 것은 그 여인과 한길이 뭔가 관련 있을 거라 깨달았지만 이미 너무 늦은 일이었다.

진기는 이제 결정해야만 했다. 지금 시전으로 들어가면 분명 자신의 용모도를 소지한 군사들이 득실거려 위험하겠지만, 그곳엔 석포의 가족들이 있었다. 요행히 정찰검계들이 아직 그들을 잡고 있다면 이를 이용해 장붕익을 죽일 기회 정도는 잡을 수 있었다.

진기는 골목에 숨어 있다 안으로 들어온 군사를 급습해 그의 군복을 벗겨 입었다. 그리고 전립을 깊게 눌러 썼다. 시전으로 들어가기로 결정한 것이다.

진기가 시전의 중간쯤 지나갈 무렵 상점에 숨어 있던 검계들이 군사들에게 잡혀 골목으로 끌려나왔다.

진기와 함께 경회루에 출전한 정찰검계를 제외하곤, 모두 도가에서 무장한 채 대기하고 있었다. 신호에 따라 그들은 한꺼번에 움직일 예정이었다. 하지만 갑자기 밀어닥쳐 수 겹으로 포위해온 대규모 군사들에겐 중과부적이었다. 임금이 경회루와 똑같은 전법을 쓴 것이다.

진기는 포박되어 줄줄이 달려나오는 검계들 옆을 지나치며 시선을 돌렸다. 혹시 검계들이 자신을 알아볼까 염려해서였다.

그러나 그 행동이 도리어 진기를 두드러지게 만들었다.

시전을 빠져나가는 상인들이 포박된 검계들을 보고 손가락질하거나 묵혀둔 욕지거리를 하느라 몰려들었고, 군사들은 문제가 터질까 봐 포승줄에 묶인 검계들에게 달라붙어 상인들의 접근을 말렸다. 그러니 되도록 검계와 멀리 떨어져 걸으려 했던 진기는 마치 근무지를 이탈한 군사처럼 보였다.

하필 그런 진기의 움직임을 유심하게 쳐다보고 있는 건 포청의 종사관이었다.

그렇지 않아도 신경이 가뜩이나 예민해져 있는 상태인지라 진기의 행동거지 하나하나가 그의 눈에 거슬렸다.

"거기, 너."

종사관이 진기를 불러 세웠다.

무시해야 하나? 아님 돌아봐야 하나? 진기의 머릿속이 복잡해졌다.

"너 말야, 너. 어디 소속이야? 지금 어디 가는 거지?"

"급한 일이니 잡지 마십시오."

진기가 슬쩍 고개만 돌리곤 종사관을 쳐다보는 둥 마는 둥 대답했다.

발칙한 군사의 행동에 종사관은 제법 약이 올랐는지 대뜸 칼을 빼들고는 진기 곁에 바짝 다가와 섰다.

진기가 슬그머니 허리춤으로 손을 올렸다. 만약의 사태를 대비하기 위해 칼을 잡으려는 것이었다.

그러나 곧 진기의 입에서 한숨이 터져 나왔다. 위장하려 군복으로 갈아입으면서 칼을 두고 왔다는 걸 뒤늦게 깨달은 것이다.

"직급이……."

진기가 말꼬리를 흐리며 물었다.

"종사관이다. 우포청 종사관. 네 놈은 누구 건데 감히 상사의 직급을 확인……."

"잘되었습니다. 같이 가셔야 할 곳이 있습니다."

진기가 다짜고짜 종사관의 팔을 끌어 당겼다.

"무슨 일이야, 대체?"

예상치 못한 동행요구에 종사관의 목소리에서 짜증이 잔뜩 배어 나왔다. 그렇지 않아도 새벽부터 영문도 모른 채 시전에 끌려나와 검계를 찾고 있는지라 불만이 이만저만이 아니었다.

"암살시도가 있었소."

진기가 한껏 목소리를 낮춰 말했다.

"뭐?"

종사관이 놀라 목소리를 높이자 진기가 재빨리 그의 입을 막았다.

"쉿! 조용하십시오. 알려져 좋을 것이 없는 소식입니다."

놀란 종사관이 두 눈을 끔벅이며 고개를 끄덕였다.

"우포청이면 장붕익 부장포졸 아시겠습니다?"

종사관이 입을 꽉 다문 채 고개를 끄덕였다.

"지금 경회루에서 장붕익과 함께 있다 오는 길입니다. 암살시도. 거기였거든요. 그분이 도가의 본진을 알아내셨거든요."

"거기가 어디냐?"

종사관이 침을 꿀꺽 삼키고 물었다.

진기는 대답하는 대신 종사관의 팔을 더 강하게 끌어당겼다.

"저만으론 부족하다 싶었는데 잘 되었습니다. 같이 가시죠."

진기가 종사관이 들고 있는 칼을 슬쩍 쳐다보며 말했다.

"그 칼 제게 주십시오. 앞장 설 터이니."

"내 칼을?"

망설이는 종사관의 손에서 칼을 채가며 진기가 화를 냈다.

"이리 허송세월했다간 경을 칠 것입니다. 장포졸 그분을 모르십니까?"

"알지, 알아."

진기가 다급한 걸음으로 대장간으로 향하자 종사관도 어쩔 수 없이 그 뒤를 따랐다.

누군가 뒤에서 종사관을 불렀지만 그는 모른 척 진기의 뒤만 바짝 쫓아갔다.

대장간으로 들어서는 골목에 도착하기까지 몇 차례 군사들의 수상한 시선을 받았지만, 그때마다 종사관은 앞으로 나서 손사래를 쳐댔다. 그 덕에 진기는 수월하게 대장간에 도착할 수 있었다.

시전 끝에 자리한 대장간은 벌써 군사들이 훑고 지나갔는지 주변에 얼씬거리는 사람 하나 없이 조용했다.

"먼저 들어가 살펴볼 것이니 여기서 망을 좀 봐주십시오."

"아니, 네 놈이 망을 보거라. 안은 내가 살필 것이니."

진기가 무슨 말이냐는 듯 쳐다보자 종사관이 배실배실 웃었다.

"공적을 눈앞에서 뺏길 순 없지. 도가의 본진이라면 뭐가 나와도 나올 것이다. 허니 내 칼 이리 내."

"정녕 그것을 원하십니까?"

종사관이 고개를 끄덕였다. 그리고 빨리 칼을 내놓으라는 듯 손을 흔들며 재촉했다.

진기는 주변에 지켜보는 눈이 없다는 걸 확인하고는 그대로 칼을 종사관의 심장에 꽂았다.

종사관이 힘없이 바닥에 쓰러지자, 진기는 종사관의 몸통에 꽂혀 있던 칼을 빼들고 대장간 마당으로 들어섰다.

진기의 예상대로 대장간도 이미 군사들이 죄 뒤지고 난 뒤였다.

대장간 안쪽 방들을 일일이 확인해봤지만 남은 자가 보이지 않았다. 군사들이 급습하자 정찰검계들이 석포의 가족들을 데려갔는지, 아니면 군사들이 급습하는 사이 자기들끼리 도망갔는지 알 길이 없었다.

문득 창고에 숨겨둔 금괴는 무사할지 진기는 걱정이 되었다.

"여긴 아무도 없습니다."

진기가 창고의 문을 열려는 순간, 뒤에서 여인의 말소리가 들렸다.

깜짝 놀란 진기가 뒤를 돌아보니 처음 보는 여인이었다.

"누구냐?"

진기가 재빨리 칼을 빼들고, 여인의 숨통을 노렸다.

"저는 이곳 사람입니다."

여인이 떨리는 목소리로 대답했다.

"이곳이 네 집이냐?"

여인이 고개를 끄덕였다.

"예전 집입니다. 나리들이 오시기 전에 살았던."

여인이 당돌하게도 정면으로 진기를 쳐다보며 입을 열었다.

"전 나리가 누군지 압니다."

"나를 알아?"

"예, 비록 먼 발치에서였지만 분명 여러 번 뵈었습니다."

여인이 잠시 말을 끊고 길게 숨을 들이마시더니 작은 목소리로 말했다.

"두령님이시죠? 다른 사람들이 그리 부르는 걸 들었습니다."

대장간이라면 금고와 장부를 확인하기 위해 몇 차례 드나들긴 했지만, 언제나 사람들 눈을 피해 드나들었다. 그러니 대장간 가족들과 얼굴을 마주칠 리 없었다. 여인의 말이 거짓인지 진실인지 진기는 분간이 가지 않았다.

진기가 빤히 여인을 쳐다봤다. 분명 눈에 익은 얼굴이었지만 아는 이는 아니었다.

"이곳에 잡혀 있던 여인과 어린 사내아이는 검계들이 데리고 무사히 빠져 나갔습니다."

여인이 묻지도 않은 얘기를 했다.

"그들을 찾고 계신 게 아닙니까?"

"네가 그를 어찌 아느냐?"

진기가 여인의 목에 칼날을 바짝 가져다댔다. 방금 전 종사관의 심장을 뚫은 뒤라 칼날에서 검붉은 피가 뚝뚝 떨어져 내렸다.

여인이 이를 보고 몸서리를 치며 겁을 냈다.

"군사들이 습격했다는 걸 알면서도 두령님이 여길 오신 거라면 뭔가 찾기 위해서라고 생각했습니다. 그리고 마지막으로 검계들이 저희 집에서 데려간 건 그 모자였고요."

"그들이 어디로 갔지?"

진기가 다급하게 물었다.

"그들이 간 곳을 알려드리겠습니다. 허니 이것을 좀……."

여인의 시선이 진기가 쥐고 있는 칼에 머물렀다.

잠시 머뭇거리긴 했지만 더는 시간이 없다고 판단한 진기는 칼을 내리고 이를 품안에 넣었다.

바로 그때였다.

그의 가슴에 뜨거운 것이 불쑥 뚫고 들어왔다. 칼이었다.

여인이 진기의 가슴에 칼을 꽂은 것이다.

피가 거꾸로 솟아올라 입으로 피를 토해내는 진기를 보며 여인은 다시 한 번 칼을 휘둘러 그의 발목을 공격했다. 여인은 정확하게 그의 발 힘줄을 끊었다. 보통 여인이라면 할 수 없는 일이었다.

그 순간 진기는 자신이 놓쳤던 두 사람을 다시금 떠올렸다.

수판의 약혼녀와 한길. 그리고 뒤를 이어 한길이 유난히 체구가 작았다는 것까지. 어깨가 좁고, 손발이 작았으며, 얼굴선이 유난히 가는 것이 마치 여인의 몸 같았다는 사실이 말이다.

"네가…… 네가 한길이었구나."

여인은 표정 하나 바꾸지 않고, 다시 허공으로 칼을 들어 올리고는 진기의 다른 쪽 발목을 노려보았다. 목숨을 붙여둔 채 그를 붕익에게 끌고 가야 한다고 판단한 것이다.

그때였다.

"종사관 나리, 종사관 나리."

으슥한 대장간 골목에 피를 흘린 채 죽어 있는 종사관의 시신을 누군가 발견한 모양이었다. 이내 대장간으로 몰려오는 부산한 발소리가 들렸다.

그러자 한길은 칼을 품에 넣고는 놀란 척 마당에 풀썩 주저앉아 비명을 질렀다.

바들바들 떨리는 목소리로 소리치는 한길을 쳐다보며 진기는 그만 헛웃음을 터뜨렸다. 그 천연덕스러움에 기가 막혔던 것이다.

"으흐흐흐, 거의 다 왔는데……. 발목을 잡은 게 겨우 너라니. 고 작 너 따위라니!"

진기가 기여 이성을 잃고 한길에게 달려들어 그녀의 목을 졸랐다.

때마침 마당에 들어선 군사들이 진기를 떼어내지 않았더라면, 한 길의 명운이 달라질 일이었다. 한길의 목을 조르는 손아귀에 어찌나 힘이 들어가 있던지 혼자서는 그를 떼어내지 못할 지경이었다.

"저 사내가 종사관 나리를 죽였어요. 제가 봤어요. 제가 봤다고 요."

한길이 가쁜 숨을 몰아쉬며, 죽은 종사관의 살해범으로 진기를 지 목했다.

"나도 봤어. 저놈이 종사관 나리 팔을 끌고 가는 걸."

다행히 몰려온 군사들 중 진기의 행동을 목격한 이가 있어 한길의 증언에 힘이 실렸다.

진기 옆에 피 묻은 종사관의 장칼이 떨어져 있는 것까지 확인한 군사들이 지체 없이 진기에게 달라붙어 그를 대장간 밖으로 끌고 나갔다. 그러느라 한길에게 도통 신경 쓸 겨를이 없었다.

한길에겐 여간 다행스러운 일이 아니었다. 대장간에서 아직 처리 못한 일이 있기 때문이었다. 한길은 조용히 일어나 창고 쪽으로 발 걸음을 옮겼다.

그때였다.

"대장간 창고 안에 검계의 금괴가 숨겨져 있다. 가서 확인해보라."

진기가 꽥, 소리를 질렀다.

한길이 대장간 창고로 들어가려는 걸 보고 그가 검계의 금괴를 노리고 있다는 걸 알아챈 것이다.

진기는 금괴만큼은 절대 한길에게 뺏길 수 없었다. 설령 그것을 군사들에게 아니 임금에게 뺏기는 한이 있어도 절대 한길의 수중에 들어가게 놔둘 순 없었다.

"금…… 괴?"

금괴라는 소리에 귀가 솔깃해진 군사들이 문득 발걸음을 멈췄다.

"그래, 금괴. 검계의 금괴 말이다. 그것이 저 창고 안에 산처럼 쌓여 있다."

"수작부리는 것입니다. 도망갈 시간을 벌려고."

한길이 다가와 공손히 말했다.

"저놈이 종사관 나리를 죽인 게 명백하니 참살당할 게 뻔해 부리는 수작입니다. 허니 속으시면 안 됩니다."

"수작이 아니라 진실이다. 내가 그곳에 숨겨놓았으니 가서 확인해봐라."

"네 놈이 누군데, 검계의 금괴를 숨겼단 말이냐?"

한길이 날카롭게 물었다.

군사들도 일제히 진기를 빤히 쳐다봤다.

"나는…… 나는……."

진기는 순간 머뭇거렸다. 붕익이 자신을 우포청 포도대장과 종사관의 살해범으로 몰아 용모도를 한양 골목골목 붙여놓은 걸 새까맣게 잊고 있었다.

한길도 그걸 노리고 있었는지 진기를 몰아세웠다.

"어찌 말 못하는 건가? 그리고 보니 이 작자의 얼굴이 낯이 무척 익습니다."

한길이 진기에게 얼굴을 바짝 들이대고 고개를 갸웃거렸다.

"며칠 전 어느 용모도에서 본 것 같은데…… 나리들은 어떠십니까?"

군사들이 진기의 얼굴을 빤히 쳐다봤다.

"최근에 붙은 용모도는 우포청 포도대장 살해범밖에 없는데…… 설마 그놈?"

군사들이 눈을 동그랗게 뜨며 바짝 긴장했다. 만약 그렇다면 자신들이 잡은 자가 단순한 살해범이 아니었다.

"포청에 가보면 알 것이니 서둘러 가세."

군사들이 의욕적으로 진기를 끌고 대장간 마당을 나갔다.

그들에게 끌려가던 진기가 머리를 돌려 한길을 쳐다봤을 때 그는 아니 그녀는 유유히 창고 안으로 들어갔다.

진기의 입에서 그만 헛웃음이 터져 나왔다.

61

그날 정오쯤 인범은 경복궁과 창덕궁 사이 북촌을 분주하게 오갔다.

그가 북촌의 신료들 집을 들를 때마다 집 주인들이 끌려 나와 궁으로 들어갔다. 한낱 내시가 군사들을 동원한 채 제 집 안채까지 쳐들어왔다는 걸 신료들은 도저히 용납할 수 없었다.

그러나 그날의 내시는 자신들이 알고 있는 반쪽짜리 임금에게 소문이나 주어 나르는 쥐새끼가 아니었다. 그는 무엄하다 소리치는 신료들 목에 서슴없이 칼을 들이댔다.

"검계의 뇌물장부가 전하의 손에 들어왔다. 그러니 조용히 따르라."

신료들은 그렇게 줄을 지어 추국장으로 끌려갔다.

그날 저녁이 다 지나도록 신료들을 세워두기만 한 채 임금은 나타나지 않았다. 신료들을 빙 둘러 군사들이 에워싸고만 있을 뿐 아무 조치도 없었다.

움찔했던 신료들 중 자신들을 무례하게 끌고 와 추국장에 방치한 임금의 태도를 힐난하는 자들이 생겨났다. 하지만 이내 입을 다물었다. 다른 신료들이 동조하지 않으니 겸연쩍어진 것이다. 검계의 뇌물장부 때문이었다. 그 진의를 알 수 없으나, 자신이 검계와 연관이 있는 건 사실이니 섣불리 움직이지 못했다.

새벽녘이 되어서야 임금이 추국장에 나타났다.

무엇을 하다 왔는지 지친 기색이 역력했다. 그러나 그 눈빛이 칼끝처럼 날카로워 신료들은 감히 똑바로 쳐다볼 수 없었다. 늘상 주눅 들어 자신들의 얼굴조차 정면으로 쳐다보지 못하던 평소의 임금과는 확연히 달라진 모습이었다. 신료들이 바짝 긴장했다.

하지만 임금은 아무 말도 하지 않았다. 정말 검계와 관계 있는지 묻지도 않았고, 사실을 실토하라 고신하지도 않고, 고집스레 입을 꽉 닫고 있었다.

대신 장붕익이란 포졸이 신료들의 손가락에 흑연가루를 바르고, 이를 종이에 찍어내는 일만 되풀이할 뿐이었다. 생소한 일인지라 다들 뭘 하는 거냐 물었고, 붕익은 지문을 찍는 거라 짧게 답할 뿐이었다.

거칠게 항의를 해야 할지 아니면 이대로 더 지켜봐야 할지 판단이 서질 않아 신료들은 더욱 혼란스러웠다. 낯선 임금의 모습부터, 처음 들어보는 지문까지 뭐 하나 짐작되는 바가 없었다.

지문을 찍은 이유가 뭔지 알게 된 건 그로부터 일각쯤 지나서였다. 드디어 임금이 관리들의 이름을 하나하나 호명하여 차례로 그들을 앞으로 불러냈다.

임금 옆에 서 있던 장붕익은 책 한 권을 꺼내들고는 호명된 신료의 이름이 적혀 있는 곳을 펼쳤다. 신료들의 낯빛이 새까맣게 타들어갔다. 붕익이 신료들과 검계가 작성한 서약서를 들이밀었기 때문이다.

노련한 신료들은 당황한 기색을 지우고 처음 보는 서약서라 버텼다. 검계들이 작성한 서약서에 자신들은 지장만 찍었을 뿐이니, 서약서의 서체가 다른 이의 것임을 내세우면 어쩔 도리가 없을 거라 생각했다.

잠자코 항변을 듣고 있던 붕익이 입을 연 건 그때였다.

"만인부동, 종생불변. 하여 그 누구도 부인할 수 없는 것이 바로 지문입니다. 그러니 방금 전 찍은 지문과 서약서에 있는 지장을 비교해보시죠."

붕익은 서약서의 지장과 방금 전 찍은 지문의 모양을 조목조목 설명했다. 누가 봐도 똑같은 모양이었다.

그제야 신료들은 입을 닫았다. 뻣뻣하게 들고 있던 고개를 숙이며 임금 앞에 무릎 꿇었다. 붕익의 말대로 모두가 다르고, 영원히 변하지 않는 것이 지문이니 검계와의 서약서에 찍힌 자신의 지장을 달리 설명할 방법이 없었다.

일이 급박하게 돌아가자 눈치 빠른 신료들은 바로 임금 앞에 납작 엎드렸다. 뒤늦게 충성을 맹세하며 목숨을 구걸했지만, 그날의 추국장에선 그 어떤 예외도 없었다.

62

한차례 광풍이 휘몰아치고 지나간 궁은 텅 비었다. 검계와의 결탁이 밝혀져 물러난 신료들이 많아 그렇기도 하지만, 살아남은 신료들도 임금을 두려워해 대부분 몸을 사리는 탓이었다.

그 텅 빈 공간에 임금이 활시위를 들고 서 있었다.

멀지 않은 곳에 과녁 하나가 마련돼 있었는데, 그 앞에 붕익이 바짝 붙어 서 있었다.

"이제 네 뜻대로 다 이뤘구나."

임금이 말했다.

"예, 전하. 소신 죽어도 이제 여한이 없습니다."

"그렇겠지. 감히 임금을 겁박하여 추국장을 세웠으니 그 무슨 여한이 있겠는가!"

임금은 활시위를 들어 거칠게 화살을 쐈다.

정확하게 붕익의 이마를 향해 날아가던 화살이 가까스로 붕익의 이마를 스쳐 과녁에 꽂혔다.

몸이 묶여 있는 건 아니었지만, 붕익은 눈 한 번 깜빡하지 않고 과녁 앞에 서서 꼼짝하지 않았다. 이미 각오가 섰다는 뜻이었다.

검계를 소탕하던 그 새벽, 경회루를 무사히 빠져 나온 붕익은 자신이 가진 주령구를 임금에게 내보였다. 그건 배가 갈라지는 주령구로 임금이 진기에게 처음으로 보낸 밀명이었다.

"이 주령구 안엔 우의정 오순항을 죽이라는 전하의 밀명이 적힌 서한이 들어 있습니다."

"나의 밀명이 적힌 서한이라 했는가?"

"예, 전하."

임금은 주령구를 열어 서한을 꺼내보았다.

"서체는 나의 것과 비슷하지만, 옥새가 찍힌 것도 아니고 내 수결이 있는 것도 아니다. 그런데도 내가 보낸 서한이라 할 수 있는가?"

"예, 전하. 그것은 분명 전하가 작성하신 서한입니다."

"어째서?"

"그 서신엔 전하의 지문이 묻어 있습니다."

"지문?"

붕익은 낮은 목소리로 임금에게 지문이 갖는 의미를 설명했다. 가만히 설명을 듣고 있던 임금의 눈썹이 점점 사납게 치켜 올라갔지만, 붕익의 목소리는 변함이 없었다.

"그러니 한 나라의 우의정을 죽이라는 밀서가 검계의 수장에게 보내진 사실이 알려지면, 전하께선 매우 곤란해지실 겁니다. 나아가 밀주의 진짜 주인이 전하라는 사실 또한 밝혀질 것이옵니다."

"지금 네 놈이 임금인 나를 겁박하고 있다는 사실을 알고 있는가?"

임금이 치밀어 오르는 화를 참으며 나직하게 말했다.

"알고 있습니다. 그러나 지문을 달리 사용하는 방법 또한 알고 있습니다."

임금이 입을 닫고 붕익을 매섭게 노려봤다.

"검계의 도가에서 찾아낸 서약서에 거래한 신료들의 지장이 찍혀 있습니다. 이를 이용하면 그들을 일벌백계할 수도 있습니다."

"원하는 것이 그것이냐?"

임금이 눈을 가늘게 뜨고 물었다.

"그 외 원하는 것은 없사옵니다, 전하."

붕익은 자신의 말을 끝내고 임금 앞에 무릎을 꿇고 납작 엎드렸다.

그리고 얼마 지나지 않아 임금은 검계와 결탁한 관리들을 모조리 찾아내 그 죄를 물으라는 엄명을 내렸다.

"그때 분명 그 외 원하는 게 없다고 네 놈이 말했다. 맞는가?"

"예, 전하. 그것엔 한 치의 거짓말도 없사옵니다."

"그런데 어째서 도가에 검계의 금고가 없었는가?"

임금이 팽팽하게 당기고 있던 활시위를 놓자, 이번엔 화살이 붕익의 양 다리 사이로 날아가 정확하게 과녁에 꽂혔다.

"어째서 도가에서 신료들의 서약서를 찾아낸 한길이란 자가 사라졌는가?"

임금이 성큼성큼 앞으로 걸어가며 또다시 붕익을 향해 화살을 날렸다.

"왜 하필 네 놈이 보낸 자가 사라지고, 내가 찾는 금고가 사라진 것이냐 물었다! 어서 답을 해라, 어서!"

어느새 붕익 앞에 바짝 다가선 임금은 거칠게 활시위를 내동댕이치고, 화살을 손에 꽉 쥔 채 붕익의 이마에 화살촉을 콱 찍었다. 이내 붕익의 이마에서 주르륵 피가 흘렀다.

"사라진 자가 또 한 명 있다는 걸 잊으셨습니까, 전하?"

"뭐?"

"이진기. 그자도 사라졌습니다."

"허, 금고는 이진기가 가져갔으니 네놈은 모른단 말이렷다?"

"예, 전하."

그 순간 임금의 얼굴이 분노로 일그러졌다. 임금은 붕익의 이마를 누르고 있던 화살을 붕익의 오른쪽 눈동자 앞으로 움직였다. 이제 손에 힘을 조금만 더 주면 날카로운 화살촉은 붕익의 눈동자를 뚫을 것이었다.

"정녕 넌 모르는 이야기라 이거지?"

"예, 전하. 소신은 금고에 대해 아는 바가 없사옵니다."

흔들림 없는 대답이 끝나기 무섭게 임금은 화살을 쥔 손에 힘을 한껏 주었다. 으드득 뼈가 갈리는 소리와 함께 화살촉이 붕익의 오른쪽 눈에 깊숙이 박혔다.

그러나 붕익의 입에선 작은 비명소리조차 새어 나오지 않았다.

임금이 이번엔 곁에 선 군사의 허리춤에서 칼을 빼들어 붕익의 목에 가져다댔다.

"네 놈이 살기를 포기했구나."

임금이 이를 갈며 말했다.

"오궤신으로 이루고자 하는 것을 모두 이뤘으니 죽어도 여한이 없습니다."

"오궤신?"

"우포청 종사관 이수판, 검계 출신 석포, 몽골인 바히르, 간자 한 길 그리고 저 장붕익. 검계 조직을 와해시키기 위해 결성된 금란방 군사, 다섯 명. 그들을 오궤신이라 부릅니다."

"그 말은 장붕익 너는 없고, 오로지 오궤신인 너만 있단 말인가?"

"예, 전하. 저는 오궤신으로 그들과 함께 살았습니다. 허니 이제 죽어 그들과 함께 하고자 합니다."

"장붕익, 네 이놈!"

임금은 치밀어 오르는 화를 참지 못하고, 칼을 허공으로 휙 하니 들어올렸다.

그러나 임금은 기세를 몰아 붕익의 목을 끝내 쳐내진 못하고, 칼을 든 손을 바들바들 떨기만 할 뿐이었다.

"내가 틀렸다고 생각하겠지."

임금이 들고 있던 칼을 붕익의 손에 쥐어 주고는 칼날을 자신의 목을 향하게 만들었다.

"그렇다면 당장 날 죽여라."

임금이 목소리를 낮게 깔고 말했다.

"백성들의 마음을 돈으로 사고자 했던 내가 틀렸다 생각하고 있질 않느냐. 그를 위해서라면 어떤 희생도 기꺼운 것이라 생각하는 내가 틀린 것이라 여기고 있고. 그러니 어서 날 죽여라. 뭘 망설이는 게냐!"

임금이 붕익이 쥔 칼끝으로 바짝 다가섰다.

"오궤신이라 했던가? 너희들이 생각하는 정의는 고작 검계를 와해시켜서 백성들을 지키는 것이겠지. 그러나 그건 태평성대에만 이룰 수 있는 정의다. 왕권이 똑바로 서고, 백성을 법치로 다스리며, 완전무결한 도덕과 윤리가 상식이 된 세상에서만 실현할 수 있는 정의라고. 그래서 내가! 그런 세상을 만들기 위해 내 손에 피를 묻히는 것이다. 알겠는가!"

"전하, 피로 세운 세상은 또다시 피로 물들 뿐이옵니다. 칼로 세운

정의는 칼이 아니면 지킬 수 없는 법이옵니다."

"모르지 않는다. 허나 그것밖에 방법이 없질 않느냐, 그것밖에!"

임금이 이성을 잃고 다시 소리를 높였다.

"천출에다 제 형을 죽이고 탐욕스럽게 왕좌를 차지한 임금이라 손가락질하며 어느 누구도 날 인정하지 않았다. 어느 누구도 내 얘기를 들으려 하지 않았단 말이다. 그래도 난 포기하지 않았어. 돈이 있다면 그들을 움직일 수 있다는 걸 알았으니까. 돈이라면 이 나라 조선을 진짜 백성을 위한 나라로 바로 잡을 수 있다는 걸 알았으니까. 그러니 검계의 금괴! 이 나라 초석을 다질 그 돈! 내놓아라. 돈이 있어야 그런 세상을 만들 수 있단 말이다!"

붕익이 손에 쥔 칼을 땅바닥에 떨어뜨리며, 단호하게 말했다.

"결단코 저는! 검계의 금괴가 어디에 있는 줄 모릅니다."

"네놈이 정녕!"

분노를 참으려 부들부들 떨던 임금이 바닥에 떨어진 칼을 주워 허공으로 치켜 올린 건 바로 그때였다.

"네 이놈, 장붕익!"

"전하!"

이번엔 내관이 급히 임금의 앞을 막아섰다.

"전하, 이진기를 잡는 것이 더 시급하옵니다. 장붕익만이 가능한 일이옵니다."

"저리 비켜라. 아니면 네놈까지 죽일 것이야!"

"전하, 통촉하여주시옵소서."

내관이 임금 앞에 털썩 무릎을 꿇었다.

임금은 망설임 없이 허공으로 치켜 올렸던 칼을 붕익에게 내리쳤
다.

탁 하는 소리와 함께 붕익의 상투가 땅바닥에 털어지며, 그의 얼
굴에 머리칼이 어지럽게 흘러내렸다.

"이진기 그놈을 찾아내라. 이인좌의 망령인 그놈과 금괴를 찾아내
내 앞에 대령하라. 그 전에 한성에 발길을 들였다간 당장 죽일 것이
다."

임금이 칼을 내동댕이치며 소리 질렀다.

"남은 한쪽 눈의 소명(召命)이 그것이라면 죽는 그날까지 명 받잡
겠나이다."

임금이 휙 하니 돌아서 뒤도 돌아보지 않고 자리를 떠났지만, 붕
익은 그 자리에서 공손히 손을 모아 사배(四拜)를 올렸다. 그건 백성
이 임금에게 공경을 표하는 최대한의 예의였다.

63

붕익이 한성에서 종적을 감춘 얼마 후부터 백성들 사이엔 괴이한
소문이 나돌았다.

경회루 연못물을 퍼내고, 그곳에 숨겨진 청동용을 건져 기우제를

모시면 반드시 비가 올 것이라는 소문이었다. 그러지 않으면 검계와 연루되어 처형을 당한 원혼들 때문에 가뭄이 더 심해질 거라는 악소문이 더해지자 임금은 어떤 식으로든 이 흉흉한 소문을 잠재워야 했다.

임금은 경회루 앞에서 모시는 기우제를 준비했다.

백성들이 지켜보는 가운데 자신이 얼마나 이 기우제를 위해 최선을 다하고 있는지 보여주기 위해 바지를 걷어 부치고 직접 연못으로 들어가 바가지로 물을 퍼냈다.

이를 본 수백의 군사들이 연못으로 들어가 물을 퍼냈고, 기우제를 모시기 위해 몰려들었던 백성들까지 합심하여 연못물을 퍼내기 시작했다.

신분의 높고 낮음도 없고, 나이의 많고 적음도 없이 모두 한마음 한 뜻으로 연못물을 퍼내는 데 매진했다. 어느새 깊고 넓은 연못이 가장자리부터 바닥을 드러냈다.

그때였다.

연못물이 사람들의 발목쯤에서 찰랑거릴 무렵, 찾고 있던 청동용이 아니라 강철로 만들어진 수상한 금고가 사람들 앞에 모습을 드러냈다.

"금고를 밖으로 끌어내라."

임금의 명에 따라 금고가 연못 밖으로 옮겨졌다.

군사들과 백성들도 따라 올라와 금고를 에워쌌다. 호기심 어린 눈빛으로 쳐다보는 사람들과 달리 임금의 눈빛은 어딘지 모르게 무겁게 가라 앉아 있었다.

임금은 손수 금고의 뚜껑을 열었고, 사람들의 환호성과 함께 드러난 것은 바로 금괴였다. 금고 가득 누런 금괴가 그득 차 있었던 것이다.

이를 본 임금의 눈이 순간 벌게지며, 눈물이 그렁그렁 맺혔다.

"아, 나라는 백성을 하늘로 삼고 백성은 먹을 것을 하늘로 삼는 법이니 백성이 먹을 것이 없으면 어떻게 백성 노릇을 할 것이며 나라가 백성이 없으면 어떻게 나라 구실을 하겠는가. 그럼에도 나는 하나도…… 하나도 조처하는 것이 없으니……."

임금이 기여 참았던 눈물을 툭 터뜨렸다.

안타깝고, 아까워 눈물을 더 이상 참을 수 없었던 것이다.

하지만 임금이 안타깝고 아까워한 건 곧 백성들이 차지하게 될 금괴가 아니었다. 그 금괴를 대하는 백성들의 태도였다.

자신의 계획대로라면 지금 금괴를 바라보는 기쁨에 들뜬 백성들의 시선은 응당 자신에게 향해야 했고, 금괴에 대한 찬탄 또한 자신에게 쏟아져야 했다.

오로지 그 순간을 위해 지난 십 년간 신료들에게 온갖 모욕과 조롱을 당하면서도 참아냈다. 한순간에 왕좌에서 쫓겨날 위험을 무릅쓰고 검계를 키우고, 밀주 시장을 확대시켜 금괴를 모아왔다.

그러니 어찌 안타깝고, 아깝지 않을 수 있겠는가.

임금은 그 허망함에 사로잡혀 꽤 오랜 시간 동안 눈물을 멈추지 못했다.

하지만 어느 누구에게도 이를 들켜서는 안 됐다. 지금 자신을 지켜보는 백성들에게는 진정으로 자신의 허물을 인정하며, 하늘이 내려준 금괴에 감사하며 흘리는 눈물로 보여야 했다. 가까스로 감정을 추스른 임금이 다시 입을 열었다.

"이것이 누구의 허물이겠는가? 참으로 나의 잘못이다. 나의 잘못!"

(『승정원일기』 영조의 비망록 중 일부)

임금이 가슴을 내리치며 또다시 눈물을 뚝뚝 흘렸다.

"그러나 하늘이 이 나라 백성들을 가엾게 여기시어 재물을 이렇듯 내리셨으니 이 모든 것을 주린 백성들을 위해 쓰겠노라. 만일 이후부터 굶주린 백성 먹일 쌀 한 홉이라도 사사로이 쓰는 자가 있다면, 내 단연코 그 처자까지 사형에 처하리라."

임금의 강한 의지가 담긴 말에 백성들은 훌쩍이며 눈물을 비쳤다. 그리고 임금이 신분이 천하여 백성으로 살아온 시간이 길다보니 가난한 백성들의 마음을 진실로 이해하는 게 아니냐며 수군수군 애기들을 나눴다.

물론 그 중간중간 다른 이야기가 섞여 흘렀다. 그 이야기의 주인공은 오른쪽 눈이 애꾸인 어느 중년의 사내였는데, 그가 경회루 연못물을 걷어내고 기우제를 모시면 가뭄을 이길 비법이 나올 거라 알려줬다는 거다.

헌데 일이 이리 되고 보니 그가 사실은 조선을 지키는 용이었는데 가물어가는 나라를 가엾게 여겨 인간의 모습으로 현신하셔 방법을 일러준 게 아니냐며 쑥덕거렸다.

임금은 이 모든 얘기를 들었지만, 애써 모른 척했다. 그리고 순간 순간 번쩍이며 광을 내는 누런 금괴를 빤히 쳐다보다 눈물을 흘렸지만, 모두들 그 눈물의 진짜 의미를 알아차리지는 못했다.

64

기우제가 무사히 끝난 후, 종로의 한 마을에서 수상한 화재사건이 발생했다.

화재가 일어난 곳은 작은 초가집이었는데, 마을 사람들 말로는 그곳에 우포청 손금부장이 종종 드나들었다는 것이다.

어찌된 일인지 초가집이 다 타도록 금화군이나 포청 군사들이 오지 않았다.

누군가 이를 수상히 여겨 포청에 다녀오겠다고 나섰지만, 어느 내관이 그를 막아서며 이렇게 으름장을 놓았다.

"공연한 일에 나서지 마시오."

그제야 사람들은 이 화재가 고의적으로 일어난 사건임을 깨닫고 슬금슬금 자리를 피했다.

결국 초가집은 와르르 무너졌다.

초가집이 형편없이 무너지는 걸 내관과 어느 사내가 시선을 떼지 않고 끝까지 지켜보았다.

마을 사람들은 내관 옆에 서 있던 사내가 기우제 때 본 임금과 꼭 닮았다는 걸 알았지만 이를 아는 척하지는 않았다.

65

"이것이 창원 지방에서 유명한 과하주라 합니다."

화려하지 않은 트레머리(기녀의 가채)를 한 중년의 여인이 작은 술병 하나를 가지고 방으로 들어왔다.

방 주인은 오른쪽 눈에 안대를 착용하고 백발의 더벅머리를 하고 있었는데, 더벅머리가 길게 흘러내려 세상을 보는 왼쪽 눈도 그나마 다 가렸다.

"이제 십 년이 지났습니다, 장포졸 나리. 상투 정도는 트셔도 되지 않겠습니까?"

"내 아직 이진기를 잡지 못했거늘 무슨 면목으로 전하께서 잘라버린 상투를 틀겠는가? 그런 소리 말고 술이나 이리 줘보시게나."

중년의 기녀가 술병과 작은 술잔을 붕익에게 내밀었다.

붕익은 술잔에 술을 천천히 따랐다.

맑고 노란 술빛을 띠는 것이 틀림없이 과하주였다. 그것도 술빛이 맑디 맑은 것이 분명 탁주가 아닌 약주를 섞어 만든 과하주였다.

붕익의 눈빛이 번쩍였다.

조심스럽게 술잔을 기울여 입에 술을 흘려보냈다. 그 순간 붕익의 입에서 긴 한숨이 흘러나왔다.

"왜요, 이번에도 찾으시는 과하주가 아닙니까?"

"원구가 만든 과하주는, 그 달큼한 맛이 탁주의 그것보다 훨씬 깊고 성숙됐지만, 끈적거리거나 달지 않아 입에 텁텁함이 남지 않았다. 그런데 이것은……."

기녀가 눈빛을 반짝이며 붕익의 다음 말을 기다렸다.

"내가 기억하는 그것과 꼭 닮았다. 분명 검계들이 만들었던 원구의 과하주다."

"정말입니까?"

붕익이 고개를 끄덕였다.

"창원에서 이 술이 만들어진다는 건 검계의 뿌리가 그곳에 있다는 얘기다. 분명 그곳에 이진기가 있을 것이니 당장 창원으로 가봐야겠다."

붕익이 자리에서 벌떡 일어나자 기녀도 따라 일어났다.

"내가 먼저 움직여 그곳의 동향을 살필 것이니, 한길이 넌 이곳에 있거라."

"발소리를 죽이고 상황을 살피는 것은 아무래도 나리보다 제가 낫다는 걸 잊으셨습니까?"

그리 대답한 여인은 지체 없이 방문을 열어 누군가를 불렀다.

"장수야, 장수야!"

기녀의 목소리를 듣고 이내 청년 한 명이 냉큼 뛰어왔다.

기골이 장대한 구척장신으로 제 아비 석포의 모습을 그대로 빼 닮은 청년이었다.

"예, 아씨."

"나리를 모시고 창원에 좀 다녀와야겠다. 여장을 꾸리거라."

"장포졸 나리야 늘상 그리하신다지만, 삼월아씨도 또 남장을 하시고 출타를 하시게요?"

"군말 말고, 나 없는 동안 어머니와 기방 관리나 잘하고 있어."

"예."

장수가 순하게 대답하며 고개를 끄덕였다.

"헌데 두 분은 대체 누구를 찾으시길래 이리 긴 세월 동안 전국을 헤매시는 겁니까?"

장수가 고개를 갸웃거리며 묻자, 붕익이 말없이 머리를 쓰다듬었다.

"어쩌면 이번에 창원을 다녀와서는 그게 누구였는지 네게 말해줄 수 있을 것 같구나."

"에이, 지난번 대구에 다녀오실 때도 같은 말씀을 하셨잖습니까?"

"그랬나?"

"예, 일 년 전에도, 오 년 전에도 장포졸께선 같은 말씀만 하셨습니다."

"그랬더냐?"

붕익이 허허, 소리 나게 웃었다.

"그래, 어쩌면 이번에도 아닐지 모르지. 그러나 언젠간 반드시 그

자가 누구인지 네게 얘기할 날이 꼭 올 것이다."

"참말요?"

장수가 눈빛을 반짝이며 물었다.

"그래, 참말이지. 내 하나도 빠짐없이 기억하고 있으니 너에게 꼭 얘기를 해줄 것이다."

붕익의 말을 알 듯 말 듯 장수가 고개를 갸웃거렸다. 그런 장수가 귀엽다는 듯 붕익이 아이의 머리를 쓰다듬었다.

"그것을 다오."

붕익이 한길에게 손을 내밀었다.

붕익이 원하는 게 뭔지 아는지, 한길이 서랍장에 소중하게 보관하고 있던 것들 꺼냈다. 그건 열십자 모양을 하고 있는 세 개의 군호였다.

붕익이 이를 받아들고, 소매 안으로 넣었다.

"준비가 끝났으니 이제 출발하자."

붕익이 한길과 함께 방문 밖으로 힘차게 발을 내딛었다.

(끝)